Matthias Politycki

Das kann uns keiner nehmen

Roman

Hoffmann und Campe

2. Auflage 2020
Copyright © 2020 by Hoffmann und Campe Verlag, Hamburg
www.hoffmann-und-campe.de
Umschlaggestaltung: hißmann, heilmann, hamburg
Umschlagabbildung: Comstock / gettyimages
Karten im Vor- und im Nachsatz: Johannes Nawrath
Satz: Dörlemann Satz, Lemförde
Gesetzt aus der Stempel Garamond
Druck und Bindung: GGP Media GmbH, Pößneck
Printed in Germany
ISBN 978-3-455-00924-8

Ein Unternehmen der
GANSKE VERLAGSGRUPPE

Wir sahen ihn schon vom Kraterrand aus, ein leuchtend roter Punkt zwischen den Zelten, genau dort, wo unser Pfad am Kraterboden enden würde.

Sieben Tage lang hatte ich den Moment ersehnt, da ich endlich allein sein würde mit diesem Berg. Sieben Tage, während es auf den Wanderwegen immer voller geworden war, je höher wir kamen. Im Barafu Camp, 1200 Meter unterm Gipfel, wo die meisten Aufstiegsrouten vor der letzten Etappe zusammenfinden, hatte größerer Trubel geherrscht als auf dem Markt in Arusha, und dann wurde auch noch eine Frau abtransportiert, die nicht einsehen wollte, daß sie die Höhenkrankheit hatte, und lieber hier oben sterben wollte als tausend Meter weiter unten überleben. Schließlich schnallte man sie auf eine Trage, noch lange hörten wir sie schimpfen und schreien.

»Der da unten ärgert sich gerade noch mehr als wir«, versuchte Hamza, den roten Punkt am Kraterboden herunterzuspielen, während er ihn durch sein Fernglas betrachtete. Drei der Zelte seien übrigens die unsern, setzte er das Glas wieder ab. Dann wies er auf zwei weitere Punkte, das seien Mudi und Dede, sie stellten gerade das Toilettenzelt auf. Beim gestrigen Abendessen hatte er ein letztes Mal versucht, auch Paolo und Ezekiel zu überreden, vergeblich, auf die paar zusätzlichen

Dollars würden sie gern verzichten, in den Krater müßten wir ohne sie. Dort wohnten böse Geister, die verwandelten sich nachts in schlimme Schwefeldämpfe oder kämen im Eishagel und holten sich, wen immer sie wollten. Selbst die, die sie verschonten, schlügen sie mit Übelkeit und Wahn, einfach so, weil sie die Macht dazu hätten. Auf diesem Berg sei man nur Gast; wer mehr von ihm wolle als den Gipfel, der müsse auch mehr geben, nicht wenige das Leben.

Nur der Einbruch der Kälte hatte kurz für Ruhe gesorgt. Von einer Sekunde zur andern war's so still im ganzen Camp, daß ich meinen Puls pochen hörte und den Schmerz im Kopf wieder wahrnahm, ein leichtes Ziehen unter der Schädeldecke. In Gedanken ging ich noch einmal die 25 Jahre ab, die ich gebraucht hatte, um hierherzukommen, und nahm mir fest vor, nicht noch auf den letzten Metern einzuknicken. Schließlich hatte ich noch eine Rechnung mit diesem Berg offen und war entschlossen, sie morgen zu begleichen. Ab Mitternacht brachen die ersten auf, um den Gipfel vor Sonnenaufgang zu erreichen, und von da an hörte man immer wieder Getrappel, wenn die nächste Gruppe an unseren Zelten vorbeimarschierte, ein aufgeregtes Flüstern und Kichern. Wir ließen sie ziehen, heute hatten wir ja nur den Aufstieg zu bewältigen und nicht wie alle anderen – hoffentlich *ausnahmslos* alle anderen – auch die Hälfte des Abstiegs. Um halb drei fing Hamza im Zelt neben mir zu rascheln an, um vier liefen wir los. Unsere Träger schliefen noch, sie würden sich den Gipfel sparen und direkt zum Crater Camp gehen. Schon nach wenigen Minuten schalteten wir die Stirnlampen aus, der Mond leuchtete uns den Weg.

Als wir um kurz nach acht den Kraterrand bei Stella Point erreicht hatten, war mein Kopfweh verflogen. Unter uns, umbrabraun schweigend und ernst, absolut ernst, lag eine Hügellandschaft aus Asche, feierlich von einem Felsenkranz umzackt, dessen Innenseite mit Schnee geschmückt war. Weiß und strahlend auch die Gletscher am Kraterboden, mit ihren geriffelten Kanten hart von der Aschewüste abgegrenzt. Ja! dachte ich nur immer wieder, ja! Deshalb war ich gekommen.

Der restliche Weg auf dem Kraterrand bis dorthin, wo er sich, beständig sanft ansteigend, zum Gipfel wölbte, von braunroter Asche bedeckt, linker Hand von einem gewaltigen Gletscherfeld markiert, leicht verschwommen dahinter die Ewigkeit. Rechter Hand die schneebedeckten Kraterwände, am Fuß derselben verstreut ein paar Felsen oder Lavabrocken, weiter innen nurmehr Asche und Eis. Kein Vogel im Firmament, keine Fährte am Grund, kein Grashalm im Wind. Um zehn erreichten wir den Gipfel, und als die letzte Gruppe ihre Siegerfotos geschossen und den Rückweg angetreten hatte, waren wir endlich allein. Hamza riß sich die Kleider vom Oberkörper, kletterte auf das Gerüst, das den Gipfel anstelle eines Kreuzes markiert, und streckte die Arme in die Luft – so sollte ich ihn mit seinem Handy fotografieren. Nach zwanzig Minuten gingen wir auf dem Kraterrand weiter, und als wir die Stelle erreicht hatten, wo der Pfad abzweigt, hinab zum Crater Camp, sahen wir ihn.

»Weißt du, was der Unterschied ist zwischen dem und uns?« wollte Hamza die Sache mit Humor nehmen.

»Will's nicht wissen«, ließ ich mir sein Fernglas reichen, um den roten Punkt meinerseits in Augenschein zu nehmen, »und werde auch morgen nicht drüber lachen.«

Nun war da also ein Kerl im Krater, wo ich mir seit Jahren nichts anderes als leere Landschaft vorgestellt hatte, in der ich meine Vergangenheit begraben wollte. Daß der Berg auf seinen Trekkingrouten von Touristen überlaufen war, hatte ich immer gewußt – doch auch, daß so gut wie niemand davon im Krater übernachtet. So gut wie niemand! Nämlich heute offensichtlich ein Kerl in roter Jacke, der gekommen war, mir durch seine Gegenwart die Würde des Ortes zu zerstören, wo ich mir seit sieben Tagen, die ganze lange Lemosho-Route über, nichts anderes vorgestellt hatte als: wie ich dort unten Maras Namen ein letztes Mal flüstere oder schreie oder meinetwegen gegen die Kraterwände schleudre und dann ganz tief in der Asche beerdige. Je länger ich auf dem Berg unterwegs gewesen war, desto näher waren mir meine Erinnerungen gerückt und mit ihnen die Gefühle, die ich längst im Griff zu haben glaubte. Als ob der Berg all das freisetzte, was ich mit einiger Mühe beiseitegeschoben und irgendwann nicht mehr angerührt hatte, je höher wir kamen, desto heftiger – und in schier überwältigender Wucht während der letzten Minuten, nachdem auch das Gejohle am Gipfel überstanden und die ganz große Stille angebrochen war.

»Der Unterschied ist: Der da unten ist schon da. Wir könnten immer noch umkehren und absteigen.«

Das kam natürlich nicht in Frage. Im Fernglas beobachtete ich Mudi und Dede, wie sie die Heringe unsrer Zelte mit Felsbrocken sicherten. Dann traten zwei Männer aus einem der fremden Zelte, auf der Plane stand »Safari Porini«, wenig später noch einer aus einem anderen Zelt. Sie gingen zum Gletscher, der in der Mitte des Kraters lag, Hamza behauptete, sie würden ein Stück davon abschlagen, um es zu Teewasser zu schmelzen. Hinter dem Gletscher stieg die Aschelandschaft sanft zu einer Hügelkette an, dahinter verbarg sich der innere Krater. Gewiß war dort alles von derselben feinen Asche überzogen, die auch unseren Weg bedeckte.

»Vielleicht kriegt er ja noch die Höhenkrankheit«, meinte

Hamza. Im Krater schlage das Klima ständig um, es herrsche kein guter Geist, Paolo und Ezekiel hätten recht. Er selbst sei zwar an die sechzig Mal auf dem Gipfel gewesen, aber erst ein einziges Mal im Krater und nur für eine knappe Stunde, weil sein Kunde schlagartig ganz schlechte Blutwerte hatte, sie hätten die Zelte sofort wieder abbauen müssen und absteigen.

»Der Kibo schläft nur«, sagte Hamza, »er entscheidet, wen er übernacht bei sich duldet, wen nicht, du kannst es nicht erzwingen.«

»Und er kann jeden Moment erwachen«, fügte er nach einer Weile an, da waren wir schon ein paar Serpentinenwindungen tiefer und mitten im Schnee.

✻

»Lecko mio«, begrüßte mich der Kerl in der roten Jacke, der die ganze Zeit über am Ende des Pfades mit demonstrativ vor der Brust verschränkten Armen auf uns gewartet und also auch meinen Sturz mitbekommen hatte. In einer der Kehren war ein Schneebrett unter meinem Tritt abgerauscht und ich rücklings ein paar Meter mit ihm, zum Glück erst im unteren Drittel. Danach hatte ich eine Weile gebraucht, um mir den Schnee aus der Kleidung zu schlagen, zum Schluß wischte ich die Brillengläser trocken und wickelte mir das Tuch um den Kopf, das sich bei meiner Talfahrt gelöst hatte.

»Wie kommt 'n a so a Hornbrillenwürschtl wie du ausgerechnet hierher?«

Er schnaubte verächtlich aus, auch ihm hatte ein bißchen Gesellschaft gerade noch gefehlt. Daß ich einer der Deutschen war, die auf diesem Berg scharenweise unterwegs waren, hatte er offensichtlich erkannt oder unterstellte es ganz selbstverständlich, es machte die Sache nicht besser. Mein rechtes Auge war müde von der Anstrengung, ich schob mir die Brille in die Stirn und massierte die Augenhöhlen.

»Jetzt hat's eahm d' Sprach verschlang.«

Er hatte halblange zerzauste Haare, einen buschigen Schnauzbart, der sich beidseits des Mundes bis zum Kieferknochen hinabzog, buschige Koteletten, die genauso tief reichten, alles in Silbergrau. Hals, Kinn, Wangen von Bartstoppeln übersät und jeder Menge Falten – ein Zausel, wettergegerbt, vielleicht Ende sechzig, der immer noch den Rocker geben wollte. *Dafür* war er allerdings entschieden zu dünn, geradezu spiddelig, und auch zu blaß, noch nie hatte ich einen solch bleichen Menschen gesehen. Eine weiße Sportbrille mit orangerot verspiegelten Gläsern hatte er sich hoch in die Stirn geschoben, die Hände mittlerweile in die Hüften gestemmt, kein Zweifel, er empfand mich ebensosehr als Störenfried wie ich ihn. Als ich mich nach Hamza umsah, begrüßte der gerade die fremden Träger, der Reihe nach schlugen sie die Fäuste aneinander.

»Was hast 'n da für a Windel um dein' Kopf gwickelt, ha? Oder sprichst du ned mit jedm?«

»Hans!« streckte ich ihm meine Hand entgegen.

»I bin da Tscharli«, ergriff er die Hand und drückte kräftig zu, ließ nicht locker, im Gegenteil, erhöhte den Druck und rückte näher: »Da Windelhans bist'.«

Er lachte kurz auf, es klang hart und bitter, erst danach ließ er meine Hand los. Aus den Augenwinkeln sah ich, wie sich die Träger noch immer mit Hamza verbrüderten. Nun kam ein weiterer Mann aus dem Zelt, gähnte, streckte sich, rieb sich die Augen, rief Hamza auf Suaheli einen Gruß zu, anscheinend ein Witz auf dessen Kosten, reihum Gelächter. Nachdem er Hamza nach allen Regeln der Kunst Faust auf Faust abgeschlagen, Handfläche auf Handfläche abgeklatscht, auf Brust und Schultern geboxt und die entsprechenden Schläge von Hamza empfangen hatte, kam er auf mich zu, gab mir ganz artig die Hand und stellte sich als John vor.

»Mountain doctor«, ergänzte der Kerl.

John grinste, blinzelte in die Sonne und zog sich seine Jacke aus. Auf dem T-Shirt, das er über einem *Icebreaker*-Unterhemd trug, stand »It's now! Dr Never«.

»Bist du der Führer von Tscharli?« fragte ich ihn auf Deutsch, John guckte freundlich durch mich hindurch. Bevor ich die Frage auf Englisch hinterherschieben konnte, blaffte mich der Kerl an: Er sei *der* Tscharli! Und John also der Führer *vom* Tscharli! Auch für einen Preußen wie mich, »host mi?«.

»Yes, Mister Tscharli«, pflichtete John bei, »big boss.«

Ich sei kein Preuße, versetzte ich, sondern aus Hamburg.

Und er aus Miesbach, erwiderte der Kerl, da hätten wir ja was gemeinsam. Erneut lachte er auf, klopfte mir die Schulter, offensichtlich hatte er seine eigene Form von Humor.

Wieso er ausgerechnet heute hierhergekommen sei? konnte ich mir nicht verkneifen.

»Wei's wuascht is!« Der Kerl lachte nicht mehr. Er stierte mich drohend an, als erwarte er eine Replik, die er mit einem Faustschlag beantworten konnte. Als sie ausblieb, ließ er locker, grinste in die Runde. Es hätte mich nicht gewundert, wenn er eine kleine Flasche *Jägermeister* aus der Jackentasche gezogen, einen Schluck genommen und ganz selbstverständlich an den Mountain doctor weitergereicht hätte. Aber er legte den Kopf nur leicht schief, kniff die Augen zusammen und musterte mich von oben bis unten. Schließlich gab er sich einen Ruck: »Komm, Windelhans, samma wieda guat. Mir kenna ja beide nix dafür.«

Zwölf Uhr mittags, Crater Camp, 5600 m, null Grad, der Beginn einer wunderbaren Freundschaft. Ich wollte nur noch eines, in mein Zelt verschwinden und verschwunden bleiben.

*

Kaum war ich drin, wurde's draußen windstill und heiß. Ich hatte mich auf meinen Schlafsack gelegt; doch die Sonne brannte mit solcher Macht aufs Zelt, daß mir der Schweiß unterm Hemd zusammenlief und ein feiner Schmerz im Kopf zusetzte, direkt an der Schädeldecke. Durch die Zeltplane hörte ich locker mit, wie sich der Tscharli auf geräuschvolle Weise in seinem Toilettenzelt zu schaffen machte, von kommentierenden Zurufen befeuert. Noch aus dem Zelt heraus ließ er wissen, »Problem finished«, und nachdem er den Reißverschluß des Eingangs hoch- und hinter sich wieder heruntergerissen hatte, »Internet Cave finished«.

Internet Cave nannten sie in seiner Mannschaft das Toilettenzelt, Dede und Mudi meckerten begeistert auf. »Did you catch a monkey?« rief John. Anstelle einer Antwort stieß der Tscharli einen Schrei aus und trommelte sich auf die Brust.

Dann redete er in einem fort, ein derb reduziertes Pidgin, vermischt mit bairischen Brocken und Suaheli. Was immer er sagte, wurde gut gelaunt zur Kenntnis genommen und nicht selten mit schallendem Gelächter quittiert, offensichtlich auch verstanden und akzeptiert. Stets pflichtete ihm irgendwer mit »Yes, sir« bei, selbst Hamza, der mich nur beim Vornamen ansprach.

Viel später erst erkannte ich, daß es mit des Tscharlis Suaheli nicht weit her war, er freilich den Tonfall der Sprache sehr gut aufgeschnappt hatte und – zusätzlich zu der Handvoll Wendungen, die er beherrschte – nach Belieben Wörter erfand, was überall für Begeisterung sorgte und Bereitschaft, ihm zu Diensten zu sein. Und noch viel später erkannte ich, daß ich ihn von Anfang an um diese Fähigkeit beneidet und mir eingeredet hatte, er würde die Einheimischen mit seinen Späßen verspotten. Statt mir einzugestehen, daß er damit ihre Herzen gewann und Türen öffnete, die mir verschlossen blieben – schon ein Leben lang verschlossen geblieben waren. Seine Träger begriffen auch jetzt ohne weitere Nachfragen, daß er am Nachmittag zum inneren Krater gehen, zuvor aber erst mal eine tüchtige Brotzeit einnehmen wollte. Und daß sich der, den sie Helicopter nannten, gefälligst an die Arbeit machen sollte, offensichtlich war er der Koch.

»High noon, Helicopter, Big Simba hungry!«

»Big Simba hungry«, wiederholte Helicopter.

»Mambu didi!« machte ihm der Tscharli Beine, und die beiden anderen Träger seiner Truppe, Samson und Rieadi, wiederholten den Zuruf unter fröhlichem Gekecker.

Es war nicht auszuhalten. Doch drinnen im Zelt erst recht nicht. Nach einer halben Stunde gab ich auf, zog den Reißverschluß hoch und schloß geblendet die Augen. So viel Sonne an diesem Tag. Ich schob mir die Brille in die Stirn und massierte die Augenhöhlen.

Ein tiefdunkelblauer Himmel und vollkommen leer. Der gefalle ihm nicht, begrüßte mich Hamza. Erst jetzt sah ich, wie sich zwischen den Zacken des Kraterrands die Wolken stauten.

*

Natürlich hatten Hamza und John beschlossen, ihre Gruppen zusammenzulegen und das Mittagessen gemeinsam in einem der beiden Eßzelte einzunehmen. Samson servierte, und als er alles herbeigeschafft hatte, deutete er einen Diener an, man wußte nicht, ob es ernst gemeint war oder witzig: »Enjoy your meal, sir.« Welchen *sir* er damit meinte, ließ er offen.

Es gab Kekse, Honig, Nutella, Bananen, Beuteltee. John aß fast nichts, Hamza umso mehr und der Tscharli wie ein Schwein. Jetzt, da er seine rote Jacke über die Klappstuhllehne gehängt hatte, verströmte er den Geruch von altem Schweiß. Nach dem Essen kramte Hamza sein Meßgerät hervor, das normalerweise morgens und abends zum Einsatz kam, um Puls und Sauerstoffgehalt im Blut zu überprüfen. John tat's ihm gleich, der Tscharli und ich reichten brav unsre Zeigefinger, die Geräte wurden aufgesetzt, es kam ein ganz klein bißchen Spannung auf.

Nach einer Weile las John die Werte ab: »Pulse 93, oxygen 78. Good.«

Der Tscharli grinste zufrieden, John stellte ihm seine Fragen nur pro forma: Wie's mit dem Luftholen hier oben sei? Ois easy. Und die Lunge? Dito. Kopfweh? Woher denn. Übelkeit? Schwindel? Geh weida.

»Strong man«, attestierte John.

»Wer ko, der ko«, strahlte der Tscharli.

Er sei bereits als Kind viel in den Bergen gewesen, ließ er mich mit plötzlicher Jovialität wissen, quasi jeden Sonntag mit seinen Eltern, damals hatte er das Wandern gehaßt. Schon allein das dauernde Grüßgott, wenn wer entgegenkam oder überholt wurde.

Zum Glück waren meine Werte kaum weniger gut, der Tscharli pfiff anerkennend durch die Zähne, klopfte mir auf die Schulter, »Werd scho, Hansi«.

Ich sei im Süden aufgewachsen, ließ ich ihn wissen, auch ich hätte am Wochenende mit meinen Eltern in die Berge gemußt.

Darauf schob sich der Tscharli den kleinen Finger ins Ohr und kratzte sich so intensiv, daß ihm der Mund offenstand. Nachdem er den Finger herausgezogen und daran gerochen hatte, wollte er wissen, ob auch meine Mutter an keiner einzigen Kapelle vorbeigegangen sei. Die seine sei dann auch aus keiner einzigen herausgekommen, ehe sie eine Kerze für die Verstorbenen gespendet hatte. Sein Vater habe immer gespottet, in ihrer Familie sei jede Woche Totensonntag, aber davon habe sie sich nicht abbringen lassen.

Kapellen hätten bei unseren Wanderungen keine Rolle gespielt, versetzte ich, meine Eltern seien nicht katholisch gewesen.

»Zuagroaste«, schloß der Tscharli messerscharf, »mei«.

Dann schob er denselben kleinen Finger ins andre Ohr, kratzte sich, bis ihm erneut der Mund offenstand. Hamza sah ihm interessiert zu. John arbeitete die neuen Nachrichten auf seinen drei Handys ab. Der Tscharli kratzte und sah durch mich hindurch, vermutlich in irgendeine dieser Kapellen, auf seine Mutter, die im Dämmer vor dem Altar abkniete, tonlos ein Gebet flüsterte, sich aufrappelte, eine Münze in den Opferstock warf, eine Kerze entzündete, sich bekreuzigte …

»Denn da gäb's ja auch überhaupt koan Grund, sich drüber lustig z' macha!« fand der Tscharli wieder in unser Zelt zurück und zum Faden seiner Darlegungen, zog den Finger aus dem Ohr, roch daran und blickte mir fest in die Augen: Die Kerzen für all jene, die uns vorausgegangen, die würden uns, wenn's soweit sei, den Weg leuchten.

Woraufhin wir eine Weile schwiegen. Offensichtlich war er ein *noch* seltsamerer Vogel, als ich zunächst vermutet, hatte auch seine eigene Form von Tiefsinn. Wenn er nur nicht immer so schnell zu seiner schrecklichen Form des Frohsinns zurückgefunden hätte! Jedesmal wenn ich die Augen schloß und mir vorstellen wollte, wo ich gerade war, *endlich* war, und was das für mich bedeutete, scheuchte er mich mit einer neuen Bemerkung auf. Wie gern hätte ich mir zumindest *ausgemalt*, wie es ohne ihn hier oben gewesen wäre und ob ich vielleicht verrückt geworden wäre vor lauter Stille. Aber nein, immer wieder zwang er mich, die Augen zu öffnen und ihn, nichts als ausgerechnet ihn wahrzunehmen.

»Was tuast 'n da so bedeutungsvoll seufzen, Hansi?«

Ich nippte an meinem Tee und lauschte auf die Zeltplanen, an denen ein kleiner Wind zu zerren begonnen hatte. Notgedrungen tat der Tscharli dasselbe. Erst Samson scheuchte uns auf, der zum Abräumen gekommen und dabei so ungemütlich war, als wolle er uns zum Aufbruch drängen.

Wie wir vor dem Zelt standen, hatte, bei vollem Sonnenschein, ein leichter Schneefall eingesetzt. Der Tscharli rülpste, zog sich die Kapuze in die Stirn und klatschte in die Hände: »Wakala!«

Was soviel wie »Pack ma's, Burschn, auf geht's« bedeuten sollte, ich verstand ihn schon ganz gut.

*

Der Krater war von wirbelndem Leben erfüllt und verzaubert. Weil der Wind innerhalb der letzten Minuten kräftig aufgefrischt hatte, fielen die Flocken wie in einer Schneekugel, die man gerade geschüttelt hatte: in leicht kreiselnden Bewegungen, ein Teil der Flocken wurde wieder emporgetragen, schwebte über uns hin, ehe er einige Meter entfernt in verspielten Spiralen zu Boden trudelte. John hielt geradewegs auf den Gletscher zu, dessen Kante als türkisblaue Wand schemenhaft im

Schneetreiben schimmerte. Innerhalb weniger Minuten verwandelte sich die Ödnis in eine märchenhafte Kulisse, der weiche Ascheboden ins schwarzweiß gefleckte Fell eines schlafenden Schneeleoparden. Ein, zwei Minuten später war das Fell durchgängig weiß; wenn man sich umdrehte, sah man unsre Fußspuren darin. Nur Hamza trübte das Vergnügen, indem er uns immer wieder wissen ließ, das gefalle ihm nicht.

Nachdem wir ein paar Fotos am Gletscher gemacht hatten, schien uns die Sonne nicht mehr; anstelle eines heiteren Schneetreibens vor blauem Himmel sahen wir nurmehr Nebel. Trotz der Eile, die nun geboten war, machte John dieselben kurzen Schritte wie Hamza, *polepole*, selbst hier oben ging es auf diesem Berg nur ganz langsam voran. Gleichwohl war der Saum des inneren Kraters bald erreicht, schweigend standen wir nebeneinander und blickten in den Trichter. Am Rand war er schon von Schnee bedeckt, aber dort, wo er in die Tiefe führte, war er nackt und schwarz, es hätte mich nicht gewundert, wenn Dampf daraus aufgestiegen wäre. Fast alles, was als gegenüberliegender Kraterrand ragte, war bereits durch den Nebel verschluckt.

Weil der Schnee nun nicht mehr fröhlich wirbelte, sondern, vom Wind getrieben, in dichten Fäden schräg zu Boden klatschte, mußten wir erst noch ein Stück auf dem Kraterrand gehen, ehe wir das Kreuz sahen. Ein schlichtes Holzkreuz direkt am Rand des Kraters. Von der ursprünglichen Beschriftung konnte man nur noch ein paar Buchstaben lesen, die keinen Namen ergeben wollten. Es galt einem amerikanischen Touristen, der hier gestorben war; ob man ihn auch hier beerdigt oder im Kraterschlund als verschollen aufgegeben hatte, wußte keiner. So viele Gräber, die es auf diesem Berg gebe – wie sollte man von jedem die Geschichte kennen! Wir standen vor dem Kreuz und wußten nicht weiter. Auf einmal brummelte der Tscharli, er habe dringende Geschäfte zu erledigen, »Big business«, deutete einen Kniefall an, bekreuzigte sich und verschwand mit einem halblaut geknurrten »Habe die Ehre«. Er ging so schnell bergab, daß ihm John kaum folgen konnte.

Hamza und ich sahen ihm nach, bis er vom Nebel verschluckt war. Er wirkte sehr dünn und zerbrechlich, geradezu hinfällig, manchmal sah es so aus, als ob er im nächsten Moment stürzen würde.

*

Kurz bevor wir zurück im Lager waren, setzte der Sturm ein, er schlug uns den Schnee fast waagrecht ins Gesicht. Irgendwann tauchten die rotweißen Planen unsrer Zelte auf, zur Hälfte eingeschneit, ohne Hamza hätte ich nicht mehr zurückgefunden. Im Mannschaftszelt herrschte angespannte Stimmung. Samson ließ jeden wissen, daß dies nichts als der Anfang sei; erst wenn es wieder still geworden, ganz still, werde's richtig ernst. Wir könnten froh sein, wenn wir uns morgen früh hier zum Dankgebet versammeln dürften. Der Herr sei mächtig, doch die Götter, die den Kibo beherrschten, seien es nicht minder.

Welche Götter er denn meine? fragte Dede. Schließlich wohne hier oben der Gott der Massai, jedenfalls wenn er nicht gerade auf seinem Hausberg sei, aber auch der Gott der Chagga – und wer weiß, wer noch, das Haus Gottes sei groß.

Das sei es, bestätigte Samson, und wer sich gerade darin aufhalte, wisse kein Mensch je zu sagen. Er war überzeugt, wir hätten beim Aufstieg irgendein Vergehen begangen, das den Gott erzürnt hatte – diesen oder jenen oder wahrscheinlich jedweden Gott, der es zufällig mitbekommen hatte. Obwohl er ein bißchen in die andre Welt hinüberblicken konnte, war Samson kein *witch doctor*, er wußte kein Mittel, die Götter zu besänftigen. John war Christ, Hamza Moslem, sie hatten hier sowieso nichts zu bieten. Alle anderen waren Chagga, vom Gott der Massai wußten sie nur, daß er noch schrecklicher und grausamer sein konnte als der eigene. Der Berg war heilig, keine Frage, niemandem wollte jedoch etwas einfallen, was er im Gegensatz zu früheren Besteigungen anders gemacht und damit den Zorn der Götter erregt haben könnte.

Jedenfalls werde es ein Heidenspaß werden heut nacht, faßte der Tscharli auf seine Weise zusammen. Und das bei minus zwanzig Grad, »mir gangst«.

Minus zwanzig? Woher er das denn wisse?

Das habe er im Orinoco.

Es wurde Zeit, daß diesem Großmaul mal einer das Großmaul stopfte. Aber nein, John und Hamza nickten, minus zwanzig, damit sei zu rechnen.

Schon um vier servierte uns Samson das Abendessen. Zunächst einen Topf mit heißer Knoblauchsuppe. Als er dann Rührei mit einem Stapel verbrannter Toastbrote brachte und den Reißverschluß nicht richtig hinter sich zuzog, bellte ihn der Tscharli an:

»Tür zu, Chef! Oder hast du dahoam an Vorhang?«

Samson verstand kein Wort, begriff indes sofort. Der Tscharli lobte: »Geht doch.«

Mit Negern müsse man immer mal wieder Klartext reden, ließ er mich wissen, kaum daß sich Samson mit seinem »Enjoy your meal, sir« zurückgezogen hatte: Die bräuchten eine starke Hand. Andernfalls würden sie einem bald auf der Nase herumtanzen.

Die bräuchten sie ganz gewiß nicht! platzte mir endlich der Kragen: Und *Neger* seien es bekanntlich auch keine!

19

»Oha, jetzt wird's sogar hier … Ja leck mich fett!« wurde der Tscharli prompt lauter: Was die … *Neger* denn bräuchten?

»Respekt!« ließ ich ihn wissen: Was er sich eigentlich einbilde? Die hätten ihn hier hochgebracht, ohne sie würde er nicht mal mehr runterkommen!

Die bekämen mehr Respekt von ihm, stemmte sich der Tscharli ein wenig von seinem Klappstuhl empor und schnappte nach Luft: mehr … mehr Respekt … als von einem dahergelaufenen Klugscheißer wie mir! Offenbar wollte er mir an die Gurgel: Die … die … *Neger*, jawollja. Oder was ein Samson meiner Meinung nach bittschön sei?

»Ein Afrikaner!« versetzte ich und drückte mich ebenfalls vom Stuhl hoch, klein beigeben würde ich nicht. John hob den Blick kurz von einem seiner Displays und sah mich fragend an. Hamza pulte sich umständlich einen Essensrest aus den Zähnen und schaute weg. Ein, zwei Sekunden schwiegen wir uns alle mit großer Inbrunst an.

»Ja freilich!« ließ sich der Tscharli zurück auf seinen Stuhl fallen und sackte mit einem Pfeifton in sich zusammen, als hätte man ihm den Stecker gezogen: »Was 'n sonst?« Aber ein … *Afrikaner* sei doch wohl erst recht ein Neger?

»Mit mir sprichst du nicht über Neger!« ließ ich ihn von oben herab wissen, und weil ich wußte, daß es ihm weh tat, betonte ich jede Silbe schön scharf und spitz und stichelnd. Erst dann ließ ich mich ebenfalls wieder auf den Stuhl ab. Um ihn weiterhin von oben herab zu fixieren, saß ich ganz aufrecht und mit durchgedrücktem Rücken, schön korrekt und kompromißlos und bewußt blasiert: »Selbst wenn sich das noch nicht bis Miesbach rumgesprochen haben sollte: Es heißt Afrikaner.«

»Afri-ka-ner …« Der Tscharli gab den abgebrühten Afrika-

kenner, bekam allerdings vor Empörung kaum Luft: Wie ich
denn bittschön die Weißen bezeichnen wolle, die hier geboren
seien? Etwa auch Afrikaner? Und die Schwarzen dann vielleicht ganz oberschlaumeiermäßig Afroafrikaner?

»Verdammte –«

Und ob ich selber nichts als ein Europäer sei? Oder doch
ein Weißer? Und ganz eigentlich ein Deutscher, nein, ein feiner
Han-se-at, was Besseres?

»– Scheiße!« schlug ich mit der Faust auf den
Tisch, daß die Aluteller schepperten: Jetzt reiche es mir, er
solle seinen Mund wenigstens beim Essen halten! Und darüber
nachdenken, welch reaktionären Stuß er gerade verzapft habe.

Genau so. Es war längst überfällig gewesen. Der Tscharli war
so verblüfft, daß er tatsächlich nichts mehr sagte. Er schüttelte
nur ab und zu den Kopf, seine Haarsträhnen glänzten im Licht
der Funzel wie eine Silbermähne, und dabei ließ er die Luft
zwischen den Zähnen herauszischen, was jedesmal einen ziemlich scharfen Ton erzeugte. Der Sturm riß an den Zeltplanen
und klapperte mit allem, was er draußen zu fassen bekam. Als
sich der Tscharli erhob, wischte er sich mit der Hand übern
Mund, dann übern Hosenboden, und bevor er im Dunkel
draußen verschwand, steckte er noch mal den Kopf herein:

»Hornbrillenwürschtl, preußisches!«

*

Aus dem Zelt, in dem sich die Träger ihr Nachtlager eingerichtet hatten, drangen anfangs noch ein paar Gesangsfetzen. Dann
hörte man lange nichts als den Wind. Ich hatte lediglich Schuhe
und Jacke ausgezogen, um in den Schlafsack zu kriechen, und
sogar die Mütze aufbehalten. Unsre Wasserflaschen waren

von Helicopter mit kochend heißem Wasser befüllt worden, über die meine hatte ich einen Socken gezogen und sie zwischen die Füße gelegt. Selbst meine Reservekleidung hatte ich in den Schlafsack gestopft, ich mußte nur aufpassen, nicht von der schmalen Isomatte abzurutschen. Hamza und John hatten prophezeit, daß keiner von uns ein Auge zutun würde. Als es plötzlich still wurde, wurde es auch gleich *ganz* still. Nun gingen die Götter umher, hatte Samson angekündigt, und wenn sie an einem der Zelte rüttelten, sei's bereits vorbei, da gebe's kein Entkommen. Wir könnten froh sein, wenn wir uns morgen früh vor den Zelten versammeln dürften, um ihre Spuren zu betrachten. Just in jenen Minuten wurde meine Wasserflasche kalt.

Ich hatte die Gesichtsöffnung meines Schlafsacks bis auf ein kleines Loch zugezogen und lauschte, ob ich irgendetwas hören konnte, was ein Rütteln hätte sein können, hörte aber nur meine eigenen Atemzüge. Aus den anderen Zelten, wo sonst mit Freude geschnarcht wurde, kam kein Laut, offensichtlich lag man überall auf der Lauer und spitzte die Ohren. War da was, draußen? Oja, da war was, ganz sicher war da was. Natürlich war ich nicht abergläubisch, woher denn! Doch so ganz auf sich allein gestellt, jeder in seinem Zelt und die Götter gegen alle, rückten sich die Dinge draußen doch anders zurecht als tagsüber unten im Tal. Da konnte schon was sein. Wenn man sich totstellte, ging es vielleicht weiter, hoffentlich.

Plötzlich hatte ich das Gefühl, keine Luft mehr zu bekommen. Ich riß das Loch so weit auf, daß ich den Kopf hindurchstecken konnte, und schnappte nach Luft wie einer, der am Ersticken ist. Als ich ein rasselndes Stöhnen vernahm, hielt ich erschrocken inne und lauschte nach draußen. Ja, da war was. Oder war's nur ich selbst gewesen, der so gestöhnt? In ein paar

Stunden sollte mir jeder von diesem Stöhnen erzählen, Rieadi
hatte es für einen Berglöwen gehalten, in den sich der Gott der
Massai gelegentlich zu verwandeln gelüste, er hatte mich verlo-
rengegeben.

So lag ich und rang nach Luft. An der Zeltplane über mir
hatte sich Rauhreif gebildet, der bald zu einer dünnen Eis-
schicht gefror. Im Schlafsack war es jetzt so kalt, daß ich permanent meine Gliedmaßen massierte. Wenn ich auf die Uhr
sah, war es jedesmal noch Stunden hin bis Mitternacht, die Zeit
stand still. Mit einem Mal hörte ich es im Zelt des Tscharli fluchen, »Heilandsack«, sodann rascheln, »Sakra«, hörte, wie er
sich nach draußen zwängte, zu seinem Toilettenzelt tappte, sah
den Lichtkegel einer Taschenlampe kurz über mein Zelt wi-
schen. Er brauchte eine ganze Weile, um den Reißverschluß zu
öffnen, »Imma 's gleiche Gfrett«, anscheinend war er eingefro-
ren, »Scheißglump, varreckts«, und dann wurde es wieder still,
sehr still. Ja, verreck du nur, du Scheißkerl, dachte ich, dann
sind wir alle erlöst.

✳✳✳

Es war die lautloseste und längste und kälteste Nacht meines Lebens. Als gegen sechs Uhr morgens der Reißverschluß
meines Zeltes aufgerissen wurde und Samson den Kopf her-
einsteckte, wollte ich gar nicht glauben, daß alles überstanden
sein sollte. Samson reichte mir einen Becher heißen Tee, und
bevor er den Reißverschluß wieder hinter sich zuzog, sagte er
halblaut:

»Now you are mountain king, sir.«

✳

Auch die anderen hatte die Nacht arg zerzaust, sie versicherten einander immer wieder, man sei gerade noch mal davongekommen. John hatte sich übergeben müssen, Mudi und Helicopter hatten rasende Kopfschmerzen bekommen, Dede war irgendwann aus dem Zelt rausgerannt und gleich an irgendeinen der Götter geraten. Er hatte geschrien und geweint, bis ihn der Gott wieder aus der Umklammerung freigegeben hatte; ich war der einzige, der nichts davon mitbekommen hatte. Am allermeisten hatte der Tscharli gelitten, der sagte gar nichts.

Schon vor Sonnenaufgang sah man, daß sich die Aschewelt des Kraters übernacht in eine wundervolle Winterlandschaft verwandelt hatte. Im Zwielicht fingen die Felsen der Kraterwände an, rötlich zu schimmern, darüber stand ein blasser Mond. Der Tscharli bedankte sich per Handschlag bei Hamza und John, umarmte erst den einen, dann den anderen. Sie in seiner Nähe zu wissen, habe ihm heut nacht sehr geholfen. Anschließend ging er zum Mannschaftszelt, um sich auch bei den Trägern zu bedanken, erst schüttelte er jedem die Hand, dann umarmte er ihn. Am Ende blieb nur noch ich übrig.

»Samma wieda guat, Hansi«, streckte er mir seine Hand hin, »immerhin hamma jetzt wirklich was gemeinsam.« Eine solche Nacht zu überstehen, schweiße »quasi auf ewig« zusammen, »oda ned?«.

Er sah sehr krank und sehr blaß aus, seine Augäpfel schimmerten, als stünde ihm ein Wasser in den Augen. Ich dachte daran, daß ich ihm heute nacht den Tod auf den Hals gewünscht und daß ihm das vielleicht zusätzlich zugesetzt hatte, ein bißchen schäbig und vielleicht sogar schuldig fühlte ich mich schon.

Ob er wenigstens was Ordentliches dagegen habe? fragte ich ihn und ergriff die ausgestreckte Hand.

»Gegen d' Scheißerei?« Der Tscharli drückte zu, umarmte mich dann ebenfalls, ich hatte das Gefühl, es sei ihm schwindlig, so fest hielt er sich an mir fest. Endlich schob er mich von sich weg, ohne die Hände von meinen Schultern zu nehmen, und blickte mich mit glasigen Augen an:

Freilich hätte er was dagegen. Einen eisernen Willen. Er habe sich den ganzen Berg hinaufgeschissen, nun werde er sich den ganzen Berg wieder hinunterscheißen, »Aus die Maus«.

Es stellte sich heraus, daß er bereits all seine Medikamente genommen hatte – ohne daß sich seine Verdauung im Geringsten beruhigt hatte. Ich fand noch sieben Tabletten Imodium in meiner Reiseapotheke und schenkte sie ihm, am besten nehme er gleich zwei davon.

Um halb sieben ging die Sonne auf, ihre Strahlen fielen auf die Wand, in dessen Schneefeld wir gestern abgestiegen waren, die Felsen leuchteten ockerbraun und gelb und rot. Noch immer hatte uns Helicopter nicht zum Frühstück gerufen, anscheinend hatte er Schwierigkeiten, den Kopf wieder klar zu bekommen. Wir standen zwischen den Zelten herum und wärmten uns an unseren Teebechern. Dreihundert Meter über uns ertönte ein erster Gipfeljubel.

»Ready to rumble«, sagte Hamza.

»Jetzt mach ma die Flatter«, sagte der Tscharli.

»Pack ma's«, sagte John, auf Deutsch.

»Wakala«, sagte ich. Aber man hörte es kaum, so leise sagte ich es.

Das war das erste Mal an diesem Tag, daß wieder gelacht wurde. Wie wir uns anschließend abklatschten und die Fäuste aneinanderschlugen, war ich, den süßen Schmerz in den Knöcheln spürend, dabei. »Alles klar, Herr Kommissar«, rief uns Samson zu, der bereits die Kloschüssel aus der Internet Cave heraustrug, offenbar hatte der Tscharli im Lauf der letzten Tage auch ihm was beigebracht. Trotzdem beschied uns Helicopter jetzt erst mal ins Mannschaftszelt, es gab verbrannten Toast mit Schokokeksen.

*

Als wir zwischen den Lavabrocken unsern Weg am Fuß der Kraterwand nahmen, 7:45 Uhr, fing der Schnee zu schmelzen an. Alle paar Minuten wurde hoch über uns gejubelt. Wir waren noch keine hundert Meter vom Camp entfernt, da hielt der Tscharli inne, drehte sich zu mir um und sagte, nein flüsterte mir fast atemlos ins Ohr: daß er sich so, genau so, das Totenreich vorstelle, ganz kalt und still und leer. Daß die Seelen nach dem Tod nirgendwo sonst als ausgerechnet hierher kämen, um sich dem Weltgericht zu stellen. Daß es ihn jetzt schon davor grause, wie es nach dem Sterben nicht etwa vorbei sei, sondern hier oben weitergehe, bis irgendeiner der Götter irgendeine Entscheidung getroffen hatte und die einen zum Jubeln nach oben dürften und die andern hier unten bleiben müßten, in Eis und Hagel und Hitze und ...»Hal-le-lu-ja. Host mi?«

Er bemerkte, wie sehr er mich mit seinem Anfall von Vertraulichkeit überrumpelt hatte, legte mir ganz vorsichtig den Arm um den Nacken und sagte nichts mehr. Nach ein paar Sekunden der Stille, die ich auf diese Weise unfreiwillig, doch seltsam innig mit ihm geteilt hatte, fragte er mich in normaler Lautstärke und einigermaßen eindringlich, ob er ausnahmsweise auf mein »Häusl« dürfe, seins sei ja abgebaut. Noch ehe ich antworten konnte, war er unterwegs, wieder sah er von hinten so hinfällig aus, daß ich fast Mitleid mit ihm bekam. Es mußte ihn arg erwischt haben, auch John blickte ihm besorgt hinterher.

Als der Tscharli zurückkam, war er wieder ganz der Alte, scheuchte uns mit einem »Ois easy« schon von weitem zum Weitergehen. Sowie die Sonne den Kraterboden erreicht hatte, wurde's spürbar wärmer. Bald war alles weggetaut, und es bot sich dasselbe Bild wie am Vortag, als hätte es nie einen Schneesturm gegeben – ernst und melancholisch. Im Himmel trieben vier verschiedene Sorten Wolken; der Grund des Kraters, wie er sich vor uns Richtung Osten darstellte, vollkommen flach. Ja! dachte ich erneut, ja! Deshalb war ich gekommen. Und wenn ich auch zum Trauern und Träumen gekommen war, so ging ich zumindestens mit erhobenem Kopf; die Bitterkeit der Jahre löste sich mit jedem Meter, den wir vorwärtskamen, in eine sanfte Wehmut auf.

John und Hamza gingen mit kurzem Schritt voran, den hier jeder Bergführer hatte, der Tscharli nannte es »Hennadapperln«, die Schrittlänge entsprach kaum mehr als einer Stiefellänge. John telefonierte, Hamza mischte sich gelegentlich ein, anscheinend gab es was zu organisieren. Ich ging hinterm Tscharli, die kleine Deutschlandfahne auf seinem Rucksack im Blick. Dann das kleine Mammut, das als Aufnäher am Ärmel seiner roten Jacke angebracht war. Das Mammut, das in Kniehöhe auf seiner Hose saß. Das Mammut, das auf seinen Stulpen saß. Offensichtlich war er ein Fan dieser Marke. Später sollte er mir berichten, daß er sich seine Ausrüstung in Tansania und Kenia zusammengefeilscht habe, ausschließlich Fakes; wer sich was Echtes von *Mammut* kaufe, sei selber schuld.

Erstaunlich, wie oft er über einen der herumliegenden Felsbrocken stolperte. Der stolpert über alles, dachte ich. Geht trotzdem ruhig weiter, wie ein Muli. Stolpert, ohne ins Stolpern zu kommen. Oder ist er jetzt schon müde, hat keine Kraft mehr?

Vielleicht war das der Moment, da ich anfing, Notizen über ihn zu machen. Noch nicht schriftlich. Die kurzen Schritte gaben den Rhythmus meiner Gedanken vor, *polepole*, lauter kurze Gedanken, die nicht in Zusammenhang zu bringen waren. Mal belächelte ich den Tscharli als Kuriosität, mal ärgerte ich mich über ihn, mal verachtete ich ihn, mal wunderte ich mich einfach nur. Lauter kurze Gedanken.

Viel später sollte mir der Tscharli erklären, daß Stolpern zum Handwerk gehöre. Wer nicht stolpere, gehe falsch, im Gebirge allemal. Sein Skilehrer habe ihm vor vielen Jahrzehnten eingeprägt, wer nicht mindestens einmal am Tag stürze, fahre verkehrt. Nämlich nicht am Limit. Daran habe er sich fortan gehalten. Wohingegen ich … »Bei aller Liebe, Hansi, du bist und bleibst hoit doch a recht's Hornbrillenwürschtl. Des merkt a jeder, der hinter dir geht.« Mein Schritt sei immer leicht verzögert, um nicht zu sagen: ängstlich. Ehrlich gesagt, hinter mir herzugehen sei ziemlich anstrengend.

Als der Weg vom Kraterrand weg- und ins leere Innere des Kraters hineinführte, verschwanden auch die Lavabrocken. Wir gingen über die braunrotgraue Asche wie über feuchten Sand, der Tscharli konnte nur noch über seine eignen Füße stolpern. Ich war froh, daß sich unsre Wege bald trennen würden, schätzungsweise schon am Stella Point, es gab ja keinen Grund für die beiden Gruppen, weiterhin zusammenzubleiben.

Unversehens blieb der Tscharli wieder stehen, ich wäre fast auf ihn aufgelaufen. Linker Hand ein Stück von unserem Weg entfernt, in der Mitte des Kraters, war ein Fußballfeld zu sehen.

John und Hamza, die ein paar Schritte von uns entfernt angehalten hatten, grinsten. Der Tscharli drehte sich vertraulich zu mir um: »Der Schmarrn is mir zu groß.«

Ich schob mir die Brille in die Stirn, massierte die Augenhöhlen. Aber das Fußballfeld war danach noch da, die Seitenlinien weiß markiert, der Strafraum, der Anstoßkreis. Nur Tore und Eckfahnen fehlten. Die brächten die Engländer immer erst mit, erklärte John, sie hätten das Spielfeld auch angelegt. Jedes Jahr kämen sie wieder, an die dreißig, fünfunddreißig Mann. »Jetz steh ma da wiera Depp«, faßte der Tscharli zusammen. Wir hatten gerade knapp überlebt, andre trafen sich hier zum Kicken.

*

Noch ein paar letzte Schritte in der Stille. Kaum hatten wir den Aufstieg zum Kraterrand hinter uns und Stella Point erreicht, 8:30 Uhr, verwandelte sich der heilige Ort in einen Rummelplatz. Dort, wo ich gestern lediglich in Hamzas Gesellschaft, vom Barafu Camp kommend, gerastet und dann den Weg zum Uhuru Peak genommen hatte, herrschte um diese Uhrzeit der Trubel derer, die den Gipfel noch stürmen wollten, während ihnen andre schon entgegenkamen und versicherten, daß es nicht mehr weit sei. Ein paar Serpentinen unterhalb von Stella Point wurden einige von ihren Bergführern im Zeitlupentempo nach oben geschoben. Anderen hatte man ein quadratisch zugeschnittenes Schaumstoffkissen so übern Hintern geschnallt, daß sie sich überall fallen lassen konnten, ohne sich an den Felsspitzen weh zu tun. Gerade war eine Gruppe Russen angekommen, die Frauen zogen sich erst mal die Lippen nach, indessen sich die Männer bereits lauthals zum Gruppenfoto vor dem Schild »CONGRATULATIONS YOU ARE NOW AT STELLA POINT 5756 M« zusammenrotteten.

Ein letzter Blick zurück auf die schaurig-ernste Schönheit

des Kraters, dorthin, wo man sich unser Zeltlager nurmehr vorstellen konnte, die Träger hatten ohnehin längst alles abgebaut und verpackt. Man sah sie der Reihe nach auf demselben Weg unterwegs, den wir genommen hatten, freilich mit zwanzig Kilo auf den Schultern und trotzdem weit ausholenden Schritten, alles andere als »Hennadapperln«. In Kürze würden sie uns überholen, wie jeden Tag. Wir stiegen Richtung Barafu Camp bis auf 5200 m ab, denselben Weg, den wir gestern aufgestiegen waren, um dann ausgerechnet dort Rast zu machen, wo ein deutsches Ehepaar am Wegrand saß. Die Frau drehte sich immer wieder ab, um sich zu übergeben; der Mann hatte starkes Kopfweh und versicherte uns, er sei Manager und könne im Grunde alles, bloß an diesem Berg sei er nun zum zweiten Mal gescheitert. Einige andere, die in ähnlich teurer Montur wie er steckten, wurden an ihm vorbei und bergab geführt, anscheinend war hier die Stelle des Scheiterns.

Oh, ich kannte diese Stelle gut, obwohl ich den Kibo gestern das erste Mal bestiegen hatte. Anscheinend hatte *jeder* Berg eine solche Stelle – oder sogar deren mehrere, verteilt nach physischer und mentaler Stärke derer, die sich in den Kopf gesetzt hatten, ihn zu besteigen. Alles andere am Berg war nur Vorspiel, an dieser einen Stelle kam es darauf an. Da galt es, die Zähne zusammenzubeißen und im Tritt zu bleiben. Oft und oft hatte ich es getan, als hätte ich damit wettmachen können, daß ich's ein einziges Mal *nicht* getan – an einem anderen Berg zu anderer Zeit, gewiß! Doch auch diese längst verblaßte Erinnerung war mir während der letzten Tage wieder so klar und scharfgestochen vors innere Auge gerückt, als wäre sie erst ganz frisch und unverheilt. Oh, ich kannte diese Stelle gut.

Etwas weiter unten warteten Träger in violetten Leibchen, die sie über ihre Jacken gestreift hatten, um all jenen einen Be-

cher Orangensaft anzubieten, die es aus ihrer Gruppe bis zum
Gipfel geschafft hatten und auf dem Rückweg waren. Hinter
ihnen sah man die wild gezackte Silhouette des Mawenzi, sie
ragte als schwarzer Schattenriß über die Wolkendecke, die sich
zum Teil schon um ihn herumgeschoben hatte und langsam auf
den Kibo zutrieb. Eine unendliche Wolkendecke und ohne die
kleinste Lücke, strahlend weiß bis zum Horizont. Darüber ein
zartblauer Himmel, von feinen Wolkenbändern durchwebt. Der
gefalle ihm nicht, meinte Hamza und setzte sich auf den Felsen
neben mir. Ich dachte an Mara und wie ich auf einem ihrer Kin-
derfotos das Poster mit dem Kilimandscharo entdeckt hatte.

Ja, da habe sie immer hingewollt, hatte sie nur mit den Ach-
seln gezuckt: weniger des Berges als der Wolkendecke wegen,
die ihn umgebe. Sie habe sich vorgestellt, daß man von diesem
Berg aus auf den Wolken bis zum Horizont gehen könne und
darüber hinaus, bis ans Ende der Welt und in den Himmel.
Aber den Umzug nach Hamburg habe das Poster dann doch
nicht überlebt.

Moment mal, hatte ich eine entsetzlich gute Idee gehabt: Da
könnten wir doch mal zusammen hinfahren und nachsehen?

Ob wir gemeinsam über Wolken gehen können? hatte Mara
gelacht, und damit war die Sache beschlossen gewesen. Wie oft
hatte ich meine Idee später verflucht und vor allem, daß ich
sie überlebt hatte. Just als ich die Erinnerung an Mara von den
heraufziehenden Wolken ein für allemal davontragen lassen
wollte – es wurde ja wirklich Zeit –, entschloß sich der Tscharli,
aufsteigende Wanderer anzufeuern. Weil sich die nicht aufhalten ließen und schweigend an ihm vorbeizogen, konzentrierte
er sich schnell auf die dazugehörigen Bergführer:

»Servus, du … *Afri-ka-ner*, du! Wumbu-zumbu, der Berg
ruft, karibu!«

Gerade jetzt! Der Typ jedoch, den der Tscharli mit seinem üblichen Kauderwelsch provoziert und ganz eigentlich parodiert und im Grunde beleidigt hatte – der Typ grinste. Und ich, den der Tscharli ebenfalls hatte provozieren wollen, suchte hingebungsvoll nach dem letzten Energieriegel in den Tiefen meines Rucksacks. Aus den Augenwinkeln sah ich, wie der fremde Bergführer auf den Tscharli zuging, um ihn abzuklatschen, ein Riese in ausgetretnen Wildlederslippern und kunstvoll zerrissenen Jeans, mit Rastazöpfen, die ihm bis weit über die Schultern hinabfielen.

»No woman«, sagte der Tscharli, nachdem sie Ghettofaust und High Five ausgetauscht hatten.

»No cry«, sagte der Riese. Und nach einer Pause, wahrscheinlich blickten sie einander ganz tief in die Augen: »We are cappuccino.«

»You milk«, pflichtete der Tscharli bei, »me coffee.«

Erst jetzt brachen sie beide in Gelächter aus. Später erklärte mir der Tscharli, er meine alles immer genau so, wie er es sage, ohne jeden Hintersinn. Wenn er Witze über jemanden mache, nehme er ihn besonders ernst. »Dablecken« wolle er niemanden, am allerwenigsten *Afri-ka-ner*, im Gegenteil, das seien seine Sekundenfreundschaften, andre habe er nicht.

Das Wort »Sekundenfreundschaften« hörte ich von ihm noch öfter, und irgendwann notierte ich's mir. In diesen Momenten am Berg wäre ich am liebsten sofort wieder losgelaufen, einfach bergab, weg von ihm und allen anderen. Doch jetzt kamen erst mal unsre Träger. Vorneweg Mudi, den iPod an der Gürtelschlaufe. Es lief einer der Hits, die ich Tag um Tag schon beim Aufstieg gehört hatte, *Bongo Flava*, tansanischer Hip-Hop, und noch immer sang Mudi leise mit.

»Polepole, babu!« rief ihm der Tscharli zu, und auch Mudi

hatte nichts Besseres zu tun, als sofort zu grinsen, schließlich war er mit seinen knapp dreißig alles andre als ein *babu*, ein alter Mann. Ich grüßte die Träger mit einem beherzten »Jambo«, doch es klang zaghaft, sie erwiderten den Gruß nur aus Höflichkeit. Wohingegen sie den Tscharli ganz offen verehrten und liebten, der Reihe nach konterten sie seine Frechheiten mit fröhlichen Kommentaren. Einzig Samson blieb diesmal ernst, wuchtete den Sack mit dem Toilettenzelt von den Schultern und sprach leise auf John ein, der sofort noch stiller wurde und noch ernster umherguckte, als wüßte er nicht recht, was antworten oder gar tun. Jetzt stellten die anderen Träger ebenfalls ihre Säcke ab. Weniger um Pause zu machen, als um abzuwarten.

»I don't like him!« rief der Tscharli den Trägern zu und deutete auf Samson, der sogleich konterte, er möge ihn auch nicht, ganz und gar nicht, und kam, um ihn ausführlich zu umarmen, man hätte glauben können, sie hätten sich wochenlang nicht gesehen. Ich aß ganz langsam meinen Energieriegel, schraubte die Wasserflasche auf, nahm einen kleinen Schluck. Dann zog ich mir das Tuch von der Stirn und wickelte es sehr sorgfältig neu darum herum. Irgendetwas stimmte hier nicht. Auch wenn sie schon wieder alle lachten.

»Wer zuletzt lacht, hat die längste Leitung«, rief mir der Tscharli zu. Samson schulterte das Toilettenzelt und, indem er auf den Tscharli deutete, rief mir seinerseits zu: »My broother from another mooo-ther.«

Ich stand auf und rief, so laut ich konnte – gar nichts.

*

Zügig ging es bergab, die Träger weit voraus und wir schweigend hinterher. Offenbar hatten Hamza und John beschlossen, den Abstieg gemeinsam zu machen. Somit würde ich den Tscharli noch bis morgen mittag oder nachmittag zu ertragen haben, je nachdem, wie schnell wir vom Berg runterkamen. Ich beschloß, ihn so weit wie möglich zu ignorieren, so weit wie möglich zu überhören, an ihm vorbei- und durch ihn hindurchzusehen, das mochte er am allerwenigsten. In Deutschland hätte ich ja auch kein Wort mit ihm und seinesgleichen geredet, warum sollte ich es hier tun? Selbst wenn zwischen all dem Idiotischen und Degoutanten, das er von sich gab, ab und zu ein seltsamer Tiefsinn aufblitzte. Selbst wenn hinter seiner forciert fröhlichen Fassade immer mal wieder ein besonders trauriger Tropf zum Vorschein kam.

Genau so. Als wir das Barafu Camp erreichten, wo uns Paolo und Ezekiel im Kreis der anderen Träger erwarteten, fielen vereinzelt ein paar schwere nasse Schneeflocken. Im Windschatten der Berghütte sammelten wir uns zur Mittagspause. Helicopter hatte eine Lauchsuppe für uns vorbereitet, dazu gab es für jeden ein Stück gebratnes Huhn und eine Banane. Wieder begann John, mit Hamza zu tuscheln, es schien um Grundsätzliches zu gehen. Der Tscharli ließ sich vom Hüttenwirt erzählen, daß letzte Nacht 250 Touristen und an die 1000 Träger hier gezeltet hätten. Und daß das Wetter gerade umschlage, es werde heute noch lustig werden. Da und dort huschten Mäuse in den Felsen herum. Große schwarze Geierraben mit kräftig gebogenen Schnäbeln und weißer Halskrause hüpften zwischen den Zelten. Manchmal stob ein ganzer Schwarm krächzend auf und kreiste eine Zeitlang so tief über dem Lager, daß die Luft zu sirren anhob und zu rauschen; dann fiel er an anderer Stelle lautlos wieder ein. Ständig strömten neue Träger ins Lager; man

34

sah sie, eine unendliche Karawane, übers Karanga Valley aufsteigen, sah sie aber auch auf der anderen Seite der Bergrippe von der Coca-Cola-Route herüberqueren, die dazugehörigen Touristen würden am Nachmittag eintreffen.

Schnell zogen wir Regenhosen über und trugen uns ins Hüttenbuch ein, vielleicht konnten wir unser Etappenziel doch noch vor der aufziehenden Schlechtwetterfront erreichen. Der Tscharli ließ es sich nicht nehmen, bei der Angabe des Geschlechts »MM« einzutragen.

»Much male«, buchstabierte der Hüttenwirt, »strong.«

»Simba«, setzte der Tscharli todernst einen drauf.

»Strong simba«, bewunderte ihn der Hüttenwirt.

»Leute, hört mal kurz her«, sagte John: Er habe sich mit Hamza beraten und einen Vorschlag zu machen.

*

Knapp unterhalb des Barafu Camps verwandelte sich der Schnee in Regen, und je tiefer wir kamen, desto heftiger wurde er. Irgendwann tauchten die ersten Gräser, irgendwann die ersten struppigen Sträucher am Wegrand auf, es war uns egal. Stur blickte ich erst auf die kleine Deutschlandfahne, dann auf die *Mammut*-Hose vom Tscharli, blickte auf die Gesäßtasche an der rechten Seite, die rot eingefaßt war. Bei jedem Schritt war ich mir sicher, daß er stürzen würde, doch er stolperte immer weiter, schien sogar schneller zu werden. Oder wurde ich langsamer?

Bald spürte ich meine Beine nurmehr als stumpf schmerzende Stumpen, deren plumpe Schritte ich auch mit meinen Wanderstöcken nicht mehr abfedern konnte. Mein rechtes Knie zitterte und knirschte, wie ich's seit 25 Jahren kannte, wenn die

Anstrengung zu groß wurde; der restliche Körper funktionierte mechanisch, als ob ich gar nichts mehr damit zu tun hatte. Wahrscheinlich sah ich inzwischen von hinten genauso wacklig und hinfällig aus wie der Tscharli. Wir liefen durch dichten Nebel – wohl die Wolkendecke –, aus dem schemenhaft immer mal wieder ein Grab auftauchte, unscheinbare Anhäufungen von Felsbrocken, die leicht zu übersehen gewesen wären, wenn sich der Tscharli nicht immer ausdrücklich bei John danach erkundigt hätte. Er schien besessen davon, Gräber zu entdecken. Schließlich tauchte eine Ansammlung von Karren auf, mit denen man Kranke oder Tote ins Tal fuhr – grob verschweißte Metalltragen mit einem einzigen, stoßdämpfergefederten Rad in der Mitte. Just in jenem Moment vernahm man ein erstes Vogelzwitschern. Auf diesem Berg werde ja tüchtig gestorben, sagte der Tscharli. Ehe er weiterging, bekreuzigte er sich.

Anfangs hatten wir ein paar überholt, die ebenfalls abstiegen; bald waren wir die einzigen, die noch nicht Unterschlupf in einem der Lager gesucht hatten. Da die Mweka-Route nicht für den Aufstieg vorgesehen war, kam uns nur der eine oder andre Träger entgegen, der im Tal frische Lebensmittel geholt und diese Abkürzung genommen hatte, um zu seiner Gruppe zurückzukehren. John und Hamza führten Telefonate, um Fahrzeuge für heute abend zu organisieren und eine zusätzliche Übernachtung in unseren Hotels. Irgendwann verkündeten sie, »Problem finished«, woraufhin sie auch gleich das Trinkgeld einsammelten, das sie heut abend unter ihren Leuten verteilen würden. Daß der Tscharli ein weiteres Bündel an Geldscheinen vorbereitete, sah ich aus den Augenwinkeln; in ein paar Stunden sollte ich ihn beobachten, wie er es, mitsamt seiner Daunenjacke, Samson zuschob. Samson finanzierte sein Studium, indem er als Träger arbeitete, das wußte ich mittlerweile. Der

Tscharli wollte ihn »nach Kräften unterstützen«; alles andere, was man von Deutschland aus für Afrika mache und tue und in die Wege leite, hielt er für »verplempert«, nämlich »verplempert an die Falschen«.

Spätestens als wir das Mweka Camp erreicht hatten, Viertel nach drei, sah man, wie gut Johns Vorschlag gewesen war, auf die ursprünglich geplante Übernachtung zu verzichten und den Abstieg an einem einzigen Tag zu machen. Das gesamte Camp stand bereits unter Wasser, die Wege waren verschlammt, man hätte kaum mehr Platz gefunden, um unsere Zelte aufzuschlagen. Auch wir selbst waren längst durchnäßt, unsre als »absolut wasserdicht« gekauften Hosen und Jacken kamen gegen dieses Wetter nicht an. Wo uns der Berg in der Nacht mit einem Schneesturm in Angst und Schrecken versetzt hatte, suchte er uns heute mit Dauerregen kleinzukriegen. Und wie gestern wurden wir von seiner Entschlossenheit erst zur Verzweiflung, dann zur Schicksalsergebenheit, schließlich zur Dankbarkeit erzogen, ein zweites Mal entkommen zu sein.

Doch bis dahin war's noch hin. Ich stellte mir vor, wie wir vor 25 Jahren erst in einen Schneesturm und dann in einen solch unerbittlichen Regen gekommen wären und daß das mit Sicherheit eine Spur zu heftig für Mara gewesen wäre. Später redete ich mir ein, daß ich nur deshalb so von diesem Berg heimgesucht und mit allen Wettern mürbe gemacht wurde, damit ich endlich meine Strafe bekäme, die Strafe dafür, im falschen Moment die falsche Idee gehabt zu haben. Und obwohl das natürlich ein ziemlich überdrehter Gedanke war, schließlich hatten wir eine Besteigung des Kilimandscharo damals nie geplant, half er mir, Schritt für Schritt gegen den Schmerz anzugehen und den Weg mit entschlossener Grimmigkeit bis ans Ende zu ertragen. Als ob ich durch schieres Weitergehen endlich etwas tun konnte,

37

um die Schuld von einst abzuzahlen und, vielleicht, am Ende des Tages ganz leer und rein anzukommen.

Welche Schuld? Es wurde Zeit, daß ich zurück in die Ebene kam, auf diesem Berg stiegen nicht nur alte Erinnerungen wieder hoch, sondern mit ihnen jede Menge krauser Gedanken. Welche Schuld? Ich hatte mich nicht gut verhalten, ich hatte versagt, ich hatte versäumt. Nunja, Schuld, wer weiß, vielleicht hatte der Berg doch auch ein bißchen recht.

Mittlerweile hatten die herabfließenden Wasser unseren Weg in ein Bachbett verwandelt, in dem es an steileren Passagen munter plätscherte; wurde der Weg flacher, lag er wie eine langgestreckte Pfütze vor uns. »Wir schaffen das!« versicherte der Tscharli immer wieder, auf Hochdeutsch. Hamza versuchte, uns bei Laune zu halten, indem er von einem Kolumbianer erzählte, der den Kilimandscharo in sechs Stunden rauf- und wieder runtergerannt sei, Weltrekord. Kurz drauf war er in angeregtem Gespräch mit dem Tscharli – demnächst wollte er nämlich heiraten, eine Christin, doch der Vater der Braut genehmigte keine islamische Heirat. Der Tscharli riet ihm, die Braut erst christlich, dann islamisch zu heiraten, am selben Tag, das werde gewiß »a super Double Feature«. Hamza versprach, darüber nachzudenken, und verfiel in Schweigen.

Eine Weile lang hörte man nur den Regen rauschen. Büsche und Sträucher drängten als unheimliche Gestalten aus dem Nebel heran, schwer mit graugrün changierenden Bartflechten behangen, und verschwanden ebenso schnell wieder darin. Ab und zu leuchtete eine Fackellilie gelbrot auf wie eine Wegmarkierung und verlosch. Ausgerechnet der schüchterne John gab Durchhalteparolen aus: In wenigen Stunden könne Simba wieder Antilopen jagen, die würden unten in Moshi schon mit den Hufen scharren. Aber Hamza war weiterhin in Gedanken versunken, und wir, der Tscharli und ich, brauchten unsre Energie fürs Laufen; dabei auch noch zu lachen oder zu reden wäre jetzt gar nicht möglich gewesen. Ich spürte keine Schmerzen mehr, spürte gar nichts mehr und ließ mich einfach laufen oder wurde gelaufen, so ging es dahin.

Schließlich noch ein paar mannshoch aufragende Lobelien mit stacheligen Blättern; buschweis ineinanderwuchernde Baumheide, an den Zweigen üppig weiß behaart, die sich mit weiteren Gebüschen zu einem durchgehenden Dickicht zusammenfand; wenige Schritten später war der Regenwald erreicht: meterhohe Farne; Laubbäume mit dick bemoosten Stämmen, von deren Ästen Flechten und Schmarotzerpflanzen hingen … Die Abstiegsroute führte uns durch ein undurchdringliches Dickicht, das immerhin einen Teil des Regens abhielt. Der Tscharli stolperte über die Wurzeln, die den Weg jetzt immer häufiger überzogen, dann ließ er uns knapp wissen, es sei wieder soweit. Und holte eine Ration Klopapier aus dem Rucksack, die er vorsorglich in Frischhaltefolie eingewickelt hatte.

*

Nach geraumer Zeit kam er wieder aus dem Dschungel hervor und nestelte ein Reinigungstuch aus seinem Rucksack. Mit ungewohnter Entschiedenheit trat John an ihn heran und wollte wissen, ob es *wieder* so schlimm gewesen sei? Als hätte er diese Frage erwartet, fing der Tscharli an, in aller Ruhe Finger für Finger abzuwischen und dabei zu schwärmen: Es sei der Schiß seines Lebens gewesen, mitten im weichen Moos, völlig eins mit der Natur. Die grüne Stille. Dann habe er's von den Zweigen rundum tropfen gehört, Dschungelmusik. Die Luft sei ganz dampfig und –

Ob's wieder so schlimm gewesen sei wie im Krater? ließ sich John kein bißchen beeindrucken. Einen kleinen Wortwechsel später war's auch vorbei mit »Ois easy« und »Keine Panik auf der Titanic«, der Tscharli mußte zugeben, daß er wieder »Blut geschissen« hatte. Ausgerechnet sein Freund Samson hatte John darauf aufmerksam gemacht.

Ach ja? meinte der Tscharli bloß und stopfte das gebrauchte Reinigungstuch in den Rucksack.

Er müsse zum Arzt, beschied John, sowas sei kein normaler Durchfall.

Ob er nicht wenigstens zwei weitere Imodium-Tabletten nehmen wolle? mischte ich mich ein. Der Tscharli winkte müde ab, heute morgen habe er bereits alle sieben auf einmal genommen, die taugten auch nichts.

Er müsse zum Arzt, insistierte John. So schnell wie möglich.

Zum Arzt? protestierte der Tscharli: Und gleich weiter zum Anwalt, um ein Testament zu machen? Zum Pfarrer? Zum Totengräber? Nein, zum Arzt gehe er nicht, schon immer und aus Prinzip.

Er habe bereits alles arrangiert, erklärte John ruhig, der Tscharli werde unten am Mweka Gate abgeholt und direkt ins Krankenhaus gefahren.

Ins Krankenhaus! sagte der Tscharli ganz leise. Na gut, seinetwegen. Aber erst morgen. Heute abend wolle er noch mal feiern, hiermit lade er jeden ein mitzufeiern. »Dich auch, Hansi«, wandte er sich an mich, »dich sogar ganz besonders.«

Und weil niemand antwortete: »Bitte.«

*

Ich weiß nicht mehr, ob ich in diesem Moment schon begriff, um was es beim Tscharli ging. Im Grunde war er mir längst wieder egal geworden, war mir *alles* egal geworden, ich wollte nur runter vom Berg und vielleicht eine heiße Dusche, ein Stück Pizza, ein, zwei Flaschen *Kilimanjaro* dazu und dann ein trockenes Bett. Irgendwann hörte es auf zu regnen, um Viertel nach sechs erreichten wir das Mweka Gate. Charles, der Chef von *Safari Porini*, von John für den Tscharli bestellt, war uns mit seinem *Toyota Landcruiser* das letzte Wegstück entgegengefahren; doch der Tscharli hatte energisch abgewunken, »So weit kommt's no!«. Er sei den Berg komplett raufgegangen, jetzt wolle er ihn auch komplett runtergehen. Und die 4000 Höhenmeter »voll machen«, die wir dann nämlich von Stella Point bis Mweka Gate abgestiegen seien – in knapp zehn Stunden, inklusive Pausen. Wenn das kein Grund zu feiern war.

Tatsächlich hatte ich sogar Lust mitzufeiern. Es war ganz anders gekommen, als ich es geplant hatte, aber irgendwann während dieses langen Abstiegs *war* es gekommen. Ich fühlte mich so leicht und leer wie Jahre nicht mehr, Jahrzehnte. Eine Art Demut erfüllte mich, die ich nicht an mir kannte, und eine Liebe zu allem und jedem, die ich erst recht nicht an mir kannte. Ich hätte jeden Baum am Wegesrand umarmen können, einfach weil er da war.

Vielleicht war ich auch nur froh, daß es geschafft war und überstanden. Hatten wir heute morgen noch bei −20 °C gezittert vor Kälte, herrschte hier unten eine drückend schwüle Hitze, an die 30 °C. Hamza betrachtete den Himmel und meinte, der gefalle ihm nicht. Sogleich schloß sich Charles an: Es dauere nicht mehr lang, dann werde ein ordentliches Gewitter aufziehen, Zeit, nach Moshi zu fahren. Da keiner von *Simba Tours* gekommen war, mich abzuholen – Hamza beteuerte mehrfach, man hätte's ihm versprochen –, bot Charles an, mich in die Stadt mitzunehmen und bei meinem Hotel abzusetzen. Die Träger formierten sich ein letztes Mal, um für uns zu tanzen und zu singen, genau genommen: für den Tscharli, den sie bald in ihre Mitte holten, wo er erstaunliche Tanzschritte und -sprünge hinlegte, die sie mit jubelnden Zurufen und rhythmischem Klatschen so lange begleiteten, bis er sich verausgabt hatte.

»Servus beinand«, winkte er in die Runde und schnappte nach Luft: »Hundling samma. Hakuna matata.«

Alle wollten sie ihn jetzt noch mal umarmen und sich von ihm verabschieden, der Tscharli nannte jeden beim Namen, selbst Paolo und Ezekiel, die er ja erst seit ein paar Stunden kannte. Mudi schenkte ihm einen Stick, auf dem er die besten *Bongo Flava*-Hits von seinem iPod zusammengestellt hatte. Samson wollte ihn schier nicht mehr loslassen und flüsterte ihm erst das rechte, dann das linke Ohr voll. Als er schon auf dem Lkw bei den anderen saß, schob er noch mal die Plane beiseite und rief ihm »Alles klar, Herr Kommissar« zu. Selbst Hamza verabschiedete sich, er wollte keine Zeit mit Feiern verlieren, sondern so schnell wie möglich mit seinem zukünftigen Schwiegervater die Modalitäten der Hochzeit besprechen.

»Werd scho, Hamza«, klopfte ihm der Tscharli ein letztes Mal auf die Schulter, »werd scho.«

*

Charles hatte zwar nur *zwei* Handys, telefonierte jedoch gleichzeitig mit beiden. Es gebe Probleme, ließ er zwischendurch wissen, morgen sei der erste Sonntag im März, da werde um halb sieben, wie jedes Jahr, der Startschuß zum *Kilimanjaro Marathon* gegeben, ganz Moshi stehe an diesem Wochenende kopf. Wir sahen freilich nur ein paar mickrige Fähnchen am Straßenrand, die für das Ereignis Reklame machten. Dann aber herrschte bereits *vor* dem *Keys Hotel* ein derartiger Trubel, daß wir vor lauter Läufern, die in der Lobby ihre Startnummern abholten, erst mal gar nicht rein und dann nur mühsam bis zur Rezeption kamen. Die ganze Zeit folgte uns einer, der wie ein Ordner gekleidet war, und bot uns so hartnäckig Finisher-Medaillen des morgigen Rennens an, bis ihm der Tscharli zwei abkaufte. »Des is Afrika«, grinste er und ließ die Medaillen schnell in seinem Rucksack verschwinden.

Das Problem seien nicht die Läufer aus Europa oder Amerika, erklärte Charles, die hätten schon vor Monaten ein Zimmer gebucht. Es seien die Kenianer, die jetzt noch schnell von ihren Trainingscamps über die Grenze kämen, um sich morgen die Geldprämien auf die ersten zehn Plätze zu erlaufen. Bei der Siegerehrung würden sie vom Publikum zwar jedes Jahr mit eisigem Schweigen gestraft – schließlich seien's keine Landsleute und überdies Profis, die direkt vom Höhentraining kämen –, aber das ändere nichts daran, daß …

… daß die Hotels heute komplett ausgebucht seien, ergänzte John, weil Charles jetzt endlich einen Rückruf von *Simba Tours* erhielt: Auch reservierte Zimmer seien längst neu vergeben.

»Des is Afrika«, bestätigte der Tscharli.

Ich beschwerte mich bei der Rezeptionistin, lockte mit Bestechungsgeld, fluchte; es änderte indessen nichts an der Tatsache, daß sie erst für die morgige Nacht eine Reservierung auf meinen Namen in den Unterlagen fand. Dann würde ich wohl oder übel bei ihr hinter der Rezeption übernachten, hörte ich mich sagen – und gleich drauf, wie der Tscharli die Luft zwischen den Zähnen herauszischen ließ. Er hob die Hand, als

wolle er mich abklatschen, aber just in jenem Moment beendete
Charles seine beiden Telefonate:
Problem finished! Er habe im *Mountain Inn* noch ein Zim-
mer für mich bekommen. Das liege zwar etwas außerhalb, doch
den Tscharli müsse er sowieso dorthin fahren.
Eine halbe Stunde später waren wir Zimmernachbarn.

*

Als ich nach dem Duschen in den Spiegel blickte, erschrak ich
vor dem ausgemergelten Kerl, der mir daraus entgegenblickte.
Ich mußte an die fünf Kilo abgenommen haben. Acht Tage war
ich auf dem Berg gewesen, ich brauchte dringend ... eine ganze
Menge, und als erstes einen Barbier.

Alles, was auf der Wanderung im Tagesrucksack verstaut
gewesen, verteilte ich im Zimmer zum Trocknen, auch jedes
einzelne meiner Notizblätter. Mein großer Reiserucksack, den
ich vor Beginn des Trekkings bei *Simba Tours* abgegeben hatte,
sollte noch im Verlauf des Abends geliefert werden, das immerhin hatte man Charles zugesichert. Der Tscharli hatte mir während der Fahrt aus seinem Koffer eine Trainingshose herausge-
sucht und ein bunt bedrucktes T-Shirt, auf dem vorne »Let's go
buffalo!« stand, hinten »Jimmy's Old Town Tavern Virginia«
und darunter »Where momma hides the cookies«.

Nur Schuhe hatte er für mich keine passenden gehabt.
Charles hatte jedoch ein paar Gummischlappen im Kofferraum
gefunden, und so stand ich jetzt einigermaßen abenteuerlich
gekleidet, um ... noch einen *weiteren* Abend mit dem Tscharli
zu verbringen! Immerhin hatte er sich mir zuliebe bereit erklärt, in einer Pizzeria zu feiern. Pünktlich um halb neun holten uns Charles und John am Hoteleingang ab. John duftete

nach einem herb männlichen Duschgel und war saturdaynight-
feverhaft aufgeputzt, niemand hätte in ihm den scheuen Bergführer erkannt, der er bis eben noch gewesen war. Nun hatte
er sich die Haare hochgegelt, steckte in Lederjacke und spitzen
schwarzen Lackhalbschuhen.

Hinter ihm stieg Solomon aus dem *Landcruiser*, der jüngere
Bruder von Charles, der mitfeiern wollte. Locker über viel zu
großen Baggy Pants trug er ein Hemd mit Leopardenmuster,
dazu knöchelhohe weiße Turnschuhe ohne Schnürsenkel und
auf dem Kopf eine riesige bunte Strickwollmütze mit Bommel,
in der er seine Rastalocken verstaut hatte.

Auch der Tscharli hatte sich fein gemacht: Er roch nach demselben schweren Duschgel wie John, trug eine olivgrüne Kappe
mit dem Aufdruck »Serengeti Balloon Safaris« und darüber, in
hellem Zwirn gestickt, einem Heißluftballon. Seine frisch ge-
waschenen Haare fielen ihm als graue Mähne weit über den
Spitzkragen eines weißen Hemdes, das an den Nähten mit kleinen Nieten besetzt war. Eine Röhrenjeans hatte er mit breiten
roten Hosenträgern gesichert, die mit blauen Herzen bedruckt
waren. Ohne seine rote *Mammut*-Jacke sah er so dürr aus, daß
man sich erschrak. Das machte er allerdings mit extrem spitzen
Cowboystiefeln wett, für die ihn John sogleich lobte und bewunderte.

»Fesch samma.« Der Tscharli blickte vom einen zum anderen, ließ den Blick eine Sekunde wohlwollend auch auf mir haf-
ten: »Wo hast 'n dei Windel g'lassen, Hansi?«

Das also war die Truppe, mit der ich heute abend feiern sollte.
Weil wir überlebt hatten! bekräftigte Charles, der en détail über
unsre Erlebnisse informiert war.

Und weil er noch ein paar weitere Tage überleben wolle,
fügte der Tscharli hinzu.

45

*

Bevor ich erfuhr, wie schlimm es wirklich um ihn stand, gaben wir noch schnell unsre Wäsche an der Rezeption ab und liessen uns von Charles in den *Nirvana Saloon* fahren. Vorne war der Männer-, hinten der Damensalon, über den Spiegeln hingen überall Ventilatoren und Flachbildschirme, auf denen Musikvideos liefen. Überm Mauerdurchbruch, der beide Räume verband, ein Basketballkorb samt Ball im Netz. Charles war als Stammkunde bestens bekannt, wir wurden mit fröhlichem *Hallo-Jambo-Hello* begrüßt – abgesehen von einem Mann, der in seinem Frisiersessel mehr lag als saß und sich von einer dikken Friseuse mit einem Lappen die Glatze polieren ließ. Er stöhnte so lustvoll dazu, daß Charles einen Kommentar machte und alle lachten. Anschließend massierte ihm die Friseuse den Kopf mit einer Creme, bis er glänzte. »Oh my god!« wand sich der Mann unter ihren Händen, dann wurden ihm die Ohren geputzt. Nachdem er mehrfach aufgefordert und dabei kräftig in die Hüfte gezwickt worden, rappelte er sich endlich hoch und umarmte die Friseuse; gleich anschließend, noch immer stöhnend, eine wartende Kundin, die sich bereitwillig von einem Sofa hochziehen ließ. Bei beiden ging er von Kopf bis Knöchel auf Tuchfühlung und verharrte so sekundenlang, sie schienen es alle drei zu genießen.

Dann waren der Tscharli und ich dran; denn die anderen, die es sich hier auf Sesseln und Sofas bequem gemacht hatten, waren nur zu Besuch gekommen, um Videos zu gucken und abzuhängen. Wir bekamen jeder einen roten Frisierumhang umgelegt, auf dem eine Blondine abgebildet war; der Tscharli zwinkerte mir verschwörerisch zu, ich hatte das Gefühl, daß auch er erleichtert war. Und daß wir, nachdem uns der Zufall zwei Tage lang nebeneinander hergetrieben hatte, nun zum ersten Mal etwas aus freien Stücken gemeinsam erlebten. Dann setzte ein Reggae-Stück ein, das anscheinend besonders beliebt war, alle blickten gleichzeitig von ihren Handys auf und zu einem der Bildschirme, wir beide auch.

Erst eine halbe Stunde später waren wir fertig. Derjenige, der mir mit der Maschine den Kopf geschoren, dann mit einer frisch abgebrochnen Klinge den Achttagebart ab- und sogar die Nasenlöcher ausrasiert hatte, tüpfelte mir zum Schluß mithilfe eines winzigen Wattebausches reinen Alkohol auf die Wangen. Er hatte ganz weiche Hände, doch es brannte tüchtig. Bevor er den Frisierumhang mit Schwung abzog, flüsterte er mir »My name is Joel« ins Ohr.

Derjenige, der dem Tscharli währenddessen die Silbermähne und dann den Schnauzer gestutzt hatte, hielt es genauso, »My name is Jackson«. Der Tscharli blickte mit Wohlgefallen auf sein Spiegelbild. Jackson hatte ihm nicht nur die Stoppeln im Gesicht rasiert, sondern auch die Kontur der Koteletten scharf nachgezogen und die Silbermähne am Ende kurzentschlossen zu einem Pferdeschwanz zusammengebunden. Nun sah man des Tscharlis große abstehende Ohren, sie waren so dünn, daß das Licht durchzuschimmern schien. Die Furchen in Stirn und Wangen wirkten noch tiefer, die Hakennase noch schmaler. Zwar sah er auf diese Weise erst recht wie ein alter Rocker aus, aber doch deutlich jünger als zuvor, vielleicht wie *Anfang* sechzig.

»You are artist, not barber«, lobte er Jackson, der mit tiefem Bückling sein Trinkgeld entgegennahm, »Thank you, Mister Tscharli«. Mit einem »Asante sana«, das nicht nur Jackson, sondern allen Anwesenden galt, verabschiedete sich der Tscharli – zunächst mal Richtung Hinterhof, wo ihm eine Toilette avisiert worden. Draußen auf der Straße vor dem *Nirvana Saloon* betrachtete er mich mit einer Aufmerksamkeit, als würde er mir zum ersten Mal begegnen, strich mir leicht ungläubig über die Millimeterstoppeln, die von meinen Haaren übriggeblieben waren, und befand, jetzt sähe ich aus wie der Dalai Lama. Wenn das kein Grund zu feiern war.

*

Der *Indoitaliano* war ein Nobelrestaurant mit Türsteher, das nur von Touristen, Expats und den Reichen der Stadt besucht wurde. An einigen Tischen saßen Läufer, die sich für den morgigen Marathon stärkten, allerdings ohne Frohsinn und Genuß, sie wirkten bedrückt. Als wir schon im Reinkommen unsre erste Runde *Kilimanjaro Premium Lager* bestellten, sprang die Kellnerin vor Freude vom Hocker, sofort wurde es überall lauter und lebendiger. Während ihr der Tscharli dann die Flaschen vom Tablett nahm, um sie der Reihe nach mit seinem Feuerzeug zu öffnen – jeden der Kronkorken ließ er mit einem Knall hoch in die Luft springen –, kam der Türsteher herein, um zu zeigen, daß er die Technik ebensogut beherrschte. Es war ein schwarzes Einwegfeuerzeug mit einem weißen *Playboy*-Häschen darauf; der Türsteher streichelte kurz mit dem Zeigefinger darüber, »Very nice«, ehe er es zurückgab. Die Kellnerin sammelte die Kronkorken mit großer Freude auf, die der Tscharli hierhin und dorthin in weitem Bogen durch das Lokal hatte springen lassen. Von den Tischen, an denen Einheimische saßen, prostete man ihm zu, woraufhin er sich verbeugte und als »der Tscharli, King of Fulalu« vorstellte.

Ich fragte mich, woher er nach den letzten Tagen und in seinem Zustand die Energie nahm, auch hier seine Show abzuziehen. Dann hörte ich das bitterkurze Lachen, mit dem er fast jede seiner Bemerkungen quittierte, und jählings begriff ich, daß er sich nur noch auf diese Weise aufrecht halten konnte. Begriff seine schrecklich volkstümliche Heiterkeit als grelle Oberfläche der Verzweiflung – und daß er die anderen nur deshalb so zwanghaft zum Lachen bringen mußte, weil er selber nichts zu lachen hatte.

Nach dem Essen wurden uns von John die Urkunden überreicht. Es stellte sich heraus, daß der Tscharli die Coca-Cola-Route auf- und vom Gilman's Point gleich in den Krater abgestiegen war; den Umweg übern Gipfel hatte er sich gespart. Er zog die beiden Finisher-Medaillen des morgigen Marathons aus der Tasche und, bevor er erst mir, dann sich selber eine davon umhängte, hielt eine kurze Ansprache: Ursprünglich habe er mich für »a laare Hosn« gehalten, heute jedoch sei er eines Besseren belehrt worden, ich sei »a echter Beißer, Hut ab«! Kurz wurde es an den Läufertischen lebendig, fast alle kamen zu uns, um die Medaillen anzusehen, die sie sich morgen erst noch erlaufen mußten. Einige davon waren Deutsche, und einer motzte den Tscharli an, er habe ganz offensichtlich nicht kapiert, daß man durch Unterstützung des Schwarzhandels »die alten Strukturen« zementiere. Vor einigen Jahren habe es im Zielbereich eine Schlägerei gegeben, weil die Medaillen ausgegangen waren, gewiß habe sie irgendwer geklaut und an solche wie den Tscharli verhökert.

Was den indessen »überhaupts ned juckte«, Afrika sei ein Synonym für Schwarzhandel. Und schon wieder zwinkerte er mir verschwörerisch zu: »Geh weida, Hansi, lach halt a amoi.«

Nachdem eine neue Lage Bier herbeigeschafft war, ließ er wieder die Kronkorken durch den Raum knallen. Der Wirt kam hinterm Tresen hervor, um mit ihm anzustoßen, »Maisha marefu«; der Tscharli brachte ihm gleich bei, daß das auf Deutsch korrekterweise »Prostata« heiße. Anschließend nahm er ihn an der Hand, führte ihn vor den Kühlschrank und hielt ihn sehr ernst an, immer nur die kältesten Biere zu servieren, »die von ganz hinten, woaßt' scho«.

»Yes, sir«, sagte der Wirt und deutete einen Diener an, »Prostata.«

Sehr mit sich im Reinen kam der Tscharli zurück an unseren Tisch. Der braucht das, dachte ich, indem ich bewußt an ihm vorbeisah, sonst läuft er nicht rund. Er sei ein alter Diesel, brachte es der Tscharli später selber auf den Punkt: aber einer ohne Schummel-Software. Er sei immer »gradaus«, erst recht wenn er merke, daß er's mit einem »krummen Hund« zu tun habe, das sei er sich schuldig.

Eine Zeitlang war Solomon der einzige, der ihm Fragen stellte, etwa ob er verheiratet sei oder Fan des FC Bayern, ob er einen Flüchtling bei sich zu Hause aufgenommen oder Kinder habe. Nein, nein, nein, nein. Der Tscharli gab sich ausnahmsweise einsilbig, blickte sich immer wieder nach der Kellnerin um, die ihn maßlos bewunderte. Als er ihr »Polepole, bibi« zurief, ließ sie vor Lachen fast das Tablett mit unseren Bierflaschen fallen, schließlich war sie alles andre als eine *bibi*, eine alte Frau. Einige der Läufer bewunderten den Tscharli gleichfalls und applaudierten bei dieser oder jener Einlage; andere verständigten sich über die Tische hinweg, daß ihnen »so einer wie der gerade noch gefehlt« habe: »Dem seine Chauvi-Scheiße« gehe gar nicht; wie er als alter Sack die Einheimischen anbaggere, raube ihnen beim bloßen Zusehen die Energie für morgen.

Es war dann allerdings Charles, der dem Tscharli das Maul stopfte: Morgen um acht hole er ihn ab, »zero-eight«, nur damit das klar sei, und fahre ihn ins Krankenhaus.

John saß daneben und nickte.

»I werd no gaga«, mußte der Tscharli erst mal einen Schluck nehmen, »jetzt fangt der wieda damit o.«

Und weil Charles nicht reagierte:»D' Scheißerei gehört in Afrika doch dazu!«

»Die kriegt a jeder gratis.«

»Wei's wahr is.«

Aber so kam er bei Charles nicht durch. Der war von John bestens informiert und erzählte dem Tscharli jetzt in aller Ausführlichkeit, daß er schon beim Aufstieg und werweiß wie lange krank gewesen sei. Daß Samson aus seiner Toilette, sobald sie im Verlauf des Abstiegs aufgetaut war, nur Blut und Wasser habe entleeren können. Daß das nichts mit der Verpflegung zu tun habe. In Moshi stehe das beste Krankenhaus von Tansania, das *Kilimanjaro Christian Medical Centre*, kurz *KCMC*. Dort werde er den Tscharli morgen einliefern, der müsse dringend von A bis Z durchgecheckt werden.

Er müsse gar nichts, widersprach der Tscharli: außer sterben, und das täte er auch bald genug.

Die ganze Zeit hatte er mit breit gespreizten Beinen dagesessen, beide Ellbogen auf der Tischplatte, und mit der Spitze seines Hotelzimmerschlüssels wie mit einem Zahnstocher in den Zähnen herumgestochert. Jetzt, da die herbe Frische seines Duschgels verflogen war, kam der Geruch von altem Schweiß wieder darunter hervor. Ich musterte Charles, wie er seine beiden Handys vor sich abgelegt hatte und den Tscharli, anstatt ihm zu antworten, einfach nur ansah – sehr liebevoll, besorgt, entschieden. Er hatte riesige Nasenflügel, leicht aufgestülpt, so daß man immer ein Stück weit in seine Nasenlöcher hineinsah; wenn er mit Nachdruck redete, spannten sie sich zu regelrechten Nüstern. Seine Ohrläppchen waren leicht nach vorn und dabei nach oben gedreht, dadurch wurde sein Gesicht am Rand akzentuiert und gewann große Intensität. Wenn er lachte und seine weißen Zähne zeigte, war er ohnegleichen präsent. Er strahlte eine unglaubliche Ruhe und Autorität aus, der sich sogar ein Tscharli nicht entziehen konnte.

»Scheiß da Hund«, sagte der plötzlich ganz leise, das »drauf« hatte man sich wohl dazuzudenken: Ob er krank oder gesund sei, lasse er sich von niemandem vorschreiben, »schowuggiglei-gorned!«. Dann aber ließ er die Luft zwischen den Zähnen herauszischen, was keinen scharfen Ton erzeugte, sondern eher so klang, als hätte man ihm gerade den Stecker gezogen: und überraschte Charles mit dem Eingeständnis, er wisse genau, was er habe, dazu müsse er nicht ins Krankenhaus.

Was denn? fragten Charles, Solomon und John gleichzeitig.

Und er wisse auch, ließ sich der Tscharli nicht unterbrechen: Er wisse auch, daß er nicht mehr viel Zeit habe. Die würde er gern noch nutzen. Und indem er Charles jetzt ganz ohne ironischen Zungenschlag als »King Charles« ansprach, bat er um Aufschub: »Oa moi no lebn vorm Tod, abgmacht?« Und dann auch gleich in seinem herben Pidgin: »One last time live before die, okay?« Noch eine kleine Abschiedstour drehen. Danach mache er »die große Flatter«, keine Ausrede, kein Schnickschnack, versprochen. Seinetwegen ab Moshi, das sei bestimmt ein guter Abflughafen. Zuvor jedoch … und nun sagte er endlich, was er wollte, vielmehr, um was er bat: Zuvor würde er gern morgen um acht abgeholt werden, zero-eight, fein. Freilich um dann nach Daressalam zu fahren. Gemeinsam!

Aber warum denn ausgerechnet nach Dar?

Weil er noch ein bißchen Spaß haben wolle, bevor's ernst werde. Das würde King Charles doch wohl verstehen?

Aber warum denn ausgerechnet in Dar?

Weil er sich da auskenne. Er habe dort die Bushaltestellen gebaut.

»Jetz grinst' ja wenigstens amoi, Hansi. Glaubst', i erzähl euch an Schmarrn? Dann kommst' mit, und i zeig sie dir.«

In Afrika wurde man schnell mal zum Doktor oder zum König ernannt; es verlieh einem Würde, die man unter Europäern so schnell nie hätte erringen können. Und wenn es auch nur ein geliehener Titel war, den sich so ziemlich jeder in der passenden Situation zuzulegen oder einem anderen zuzusprechen wußte, so war man doch erst damit Gleicher unter Gleichen: in einer Gesellschaft der Könige. Davon ließ sich ein Charles indes nicht beeindrucken. Als der Tscharli nun auch noch ankündigte, daß er von Daressalam nach Sansibar übersetzen wolle, um da »ein letztes Mal nach'm Rechten und nach'm Linken zu sehen«, und daß er alle einlade, morgen mit ihm dorthin zu fahren, schüttelte er energisch den Kopf:

Das sei erstens total verrückt, könne er zweitens nicht verantworten, und drittens sei er die nächsten Tage sowieso verplant. Insbesondere morgen, der Zieleinlauf des Marathons werde, wie jedes Jahr, im Stadion stattfinden, der Hauptsponsor schenke dazu das *Kilimanjaro* stets zum halben Preis aus. Da könne er nicht einfach nach Dar fahren. Und ein andrer auch nicht.

Der Tscharli schaute King Charles in die Augen, dann zog er einen Hundertdollarschein aus der Tasche und legte ihn auf die Tischplatte. Der sei, ganz abgesehen von den Kosten für Benzin und Verpflegung, für den, der ihn morgen mitsamt seinem Freund Hans nach Daressalam fahre.

»Mitsamt seinem Freund Hans?« schreckte ich hoch.

Pardon, *Windel*hans. »Und auf Sansibar«, wandte er sich an mich, »mieten wir uns an' Bock und heizen d' Insel 'nauf und 'nunter«.

»Wenn du meinst, ich hätte den Motorradführerschein«, winkte ich ab, »dann muß ich dich enttäuschen.«

Echt nicht? Wie ich denn damals an die Weiber rangekommen sei? Na gut, dann eben eine Vespa, die könne jeder fahren.

Sogar das sei ich noch nie.

Eine Sekunde sah er mich sprachlos an, im Moment war er auf ganzer Linie gescheitert.

Und außerdem, legte ich nach, hätte ich nur noch ein paar Tage Zeit, um mir die Serengeti anzusehen und gegebenenfalls den Ngorongoro-Krater, heute abend in einer Woche flöge ich heim.

»Warum denn schon so bald, Hansi?«

*

Da erzählte ich ihm, nein eigentlich: erzählte ich King Charles und in zweiter Linie vielleicht auch John, daß ich gleich nach meinem Rückflug mit einem neuen Roman auf Lesereise durch Deutschland gehen würde, und wenn ich mal einen Tag ohne Veranstaltung hätte, stünden Interviews und Talkshows auf dem Programm. Offensichtlich war ich nicht mehr ganz nüchtern, es kam mir ganz locker über die Lippen; endlich wollte ich auch mal Eindruck schinden und gegen den Tscharli »anstinken«, wie er es ausdrückte, selbst wenn alles nur erfunden war. In Wirklichkeit hatte ich lange keinen Roman mehr geschrieben und auch nichts anderes, was mein Verlag hätte drucken wollen. Das einzige, was für mich in dieser Hinsicht zu Hause auf dem Programm stand, war ein Treffen mit meinem Verleger, der mir wahrscheinlich mitteilen würde, daß seine Geduld ein Ende habe und meine Zeit in seinem Hause desgleichen.

Ob ich etwa ein Buch über das schreiben wolle, was ich hier erlebe täte? fragte der Tscharli. Als ich verneinte, war er enttäuscht: Warum denn nicht? Und die ganze Zeit lag sein Hundertdollarschein auf der Tischplatte. John und Solomon schauten abwechselnd zu ihm hin, auf daß er sich nicht in Luft auflöse, vor allem auch King Charles, obwohl er so tat, als ginge er ihn überhaupt nichts an. Irgendwann legte er seine Hand wie zufällig in der Nähe des Scheins ab und ließ sie dort liegen.

*

Daß der Tscharli seit Tagen nurmehr Wasser und womöglich sogar Blut von sich gab, wenn er zur Toilette mußte, dennoch tüchtig mit Bier nachfüllte, als wäre er bei bester Gesundheit, war mir unverständlich. Er selbst schien es für ganz normal zu halten und vertrug es offenbar auch, jedenfalls ging er jetzt erst zum zweiten Mal zur Toilette, und nur »zum Brunzn«, wie er bei seiner Rückkehr wissen ließ, vielleicht hatten die sieben Imodium doch noch gewirkt.

Und die ganze Zeit hatte sein Hundertdollarschein auf dem Tisch gelegen und die Hand von King Charles daneben. Er könne vielleicht doch morgen chauffieren, ließ der nun wissen, vorausgesetzt, der Tscharli verspreche, nach seiner Abschiedsrunde wirklich ins Krankenhaus zu gehen. Hier in Moshi.

Unter Aufsicht? merkte der Tscharli sofort, daß sich der Wind gedreht hatte, und muckte auf: Er könne doch auch in Daressalam ins Krankenhaus?

Auf gar keinen Fall, beschied King Charles: Das *KCMC* sei mit Abstand das beste in Tansania. Schon allein der vielen Touristen wegen, die dort behandelt würden.

John saß daneben und nickte.

Gutgut, lenkte der Tscharli beflissen ein: Eine Woche Abschiedstour mit seinem Freund Hansi, abgemacht! Und am nächsten Samstag dann die Fahrt zurück nach Moshi, ich gleich weiter zum Flughafen, er ins Krankenhaus. King Charles möge uns bitte auch wieder in Dar abholen, als »Retourkutsche«.

Er griff ein weiteres Mal in seine Hosentasche und legte für die Rückfahrt einen zweiten Hundertdollarschein auf den Tisch. King Charles versicherte mir, er sei froh, daß ich den Tscharli begleite und ein bißchen auf ihn aufpasse, insonderheit wieder hier abliefere; alleine hätte er den Tscharli nie und nimmer nach Dar gelassen.

Wie bitte? Nun hatte er mich kurzerhand in die Pflicht genommen, nur damit er ein kleines Nebengeschäft tätigen konnte?

»Maisha marefu«, sagte King Charles und rollte die beiden Hundertdollarscheine so elegant beiläufig mit einer Hand zusammen, daß er sie wie nebenbei in seine Hemdtasche schieben und mit der anderen Hand seine Flasche erheben konnte.

»Also morgen um acht gradaus«, sagte der Tscharli, indem auch er sofort seine Flasche packte: Und dann wieder am Samstag drauf. Aber gleich in der Früh, »damit der Hansi auf d' Nacht noch sein' Flieger kriegt«.

»Big Simba«, sagte John und griff ebenfalls nach der Flasche, »strong Simba.«

»Prostata«, sagte Solomon, der seine Flasche längst erhoben hatte.

Dann schauten sie alle zu mir, doch ich machte keine Anstalten. Und sagte nichts. King Charles hatte mich offensichtlich fest verplant, dabei … hatte ich mit der ganzen Sache gar nichts zu tun! Und sowieso andere Pläne.

»Geh, komm«, sagte der Tscharli so treuherzig wie möglich,
»a bißl was geht immer«. In die Serengeti fahren könne doch jeder Depp! Er kenne Sansibar wie seine Hosentasche, da gebe's
Dörfer, die hießen Bububu oder Bambi, das sage doch schon
alles. Sogar seinen Lieblingsplatz wolle er mir zeigen, den habe
garantiert noch nie ein Tourist gesehen. Nein, kein Massage-
Salon oder was ich jetzt glauben könnte! Eher das Gegenteil
davon. Und dann fing er wieder damit an, daß es Beißer gebe
und solche, die keine Beißer seien. In die Berge dürfe man nur
mit Beißern, sonst sei man im Fall des Falles »verratzt«. Einen
solchen Beißer brauche er auch jetzt, nur so könne er sicher
sein, daß er bei seiner Ehrenrunde wieder hier ankomme. Und
dann legte er mir tatsächlich den Arm um die Schulter und flüsterte mir ins Ohr: »Du, alloa dapack i 's ned.«

War das noch eine Bitte oder schon Erpressung? Er blickte
mich mit seinen wässrigen blauen Augen an, als würde ich ihm
im Falle einer Weigerung seinen vorletzten Wunsch abschlagen.
Es hätte mir auffallen müssen, daß er ganz bleich war und lange
keinen Witz mehr gemacht hatte. Im nachhinein denke ich, ich
hätte ein zweites Mal mit der Faust auf den Tisch schlagen müssen und dafür sorgen, daß er tags drauf ins Krankenhaus gekommen wäre, vielleicht wäre er noch zu retten gewesen. Aber
er wollte ja gar nicht gerettet werden, denke ich dann, und aus-
serdem hätte da viel früher jemand auf den Tisch schlagen müssen. Jetzt war es sowieso zu spät, jetzt konnte er die Sache ruhig auch noch verzögern, indem er ein paar Tage draufmachte.
Welche Sache? Das wußte ich nicht, wahrscheinlich wollte es
der Tscharli nicht verraten, weil es ihm peinlich war. Daß die
Sache tödlich verlaufen würde, und das auch in absehbarer Zeit,
schien außer Zweifel zu stehen. Hatte er mich, wirklich mich
gerade gebeten, seine letzten Tage mit ihm zu verbringen? Be-

57

vor er dann wirklich ins Krankenhaus gehen und sich auf sein
Sterbebett legen würde? Das hatte er. Ich konnte es ihm nicht
abschlagen.

Oder hatte er nur so dick aufgetragen, damit er seinen Willen
bekam?

Keine Sorge, Hansi, schien der Tscharli meine Gedanken
lesen zu können: Er habe nicht vor, seinen Löffel vorschnell
abzugeben.

»Prost«, sagte ich und erhob meine Flasche.

*

Noch nachdem mich King Charles am *Mountain Inn* abgesetzt
hatte, war ich damit beschäftigt zu begreifen: daß ich mich mit
einem Todgeweihten zu seiner letzten Sause verabredet hatte.
Zumindest mit einem Schwerkranken. Im Grunde begreife ich
es bis heute nicht. Wir hatten noch ein paar Fotos mit unseren Urkunden und den geleerten Bierflaschen gemacht; der
Tscharli versicherte, die Zeche zu zahlen und bald nachzukom-
men; John bekam den Auftrag, ihn zum Hotel zu bringen; der
Wirt wünschte uns gute Nacht, »Lala salama«.

»Dalai salami!« schloß sich der Tscharli an, natürlich zwinkerte er mir zu, er hatte wieder Oberwasser. Schon bei seiner
Abschiedsverbeugung verwandelte er sich erneut in den King
of Fulalu. Winkte auch gleich die Kellnerin herbei, um drei
weitere Bier zu bestellen, eines davon für sie, es werde Zeit, daß
er sie ein bißchen besser kennenlerne.

»Make love, not war«, eilte er ihr nach, um mit ihr gemeinsam, wer weiß, nach den kältestmöglichen Bieren zu suchen.

*

Als das Gewitter losbrach, war ich mit dem ersten Donnerschlag wieder wach. Es blitzte in schneller Folge, und die Einschläge kamen so nah, daß ich … auch in dieser Nacht dalag und die Luft anhielt. Endlich wurde das Donnern schwächer. Dann hörte man nurmehr den Regen, wie er mit solcher Wucht niederging, daß man es für Hagel oder Wut halten konnte. Kühlere kam Luft herein, ich stand auf, um ein weiteres Fenster zu öffnen. Und hörte, wie es im Nachbarzimmer kräftig rumste – oder war das noch ein entfernter Donnerschlag gewesen?

Die ganze Nacht rauschte der Regen, und wenn er für ein paar Minuten aussetzte, war's so still, daß man eine Mücke summen hörte. Sofort setzten auch die Hunde draußen ein und jaulten den Vollmond an. Um fünf Uhr morgens rief der Imam zum Gebet – nein, das war in Arusha gewesen, und in dieser Nacht träumte ich es nur. Erwachte gleichwohl davon. Trat vor die Tür, um in den Hotelgarten zu blicken, sah auf der Restaurantterrasse eine Menge Läufer rund um ein Frühstücksbuffet, im verblassenden Nachthimmel darüber die Silhouette des Kilimandscharo, schwarz und riesig. Das war der Moment, da ich meine getrockneten Blätter vom Boden auflas und anfing, Sätze aufzuschreiben, die der Tscharli en passant rausgehauen hatte:

*

Einmal noch leben vor dem Tod.
Eigentlich sind wir doch alle Friseure.
Die Sehnsucht ist eine Hure.

*

Und Weiteres, das er gestern abgelassen hatte. Dann seinen Exkurs darüber, wie hilfreich es sei, immer mal wieder innezuhalten und zu bedenken, was gerade *nicht* passiere. Schließlich sein unvermitteltes Bekenntnis, daß er dunkles Bier dem hellen vorziehe, es wundere ihn, daß es ausgerechnet in Afrika keines gebe –»Woaßt' scho, a Dunkles is a Helles für Fortgeschrittne«.

Aber das Notizenmachen half mir nicht darüber hinweg, daß ich mich für heute »um acht gradaus« verabredet hatte und daß ich aus dieser Nummer nicht mehr rauskam. Hör auf zu hadern, schrieb ich schlußendlich darunter, du hast lang genug gehadert, allzu lang. Diese kleine Abschiedsrunde kann auch für dich ... *irgend*was werden, laß dich einfach drauf ein.

»In die Serengeti fahren kann jeder Depp.«

Ja, das hatte gerade ich gesagt. Und dann fügte ich sogar noch an:»Wei's wahr is.«

***

Um halb acht war der Tscharli noch immer nicht zum Frühstück erschienen, und ich wurde nervös. Seitdem die Läufer verschwunden und mittlerweile bestimmt längst gestartet waren, schien das Hotel wie ausgestorben. Ich war der einzige, der auf der Terrasse saß, den Blick auf die Silhouette des Kilimandscharo gerichtet. Eine schläfrige Kellnerin mit Namensschildchen *Wily* brachte mir Kaffee, noch einen Kaffee, noch einen.

Ich hatte schon einige Vulkane bestiegen, die mir mit ihrer Symmetrie imponiert hatten, insbesondere der Fudschi, er durfte fast als Kunstwerk gelten. In dieser Hinsicht konnte der Kilimandscharo nicht mithalten, er war gedrückter, rätselhafter, launischer als sie alle, die sich so makellos zu inszenieren wußten. Von ferne betrachtet, erschien er wie die plattgedrückte

Kuppe einer aus Südost allzulange allzu flach ansteigenden Rampe – man unterschätzte ihn. Je höher man dann stieg, desto härter und dunkler wurde er. Bereits das Hochplateau auf Shira 2 war mir wie der erste Kreis der Hölle erschienen und der Lava Tower am Ende desselben wie ein Mahnmal, hier hatte ich zum ersten Mal Angst vor dem Berg bekommen. Den anschließenden Abstieg ins nächste Camp war ich wie in Trance gegangen, hatte den leichten Regenschauer gar nicht registriert. Auch die bizarren Stauden des Riesenkreuzkrauts, die uns, an die zehn Meter hoch, zwischen den Nebelschwaden begleiteten, hatte ich nur flüchtig und schemenhaft wahrgenommen; in Gedanken war ich noch immer am Lava Tower mit seinen ungesicherten Felsüberhängen und wie ich Hamzas Hand gebraucht hatte, um nicht an den Spalten in der Wand zu scheitern. Nein, ein Beißer war ich bestimmt nicht.

Auf jedem der Restauranttische stand als Tischmarker eine kleine handgeschnitzte Holzpyramide, blaßbeige gestrichen. Die meine zeigte auf zwei gegenüberliegenden Flächen eine schwarze 3; auf den beiden Flächen dazwischen ein grasendes Nashorn, recht unbeholfen gemalt, und darüber die Kuppe des Kibo. Wie ich mit den Fingerspitzen darüberfuhr, spürte ich in unverhoffter Heftigkeit, wie sehr ich das kleine Teil begehrte. Als wäre erst das – und nicht etwa die läppische Urkunde – zu Hause der Beweis, daß ich oben gewesen war. Wily schüttelte den Kopf, die Tischmarker seien unverkäuflich; weil ich kein Einsehen zeigte, telefonierte sie mit dem Manager, der auch zu kommen versprach.

Zunächst aber, 7:45 Uhr, kam King Charles in seinem alten khakibeigen *Landcruiser*: alles andere als ein SUV, mit denen die Touristen hier in der Regel herumgefahren wurden, er sah noch wie ein echter Geländewagen aus. Wieder wurde King

Charles von seinem kleinen Bruder begleitet – und sogar von John, der erst in wenigen Tagen die nächste Gruppe auf den Berg zu führen und kurzerhand beschlossen hatte, die Tour nach Daressalam mitzumachen.

»Are you happy, Hans?« fragte mich Solomon ganz ernsthaft zur Begrüßung. Ich wisse es noch nicht, versetzte ich, und er fügte an: »It's better to be happy.«

King Charles hingegen wollte keine Zeit verlieren, er ging sogleich mit mir zur Rezeption und von dort, nun auch in Begleitung der Rezeptionistin und mit des Tscharlis frischgewaschener Wäsche in einer Tüte unterm Arm, zum Zimmer von ... Es würde ihm doch nicht etwas passiert sein? Kaum hatte die Rezeptionistin aufgesperrt, trat King Charles überaus elegant einen Schritt zurück, um mir den Vortritt zu lassen. Und kaum hatte ich das Zimmer betreten, schob er die Tür ganz sanft hinter mir zu; ich protestierte; er wehrte diskret ab, neinein, er sei nur der Chauffeur, der Freund sei ich.

Verdammt! Schon wieder nahm er mich in die Pflicht.

*

Der Tscharli lag auf dem Fußboden in einer Lache Erbrochenem. Auf halbem Weg vom Badezimmer zu seinem Bett war er gestürzt und in einer merkwürdig verdrehten Stellung liegengeblieben. Sein ausgemergeltes Gesicht schimmerte im Zwielicht so bleich, die Hakennase weit emporgestreckt, die silbergrauen Haare wirr darum herum, man hätte ihn für tot halten können. Und im ersten Moment tat ich das auch. Es roch ... süßlich und aufdringlich und endgültig. Ich hielt die Luft an und sah zu, daß ich den Vorhang aufzog und das Fenster öffnete. Langsam, fast vorsichtig ging ich zurück zum Tscharli und hörte, daß er regelmäßig atmete. Das Licht im Bad brannte noch, ich ging, es zu löschen – und sah das Blut in der Kloschüssel. Tatsächlich schloß ich die Augen und zog die Spülung. Selbst nach ausgiebigem Händewaschen ekelte ich mich noch, stand dann eine ganze Weile neben dem Tscharli und wußte nicht, wie ich ihn wachbekommen wollte, ohne ihn zu berühren. Letztlich stupste ich ihn ganz leicht mit der Schuhspitze in die Seite, aber er rührte sich nicht. Ganz offensichtlich schlief er seinen Rausch aus.

Nun öffnete sich die Tür einen Spaltbreit, King Charles winkte mich herbei. Er übergab mir die Tüte mit des Tscharlis frischgewaschener Wäsche, auf daß ich seinen Koffer packe, wir hätten keine Zeit zu verlieren, die Strecke nach Dar sei lang. Bezahlen müsse der Tscharli die Sauerei natürlich auch, am besten nähme ich sein Geld an mich, um die Sache an der Rezeption zu regeln. Verdammt! Doch schon ging die Tür wieder zu, ich sah nicht mal mehr den Spaltbreit einer Möglichkeit, mich dieser Aufgabe zu entziehen. Der Tscharli hatte mich auf seine Seite gezogen, um dem Tod noch ein letztes Schnippchen zu schlagen. Ich konnte ihn nicht bereits heute im Stich lassen.

Sein Koffer war erstaunlich ordentlich gepackt, ich fand mich im Nu zurecht. *Erstaunlich* ordentlich? Im nachhinein bemerke ich, wie ich ihm aufgrund seiner krausen Gedanken, seiner unvermittelten Witze, Sentenzen und Einlagen stillschweigend die Unfähigkeit zu praktischer Ordnung abgesprochen hatte. Nun sah ich, daß er zumindest beim Kofferpacken äußerst akkurat war, nachgerade pedantisch. Auch das Geld war darin und in seinem Tagesrucksack auf eine Weise verteilt, die mir einleuchtete. Vor allem war es viel Geld, sehr viel Geld und – als ich sämtliche Gefrier- und Frischhaltebeutel gefunden hatte – viel zu viel Geld. Er reiste mit tausenden von Dollars; die Tansanischen Schillinge, die er bündelweise zwischen den Wäschestücken verteilt hatte, schaute ich gar nicht erst genauer an.

Die Fotos, die ich in einer Vierfächertasche mit den Reisedokumenten fand, hingegen schon. Eines zeigte ihn in Begleitung mehrerer Männer vor einem Lokal namens *Lederhosenbar*, er sah deutlich gesünder und fast ein bißchen dick darauf aus. Ein weiteres Foto im Kreis fast derselben Männer, diesmal in Blaumännern und vor einem Haufen alter Möbel, Kisten, Bretter, Kram. Schließlich ein Foto, auf dem er deutlich jünger war, vielleicht Anfang vierzig, mit einem schwarzen Lockenkopf und einem schmalen Menjoubärtchen; er sah darauf wie ein ausgekochtes Schlitzohr aus, die bayerische Version von Burt Reynolds oder Clark Gable, allerdings mit Hakennase. Und! er hielt eine blonde Frau im Arm, die ihn von der Seite anhimmelte. Auf der Rückseite des Fotos hatte jemand »Von Deiner Kiki zur Verlobung am 8. 3. 1995« geschrieben. Ich erkannte die Frau noch auf anderen Fotos, auf einigen trug er sie in einer Art Tragegestell auf dem Rücken, man sah, wie dünn ihre Beine waren und wie schmal ihr Gesicht, weit schmaler als –

»Was schaugst 'n da mit deine Augn?«

Der Tscharli hatte sich halb aufgerichtet, stöhnte, ließ sich auf den Boden zurücksinken.

»Du hast wieder Blut geschissen«, raunzte ich ihn anstelle einer Antwort an. Es kam mir ganz selbstverständlich über die Lippen, erst viel später wunderte ich mich über meine Direktheit.

Ob's mir lieber gewesen wäre, versetzte der Tscharli, wenn er sich wieder in die Hosen gemacht hätte, wie im Krater?

Wann im Krater, wollte ich tatsächlich wissen, erst viel später wunderte ich mich über meine Schamlosigkeit: Etwa in der Nacht?

»Scheiß drauf!« beendete der Tscharli das Thema. Er habe starkes Kopfweh, ob ich vielleicht noch irgendwelche Pillen für ihn hätte, *Aspirin* zumindest?

Ich versprach ihm etwas anderes, sobald wir im Auto wären. Ob er jeden Abend so zeche?

»Bist' narrisch, Hansi?« Er war noch immer auf dem Boden, hatte sich aber wieder hochgestemmt, so daß er, sich mit den Armen abstützend, fast saß. Er sei die letzten drei Monate trokken gewesen, fast trocken jedenfalls. So viel wie gestern habe er lange nicht mehr getrunken.

Ich half ihm aufzustehen, er konnte sich indes nicht auf den Beinen halten und mußte sich an mir festhalten. Obwohl er so dünn war, lag er schwer auf meiner Schulter. Bevor wir auf diese Weise das Zimmer verließen, blieb er stehen und flüsterte mir ins Ohr:

»Ge', du verpfeifst mi ned?« Er holte tief Luft, und obwohl er sich fest an mich klammerte, schwankte er beträchtlich; ich hatte Angst, er könne das Gleichgewicht verlieren und uns beide zu Boden reißen: »I hab nimmer vui, des woaßt' ja. Des Noagal, des i no hob, des würd i gern no aussaufn – mit dir.«

Da hatte ich einen Kloß im Hals. Ich schämte mich für ihn, ich ärgerte mich über ihn, ganz eigentlich verachtete ich ihn. Und doch, und doch! Ich glaube, daß ich in diesen Momenten anfing, ihn zu mögen.

*

»Hat er wieder Blut geschissen?« fragte John, als ich, den Tscharli an meiner Schulter, draußen vor dem Hotel auftauchte. Nein, sagte ich, diesmal habe er auf den Fußboden gekotzt.

Nachdem der Tscharli auf der Rückbank des *Landcruiser* verstaut und für die anstehende Reinigung bezahlt war, versicherte mir King Charles noch einmal, wie froh er sei, mich die nächsten Tage an des Tscharlis Seite zu wissen. Es konnte losgehen.

Aber da fuhr der Manager des Hotels endlich vor, entschuldigte sich auch gleich, die Ausfallstraße nach Daressalam sei wegen des Marathons heute gesperrt gewesen. Und erst vor wenigen Minuten wieder für den Verkehr freigegeben worden. Warum ich ausgerechnet einen Tischmarker wolle, der sei doch nichts wert?

Oh, der sei unschätzbar viel wert, versetzte ich, ich hätte ihn gern als Beweis. Daß ich da oben gewesen sei.

Ob das ausgerechnet ein Tischmarker beweisen könne? grinste der Manager: ein Tischmarker, der immer unten geblieben sei?

Nachdem ich ihm erzählt hatte, daß *ich* sogar *oben* geblieben sei und eine Nacht im Krater verbracht hätte, grinste er nicht mehr, schickte Wily, den Tischmarker zu holen, hiermit schenke er ihn mir. Eine Nacht im Krater … Das sei doch total verrückt! Ob wer gestorben sei? Nein? Dann werde noch einer sterben. Die Götter seien hungrig dort oben, und wer sie gestört hätte, den würden sie sich noch holen, wenn er sich längst in Sicherheit wiege. Er sei nicht abergläubisch! Es gebe jedoch Fälle, da sei einer, der im Krater übernachtet habe, noch nach Wochen tot umgefallen, von einer Sekunde zur nächsten, und die Ärzte hätten keinen Grund dafür feststellen können.

Nun hatte ich einen Vorgeschmack davon bekommen, was mich auf der Reise mit dem Tscharli jeden Morgen aufs neue erwarten konnte. Aber auch einen Tischmarker, der die Kuppe des Kibo zeigte. Wakala!

*

Einen beträchtlichen Teil der Fahrt lag der Tscharli auf der Rückbank und schnarchte. John saß neben mir in der zweiten Reihe, er bestätigte einigermaßen aufgeregt, der Manager habe recht, es werde viel gestorben am Kilimandscharo. Viel mehr, als davon in die Öffentlichkeit dringe. Das würde ja das Geschäft verderben. Seiner Meinung nach werde dem Tscharli eine Untersuchung im Krankenhaus nicht helfen; er müsse zu einem *witch doctor*, die seien stärker als selbst die besten ausländischen Ärzte.

Niemand hatte Lust, darauf einzugehen. Schweigend fuhren wir Richtung Süden, in einiger Entfernung begleitet von einer Überlandleitung, deren Masten so aussahen, als wären sie noch aus Holz. Die Straße führte durch Mais- und Sonnenblumenfelder; geduckt dazwischen immer wieder kleine Rohbauten, mit Wellblech gedeckt und bunt bestückten Wäscheleinen geschmückt. Gleich dahinter die Savanne. Zwischen dornigem Gestrüpp sah man Herden weißer Rinder oder Ziegen, auf einer Anhöhe den Hirten im blaurot gemusterten Umhang der Massai, den langen Hirtenstab gegen die Erde gestemmt, auf einem Bein stehend, das andere in Kniehöhe daran abgestützt, sehr dünn und stolz und aufrecht. Und darüber dieser riesige afrikanische Himmel.

Nicht alles, was wie ein Massai aussehe, sei auch ein Massai, brach King Charles das Schweigen: Im Umland von Moshi seien es eher Waarusha. Die wären bis zum Beginn der Kolonialzeit von den Massai beherrscht worden – jedenfalls habe man es ihm so in der Schule beigebracht – und hätten viel von ihnen übernommen.

Schon nach einigen Kilometern Fahrt blockierte ein umgekippter Lkw die Straße. Alle, die darum herumstanden, waren mit ihren Handys zugange. Der Verkehr hatte sich offensichtlich seit einer Weile gestaut; etliche der Fahrer nutzten die Wartezeit, um ihr Wasser abzuschlagen, sie stellten sich an die Beifahrerseite ihrer Autos und pißten auf die Reifen. Kaum daß es endlich weiterging, wurde uns eine Herde Lämmer entgegengetrieben; dann lagen immer wieder Hunde auf der Fahrbahn, die sich durch Hupen nicht verscheuchen ließen.

Linker Hand changierte die Landschaft zusehends ins Mystische – hinter Feldern mit mannshohen Agavestauden baute sich ein Gebirgszug auf, gut 2000 m hoch, von Wolkenbändern umspielt, die in geringer Höhe dahintrieben und alles mit einem zarten weißen Muster versahen. Ein Teil der Agaven war bereits in Streifen geschnitten und gestapelt, um in der Sonne zu trocknen. An strohgedeckten Verkaufsständen boten Bauern Orangen, Melonen, Tomaten und Mangos an; kleine Jungs hielten einzelne Früchte empor, um sie den vorbeifahrenden Autofahrern zu zeigen. Immer wieder war die Straßenböschung frisch abgekokelt und glomm da und dort noch nach; an den Hängen sah man Büsche brennen, ganze Felder, überall Rauchsäulen. Direkt am Straßenrand Holzkohle in Säcken, Handymasten und Kakteen, bis zu drei Meter hoch. Dann wieder ein Dorf, weit ärmlicher als die Siedlungen rund um Moshi, lauter schiefe Holzbaracken, mit Satellitenschüsseln dekoriert. Manche der Häuser bestanden nur aus vier Eckpfosten und einem Dach aus Kokospalmblättern oder Elefantengras. Andre hatten Wände aus Holzpfählen, fachwerkartig angeordnet, der Raum dazwischen mit rotem Lehm gefüllt, das Dach darüber

eine Plastikplane. Dann beidseits der Straße Bäume, die gleichzeitig gelb und orange blühten, ganz oben im Geäst ab und zu
ein schwarzer Milan. Frauen und Kinder schleppten große Pla-
stikkanister mit Wasser. Männer saßen in Gruppen beieinander
und taten nichts.

Das ist Afrika, dachte ich.

Dann machten wir an einer Tankstelle kurz Pause. Überall
waren die Nationalfarben Tansanias aufgepinselt, sogar die
Gitterzäune waren in schrägen Streifen grüngelbschwarzblau
gestrichen. King Charles ließ den Motor laufen, ein kleiner
Knirps hantierte geschickt mit Schlauch und Einfüllstutzen.

Das ist Afrika, dachte ich.

Und hatte mir die Formulierung des Tscharli zu eigen gemacht, ohne es zu bemerken. Die rote Erde, die Dornenbüsche,
das karge Grasland, der Rauchfaden eines Feuers am Hang, ein
kreisender Vogelschwarm im Himmel, ein Holzhüttendorf mit
Mangobäumen an der Straße, von ferne Taubengurren, Hüh-
nergackern, ein laut geführtes Gespräch, dessen Worte lediglich
aus Vokalen bestanden, das offene Draufloslachen, die große
Verlorenheit danach. Ja, deshalb war ich gekommen, ich erinnerte mich. Und dazu der Geruch der roten Erde, des bren-
nenden Holzes, irgendwelcher schwerer Blüten, vermischt mit
dem trockenen Anhauch der Savanne, dem wundervoll intensi-
ven Duft der Einheimischen, wenn sie vorübergingen – so hatte
es schon vor 25 Jahren gerochen, auch daran erinnerte ich mich.

Ich nahm mir fest vor, nicht noch in den letzten Tagen einzuknicken. Schließlich hatte ich auch noch eine Rechnung mit
Afrika offen und war entschlossen, sie bis zu meinem Abflug
zu begleichen.

Und dann hatte der Supermarkt neben der Tankstelle ein
derart reichhaltiges und wohlgeordnetes Sortiment, daß ich

meine Enttäuschung nicht verbergen konnte. Sogar *Nivea*-Deos in sämtlichen Duftnoten gab es, die ich von zu Hause kannte, Energieriegel, Softdrinks, Knabberware.

Als ich an der Kasse feststellte, daß alles auch genausoviel kostete wie in Deutschland, fragte mich Solomon: Ob ich denn geglaubt hätte, Tansania sei noch Entwicklungsland?

*

Richtung Usambara-Berge ging es weiter, und während alle schliefen oder vor sich hin dösten oder mit ihren verschiedenen Handys beschäftigt waren, schrieb ich auf, was ich an den Windschutzscheiben der entgegenkommenden Lkws zu lesen bekam: *God is one*, *Superdoll*, *Street fighter*, *Let's hope for a better future*, *The Lion never sleep* (ohne s), *Night2Night*. Dann kam ein Lkw mit Beschriftung in Suaheli, und King Charles übersetzte, bevor ich ihn darum gebeten hatte: »Don't take a cloth as gift from someone who is naked.«

Ob ich mir auch notiert hätte, fragte mich Solomon, der auf dem Beifahrersitz neben seinem Bruder saß und sich jetzt zu mir umdrehte: daß es ausschließlich *chinesische* Lkws in Tansania gebe? Und übrigens auch ausschließlich chinesische Motorräder.

Ach ja? Ich notierte es auf. Die Pkws kämen aber zumeist aus Japan, gab ich zu bedenken.

Solomon wischte den Einwand mit einer Handbewegung weg: Afrika sei gerade zum dritten Mal versklavt worden …

Wie bitte, versklavt? Tatsächlich hatte Solomon es gerade genau so gesagt. Und geriet gleich ziemlich in Fahrt: Nach den Arabern seien die Europäer gekommen und vor ein paar Jahren … Eigentlich schon vor ein paar Jahrzehnten … Egal! Mittlerweile habe China den ganzen Kontinent erobert, habe den Bauern das Land abgekauft und sämtliche Bodenschätze an sich gebracht. Es gebe bereits Dörfer, in denen ausschließlich Chinesen wohnen würden, und die, die früher dort gewohnt und ihre Felder bestellt hatten, seien weitergezogen, in die Vorstädte oder gleich nach Europa. China sei »das dritte Gesicht Afrikas«; es baue nur deshalb Straßen und Eisenbahnlinien, damit es seine Leute demnächst in großem Stil hier ansiedeln könne. »Naja«, und jetzt lachte er fast so bitterkurz auf, wie es der Tscharli immer tat, »dann werden wir eben *alle* zu euch kommen«.

Unter seiner bunten Wollstrickmütze mit dem Bommel verbarg sich nicht nur eine Menge Rastalocken, sondern offensichtlich auch ein kritischer Kopf. Oder hatte er gerade nur afrikanische Stammtischweisheiten zum Besten gegeben?

»Refugees welcome«, sagte ich, jede Silbe betonend, schön scharf und spitz und stichelnd.

Das wollte Solomon offenbar nicht hören: Ob ich schon mal darüber nachgedacht hätte, was eine solche Einladung für Afrika bedeute?

»Nun«, setzte ich an, schön korrekt und kompromißlos und durchaus mit Stolz, »zumindest die Gewißheit, daß es in Europa ein Asylrecht gibt, das Schutz gewährt.«

»Und die Gewißheit für uns hier«, ergänzte Solomon, ohne zu zögern, »daß das, was wir die letzten Jahre mit viel Mühe und noch viel mehr Hoffnung aufgebaut haben, nicht mehr zählt«. – »Die Gewißheit, daß die Hälfte zu euch abhaut und den Laden hier den Chinesen überläßt.« – »Die Gewißheit, daß sie von überall her auch plötzlich zu uns kommen, und daß unsre Soldaten sie fangen müssen und die Gefängnisse immer voller werden.« Ob wir das in Deutschland überhaupt mitbekämen?

»Verdammte Scheiße!« Fast hätte ich mit der flachen Hand auf die Armstütze geschlagen: »Du redest ja wie der Tscharli!« Und der sei ein schlimmer Rassist, wir könnten froh sein, daß er für ein paar Stunden gezwungenermaßen das Maul halte, ich mußte nach Luft schnappen, ob sie – und hier wandte ich mich an Solomon, King Charles und John, stellvertretend für all die, mit denen der Tscharli, seitdem ich ihn kennengelernt, zu tun hatte – ob sie überhaupt wüßten, wie herablassend dieser … dieser … Kerl über sie rede?

Genau so. Es war längst überfällig gewesen. Obwohl der Tscharli in meiner Gegenwart noch nie über Flüchtlinge oder die Kolonialisierung Afrikas durch China geredet hatte – gerade *weil* er es noch nicht getan, war ich mir in diesem Moment vollkommen sicher, zu wissen, was er darüber dachte und ohne Scheu verkünden würde. John hob den Blick kurz von einem seiner Displays und sah mich fragend an. King Charles konzentrierte sich auf den weißen Mittel- und die beiden gelben Seitenstreifen. Solomon schwieg.

*

Der Tscharli sei sein Freund, meldete sich nach einer Weile King Charles zu Wort: Auf den lasse er nichts kommen.

John blickte mich erneut an, lächelte sanft und nickte.

Die schlimmsten Rassisten seien immer noch die Chinesen! hatte sich auch Solomon wieder gesammelt und legte nach: Die würden ihre tansanischen Arbeiter als Affen bezeichnen. Und entsprechend behandeln. »Wie wär's, wenn ihr *dagegen* protestiert, wenn Frau Merkel mal wieder nach Peking reist, um Geschäfte zu machen?«

Ich mochte Solomon. Aber seine Ansichten hielt ich für,

nunja, wäre ich in Deutschland gewesen, für, gelinde gesagt …
Ach, ich habe im Lauf dieser Reise so viel neu zu bedenken
bekommen, daß ich mir jetzt schwertue, ihm ein Etikett an-
zuheften, das mir *vor* dieser Reise leicht über die Lippen gekommen wäre. Wenn mir die wenigen Tage mit dem Tscharli
etwas gezeigt haben, dann doch wohl, daß die Etiketten nichts
taugen, weil alles immer viel komplizierter ist, als man am Anfang meint. Damals, auf der Fahrt nach Daressalam, hätte ich
mich mit Solomon fast in die Haare bekommen. Woher wollte
er überhaupt wissen, gegen was und gegen wen ein Bundes-
kanzler protestierte – oder eben nicht –, wenn er einen Staats-
besuch in China absolvierte? Zum Glück fiel mir noch rechtzeitig ein, wo ich war und mit wem ich gerade redete – und
daß es vermessen war, mit ihm über etwas zu streiten, das ich
nur aus den Medien kannte, er hingegen aus seinem konkreten
Alltag.

»Mensch, Solomon«, versuchte ich einzulenken, mein Ärger
war einer diffusen Bedrückung gewichen, gerade irgendetwas
falsch gesagt und damit die Fahrt nach Daressalam vermasselt
zu haben, vielleicht die ganze Reise: »Was ist denn in dich gefahren?«

Er saß und schwieg. Kam dann wieder auf seine Frage zurück, deren Beantwortung ich schuldig geblieben: Ob wir das
alles in Deutschland wenigstens mitbekämen?

Was alles?

Was wir hier in Afrika anrichten würden.

Wir? Anrichten? Doch wohl im Gegenteil?

Mittlerweile sei ganz Afrika in Bewegung geraten, und wenn
jeder glauben würde, daß es in Europa besser sei als hier, werde
es hier jedenfalls *nicht* besser. Ob wir das in Deutschland mitbekämen.

Ich war froh, daß in diesem Moment der Tscharli aufwachte und sich gleich über den Lärm beschwerte und Durst hatte und rauswollte, »hintern nächsten Kaktus«.

*

Nach zweieinhalb Stunden hatten wir einige Polizeikontrollen passiert, und noch immer lag zu unsrer Rechten die Massai-Steppe mit ihren Herden und Hirten und dem Himmel darüber, an dem man sich nicht sattsehen und gleichzeitig verzweifeln konnte. Zu unsrer Linken tauchten jetzt hinter tief hängenden Wolken die Usambara-Berge auf. King Charles hielt an, damit wir ein paar Fotos schießen konnten; sogleich sprangen mir ein paar Jungs vor die Kamera und warfen sich in Pose. Als ich sie fotografiert hatte, forderten sie Geld. Der Tscharli belehrte sie ganz ruhig, das sei »hinterfotzig«: Erst auf Freundschaft machen und dann abkassieren, da könne ja jeder kommen. Im Nu war er mit den Jungs im Gespräch. Nachdem sie erfahren hatten, daß wir Deutsche waren, hießen sie uns willkommen – sie hatten uns für Engländer gehalten. Am Ende rotteten sie sich ganz von selber zu einem Abschiedsfoto mit dem Tscharli in ihrer Mitte zusammen.

Kaum hatte er seinen Rausch ausgeschlafen, war er wieder ganz der Alte – auf seine spezielle Weise ein Beißer, mehr, als ich es war, weit mehr. Als wäre nie was gewesen, bekundete er grossen Appetit, »Mambu didi«, und wir legten eine Mittagspause im *Rockhill Restaurant* direkt an der Straße ein. All die anderen, die heute zwischen Moshi und Daressalam unterwegs waren, machten ebenfalls hier Pause, es schmeckte richtig schlecht.

*

Um vier Uhr erreichten wir die Küstenregion, der Indische Ozean hielt sich allerdings noch verborgen. Es war deutlich wärmer, an die 35 °C. Die Straßen waren gesäumt von großen Laubbäumen mit glatten weißen Stämmen, dazwischen sah man Bananenstauden, Palmen, Cashewbüsche. Von einem adrett gekleideten Bürschlein am Straßenrand, älter als sieben oder acht war es kaum, ließen wir uns eine Ananas mit einer Machete in mundgerechte Stücke zerhacken. Seine kleine Schwester lümmelte auf dem Sandboden zwischen dem Haufen Ananas und dem Abfallhaufen, die Hühner stolzierten um sie herum. Danach überholten wir einen Jeep, der einen Seewolf so am Außenspiegel befestigt hatte, daß er durch den Fahrtwind trocknete, zu Hause mußte er ihn nur noch waschen und grillen. Dann waren die Vororte von Daressalam erreicht. Direkt neben der Straße hatten die Händler Bettgestelle und gewaltige Sofas aufgestellt. Immer mal wieder passierten wir eine winzige Moschee oder einen Baum, unter dessen ausladender Krone ein Bildschirm stand: eine Kneipe, die *Lulu Bar* hieß oder einfach *Karibu*. In den Stuhlreihen davor zwanzig bis dreißig Männer, die Bier tranken. Dann steckten wir schon im Stau.

King Charles sah eine Weile zu, wie immer mehr Drängler ausscherten und an den wartenden Autoschlangen vorbeifuhren, sei's auf dem Bankett, sei's auf der Gegenfahrbahn, dann schloß er sich ihnen an. Sein Navigationsgerät hätte er gar nicht einschalten müssen. Der Tscharli wußte den Weg auswendig, im *Zakinn Zanzibar Hotel* steige er heute nicht zum ersten Mal ab, da sei er mindestens Stammgast. Nach zehn Stunden Fahrt kamen wir an.

»Hast du die Hochhäuser gesehen, kurz bevor wir ins indische Viertel abgebogen sind?« fragte mich Solomon beim

Aussteigen.»Alle von Chinesen gebaut und von Chinesen bewohnt.«

»Hast du das Kasino gesehen, das mit der großen Videowand?« setzte er nach. »Da dürfen wir gar nicht rein.« – »Mitten in unsrer eigenen Hauptstadt.«

Ich hatte mir geschworen, zu diesem Thema nichts mehr zu sagen, und nickte nur, jaja, *das* sei Rassimus, klar.

*

Als wir im Schlepptau des Tscharli das Hotel betraten, gab es gleich großes Hallo, »Big Simba back, karibu, karibu«. Von der Straße aus waren wir erst mal im Restaurant gelandet, von dort führte ein Gang nach hinten – zum Hof, zu einem weiteren Speiseraum und zur Rezeption, von der uns »Alles klar, Herr Kommissar« entgegenschallte. Der Tscharli hatte beide Hände voll zu tun, von jedem ordnungsgemäß abgeklatscht oder – von den Damen, die im Gang herumstanden, und weiteren, die vom Hof hereinströmten – mit Umarmung und Küßchen begrüßt zu werden. Bei einer, die nur Hotpants und Bustier trug, beides im giftgrünen Leo-Print, ging er von Kopf bis Knöchel auf Tuchfühlung wie seinerzeit der dicke Mann im *Nirvana Saloon* und verharrte so sekundenlang, sie schienen es alle beide zu genießen.

»Das ist doch ein Puff«, stieß mich Solomon vertraulich in die Rippen, als hätte er sich nicht eben noch mit mir gestritten.

»Was is 'n *kein* Puff in Afrika?« hatte es der Tscharli mitbekommen und entließ seine Freundin aus der Umarmung.

Seine Bemerkungen waren auch heute peinlich, sein Auftreten indiskutabel. Aber statt mich noch länger über ihn aufzuregen, bestaunte ich ihn zunehmend. Als wäre er nicht etwa mein

Reisegefährte, sondern die schräge Hauptfigur eines ohnehin schrägen Stückes – und ich bloßer Zuschauer. Solomon sah ihn kopfschüttelnd so lange an, bis er sich mit einem »Wei's wahr is« einer weiteren Dame widmete.

Das *Zakinn Zanzibar Hotel* war zumindest *auch* eine schäbige Absteige, deren Restaurant im Parterre von vielen Einheimischen bevölkert wurde. Im hinteren Speiseraum legte ein DJ auf, und nachdem wir das Gepäck zu unseren winzigen Zimmern hochgetragen hatten, waren die Damen dort wie auch im vorderen Raum unterwegs und leisteten Gesellschaft. King Charles wollte heute abend noch ein Stück aus der Stadt hinausfahren und dann im Auto übernachten, für ein Abschiedsessen blieb nur wenig Zeit. Fast ums Eck gab es die ersten Straßenrestaurants, auf riesigen Grills wurde verbranntes Huhn zubereitet, dazu gab es Pommes masala und kein Bier.

Kein Bier? Der Tscharli hatte es geschafft, während des kurzen Aufenthalts im Zimmer zumindest ein frisches T-Shirt überzustreifen (»Elchbraut & Lonely«), die Haare zum Pferdeschwanz zu binden und sich mit einem schweren Rasierwasser zu betüpfeln. Keine Frage, er wollte wieder feiern. Aber ohne Bier?

Das sei ein Unding und eine Sauerei zugleich, beschied er den Kellner, der immer wieder beteuerte, in seinem Restaurant werde kein Alkohol ausgeschenkt und in allen anderen hier im Viertel auch nicht. Der Tscharli hatte ihm schon bei der Bestellung des Essens Beine gemacht, er wolle »Jambo didi con funghi«, mit anderen Worten »Mumbu zumbu«, ob das klar sei. Es wurde zumindest sehr schnell klar. Wir saßen auf dem Gehweg vor dem *Mamboz Corner BBQ*, immer mal wieder kam jemand vorbei und bot den Gästen schwarzgebrannte CDs mit *Bongo Flava* an. Schließlich kaufte der Tscharli drei, um sie sogleich John, Solomon und King Charles zu schenken.

Aber kein Bier? Ein Unding, eine Sauerei.

Er scheuchte den Kellner in die nächstgelegene Kneipe, dort solle er gefälligst welches besorgen: Doch nur die von ganz hinten im Kühlschrank, »woaßt' scho«.

Er war wieder obenauf und kurz vor unerträglich.

*

Es gab verbranntes Huhn, Pommes masala und warmes Bier. John aß fast nichts, Charles und Solomon umso mehr und der Tscharli wie ein Schwein. Währenddessen überredete er uns, im Restaurant des Hotels noch ein *Castle Milk Stout* als Absacker zu trinken. Es sei ja erst halb neun und das Bier im *Zakinn* gut gekühlt, das garantiere er.

Weil ein Platzregen niederging, kaum daß wir das Hotel erreicht hatten, wurden es drei Absackerrunden. Der Tscharli brillierte erneut durch Öffnen der Flaschen; allerdings war sein Feuerzeug hier bereits bestens bekannt, nur einige der Gäste wollten kurz mit der Zeigefingerspitze über das *Playboy*-Häschen streicheln, »Very nice«, bevor sie es zurückgaben. Spätestens jetzt war er wieder der King of Fulalu, und tatsächlich verbeugte er sich auf dieselbe Weise wie am Vorabend. Bald würde er eine der Kellnerinnen auf ein Bier einladen oder eine der Damen, die sich an den Tischen verteilt hatten und ihm ab und an zuzwinkerten oder etwas zuriefen.

Ich beschränkte mich darauf, in die Nasenlöcher von King Charles zu blicken. Je länger ich sie betrachtete, desto eleganter geschwungen erschienen sie mir. Da ich auf diese Weise nicht so recht in Fahrt kam und mein Glas nicht zügig genug leerte, stupste mich der Tscharli in die Seite:

»Polepole, Hansi, sonst kriagst no an Herzkaschpa.«

Und weil ich nicht reagierte:»Geh weida, Hansi, jetzt sei ned immer so … han-sea-tisch.« Hier sei jede Menge geboten, man müsse nicht ständig seufzen und stöhnen. Man könne doch auch mal ein bißchen Spaß haben? Den hatte heute ausgerechnet Solomon, der ansonsten ja eher für die ernsten Zwischentöne verantwortlich war. Das Stout schien ihm zuzusagen. Nach einem langen Schluck gab er sich als Fan des HSV zu erkennen.

Warum denn ausgerechnet von denen? war der Tscharli einigermaßen entsetzt.

Erst jetzt kam heraus, daß Solomon ein Jahr in der Nähe von Kiel als Kindergärtner gearbeitet – vielleicht auch nur gejobbt – und dabei leidlich Deutsch gelernt hatte. Sogleich forderte der Tscharli eine Kostprobe, und Solomon legte richtig los. Am Schluß jeden Satzes fügte er gern »weißt du« an, wo immer er das aufgeschnappt hatte, in Kiel wohl kaum, es klang unglaublich nett. Eigentlich habe er in Deutschland studieren wollen, aber dazu hätte er wohl weniger in seiner WG abhängen müssen, »weißt du?«. Er schwärmte von den nächtelangen Gesprächen, die er mit seinen Mitbewohnern geführt habe. Noch heute schaffe er fünfzehn Flaschen Bier oder wahlweise eine Flasche Bier und dazu eine Flasche Konyagi, »weißt du?«. Er bot tatsächlich eine Wette an. Nicht mal der Tscharli wollte einschlagen. King Charles nützte die Gelegenheit, den Tscharli zu ermahnen, sich ja nicht wieder so sinnlos zu besaufen wie gestern. Der Tscharli versprach's. Er sei zwar ein Quartalssäufer, ein Säufer sei er jedoch nicht!

Alsdann, verabschiedete sich King Charles, als der Regen eine Pause machte: bis Samstag früh um neun am Fährterminal, *zero-nine*. Mein Flug sollte um neun Uhr abends starten, *two-one*, wir hatten es x-mal durchgerechnet. Wehe, wir würden die erste Fähre verpassen, ermahnte uns King Charles, die Zeit werde ohnehin knapp. Auf die Schnelle machten wir noch ein paar Gruppenfotos, die die Freundin des Tscharli mit sämtlichen Handys und zum Schluß mit meinem Fotoapparat schoß. Bevor sie den Auslöser betätigte, rief sie uns jedesmal »Chapati« zu, alle stimmten ein, nur ich sagte immer »Cheese«. Wenn ich jetzt das Foto betrachte, das sie für mich geschossen hat, fallen mir die traurigen Augen von John auf, gerade weil er sich sehr zu lächeln mühte. Wohingegen der Tscharli fast grimmig in die Kamera blickte und so lebendig, als wären seine Tage noch längst nicht gezählt. King Charles guckte wie King Charles und Solomon ungemein souverän, mit einem ganz leichten Lächeln um die Lippen, ein feiner Kerl. Und ich selbst? Ach, man sah mir an, daß ich keinen Spaß hatte. Tatsächlich hatte ich den ganzen Abend Angst gehabt vor dem Moment, da ich mit dem Tscharli allein gelassen sein würde. Angst vor dem nächsten Morgen, Angst, den Tscharli erneut in seinem Zimmer zu finden, entweder tot oder in schrecklich betrunkenem Zustand.

Dann ging der Metallgriff von der Eingangstür ab, King Charles hielt ihn ein paar Sekunden verdutzt in der Hand – bis der Tscharli zupackte und den Griff mit einer Verbeugung derjenigen überreichte, die am lautesten aufgelacht hatte. Nachdem er den dreien noch kurz nachgewunken hatte, 23:15 Uhr, drehte er sich entschlossen zu mir um:

»So, Freunde der Nacht, jetzt werd …« Hier machte er eine kleine Pause, in der er mich neckisch von der Seite ansah, als ob ich hätte einstimmen sollen. Er umarmte mich, flüsterte mir »… gfeiert!« ins Ohr und: Seinetwegen könne ich auch einfach weiterseufzen und Notizen machen. Das passe ja besser zu einem Schriftsteller.

*

Da er mit den Damen reihum tanzen wollte – ich solle ihm derweil bitte den Platz neben mir freihalten –, verschwand er bald in den Rückraum, wo er dem DJ den Stick mit Mudis Musikauswahl aufnötigte. Einige der Gäste, die kurz an ihren Tisch im Vorderraum zurückkehrten, berichteten mir begeistert, mein Freund sei ein phantastischer Tänzer. Ohne mich von ihm zu verabschieden, ging ich die Treppe hoch zu den Gästezimmern, aber plötzlich eilte er mir nach und wollte sich bei mir bedanken: Mich in seiner Nähe zu wissen, werde ihm in den nächsten Tagen sehr helfen.

»Dalai salami«, sagte ich.

»Werd scho, Hansi«, grinste der Tscharli, »werd scho.« Ich solle mir keine Sorgen machen, heute stünden die Weiber auf dem Programm, nicht der Alkohol.

Schon sprang er wieder treppab, rief mir vom Absatz »Die Sehnsucht ist eine Hure« zu und verschwand im Gewimmel.

Wenig später lag ich im Bett, lauschte auf den Regen und notierte mir die Sprüche, die er heute geklopft hatte: Gelegenheitsweisheiten wie »Der Trend geht an diesem Abend eindeutig zum Zweitbier«, andrerseits auch »Kennst du das Land, wo die Kastanien blühn?« oder »Wenn man eine Frau wahrnimmt, muß es eine Distanz gegeben haben«. Frauen, das seien für ihn »immer noch fremde Uhrwerke, ein unbeirrbares Vorwärtsticken geheimer Mechanismen hinter sattsam bekannten Zifferblättern«. Woher kannte er solche Formulierungen, das paßte doch gar nicht zu einem wie ihm? Und welch unheilbarer Romantiker verbarg sich womöglich hinter seinen Zynismen, wenn er Frauen vor allem als Rätsel wahrnahm?

Noch immer sah ich in ihm den Proll, dessen gelegentlich

feinsinnige Bemerkungen nicht zu ihm paßten. Statt den feinen, mitunter fast feinsinnigen Kerl in ihm zu sehen, dessen gelegentlich prollige Bemerkungen nicht zu ihm paßten.

Aber ich hatte angefangen, ihn zu mögen. Und mir Sorgen um ihn zu machen. Vielleicht war er schon mal unter ganz anderen Umständen in Schneesturm und Eishagel geraten, vielleicht trug er eine Aschewüste in sich. Immer wieder blitzte etwas in ihm auf, ein Stück hellblau leuchtender Himmel zwischen dichten Wolken, das mich verblüffte, eine Art strahlend bittere Weltweisheit, die ich ihm nicht zugetraut hätte:

*

Je mehr man kennengelernt hat, desto mehr vermißt man.

Nur das Ding an sich kostet nichts.

Die besten Vorschläge sind die, die keiner annimmt.

Es ist der Aberglaube, der den Glauben am Leben hält. Auch in der katholischen Kirche, als Brauchtum getarnt.

Es gibt keine Kleinigkeiten. In jeder von ihnen steckt das große Ganze.

Schlafen hilft immer.

*

Es mußte ein Leben vor demjenigen gegeben haben, das er jetzt führte, und ich nahm mir vor, ihn bei nächster Gelegenheit darauf anzusprechen.

Wenn ich nicht auf das Regenprasseln lauschte und mir ausmalte, wie der morgige Tag wohl beginnen würde, hatte ich schwere Träume. Mit naßgeschwitztem T-Shirt erwachte ich lang vor der Zeit, draußen war es noch dunkel und still.

***

Als der Tscharli auch diesmal nicht zum Frühstück erschien, ging ich auf der Stelle zur Rezeption, damit ich es wenigstens gleich hinter mich bringen konnte. Aber sie war gar nicht besetzt. Auch sonst waren alle verschwunden, die das Hotel gestern abend so intensiv bevölkert hatten. Endlich tauchte eine unglaublich dicke Kellnerin mit weißem Schürzchen und Häubchen auf, begrüßte mich sehr herzlich, »Toasti bread?«, und baute eine Art minimalistisches Buffet auf. Sie hatte einen schwarzen Kinnbart und den afrikanischen Duft. Indem ich mich an ihr vorbei zur Thermoskanne mit Kaffee zwängen wollte, berührte ich aus Versehen ihren riesigen Busen und erschrak.

Dann erschien er doch noch, grußlos, substantiell verkatert. Das Haar trug er heute offen und dazu seine *Serengeti Balloon Safaris*-Kappe. Vom King of Fulalu war nicht mehr viel zu erkennen, es war nicht seine Zeit. Trotzdem nahm er die Kellnerin, die auch ihm im Weg stand, an den Hüften, schob sie sanft zur Seite und ließ seine Hände noch ein paar Sekunden auf ihr ausklingen, sie schienen es alle beide zu genießen. Mit Shorts und Flipflops hatte er sich als Tourist verkleidet, um nicht zu sagen: als Tölpel. Dazu trug er dasselbe T-Shirt wie gestern abend (»Elchbraut & Lonely«), und trotz üppiger Betüpfelung mit Rasierwasser roch er so stechend intensiv, als hätte er darin geschlafen.

Ich sah ihm mit großen Augen entgegen, bestaunte ihn ungeniert, schüttelte den Kopf. »Warum?« fragte ich ihn, noch bevor er richtig an meinem Tisch Platz genommen hatte, »Warum?«.

»Du magst mir also durch die Blume sagn, daß ich wiera *Eu-ro-pä-er* ausschau?« begriff der Tscharli sofort.

Er rieche auch wie einer, setzte ich noch einen drauf, er habe den *eu-ro-pä-ischen* Duft.

Der Tscharli ließ die Luft zwischen den Schneidezähnen herauspfeifen:»Hut ab, Hansi«, schnaufte er. Und nachdem er einen Schluck Kaffee genommen hatte:»Heut gfällst' ma scho besser.«

*

»Entschuldige, Tscharli …«, hob ich an, fand aber gerade noch den Dreh zu:»… daß ich dich noch gar nicht gefragt habe, ob du heut nacht wieder Blut geschissen hast?«

Er nickte nur kurz und blickte mich mit seinen wässrigblauen Augen an. Auch das hatte er nicht von mir erwartet, jedenfalls nicht in dieser Direktheit. Am Ende des Tages sollte ich es sein, dem es die Sprache verschlagen hatte. Im Moment jedoch hatte ich zum ersten Mal Oberwasser, wurde dem Tscharli bald sichtlich unerträglich vor guter Laune. Er drängte zum Aufbruch, schließlich habe er versprochen, mir die Stadt zu zeigen.

Auch die Shorts hatte er mit seinen breiten Hosenträgern gesichert. Wenn man hinter ihm ging und seine dünnen weissen Beine betrachtete, wunderte man sich, wie er damit jetzt noch eine Abschiedsrunde drehen wollte. Und wenn er über alles stolperte, was nur irgend im Weg lag, und trotzdem nie fiel, wunderte man sich irgendwann nicht mehr.

*

Während wir am Fährterminal unsre Fahrkarten für die morgige Überfahrt nach Sansibar kauften, begann in der St. Joseph's Cathedral schräg gegenüber die Sonntagsmesse, die Gläubigen standen bis vors Portal und die Treppenstufen hinab. Der

Tscharli wollte hin, wollte rein, wollte bleiben. Eine ganze
Weile lauschten wir dem Gesang der Gemeinde; einmal wischte
er sich kurz etwas aus dem Auge, es hätte eine Träne sein können, gleich anschließend aus dem andern Auge. Er hätte wohl
gern eine Kerze gestiftet. Dann ging es über die menschenleere Uferpromenade, an der
noch ein paar deutsche Kolonialbauten herumstanden, zum
Fischmarkt. Auf bloßen Brettern lagen türkis schimmernde
Papageienfische und riesige Rochen, einer wurde gerade aufge-
schlitzt. Ohne daß wir gefragt hätten, erklärte uns der Händler,
es handele sich um ein schwangeres Weibchen, der Nachwuchs
sei bereits kräftig in ihrem Körper herangewachsen. Dann zog
er ihn eins, zwei, drei mit einer Beiläufigkeit heraus wie andre
andernorts Kaninchen aus einem Zylinder. Die, deren Ware
schon verkauft war, hatten sich um ein Brettspiel geschart oder
schliefen auf einem der leeren Verkaufstische.

Am andern Ende des Marktes wurde der Fisch kistenweise
an Händler und Einkäufer der Restaurants versteigert, gleich
dahinter begann der Sandstrand. Hier lagen viele alte Dhaus
und der eine oder andre Einbaum mit Ausleger, manche davon stark verrottet, andre umfangreich restauriert und bunt
bemalt. Dazwischen Gruppen von Fischern, die ihren Fang an
Land brachten oder bereits sichteten, Netze zusammenlegten
oder im Schatten ihrer Boote lagerten. Ein Dutzend Männer
stand im flachen Uferwasser und zog ein Fischerboot hoch auf
den Strand. Zwischen zwei kieloben aufgebockten Dhaus hatte
ein Barbier sein Geschäft aufgeschlagen, es bestand aus einem
Stuhl und einem Handspiegel, den der Kunde hielt. Der Barbier schabte ihm mit der bloßen Rasierklinge zwischen Daumen und Zeigefinger die Haarstoppeln vom Kopf. Der Tscharli
ging extra hin, um aus nächster Nähe zuzusehen, fragte mich

wenige Minuten später, ob ich ihm zuliebe mal meine Windel vom Kopf abrollen würde. Und ob er dann über meine Stoppeln streichen dürfe. Er tat es so vorsichtig, als hätte er mich dabei verletzen können. Ein Erdnußverkäufer ging vorbei, er hatte an die zwanzig Münzen in einer Hand aufgereiht und, indem er sie hin und her gleiten ließ, erzeugte ein Ratschen, mit dem er sich schon von fern ankündigte. Lange versuchte ich, ein treffendes Wort für das Geräusch zu finden – klang es wie Zikaden aus Metall? Klapperschlange? Kastagnetten? –, fand aber keins. Der Zigarettenverkäufer, der dem Erdnußverkäufer folgte, verkaufte jede Zigarette einzeln.

Von einem Moment zum anderen brauchte der Tscharli eine Cola, dringend. Wenig später saßen wir auf der Bordsteinkante vor einem Supermarkt, aßen Cashewkerne, tranken Cola und blickten auf eine Bushaltestelle, an der weder jemand wartete noch je ein Bus kam.

»Schaug, Hansi«, meinte der Tscharli: Das werde von ihm übrigbleiben, wenn er demnächst die große Flatter mache. Sein Werk.

Er meinte die Bushaltestelle. Sie und eine Menge weiterer Bushaltestellen habe er die vergangnen zwei Jahre quer durch die Stadt gebaut, die Straße dazu gleich mit, Großauftrag für die *Strabag*, *Afri-ka-ner* könnten sowas nicht. Jeden Morgen seien ein paar seiner Leute nicht zur Arbeit erschienen; jeden Morgen habe er sein Team neu ergänzen müssen mit denen, die sich an der Baustelle eingefunden hatten, um als Ersatz engagiert zu werden. »Hansi, da wirst' narrisch.« Irgendwann hätte man's kapiert, daß es selbst auf diese Weise vorangehe. »Und dann paßt's scho auch.«

»Und du hast jetzt endlich kapiert«, fügte ich eher beiläufig an, »daß du dein andauerndes *Afri-ka-ner* lassen kannst.«

Schließlich setzten wir uns wenigstens selber in die Bushaltestelle und taten so, als ob wir auf einen Bus warteten. Es sah so
aus wie in einer deutschen Bushaltestelle, sogar der Bordstein
war angehoben, weil die passenden Busse dazu ebenfalls geliefert
worden waren, wennschon, dennschon. Freilich sei die Strek-
kenführung von der Stadt falsch geplant worden, keiner könne
die neue Verbindung gebrauchen. Folglich würden alle weiterhin mit privaten Bussen fahren und mit *Daladalas*, die durch die
städtische Linie eigentlich hätten ersetzt werden sollen.
»Das ist Afrika«, sagte ich.
»Des is Entwicklungshilfe«, sagte der Tscharli.
Und dann kam doch noch ein Bus. Eine alte Frau saß darin,
und als der Bus anhielt, freute sie sich, jemanden zu entdecken,
und winkte uns zu.

*

Zum Mittagessen gingen wir ins *New Africa Hotel*; im 9. Stock
gab es dort ein Restaurant, in dem der Tscharli gleich vom
Türsteher, »Alles klar, Herr Kommissar«, und von einem deutschen Gast begrüßt wurde. Noch immer hatte ich Muskelkater
in den Unterschenkeln, war froh, daß ich eine Zeitlang einfach
nur am Fenster sitzen, die Speisekarte überfliegen und ansonsten auf die Bucht blicken konnte. Von hier oben wirkte sie
trostlos, selbst die Landspitze, an deren Ufer wir zwischen
Dhaus und Einbäumen spazieren waren. Gerade war eine völlig
überladene Fähre von sonstwo angelandet, und die Passagiere
strömten die Uferrampe empor, zum Teil rannten sie sogar. Ich
war froh, daß ich weit weg davon war, an einem Ort, wo mich
notfalls der Türsteher beschützen würde.
Als ich das letzte Mal in Afrika war, hatte es nie etwas Gu-

tes bedeutet, wenn jemand plötzlich zu rennen begann. Sobald es überall wie leergefegt war, wußte man, daß es ernst wurde. Die Menschen waren auf der Flucht oder im Krieg, und wenn sie gerade mal friedlich am Rand einer Straße saßen oder in einer Kneipe, dann machten sie Pause von der Flucht oder Pause vom Krieg. Ich erinnerte mich, daß mir diese Pausen fast noch schlimmer vorkommen wollten, als wenn es irgendwo wieder losgegangen wäre. Da war etwas Lauerndes in der Luft gelegen, in jedem Hauseingang und hinter jedem Straßeneck und wo auch immer man sich zusammengerottet hatte, um auf den Anbruch der Nacht zu warten oder darauf, daß jemand ein Zeichen gab oder sonstwas passierte. Selbst das Flimmern der Luft über dem Asphalt hatte etwas Lauerndes gehabt; ich erinnerte mich, daß wir reglos auf unserem Lkw saßen und inniglich hofften, nicht unvermittelt anhalten zu müssen. In dem Moment, da ich, achtlos die Speisekarte in der Hand, die Menschen auf der Rampe rennen sah, merkte ich, wie tief die Angst vor diesem Kontinent noch immer in mir saß und warum ich ihn so lang gemieden hatte.

Ein Räuspern holte mich zurück an unseren Tisch. Der Kellner hatte wohl eine Weile neben mir gestanden und nicht gewagt, mich anzusprechen. Wie gern ich bei ihm das Erstbeste bestellte, das ich auf der Karte entdeckte!

Ja, ich war froh, daß ich an einem Ort war, der den meisten Bewohnern von Daressalam ihr Leben lang verschlossen blieb – im nachhinein muß ich es mir eingestehen, auch wenn es mir weit besser gefallen hätte, mich über den kaum kaschierten kolonialen Charakter des Restaurants zu echauffieren und es dem Tscharli gegenüber herunterzuputzen. Allerdings war es hier drinnen nur auf eine andere Weise trostlos als draußen; des Tscharlis Stammlokal wurde von Expats und der Oberschicht frequentiert, vornehmlich von Indern, und entsprechend selbstherrlich ging es an den Tischen rundum zu. Auch heute wollte es der Tscharli »krachen lassen« und bestand darauf, mich einzuladen. Nur unterbrochen von unserem überaus devoten Kellner, der ihn abwechselnd als Big Simba, *sir* oder *bwana* anredete, erzählte er mir bereitwillig von seiner Zeit als Bauleiter in Daressalam. Bald schwirrte mir vor lauter *Hoit auf*, *Paßt scho, Des kannst' ma glaum* der Schädel.

Offenbar hatte er schon früher hier gelebt, wohl auch in anderen afrikanischen Städten, war aber erst 2015 gekommen, um zu bleiben.

Warum?

Ach ... darum. Er habe Afrika immer geliebt.

Ach wirklich? entfuhr es mir, ich hatte es immer gehaßt. Genau genommen, seit 25 Jahren.

Er habe es immer geliebt, wiederholte der Tscharli sehr ernst. Sei immer wieder zurückgekehrt. Irgendwann habe er gar nicht mehr in Deutschland leben wollen, warum sollte er dort jetzt auch noch zusammenschrumpeln und verfaulen? Afrika liege ihm weltanschaulich näher, dort werde noch Klartext gesprochen, »gradaus«, selbst wenn's manchmal hart sei.

Ob er zum Sterben zurückgekommen sei?

Zunächst mal, um wieder ordentlich Geld zu scheffeln, doch vor allem »zwengs der Gaudi«! Jetzt, wo die Männer bei uns seien, kümmere er sich hier um ihre sitzengelassenen Weiber.

Nein, ich schlug nicht mit der Faust auf den Tisch. Ich mochte den Tscharli, wenn auch mit angezogener Handbremse. Und obwohl ich ihn geradezu für, nunja, wäre ich in Deutschland gewesen, für, gelinde gesagt ... Ach, ich weiß nicht, für was ich ihn gehalten hätte, wahrscheinlich für reaktionär und chauvinistisch und ganz eigentlich für »rechts«, ja, das war es wohl, für

»rechts«. Aber ich *war* nicht in Deutschland, also ließ ich ihn
einfach reden. Hörte einfach zu. Offenbar hatte ich mich bereits
so daran gewöhnt, daß mich nichts mehr wirklich überraschen
konnte. Und glaubte, den Melancholiker in ihm erkannt zu haben, der nur deshalb so überdeutlich sein Chauvi- und Macho-
tum zur Schau stellte, um sich dahinter zu verbergen.

Doch das stimmte eigentlich nicht. Ich hörte ihm bloß deshalb so schweigend zu, wie man der Geschichte eines Geschich-
tenerzählers lauscht, weil ich *alles* wissen wollte, die komplette
Geschichte. Nur mit dem Unterschied, daß ich ahnte, wie sie
enden würde, hingegen nicht, wie sie angefangen hatte. Nun
erfuhr ich, daß er schon vor der Jahrtausendwende und dann
immer wieder nach Afrika gekommen war, um dort zu arbeiten – oder eigentlich um dort Affären zu haben, »sowas g'hört
doch dazu, Hansi, jetz tua doch ned so gschamig«, und daß das
vielleicht sein Verhängnis geworden war. Den größten Fehler
mache man hier als *Eu-ro-pä-er*, wenn man eine zu sich in die
Wohnung nehme, die kriege man nie wieder raus. Und dann er-
wische man sie auch noch, wie sie gerade mit dem Hausmeister
im Swimmingpool zugange sei. Viel zu spät sei er drauf gekommen, sich auf Nutten zu beschränken, das sei ein ehrlicher Deal.
Die würden ja nicht fürs Vögeln bezahlt, dafür brauche man in
Afrika wirklich niemanden zu bezahlen! Sondern dafür, daß sie
danach wieder verschwänden.

Wo denn die Kiki in dieser Geschichte vorkomme? wollte
ich wissen, nicht zuletzt weil es mir an dieser Stelle wirklich
erst mal wieder reichte.

Die komme darin gar nicht vor! beschied mich der Tscharli
überraschend barsch. Weil die Kiki … Weil die Kiki … Weil sie
heilig sei, deshalb. »Host mi?«

Offenbar hatte sie ihn verlassen und er danach einigermas-

sen wahllos nach Ersatz gesucht. Rückblickend schüttle ich
den Kopf über mich und wie schnell ich mir ein Urteil über
ihn gemacht, wie eifrig Versatzstücke seiner Biographie ausgedacht hatte, damit ich ihn so begreifen konnte, wie es mir am
bequemsten war.

Und weil die Kiki in dieser Geschichte gar keinen Platz
hätte, fügte er an, »indem daß sie mindestens an ganzen Roman
bräuchat«. Und weil sie längst tot sei, »Aus die Maus«.

*

Es paßte ganz gut, daß für den Nachmittag der Besuch des
deutschen Friedhofs auf dem Programm stand. Der Tscharli
hatte versprochen, mir ein Daressalam zu zeigen, wie es Touristen nicht zu sehen bekämen, und er hielt sich daran, indem
er mir der Reihe nach »seine« Orte zeigte. Ein *Uber*-Fahrer
brachte uns zum Village Museum, forderte dann mehr Geld als
vereinbart, doch der Tscharli klopfte ihm nur ganz freundlich
auf die Schulter, »Karambu mala«, und stieg aus. Prompt fing
eine Gruppe Trommler, massaihaft aufgetakelt, zu trommeln
an, zu singen und zu hopsen. Als wir nicht zum Museumsein-
gang gingen, sondern in die entgegengesetzte Richtung, hörten
sie gleich wieder auf.

Nicht alles, was wie ein Massai aussehe, sei auch ein Massai,
ließ ich wissen. Der Tscharli nickte nicht mal.

Versteckt hinter dem prächtig gepflegten englischen Sol-
datenfriedhof lag ein verwildertes Grundstück, komplett mit
Maschendrahtzaun abgesperrt – der deutsche Friedhof. Wir
zwängten uns durch ein Loch im Zaun und standen im hüfthohen Gras, aus dem man da und dort Grabsteine ragen sah, weiter entfernt auch Wege, die immerhin noch Trampelpfade wa-

ren. Der Tscharli schritt sogleich voran, von einem Grabstein zum andern, manche der kleineren waren weitgehend überwuchert oder unter Buschwerk verborgen. Doch der Tscharli fand sie alle. Er schien besessen davon, Gräber zu entdecken.

Ob er das Grab von der Kiki suche? fragte ich ihn.

»Hörst' endlich auf mit der!« Der Tscharli hatte an den Beinen mehrere Schnittwunden, aus denen er blutete, warum mußte er auch Shorts tragen. Mein dauerndes Generve mit der Kiki verderbe ihm noch die Abschiedstour.

Ob er hier etwa *selber* begraben werden wolle und nach einer geeigneten Stelle suche?

»Hier? Unter lauter Deutschen? Mir gangst.«

Aber es seien ja auch jede Menge Engländer in der Nähe.

»Jetz paßt' mal auf, Hansi«, trat der Tscharli ein paar Schritte auf mich zu. Einen Moment lang dachte ich, er wolle handgreiflich werden, der drohende Unterton seiner Worte war nicht zu überhören: Mit Deutschland sei er durch. Mit Europa desgleichen. Damit das ein für allemal klar sei. Er *sei* kein *Eu-ro-pä-er* und werde auf seine letzten Tage auch keiner mehr. Selbst wenn er vielleicht so rieche.

Entschuldige, Tscharli, sagte ich.

Er sah mich mit seinen wässrigblauen Augen an und ließ ganz leise Luft durch die Zähne pfeifen. Einen Moment lang dachte ich, er wolle mich umarmen. Dann senkte er den Blick und tat so, als würde er die Beschriftung des nächstgelegenen Grabsteins lesen: Hermann Ferdinand Plock aus Ostpreußen, mit 29 Jahren in Daressalam verstorben.

Ob ich bemerkt hätte, daß hier »fast a jeder mit dreißig umadum ins Gras 'bissen« habe, fragte der Tscharli. »In Afrika wirst' ned alt. Aber zuvor hast' a Mordsgaudi und verdammt viel Scheiß und noch mehr Gaudi, mehr als bei uns.«

»Viel mehr.« Das war ich gewesen, der gerade so getan hatte, als könne er bei diesem Thema mitreden.

Deshalb gehe's in Ordnung, wenn er jetzt dafür bezahlen müsse. Darauf sei er vorbereitet, nichts gebe's umsonst im Leben, die Liebe schon gar nicht.

Er erzählte mir, daß er seit drei Jahren nicht mehr in Miesbach gemeldet sei, vor kurzem habe er auch seine Wohnung in Daressalam aufgegeben. Seitdem lebe er aus dem Koffer. Den tät' ich ja kennen, der sei gut gefüllt. Mehr brauche er hier unten nicht mehr, bald habe er einen Wohnsitz »da obm«. Dort, wo's besonders weißblau sei, werde er sich ein »feines Platzerl« aussuchen.

»Geh weida.« Das war ich gewesen, der gerade so getan hatte, als könne er des Tscharlis Redewendung sogar mit dem richtigen Akzent versehen. Der Tscharli grinste, und ich dachte, gleich würde er »Werd scho, Hansi, werd scho« sagen. Er sagte indes:

Der Plock, der sei gewiß so ein Saupreuß gewesen wie ich. Allerdings einer, der hart zupacken konnte, ob beim Arbeiten oder beim Prügeln.

Hermann Ferdinand Plock ... Jetzt mußte auch ich grinsen. Und dann sah ich ihn vor mir: »Ein harter Trinker war er sicher auch.«

Im Grab daneben lag Martin Klamroth, ich behauptete, er habe nicht von der rechten bis zur linken Hosentasche denken können. Der Tscharli ergänzte, daß er eine ziemliche Memme gewesen sei, der Plock habe ihn öfter verprügelt, einfach so, seines Gesichts wegen oder weil er gerade da war. Absurderweise lägen die beiden nun nebeneinander. So gingen wir von Grab zu Grab und dachten uns zu den Namen der Verstorbenen Berufe und Lebensumstände aus:

Hartmut Riesenbeck – ein Hauptgefreiter? Vielleicht auch

ein Hauptfeldwebel, der typische Deutsche, Pfeifenraucher, Vielfraß, Plocks Freund.

Carsten Schuckert – Schlauberger. Aber keiner, auf den man sich hätte verlassen können, und eine Nervensäge obendrein.

Heinz Flechtenberger – der Klavierlehrer aller einsamen Damen in Dar und Umgebung. Nein, ein Klempner und Anstreicher, einer, der gern zweimal geklingelt hätte.

Karl Gatzki – ein Großmaul, und das als kleiner Schreibstubenhengst. Mit dem hätte er sich angelegt, grollte der Tscharli, gut, daß er tot sei.

So ging es weiter, der Friedhof wurde immer lebendiger, und wir ebenfalls. Bis der Tscharli mitten im Schritt innehielt, die Augen ins Leere richtete und wissen ließ, es sei mal wieder soweit.

Wir hatten schon einige Situationen erlebt, in denen es jählings wieder soweit war, und immer eine Lösung gefunden, anders wäre es ja gar nicht gegangen. Doch auf einem Friedhof? Der Tscharli sprang im Zickzack durchs Gras und schließlich dorthin, wo es sich in Gestrüpp verwandelte. Nach seiner Rückkehr war er auch diesmal redselig:

Der Schiß seines Lebens sei's zwar nicht gewesen, aber so zwischen dem Schum Roberto und dem Ruwe Heinrich, »garantiert zwei Gstopftn«, an der Grenze zum Jenseits und völlig eins mit den Toten, das hätte was gehabt.

Der Tscharli bekreuzigte sich, ich sah ihm zu oder durch ihn durch, es knisterte geheimnisvoll im Gebüsch. Wir standen im hüfthohen Gras, und noch immer verscheuchte uns kein Wärter und sang uns kein Vogel und bellte kein Hund. Spätestens jetzt hatte meine Reise mit dem Tscharli begonnen.

*

94

Der erste Bus, der uns vom Straßenrand auflas, fuhr bis Kariakoo, wie sich herausstellte, wir waren einfach auf gut Glück aufgesprungen. An der Endstation stiegen wir aus und standen wieder mitten in einem Markt – dem größten in Ostafrika, wie der Tscharli behauptete. Auch in diesem Viertel fand er sich ohne Stadtplan zurecht, wollte mit mir in einem großen Bogen »nach Hause« gehen, ins Inderviertel. Tatsächlich nahm der Markt noch fünf Häuserblocks weiter südlich kein Ende. Schon am späten Vormittag war die Sonne rausgekommen, und dann auch gleich richtig stechend. Der Tscharli hatte sich seine Sonnenbrille mit den weißen Plastikbügeln und den orange verspiegelten Gläsern aufgesetzt. Viele der Passanten, die uns jetzt entgegenkamen, hoben anerkennend den Daumen oder riefen ihm etwas zu.

Das sei seine Arschlochbrille, erklärte mir der Tscharli, in Deutschland gälte er damit als Angeber, in Afrika als cool.

Vor uns gingen zwei Frauen, die gelbe Schutzwesten über ihre Kleider gestreift hatten, eine der beiden trug ein Paar Turnschuhe auf dem Kopf. An ihrem schlingernd verzögerten Gang sah man, daß sie mit ihren Handys beschäftigt waren, sie gingen einen Tick zu langsam und waren wegen ihrer unberechenbaren Seitwärtsbewegungen kaum zu überholen.

Dieses arschwiegende Dahinschlendern im Arbeitslosentempo! polterte der Tscharli los: Die Ohren verstöpselt und mit sich und der Welt im reinen! Das rege ihn auf.

Die beiden drehten sich um, lachten uns an und wollten ein Selfie mit uns machen. Der Tscharli schaltete sofort um, redete in seinem bairischen Phantasie-Suaheli auf sie ein, setzte sich einen der beiden Turnschuhe auf den Kopf und tat dann so, als wolle er im nachhinein fürs Fotografiertwerden Geld. Immerhin hatte ja erst die eine, dann die andere seine Sonnenbrille aufgesetzt. Die beiden bogen sich vor Lachen und luden uns zum Essen ein. Natürlich war ich es, der die Einladung ausschlug. Weil ich Angst hatte, denke ich, Angst vor allem, was dabei hätte passieren und daraus folgen können, in Afrika wußte man nie. Der Tscharli schüttelte den Kopf über mich, »Mensch, Hansi, warum bist ’n dann überhaupt da?« Verbeugte sich aber gleich vor den beiden und bedauerte, ihrer Einladung nicht Folge leisten zu können, »next time«.

Also aßen wir jeder einen gerösteten Maiskolben am Strassenrand und ließen uns am Stand daneben eine Kokosnuß aufhacken. Der Verkäufer preßte den Saft einer Limone in die Nuß, es schmeckte köstlich. Das machte die Sache jedoch nicht besser.

*

Wir waren noch nicht ganz zurück am Hotel, da zog eine indische Prozession durchs Viertel und versperrte uns den Weg. Die Männer schoben blumengeschmückte Festwagen mit Gottheiten oder festlich aufgeputzten kleinen Mädchen durch die Straße; zum Klang der Trommeln und Tröten drehten sich fette Frauen in bunten Saris. »Mir gangst«, kommentierte der Tscharli, damit war alles gesagt.

Nachdem er sich im Hotel wieder mit Nietenhemd, Röhrenjeans und Cowboystiefeln angetan, seine Haare zum Pferdeschwanz zusammengebunden und sich frisch betüpfelt hatte, war er in Feierlaune. Um halb sechs tranken wir unser erstes *Serengeti* in einer Kneipe, deren Tresenbereich mit einem Metallgitter bis hoch zur Decke gesichert war. Man schob das Geld durch eine kleine Aussparung im Gitter, der Barkeeper schob die gewünschten Getränke nach draußen. Auch hier war der

Tscharli kein Unbekannter, wenngleich die Begrüßung verhaltener ausfiel. Der Barkeeper nannte ihn »Mister Tscharli«, vom King of Fulalu schien er weit entfernt: Kaum einer interessierte sich für sein Feuerzeug und wie er die Kronkorken durch den Raum springen ließ – die Männer schauten ein Fußballspiel der *Premier League* an, und die Damen warteten auf Kundschaft.

Die Kneipe hieß *Pushiman*, und der Tscharli hatte sich vorgenommen, mit mir jede Biersorte zu verkosten, die vorrätig war. Nach dem *Serengeti* ließen wir uns ein *Balini Lager* durch die Luke schieben. Es war warm und »lack«, wie's der Tscharli ausdrückte, »Pfui Teifi«. Doch der Barkeeper zuckte nur mit den Schultern; der Tscharli versuchte gar nicht erst, ihn übers richtige Befüllen und Entleeren eines Kühlschranks zu belehren. Mittlerweile kam unter seinem Rasierwasser wieder der Geruch des alten Schweißes hervor, langsam gewöhnte ich mich sogar daran. Am Nachbartisch wimmelte eine der Damen, vielleicht Russin, vielleicht Ukrainerin, eine Viertelstunde lang jemanden ab, der es einfach nicht einsehen wollte und immer mehr zu zahlen bereit war. Kurz darauf zog sie mit zwei Moslems ab, beide mit weißem Käppchen und schütterem Kinnbart.

Wir wechselten zu einem *Windhoek Beer* aus Namibia, laut Etikett nach deutschem Reinheitsgebot gebraut, und der Tscharli erkundigte sich nach den Vorteilen meiner Windel. Warum ich sie denn selbst hier drinnen trüge?

Ob er die Wahrheit hören wolle? fragte ich ihn.

»I bin ganz Orinoco«, bekundete er und ruckelte sich auf seinem Stuhl zurecht, drückte das Kreuz gerade.

Weil es tatsächlich eine echte Babywindel sei, gestand ich, feinste Baumwolle, bloß rot eingefärbt. Auf meinen Wanderungen hatte ich die verschiedensten Kopfbedeckungen ausprobiert und mich am Ende für eine Windel entschieden, mehrfach um den Kopf gewickelt, sie schützte nicht nur vor der Sonne, sondern saugte auch den Schweiß auf und drückte nirgendwo. Total luftig, total leicht, das Beste, was ich hatte finden können. »Fühlt sich einfach gut an, auch drinnen.« Dann sei ich ja tatsächlich der Windelhans, stellte der Tscharli fest, fand es aber selber nicht mehr lustig. Im Gegenteil, ich mußte das Tuch abwickeln, damit er sich selber von der Qualität des Stoffes überzeugen konnte. Andächtig rieb er ihn zwischen Daumen und Zeigefinger. Bevor ich mir das Tuch wieder umwickeln konnte, wollte er mir noch schnell über die Haarstoppeln streichen. Wie sich das denn für mich anfühle? Es fühlte sich kribbelig an, nicht schlecht. Der Tscharli erkannte, daß er das Gefühl nur begreifen würde, wenn er sich die Haare ähnlich kurz abscheren ließ, verwarf die Idee freilich. Seine Augen glänzten, seine Ohren schimmerten, er war der Nosferatu von Daressalam. An der Wand hinter ihm hing ein Reklameposter, darauf war ein gefülltes Pilsglas neben einer Flasche *Kilimanjaro* abgebildet, darunter stand: »It's Kili time! Make the most of it.«

Das ist Afrika, dachte ich: Alles voller Staub und immer eine Flasche Bier in Reichweite.

*

Dem Reklameposter zum Trotz gab es im *Pushiman* heute kein *Kilimanjaro*, ein Unding, eine Sauerei. Wir nahmen ein *Safari*, und mit einem Mal hörte ich mich dem Tscharli erzählen, wie ich die Tage vor meiner Kibo-Wanderung verbracht hatte.

»Was sucht 'n so a Gutmensch wie du eigentlich in Afrika?« hatte er mich unversehens gefragt.

Ich sei doch kein Gutmensch! Wie er darauf komme?

»Nix für ungut ...« hatte er sich zunächst geziert, dann war's aus ihm herausgeplatzt: Schon der Brille wegen! Eine dunkle Hornbrille sei ja geradezu das Erkennungszeichen der Gutmenschen. Daß er »allergisch auf die« sei, mußte er mir nicht erst lang erklären. Ich blickte ihn an, er blickte mich an, mit einem Mal brachen wir in Gelächter aus. Dann kam er auf seine Frage zurück: Warum ich denn auf den Kibo hinaufgewollt, warum ich ausgerechnet die allerlängste Route genommen und was ich zuvor gemacht hätte?

Ich erzählte ihm, daß ich diesmal alles hatte richtig machen wollen und so langsam wie möglich, daß ich zur Einstimmung sogar erst mal den Mount Meru bestiegen hatte, als Akklimatisationsberg. Und daß ich dabei ohnmächtig zusammengeklappt war.

»Jessas.« »Sauber.«

Am Vorabend der Gipfeletappe hatte ich ein homöopathisches Mittel gegen die Höhenkrankheit genommen, einen Extrakt des Kokablatts, vielleicht war das ja der Fehler gewesen. Vielleicht hatte ich auch zuwenig getrunken, wieder einmal. Auf dem Weg vom Flughafen zum Hotel hatte ich drei Flaschen Wasser geleert, drei 1,5-Liter-Flaschen wohlgemerkt, ich kann mich nicht erinnern, daß ich je zuvor so viel auf einmal getrunken hatte! Und das war immer noch zuwenig gewesen. Den ganzen folgenden Tag war ich wie benommen, und drei weitere Tage auch noch. Vielleicht hatte ich aber einfach den Brustgurt meines Rucksacks zu eng angezogen und nicht genug Luft bekommen, selbst wenn wir da erst gut 3500 Meter hoch waren.

Um zwei Uhr waren wir von der Saddle Hut aufgebrochen,

über uns die Milchstraße und unter uns, im Tal, eine zweite Milchstraße, die Lichter von Arusha und den Dörfern rundum. Nach einer halben Stunde wurde es mir jäh schwarz vor Augen und ich sackte zusammen. Als ich aufwachte, lag ich auf dem Weg und blickte in Hamzas Stirnlampe, im nächsten Moment leuchtete mir ein anderer Bergführer in die Augen und versicherte Hamza, »He is okay, he is okay«. Kaum stand ich wieder, mußte ich mich erbrechen. Trotzdem durfte ich weitergehen. Übrigens war ich nicht der einzige, der sich übergeben mußte, ein Holländer, der mit uns ging, tat es sogar vier Mal bis zum Gipfel. Andre kehrten um, weil ihnen schwindlig wurde, und eine Frau, die überaus rüstig losmarschiert war, brach später auf dem Rückweg erschöpft zusammen und mußte abtransportiert werden. Bergsteigen in Afrika war nicht lustig, selbst wenn es nur auf 4566 Meter hochging.

Hätte ich wenig später das Bewußtsein verloren, am Klettersteig hinterm Rhino Point, und die Eisenkette losgelassen, mit der er gesichert war, der Tscharli wäre allein geblieben im Krater. »Da hätten wir uns einiges erspart, was?«

Aber auch einiges verpaßt, korrigierte der Tscharli.

Als die Sonne aufging, 6:22 Uhr, zeigte sich eine unendliche Wolkendecke und darüber die Silhouette des Kilimandscharo, sie sah enttäuschend lang und flach aus. Hamza schien zu ahnen, daß es mir um weit mehr ging als den Mount Meru oder, danach, den Kibo. Ich erreichte den Gipfel nur, weil er mir immer wieder aufs neue weismachte, hinterm nächsten Felsen wären wir am Ziel. Und dann tauchte danach doch nur immer ein weiterer Felsen auf und noch einer, ein endloser Grat, vereist, verschneit, viel schwerer zu gehen – und passagenweise zu klettern – als alles, was später auf dem Kilimandscharo anstand. Endlich oben, 8:10 Uhr, fehlte mir jede Freude. Hamza packte sein Fernglas aus. Der andere Bergführer holte fürs Gipfelfoto eine tansanische Fahne aus dem Rucksack und stellte sich damit neben die tansanische Blechfahne, die zwischen den Felsbrocken stand. Ich war froh, als es wieder bergab ging.

Beim Abstieg kamen wir kurz vor der Saddle Hut erst in den Regen, dann in einen Hagel, der erneut in Regen überging; immer wieder rutschte ich aus und fiel. Nach 13 Stunden Fußmarsch erreichten wir die Miriakamba Hut, 15:00 Uhr, mir wären vor Erschöpfung fast die Tränen gekommen. Ich wollte abbrechen und aufgeben und abreisen, vor Wut und Enttäuschung warf ich mein völlig verdrecktes Hemd in die Abfalltonne. Hamza holte es umgehend wieder heraus, in Afrika werfe man nichts weg. Beim Abendessen überredete er mich, zwei Tage Pause in Arusha zu machen und danach den Kilimandscharo zu besteigen, wie geplant und *polepole*.

»Du bist a Beißer«, sagte der Tscharli, ich war mir nicht sicher, ob er es ironisch meinte. »Aber was wolltst 'n dir damit beweisen?«

»Daß ich es schaffe, Mann.« Ich nahm einen Zug aus der Flasche. »Daß ich es schaffe.«

»Du hast es g'schafft«, attestierte der Tscharli und legte mir die Hand auf den Unterarm. Dann griff er mit der anderen Hand nach der Flasche, leerte sie und drängte zum Aufbruch, Big Simba hungry.

*

Das *10 to 10* war der Lieblingsgrill des Tscharli und gleich ums Eck. Wir aßen jeder eine gewaltige Portion Chicken Biryani, es war vorzüglich. Auch in dieser Straße reihte sich ein Restaurant ans andere, gegrillt und gegessen wurde auf dem Bürgersteig, Bier gab es keines. So saßen wir anschließend wieder im *Pushiman* und fingen erneut mit einem *Serengeti* an. Auf dem Etikett stand links neben dem Leopardenkopf »Our nation« und rechts daneben »Our pride«. Ich mußte kurz an Solomon denken und mit welchem Stolz er angeführt hatte, wieviel man in seinem Land im Verlauf der letzten Jahrzehnte aufgebaut hatte.

Was *er* denn die Tage zuvor gemacht hätte? wollte ich nun vom Tscharli wissen.

Zuvor? Nichts Besonderes. Er sei ein paar Tage mit King Charles durch die Serengeti gefahren. Einfach nur gefahren, das Dach zurückgeklappt, so daß er, der Tscharli, direkt hinter King Charles habe stehen können, den Fahrtwind im Gesicht. Sie hätten nirgendwo angehalten und wären erst recht nirgendwo angekommen, total abgefahren. Nein, Löwen seien ihm egal gewesen, wer interessiere sich denn ab dem dritten Tag in Afrika noch für Löwen? Zum Abschluß habe er eine Ballonfahrt mit Sonnenaufgang gemacht, man habe nicht viel mehr gesehen als Nilpferde. Dafür sei das Sektfrühstück nach der Landung phänomenal gewesen, so richtig *Out of Africa*, eine lange Tafel unter einer Schirmakazie »mittn in da Pampa«, mit weißen Tischtüchern eingedeckt und Porzellan und Silberbesteck, und dazu jede Menge Diener in historischen Kostümen, eben richtigen – »äh, woaßt' scho«.

Ich stellte mir vor, wie der Tscharli mit den anderen Ballonfahrern gezecht und getafelt und doch schon gewußt hatte, daß er bald sterben würde. Und daß er mit derselben Inbrunst nun eine allerletzte Runde mit mir drehen wollte; daß ich aber vielleicht der Falsche war, um so richtig auf Touren zu kommen und mit Vollgas ins *KCMC* zu fahren.

Wir gingen zur Luke am Tresen und bestellten eine Lage

Windhoek Beer. Die Männer schauten weiterhin Fußballspiele der *Premier League* an, an den restlichen Tischen akquirierten die Damen.

*

Warum ich denn *überhaupt* nach Afrika gefahren sei? kam der Tscharli auf seine Ausgangsfrage zurück. Warum ich auf den Kibo hinaufgewollt habe und dann auch noch in den Krater hinein?

»Weil ich an einem andern Berg in Afrika gescheitert bin«, räumte ich ein.

»Weil du zu schnell 'naufgrennt bist«, wußte der Tscharli. »Viel zu schnell. Und trotzdem zu langsam.« Es sei zwar ein Vierteljahrhundert her, aber erst jetzt verjährt, nachdem ich die Schmach wettgemacht hätte.

Der Tscharli legte den Kopf leicht schief, kniff die Augen zusammen und musterte mich von oben bis unten. Anscheinend war er unsicher, ob er weiterfragen konnte. Schließlich gab er sich einen Ruck: »Sag, Hansi, wie hieß 'n die Frau, die dabei war?«

»Kiki.« Kaum daß ich es gesagt hatte, bereute ich es.

Der Tscharli nahm es mir nicht übel, sondern fragte so behutsam, wie ich's ihm nicht zugetraut hätte, es fehlte gerade noch, daß er mir seinen Arm um die Schulter gelegt hätte: »Wie hat's denn g'heißen, deine Kiki?«

»Mara.« Nun war's heraus. Mehr würde ich nicht erzählen, fügte ich an, diese Geschichte sei für heut abend zu lang.

Zumindest könne ich doch noch sagen, auf welchem Berg es war, bettelte der Tscharli. Vorausgesetzt, ich wolle es verraten.

»Auf dem … Keine Ahnung … Auf irgendeinem Berg im Ruwenzori-Gebirge. Wir sind auf der ugandischen Seite hoch.«

»Und dabei wärst' fast gstorben?«

»Nein, das war dann in Bujumbura.«

»In Burundi? Vor 25 Jahren? …« Der Tscharli schob sich den kleinen Finger ins Ohr und kratzte sich, bis ihm der Mund offenstand. Nachdem er den Finger herausgezogen und daran gerochen hatte, wußte er: »Da war doch damals Krieg!« Da hätten sich doch die Tutsi und die Hutu abgeschlachtet! Wie's mich denn ausgerechnet dorthin verschlagen habe? Sauber.

*

Wir hatten bereits ein bißchen was getrunken, und ich fühlte, wie mir der Schweiß unterm Hemd zusammenlief und ein feiner Schmerz im Kopf zusetzte, direkt an der Schädeldecke. Bevor wir aufbrachen, mußte ich dem Tscharli versprechen, die Geschichte ein andermal zu erzählen. Kaum hatten wir jedoch das *Pushiman* verlassen und ein Stück unsres Heimwegs hinter uns gebracht, war es wieder soweit. An der Einmündung einer engen Gasse blieb der Tscharli abrupt stehen, lauschte kurz nach innen, kehrte um. Er wolle zum *Pushiman* zurück und sich vom Barkeeper erklären lassen, wo die nächste Toilette sei; derweil solle ich bitte schon mal ins Hotel gehen, »Habe die Ehre«. Ich sah ihm nach, wie er davon und ums Eck stolperte. Er wirkte sehr dünn und zerbrechlich, geradezu hinfällig, manchmal sah es so aus, als ob er im nächsten Moment stürzen würde.

*

104

Wie ich mich umdrehte, stand eine total verdreckte Erscheinung fast vor mir, ein offensichtlich verrückter Bettler, barfuß und in Lumpen, vor sich hin lallend, mitunter leise auflachend, wahrscheinlich unter Drogen. Er sprach jeden an, der an ihm vorbeiwollte, keiner gab ihm etwas, und er wurde zudringlicher. Ich wartete eine Weile, ob er sich entfernen oder der Tscharli auftauchen würde. Ein Ausweichen vom Gehweg auf die Fahrbahn war unmöglich, dazu parkten die Autos zu dicht. Als der Bettler einen weiteren Schritt in meine Richtung setzte, wandte ich mich nach rechts, in die Gasse hinein. Später sollte mich der Tscharli ermahnen, nie wieder auszuweichen, das sei der größte Fehler, den man hier machen könne, wer ausweiche, sei bereits verloren. In Afrika müsse man immer weitergehen, komme, was wolle, dürfe nie stehenbleiben, sich in alle Richtungen umsehen: Sobald man zu erkennen gebe, daß man unsicher sei, sei man nicht mehr in Sicherheit.

Kaum war ich in die Seitengasse hineingelaufen, wurde die Beleuchtung spärlicher. Während ich noch hoffte, durch wiederholtes Abbiegen zur Hauptstraße zurückzugelangen, stand ich bereits am Ende einer Sackgasse. Da und dort brannte ein Licht, der Rest lag im Dunkeln, nicht mal ein Hund strich herum. Die beiden Kerle, die mit einem Mal auftauchten und gleich ihre Messer zeigten, sah ich erst, als sie direkt vor mir aus dem Boden wuchsen.

Ich war begriffsstutzig genug, nicht gleich zu kapieren, was sie von mir wollten. Geld? Oder doch zuerst den Fotoapparat? Beides? Und warum denn? Die Kerle waren jung und tänzelten nervös auf der Stelle, der Kleinere sprang manchmal ganz nah an mich heran, um mit dem Messer vor meinem Gesicht herumzufuchteln, bis er von dem Größeren wieder zurückbeordert wurde – offensichtlich wußten sie selber nicht so recht, wie ein Überfall abzulaufen hatte. Immer wieder widersprach der eine dem anderen, dann diskutierten sie, bis es weiterging. Ich stand mit erhobenen Händen und wußte es auch nicht. Da kam mit einem Mal der Tscharli angerannt; später erklärte er mir, er habe mich gerade noch gesehen, wie ich in die Seitengasse abbog. Schon von ferne schrie er dem Größeren, der gerade angefangen hatte, meine Taschen zu durchwühlen, auf Bairisch zu: »Burschi, nimm deine Lofoten da weg!« Und dann war er bei uns, schubste erst den einen, »Pratzn weg«, dann den andern von mir fort, »Schleich di«, und die beiden wichen tatsächlich zurück. Hoben freilich ihre Messer, um ihm zu zeigen, daß sie davon notfalls Gebrauch machen würden.

Er hatte seine Kappe verloren, der Pferdeschwanz hatte sich gelöst, und seine Haarsträhnen glänzten im Licht der entfernten Straßenlampe wie eine Silbermähne, sein Gesicht war ganz gelb und glatt, man sah ihm an, daß er zu allem bereit war. So dünn und zerbrechlich er eben noch gewirkt hatte, nun war er gewaltig. Er ging auf die beiden zu, *polepole*, die Schrittlänge entsprach kaum mehr als einer Cowboystiefellänge.

»Relax, brother!« sagte der Größere der beiden und wich zurück: »We are cappuccino!«

»An Scheißdreck samma!«

Für sein Spaß-Suaheli war der Tscharli zu wütend, er stauchte die beiden so zusammen, daß sie die Messer sinken ließen und Haltung annahmen: »Schluß mit dem Kaschperltheater, aber dalli.« »Ihr wollts schwere Jungs sein?« »Wer von eich zwoa Koryphäen is denn da Chef?«

Ich haspelte die Frage auf Englisch hinterher.

Auch darüber waren sich die beiden nicht einig, fingen sofort zu streiten an. Der Tscharli ließ die Luft zwischen den Zähnen herauszischen, was einen ziemlich scharfen Ton erzeugte. Schnell verlor er die Geduld,»Larifari!«, herrschte sie an, dann sollten sie sich wenigstens vorstellen,»sonst fangts a paar«. »What's your name?« ergänzte ich.

»Willson«, sagte der, der schon einen schwarzen Flaumbart auf der Oberlippe hatte; der kleinere,»Omary Ramadhani«, nannte sogar seinen Nachnamen. Jetzt, wo er still stand, erkannte man, daß er vielleicht gerade mal zwölf Jahre alt war.

Obwohl ihnen der Tscharli kaum englische Brocken an den Kopf warf, verstanden sie ihn sehr gut, sie wagten nicht mal zu fliehen. Jetzt verdonnerte er sie auch noch dazu – »Do dua ma jetz ned lang rum, des mach ma jetz a so« –, mich aus der Straße heraus und nach Hause zu bringen,»auf geht's!«.

Sie verstanden den Namen des Hotels und begriffen den Tonfall. Steckten die Messer ein und brachten uns hin. Der Tscharli drohte ihnen zum Abschied, sie sollten seinen Freund ja nie mehr belästigen in diesem Leben, und auch im nächsten nicht.

Danach brauchte er ein *Castle Milk Stout.* Und ich brauchte, weißgott, ebenfalls eines.

*

Weil kein Platzregen niederging, stellten wir einen der Tische aus dem Restaurant heraus auf die Straße, 21:30 Uhr, so wurden es auch heute abend drei Runden *Castle Milk Stout.* Auf der gegenüberliegenden Straßenseite hatten sich mehrere Bäuerinnen zu einem kleinen Markt zusammengefunden, zum Teil lagerten sie parterre zwischen bergeweis Bananen, zum Teil hockten sie neben ihren Fahrrädern, auf deren Gepäckträgern sie große, flache Flechtkörbe voller Ananas und Kokosnüsse hatten. Gerade hielt ein weißer SUV, die Frau auf dem Beifahrersitz stieg keineswegs aus, sondern winkte eine der Bäuerinnen heran, die gleich flink herbeisprang. Wenige Augenblicke später rannten sie alle und schleppten, was gefordert wurde, zum Teil von weit her. Gelangweilt griff die Frau durchs Fenster und drückte an Melonen oder Mangos herum, roch daran, wies das meiste zurück. So ging es fast eine halbe Bierflasche lang, bis das Gewünschte den Weg durchs Fenster ins Auto gefunden hatte. Am Ende wurde auch durchs Fenster bezahlt, die Bäuerinnen standen noch lange beisammen, bis sie den Betrag gerecht aufgeteilt hatten.

»Du deppata Depp, du deppata!« sagte der Tscharli plötzlich, aber fast liebevoll. Wieso ich denn auf die Idee gekommen sei, in eine Nebenstraße zu gehen? Das tue man in Afrika doch nicht. Schon gar nicht nachts. »Bist' doch koa Anfänger, Hansi.«

Da wurde mir schlagartig klar, daß ich einer war – ein Anfänger, noch immer, mit meinen 63 Jahren. Und daß ich bei dieser Reise einfach nur Glück gehabt und meine Rechnung mit den Bergen Afrikas keinesfalls aus eigener Kraft beglichen hatte; ich war nur heil hoch- und wieder runtergekommen, weil mich der Kibo verschont hatte. Und daß ich meine Rechnung mit Afrika *insgesamt* erst recht nicht würde begleichen können, weil ich ja nur in Begleitung des Tscharli bis hierhin gekommen war und weil ich *ohne* ihn … gerade eben schmählich ausgeraubt und gedemütigt und am Ende vielleicht sogar abgestochen worden wäre. Und also auch auf dieser Reise gescheitert. Ich schob die Brille hoch in die Stirn und massierte mir die Augenhöhlen.

Irgendwie verrückt, dachte ich, während der Tscharli die nächste Runde holen ging und nebenbei seine Freundin im giftgrünen Leo-Print (»No nice talking today? No have nice and easy?«) verscheuchte: In Deutschland hätte ich mit so jemandem kein Wort gewechselt. Erst war ich wütend auf ihn gewesen, dann hatte ich mich für ihn geschämt, irgendwann war Mitleid daraus geworden, nun auch noch, man konnte es nicht anders sagen, Hochachtung. Und wieder wechselte ich kein Wort mit ihm. Schweigend saßen wir bis tief in die Nacht vor dem Hotel, wir schienen es alle beide zu genießen.

»Denk da nix!« sagte der Tscharli irgendwann, »I denk ma a nix.«

＊

Wäre nicht ein betrunkner Inder im Taxi vorgefahren und hätte uns gleich erzählt, er sei der Besitzer des Hotels und wolle uns zu einer Runde einladen, wir wären wahrscheinlich die ganze Nacht vor dem Hotel sitzen geblieben.

Niemand stöhne und seufze so ganz ohne Anlaß »ausm Stand« und trotzdem so bedeutungsvoll wie ich, sagte der Tscharli beim Abschied. Es sei ihm schon am Berg aufgefallen, aber heute abend ... Ich selbst hatte gar nicht mitbekommen, daß ich geseufzt und gar gestöhnt hatte, angeblich oft. Es klinge jedesmal anders, erklärte der Tscharli, manchmal wie eine große Frage so von ganz hinten, von dort, wo das Hirn zusammenlaufe, wenn man den Kopf schief lege. Manchmal, als ob ich tüchtig Schmerzen hätte. Und nur ganz selten, als sei ich ein bißchen zufrieden.

Leider sagte er dann noch, indem er sich mühte, möglichst hochdeutsch zu sprechen: »Müde bin ich, geh zur Heia; lege meine Hände auf die Bettdecke.«

Damit war dieser Tag dann gottseidank zu Ende. Dalai salami.

＊＊＊

Noch am nächsten Morgen schwiegen wir die meiste Zeit. Der Tscharli erschien mit der üblichen Verspätung zum Frühstück, nach wie vor in »Elchbraut & Lonely«-T-Shirt, Shorts, Hosenträgern, Flipflops. Einige Tische entfernt saß der Inder, der sich gestern als Eigentümer vorgestellt hatte. Er erkannte uns nicht mal und war muffig. Die Kellnerin mit dem schwarzen Kinnbart erzählte uns, er sei Stammgast, abends immer bester Dinge, morgens immer verkatert und im übrigen hochverschuldet, auch beim Hotel stehe er tief in der Kreide.

Am Fährterminal verscheuchte der Tscharli erst mal die Träger, die sich bereits unsres Gepäcks bemächtigt hatten, während wir die Taxifahrt bezahlten. Dann ging er so ungeniert, daß ihn keiner zu kontrollieren wagte, in den Business-Wartebereich, obwohl wir nur Economy-Tickets hatten. Unser Gepäck kam ganz selbstverständlich in die »VIP / Royal«-Gepäckwagen. Der Business-Wartebereich wurde großzügig von beiden Seiten mit Wasserdampf besprüht, auf einem Videoschirm lief *Spider Man*. Ich fragte den Tscharli, warum er ausgerechnet mit mir seine Ehrenrunde habe drehen wollen, dafür gebe es in seinem Freundeskreis doch sicher geeignetere Kandidaten.

Weil gerade kein anderer dagewesen sei. Der Tscharli lachte bitterkurz auf und blickte ganz ernst. Weil es keine anderen gebe, er habe keine Freunde.

In diesem Moment rief King Charles an und wollte von ihm wissen, ob er wieder … Ob alles nach Plan … Oder ob er Hilfe …

Ois easy. Dito. Woher denn. Geh weida.

Dann nahm der Tscharli den Faden unsres Gesprächs wieder auf, grinste mich ganz herzlich an und klopfte mir auf die Schulter: Schmarrn, Hansi. Weil er einen Narren an mir gefressen habe, deshalb.

In den Stuhlreihen saßen vorwiegend Inder mit oder ohne Turban, und Araber, fast ausnahmslos mit weißen Käppchen, ihre Frauen trugen kunstvoll bestickte Kopftücher. Draußen vor dem Fährterminal war der Economy-Bereich, dort warteten die Schwarzen.

*

Die Überfahrt dauerte von halb eins bis halb drei. Der Tscharli nutzte sie, um mir ein paar afrikanische Straßenweisheiten darzulegen und wie ich mich in Zukunft verhalten oder eher: auf gar keinen Fall verhalten solle. Im Grunde genommen hielt er mir eine Standpauke.

»In Afrika muaßt aufpassn wiara Haftlmacha! Auch dann, wenn die Gaudi grad am größten is, dann sogar am allermeisten. Host mi?«

»Yes, Mister Tscharli«, äffte ich John nach, »big boss.«

Aber ich wußte natürlich, daß er recht hatte. Inzwischen war ich nichts weniger als froh, in seiner Begleitung zu reisen. Ich nahm mir fest vor, die Sache von gestern nacht wettzumachen, um in seiner Achtung wieder zu steigen – unglaublich! Ich brannte regelrecht darauf –, und schrieb mir alles, was er als Verhaltensregel dekretierte, noch auf der Fähre auf. Es ergab eine richtige Liste:

*

Schon durch deine Haltung mußt du zum Ausdruck bringen, daß du dich wehren würdest. Erst recht, wenn du's gar nicht könntest.

Allein wie du gehst, als ob du die Hosen gestrichen voll hast und auf üble Überraschungen geradezu wartest – das lockt unweigerlich die an, die du bestimmt nicht kennenlernen willst.

Überhaupt brauchst du eine andere Körpersprache. Ein Hornbrillenwürschtl hat hier keine Chance. Wird Zeit, daß du ein paar Lockerungsübungen machst. Und der King of Hakuna matata wirst, dann bist du einer von ihnen. Wenn du redest, mußt du auch mit deinem Gesicht und mit den Händen reden. Worte allein nützen hier gar nichts. Hör vor allem auf mit deinem Oxford-Englisch. Das wirkt arrogant, klingt wie die alte Herrensprache. Wenn du so daherkommst, bist du, ja, auch du, ob du willst oder nicht, ein alter Kolonialist. Hör einfach hin, wie sie hier drauf sind, und versuch, ihren Tonfall zu treffen. Pidgin ist viel kraftvoller als Oxford.

Denk immer dran, du hast nicht nur ein Standbein, sondern auch ein Spielbein. In Afrika geht alles ganz schnell; von einer Sekunde zur nächsten kannst du ein Messer im Bauch haben oder, wenn du schlagfertig bist, ein Riesengelächter erzeugen. Bau in jeden zweiten Satz was Witziges ein, dann übst du für den Ernstfall.

Und wenn's schlagartig kritisch wird, mußt du erst recht reden – mit denen, die dir gerade auf den Pelz rücken wollen. Du mußt sie angesprochen haben, bevor sie es tun. Frag sie nach ihrem Glauben oder ihrem Fußballverein oder ihrer aktuellen Liebesaffäre, egal was, verwickle sie in ein Gespräch, das sie mehr interessiert als dein Geld. Erst wenn es still wird in Afrika, wird's gefährlich.

*

Hal-le-lu-ja. Ein kleiner Lehrgang, Straßenweisheit statt Bücher-
weisheit. Dabei hatte ich zumindest die afrikanische Stille schon
vor 25 Jahren geschmeckt und meine Lehren daraus gezogen.
Ohne mich jetzt daran gehalten zu haben. Ich schämte mich und
ärgerte mich und wollte am liebsten verschwunden sein: diesmal
nicht seinet-, sondern meinetwegen. So kamen wir nach Sansibar.

*

Vor dem Fährterminal fing uns gleich der erste Taxifahrer ab.
Er hieß Ame Issa Juma und stellte sich als »Driver Number
One« vor, als Mann für alle Fälle. Auf der Visitenkarte, die er
uns noch vor dem Einsteigen überreichte, rühmte er sich als
»Specialist Driver for: * City tour * Dolphin tour * Spice tour
* Safari blue«, die Angebote waren mit kleinen Fotos bebildert.
Wir mußten versprechen, ihn und *nur* ihn künftig anzurufen,
wenn wir eine Fahrt über die Insel planten, er sei Tag und
Nacht bereit. Dann erst fuhr er uns zum Hotel.

Auch im *Stone Town Café B & B* wurde der Tscharli wie ein
alter Bekannter begrüßt, wenngleich nicht als King of Fulalu,
sondern als Mister Bombastic. So jedenfalls nannte ihn der Manager, der seiner Rezeptionistin über die Schulter auf den Bildschirm blickte und darauf achtete, daß der Tscharli das beste
Zimmer bekam, nach vorne heraus und mit Balkon. Das meine
ging auf den Hof, die Fensterläden waren zugeklappt, ihre viel-
fach durchbrochenen Schnitzereien warfen schöne Schattenmuster auf den Fußboden. Fast der gesamte Raum war durch
ein massives Himmelbett ausgefüllt, dessen weiße Vorhänge an
den vier Holzpfosten zusammengedreht waren. Der Tscharli
hatte uns für vier Nächte eingebucht, und auch hier bestand er
darauf, mich einzuladen, »abg'macht is abg'macht«.

Den Rest des Tages suchten wir nach jemandem, der uns zwei Böcke vermietete, auf daß wir ab morgen die Insel 'nauf- und 'nunterheizen konnten, so des Tscharlis Plan und offensichtlich Hauptpunkt seiner Abschiedstour. Allerdings konnten wir niemanden finden, der Entsprechendes vermieten wollte. Unser Hotel lag mitten in Stone Town, der Altstadt von Zanzibar Town, ehemals ein Hauptumschlagsplatz für Sklaven und Gewürznelken, heute UNESCO-Weltkulturerbe, es hätte, weißgott, allerhand zu besichtigen gegeben. Doch den Tscharli interessierte das nicht, wir liefen an allem vorbei und immer nur weiter, von einem Motorradvermieter zum nächsten. Ohnehin waren die Hauptsehenswürdigkeiten geschlossen (House of Wonders; Haus des Sklavenhändlers Tippu-Tip) oder machten einen schäbigen Eindruck (Sultanspalast); die alte arabische Festung war kaum mehr als ein mächtig ummauerter leerer Platz, auf dem haufenweise geschnitzte Masken verkauft wurden. Am ehemaligen Sklavenmarkt gab es immerhin noch zwei unterirdische Verliese – in die wir nicht hinabgingen, der Tscharli hatte gerade mal Zeit für einen frisch gepreßten Zuckerrohrsaft am Straßenrand.

Alles war auf sagenhafte Weise heruntergekommen, ein Labyrinth an eng verwinkelten Gassen und jeder Menge Sackgassen, flankiert von ehemaligen Kaufmannshäusern mit prächtig geschnitzten Türen, Fenstern, Balkonen. Nur wenige davon renoviert und frisch gestrichen, die meisten mit Graffiti und Rissen im Mauerwerk, manche mit Balken abgestützt. Überall liefen elektrische Kabel an den Mauern entlang und quer über die Gassen hinüber, herüber. Ein Souvenirladen reihte sich an den anderen; die Händler hatten bunte Tücher und Kleidungsstücke draußen an Wänden und Markisen aufgehängt und nicht minder bunte Gemälde dazwischengestellt, der allgemeine Verfall war durchgehend pittoresk dekoriert. Es gab keine Autos, dafür erstaunlich viele Katzen, und wenn sie sich auf Treppenstufen oder Mauervorsprüngen in der Sonne räkelten, sah es genauso aus, wie man sich als Kind die Hauptstadt einer orientalischen Märcheninsel erträumt hatte.

Die Händler, bis vor kurzem angeblich noch von extremer Zudringlichkeit – wie der Tscharli nicht müde wurde, mir kopfschüttelnd zu versichern –, hockten vor oder in ihren Läden, von den Displays ihrer Handys dermaßen in Bann geschlagen, daß man unbehelligt durch die Gassen gehen konnte, von keinem angesprochen, bedrängt, genötigt. Freilich hatten auch die Vermieter von Motorrädern kein Interesse, Geschäfte zu machen, zuckten nur kurz mit den Schultern, wenn der Tscharli nach Rollern fragte. Und scheuchten uns mit einem Schlenkern des Handgelenks weiter, als wären sie jeder ein Sultan, für den wir nichts als Luft waren.

Ohne den Tscharli hätte ich aus diesem Weltkulturgewirr nur schwer wieder herausgefunden. Immer wieder öffneten sich die Gassen zu kleinen Plätzen, auf denen Markt abgehalten oder einfach nur palavert wurde. Die alten Männer saßen nebeneinander am Rand der Straße, alle anderen wuselten wild durcheinander, Araber, Inder, Perser, Schwarze, jeder mit seinem Käppchen oder Turban und dem dazugehörigen Umhang angetan, die Frauen in farbfröhlich langen Kleidern und den verschiedensten Formen der Verschleierung – man hätte überall stehenbleiben und einfach nur hinsehen wollen. Aber die Menschen interessierten den Tscharli ebenfalls nicht. Er ging durch die Gassen, als wäre er bei sich zu Hause in Miesbach, und tatsächlich *war* er hier ja auch zu Hause: Das sei seine Insel, sagte er mehrfach, sei seine Stadt, er kenne sie besser als ein Einheimischer.

Am Strand sprach uns einer an, der sich als Captain Shabby vorstellte. Er wollte uns für morgen eine Tour mit der Dhau nach Prison Island aufschwatzen, dort gebe es Riesenschildkröten: Die Kinder könnten sie füttern, die Erwachsenen beim Vögeln anfeuern, eine Mordsangelegenheit. Allein das Gestöhn! Als ob zwei Greise einander würgen würden, bloß lauter, viel lauter!

Motorroller vermietete er keine.

*

Gescheitert waren wir damit noch lange nicht. Unser Hotelmanager rief bei diesem und jenem an, der ihm einfiel, und versprach, sich weiterhin umzuhören. Des Tscharlis Zuversicht war ohnehin ungebrochen, so sei eben das afrikanische System, am Ende klappe es irgendwie immer, selbst wenn's am Anfang nicht danach ausgesehen habe. Zeit, das Nietenhemd und die Röhrenjeans anzuziehen! Und einen *Sundowner* zu nehmen, das gehöre sich in Afrika so, jedenfalls für Weiße.

Und für Schwarze?

Die würden früher anfangen, feixte er, und vielleicht hätten sie damit ja recht.

»Wei's wahr is«, schob er trotzig nach, er hatte gespürt, daß ich seine Bemerkung nicht goutierte. Wahrscheinlich hatte er sogar recht und es *war* wahr, aber mußte er's deshalb sagen? Und auf diese selbstzufriedene Weise?

Das *Livingstone Beach Restaurant* war ein alter Kolonialbau, das frühere Britische Konsulat. Es lag direkt am Strand, die Tische standen unter Palmen im Sand. In Ufernähe ankerten Ausflugsschiffe, dazwischen die eine oder andere Dhau, weiter entfernt eine Fähre und ein arg verrostetes Frachtschiff. Der

Tscharli wurde hier wieder als King of Fulalu begrüßt; bei einer Kellnerin, die er Princess Pat nannte, ging er gleich von Kopf bis Knöchel auf Tuchfühlung und verharrte so sekundenlang, sie schienen es alle beide zu genießen.

Princess Pat hatte ihre Haare, wie viele Schwarze hier, hoch überm Kopf aufgetürmt und mit einem bunten Tuch umwickelt, es machte sie zu einer Erscheinung. Wenn sie lachte, zeigte sie viele strahlend weiße Zähne, und sie lachte gern. Der Tscharli machte ihr lauter Komplimente, die ihm in Deutschland eine Klage eingebracht hätten und den sicheren Rauswurf, bei Princess Pat erntete er ein lang anhaltendes Lächeln. Schließlich entwand sie sich seinen Armen und kam zur Sache:

»Big Simba thirsty?«

Der Tscharli ermahnte sie, das Bier müsse richtig kalt sein.

Yes, cold, wußte Princess Pat, sie kenne ihn ja nicht erst seit heute.

No, super cold, korrigierte der Tscharli.

Super cold, versprach Princess Pat, super super cold.

Ob ich's sähe? stupste mich der Tscharli vertraulich an, als Princess Pat auf eine überaus lässige Weise davonschlappte: Ihr Gang sei genau der, auf den's ankomme. Auf diese Weise wüßte nur jede tausendste Frau zu gehen, in Deutschland sowieso keine einzige. Den ganzen Abend könnte er hier sitzen und Princess Pat hinterherschauen, er würde nichts vermissen.

Der Tscharli lachte. Ich rechnete damit, daß er als nächstes ihren Arsch rühmen würde, man könne darauf ein Bier abstellen. Aber er tat es nicht, und ich ertappte mich dabei, daß ich darauf wartete, er möge es endlich tun, nur damit das Klischee erfüllt und ich zufrieden war. Dann bei dem Gedanken, daß ich ihm insgeheim zustimmte. Jetzt, da Princess Pat mit dem Tablett und den Bieren wieder auf uns zukam, konnte man es sehen. Man *mußte* es sehen. Ihr Gang war keineswegs ordinär eindeutig oder sonstwie übertrieben, sie setzte auf eine elegante Weise ihre Hüften in Schwingung, die man kaum sah, umso mehr ahnte, und setzte damit insgeheim auch eine Grenze: Bis hierhin war es Perfektion, darüberhinaus wäre es plumpe Anmache gewesen.

Das hatte der Tscharli schnell erkannt – oder schon vor Jahr und Tag. Vielleicht war er am Ende hinter seiner Fassade auch noch ein Frauenversteher und sogar -verehrer.

Das Bier war so kalt, daß wir die Etiketten von den Flaschen abziehen konnten. Der Tscharli gab mir das seine, das könne ich doch gewiß als Lesezeichen gebrauchen. Dann ließ er die Kronkorken springen, und wir zogen die Schuhe aus, um unsre Füße in den warmen Sand zu stecken.

*

Der Kingfish, den Princess Pat mit unglaublicher Noblesse serviert hatte, schmeckte wie ein sehr alter, trockener, trauriger Thunfisch, aber das war egal. An vielen der Tische saßen einzelne Herrschaften, vornehmlich Frauen, die mit Interesse das Schauspiel verfolgten, das die Beachboys direkt vor uns am Strand aufführten: Sie schlugen Rad oder machten Handstand; einer von ihnen sogar Handstandüberschlag vorwärts und rückwärts, direkt an der Wasserlinie; einige führten eine Art Ringkampf auf, andre machten von einem Mäuerchen Kopfsprünge in eine der anbrandenden Wellen. Und das immer mit möglichst viel Lärm und Gelächter, damit es wirklich jeder mitbekam.

»Schaug hi mit deine Augn«, wandte sich der Tscharli an mich, »daß d' was lernst.« In Afrika gebe's nichts, was es nicht gebe.

Er meinte die Touristinnen, die an ihren Cocktails saugten und sich überlegten, wen sie zu sich an den Tisch winken sollten. Alle hatten sie sich mit kurzen, luftigen Strandkleidern jugendlich herausgeputzt. Tatsächlich stand immer mal wieder einer der Beachboys an diesem oder jenem Tisch und scherzte mit ihnen. Princess Pat vermochte über jeden einzelnen etwas zu berichten, insbesondere mit wie vielen Frauen er, übers Jahr verteilt, Beziehungen unterhielt – offensichtlich zahlreiche Deutsche darunter – und wie viele Familienmitglieder er damit ernährte. Der Tscharli behauptete, der Strand sei die Tabledancebar für alle, die zu Hause nichts mehr abbekämen. Das gefiel Princess Pat, sie lachte herzlich und zeigte dabei ihre vielen weißen Zähne.

Gern hätte ich dem Tscharli bewiesen, daß ich es besser wußte. Aber ich wußte es nicht besser. Also blickte ich über den Strand und das Treiben hinweg und möglichst weit hinaus aufs Meer, dorthin, wo sich alles in Funkeln und Gleißen auflöste, und schwieg. Hörte ihm zu, wie er sich jetzt bei Princess Pat ins Zeug warf, die ihm erneut versicherte, er sei Big Simba. Woraufhin er ihr anvertraute, sie sei die schönste Antilope weit und breit, er sei zurückgekommen, um sie zu jagen.

Als er sie angrollte wie ein alter Köter, der gern wie ein Löwe geklungen hätte, und sie im nächsten Moment packen oder eigentlich reißen wollte, entzog sie sich mit charmant dargebotenem Entsetzen. Sie spielte das Spiel mit und tänzelte ziemlich antilopenartig zum nächsten Tisch. Erst von dort lächelte sie uns wieder zu.

*

Nach dem Essen saßen wir schweigend beieinander, und weil eine leichte Brise wehte, roch der Tscharli nicht so streng wie sonst. Die Sonne war zügig versunken, auf den Tischen hatte man kleine Lampen entzündet, die meisten einzelnen Herrschaften waren gegangen, sämtliche Beachboys verschwunden. Die Boote, die auf dem Strand oder im flachen Küstengewässer vor Anker lagen, zeichneten sich gegen den nachtblauen Himmel als schwarze Scherenschnitte ab. Weiter entfernt fuhr ein Schiff, das reichlich Lichter gesetzt hatte, und ganz am Horizont ein weiteres in entgegengesetzter Richtung. So, genau so hatte ich mir immer den perfekten Abend am Strand vorgestellt. Allerdings nicht an der Seite eines Schwerkranken, der derart … derart … quicklebendig war. Als er von der Toilette zurückkam, fragte ich ihn, wieso er heute früh behauptet habe, er hätte keine Freunde? Er habe doch überall welche?

»Naja, Freunde …«, wiegelte der Tscharli ab. »Vielleicht a paar Freundinnen, des scho.«

Princess Pat versorgte die verbliebnen Gäste reihum mit Getränken, auch uns brachte sie eine neue Lage *Kilimanjaro*. Der Tscharli ließ die Korken in den Sand springen, niemand interessierte sich dafür, nur Princess Pat. Statt ihn zu bewundern, entwand sie ihm sein *Playboy*-Feuerzeug und bewies ihm, daß sie die Technik ebenfalls beherrschte – tatsächlich ließ sie die Korken sogar höher springen als der Tscharli. Der verwandelte sich in Big Simba, grollte, hob beide Hände hoch übern Kopf, als wären es Tatzen, mit denen er gleich zuschlagen würde, und Princess Pat sprang mit einem spitzen Schrei davon.

Ich hätte da ein paar Fotos von ihm gesehen, setzte ich nach, Fotos von ihm und ein paar Freunden vor der *Lederhosenbar* … »Entschuldige, Tscharli, ich mußte ja nach deinem Geld suchen.«

Schon klar. Aber Freunde? Seien das nicht gewesen. Dann erzählte er mir von seiner Zeit in Miesbach und wie er dort fast vor die Hunde gegangen wäre. Bald schwirrte mir vor lauter *Des sag da i, Jo mei, Fei scho* der Schädel.

*

Also die *Lederhose*. Das heißt der Ritschi, der Rosenberger Manni, der Mächtlinger vom Bastelbedarf Mächtlinger und 's Woifal, der Wirt. Eine lustige Truppe sei das ursprünglich gewesen, und wenn 's Woifal eine Runde Obstler spendiert hatte, sei sie noch lustiger geworden. Dafür waren die Tage umso grauer. Im Wertstoffhof Miesbach. Der Ritschi, der Rosenberger Manni und der Tscharli waren Kollegen, und keiner von ihnen war freiwillig dort gelandet.

Was den Tscharli betraf, so war er Anfang 2013 dazugestoßen, nachdem er im Herbst 2012 nach Miesbach umgezogen war, er hatte sich die Wohnung in München einfach nicht mehr leisten können. Kein Wunder, hatte er doch einige Jahre zuvor wieder das Saufen angefangen, und weil er nur immer mal für ein paar Monate als Bauleiter in den Golfstaaten oder in Afrika gearbeitet und dabei tüchtig verdient hatte, war das Geld zwar nie ganz ausgegangen, irgendwann jedoch zuwenig, um in München über die Runden zu kommen. Das könnten sich eh nur noch die Saudis und die Russen leisten, vielleicht auch die Chinesen, bald werde kein einziger Bayer mehr in München wohnen. So sei er eben wieder zurück in seine Geburtsstadt gezogen, schweren Herzens. Eigentlich sei's ja schon in München schwer gewesen, das Scheißherz, egal. An dieser Stelle lachte der Tscharli noch etwas bitterkürzer auf als sonst, und ich hielt meinen Mund.

Insgesamt habe er's fast zwei Jahre auf dem Wertstoffhof ausgehalten, von irgendwoher habe das Geld ja kommen müssen. Dabei sei's das reinste Irrenhaus, man sei umzingelt von lauter Rechten und Rassisten und … der ganzen Bagasch, fast täglich habe er sich mit ihnen angelegt und manchmal sogar –

»Bei aller Liebe, Tscharli«, unterbrach ich: »Du bist doch auch einer.«

»I? A Rechter? A Rassist?« Der Tscharli ließ die Luft zwischen den Schneidezähnen herauszischen. »Da hauts da doch gleich den Vogel naus.« Er setzte an, mir eine Standpauke zu halten, pumpte sich mächtig auf, sackte dann aber zusammen und ließ die Luft ein zweites Mal zwischen den Zähnen herausfahren: Er habe immer *Die Linke* gewählt, wenn ich's genau wissen wolle, und vorher *DKP*, wie sein Vater, der sei am Fließband bei BMW gestanden, da habe das für ihn quasi dazugehört.

Kein Schmarrn? Das hatte ich nicht vermutet.

Kein Schmarrn, weidete sich der Tscharli an meiner Verdutztheit. Er sei immer ein Linker gewesen und auch heute noch einer, selbst wenn das bei einigen neuerdings als rechts gelte.

Wie bitte? Jetzt verschlug es mir wirklich die Sprache.

Und wenn ich allen Ernstes behaupten wolle, er sei Rassist, fuhr er triumphierend fort: dann seien die in der *Hose* mindestens solche Hornbrillenwürschtl wie ich.

Also Anfänger, sagte ich.

Prinzipienreiter, korrigierte der Tscharli, Besserwisser, Spießer. Er legte den Kopf leicht schief, kniff die Augen zusammen und musterte mich von oben bis unten. Schließlich gab er sich einen Ruck: »Komm, Hansi, samma wieda guat. Mir ham ja beide koa Ahnung vonanand'.«

122

Und dann erzählte er die Geschichte der *Lederhosenbar* zu Ende. Zwei Jahre lang sei das ein guter Ort gewesen, um zu vergessen. Irgendwann habe er den Fehler gemacht, von Afrika zu erzählen, und das, nachdem er so lange das Maul gehalten habe, mochten sie ihn auch drängen und zu überreden suchen. Er sei doch viele Jahre dort gewesen, hatte der Fonsä gestichelt und sich wieder mal einfach am Stammtisch dazugesetzt: Ob er denn nichts erlebt hätte? Schon immer hatte der Tscharli einen Bogen um ihn gemacht, er habe ja gewußt, was für ein hinterfotziger Hund das war. Ausgerechnet an diesem Abend … Wahrscheinlich hatte er ein Dunkles zuviel getrunken. Ausgerechnet *dem* mußte er von Afrika erzählen! Was auch immer er berichtete, der Fonsä wollte's nicht glauben und wußte's besser, irgendwann fing er an, den Tscharli als – jawollja, der auch, der vor allem! – als Rassisten zu beschimpfen. Es seien ganz wunderbare Menschen, die jetzt zu uns nach Deutschland kämen.

Das habe er nie bestritten, hatte der Tscharli dagegengehalten. Nur eben auf ganz andre Weise wunderbar – und manchmal schrecklich –, als solche Stubenhocker wie der Fonsä, die ihr ganzes Wissen aus der Zeitung hätten, sich das gern ausmalten.

Das war's dann. Lokalverbot. Und weder der Ritschi noch der Mächtlinger noch gar der Rosenberger Manni hätten das Maul aufgekriegt, um ihn zu verteidigen. Nach zwei Jahren, in denen sie regelmäßig mit ihm auf die Freundschaft angestoßen hatten! Die hätten vor dem Fonsä richtig gekuscht, und als der dann knallhart abfragte, wer für ihn sei und wer gegen ihn, hätten sie sich alle auf seine Seite geschlagen und so getan, als wären sie schon immer seiner Meinung. 'S Woifal sowieso, der habe ja noch nie »an Arsch in da Hosn ghabt«. »Sowas hoitst' im Kopf ned aus, Hansi, des dapackst du ned.« In Miesbach, ach was, in Bayern gebe's viel zu viele Fonsäs. Die würden bei jeder Gelegenheit die *Liberalitas bavariae* beschwören – *den* Begriff habe er sich gemerkt, immerhin habe er ihn oft genug um die Ohren gehauen bekommen –, aber wenn jemand eine andere Meinung vertrete als sie selbst, sei's aus mit der Liberalitas. Dann würden sie genauso fundamentalistisch werden wie ... wie ... Dem Tscharli gingen vor Empörung die Worte und die Luft aus. Nach einem langen Zug aus der Flasche meinte er nur noch, »Im Grunde alles des gleiche Gschwerl«. Nach diesem Abend in der *Hose* habe er sich täglich aufs neue totsaufen wollen, im *Schlucki* und im *Kneipp-Stüberl*, und als das nicht geklappt habe, wenigstens ganz weit weggewollt. Noch vor Jahresende sei er wieder nach Afrika, und diesmal für immer, dort könne man noch »gradaus reden«, dort verstehe man ihn noch.

»Mal ehrlich, Tscharli, du *bist* doch ein ... Also, ich meine: Du *spielst* hier ja nur den lustigen Onkel aus Deutschland, in Wirklichkeit bist du auch nichts anderes als der *gute* Massa.«

Genau so. Es war längst überfällig gewesen. Kaum hatte ich es gesagt, bereute ich es. Der Tscharli fuhr keineswegs aus der Haut, im Gegenteil, er sah mich fast liebevoll an.

»Du bist wirkli ned besser als die in da *Hosn*, Hansi«, brummelte er. »Aber i mag di trotzdem.«

*

Wir tranken noch eine Runde zur Versöhnung. Und sprachen wenig. Der Tscharli war extrem dünnhäutig, das wußte ich jetzt, und er konnte im Handumdrehen von einem Extrem ins andre fallen, vollkommen unberechenbar für ... einen Anfänger. Er mußte eine verdammt einsame Zeit in Miesbach verbracht haben, trotz *Lederhosenbar*. Jetzt war ich es, der ihm ganz vorsichtig die Hand auf den Unterarm legte und fragte, wo denn die Kiki in dieser Geschichte vorkomme.

»Verdammt, laß mir die Kiki aus'm Spiel«, brummte er nur.

»Aber freiwillig bist du doch nicht auf den Wertstoffhof, oder?«

»Bist' narrisch, Hansi?«

Dann sagte er nichts mehr. Wenn ich ihm in die Augen blickte, konnte ich mir einbilden, daß sie glasig schimmerten, als habe er mit den Tränen zu ringen. Doch im nächsten Moment schob er die Flasche mit Verachtung von sich und erhob sich. Zeit sei's, höchste Zeit, denn morgen sei ein großer Tag.

»Jetz mach ma die Flatter.« Ja, das war ich, der das gerade gesagt hatte.

*

Auf dem Heimweg lachte der Tscharli wieder und schwärmte von Princess Pat, dann von einer Manka und einer Rosi, die eigentlich Swaumu hieß, das bedeute »Geschenk Gottes«, und das sei sie auch gewiß. Er hatte ganz schön geladen und brachte die Namen immer wieder durcheinander, obwohl er behauptete, genau zu wissen, wessen Vorzüge er gerade rühmte.

Beim Abschied beugte er sich vertraulich zu mir und zwinkerte mir zu: »Woaßt' scho, Hansi, die Sehnsucht is …?«

Ich nahm ihm das Versprechen ab, morgen die Kiki-Geschichte zu erzählen. Woraufhin er mich daran erinnerte, daß ich selber ein Versprechen gegeben hätte: das Versprechen, *meine* Kiki-Geschichte zu erzählen. Die Mara-Geschichte.

Tatsächlich? Ich hatte diese Geschichte noch nie erzählt,

warum sollte ich sie ausgerechnet ihm erzählen? Ich hatte sie heute den ganzen Tag lang vergessen – wie ich jetzt erst bemerkte, da ich daran erinnert wurde. War es nicht besser, sie auch morgen und übermorgen und den Rest meines Lebens zu vergessen?

»Du hastas versprochen«, insistierte der Tscharli, »im *Pushiman*.«

Also darauf sollte es hinauslaufen – zwei Männer erzählen einander von der großen Liebe ihres Lebens. Der großen unglücklichen Liebe ihres Lebens. Und am Ende liegen sie sich in den Armen und betrinken sich. Meinetwegen. An diesem Abend wunderte ich mich über nichts mehr. Dann lief mir der Tscharli sogar noch nach, um mir Fotos zu zeigen, die ich bereits kannte – und darauf jeden einzelnen, von dem er erzählt, den Ritschi, den Rosenberger Manni, den Mächtlinger, 's Woifal. Dann auch noch einen Doktor Daxenberger, der ebenfalls in der *Lederhosenbar* verkehrt habe und auf dem einen oder anderen Foto zwangsläufig mit abgebildet war, ein feiner Herr – der Fonsä.

Als ich endlich in meinem Himmelbett lag, klapperten die Fensterläden im Wind. Nachdem ich sie fest verschlossen hatte, merkte ich, daß es gar nicht die Fensterläden waren, die mir zusetzten, sondern ein Klopfen unter der Schädeldecke. Obwohl der Ventilator lief, hatte ich mein T-Shirt schon durchgeschwitzt.

Mitten in der Nacht pochte es an der Tür, es dauerte, bis ich mich aufgerappelt hatte. Der Tscharli.

Ob ich auch solche Angst hätte? Er war vollkommen in sich zusammengesunken, konnte nur noch flüstern: Es sei so still gewesen, so verdammt ... totenstill. Lediglich die Fensterläden würden klappern. Und dann: Er wisse, daß er mir zur Last falle.

Sei nichtsdestoweniger froh, daß ich ihn an seinen letzten Tagen begleite. Es sei ja wohl nimmer lang hin.

»Woaßt', wenn i demnächst mein letzten Rülpser g'macht hab, dann ... wirst' ma fehlen, Hansi.« Das flüsterte er mir ins Ohr, wie damals im Krater, als ihm die Angst vor dem Sterben schon mal so jäh in die Worte gefahren war. Da begriff ich, wie tapfer er sich hielt, und nahm ihn in die Arme. Er heulte wie ein kleines Kind, lang und lautlos.

***

Beim Frühstück draußen vor dem Hotel, unter einem der Sonnenschirme, bedankte er sich bei mir: Mich heute nacht in seiner Nähe zu wissen, habe ihm sehr geholfen. Offensichtlich hatte er einen Tick, sich bei jedem zu bedanken, wer weiß, wieso er sich den anerzogen hatte.

»Pack ma's«, begrüßte uns der Hotelmanager, auf Deutsch, »Dalli, dalli«.

Sofort schaltete der Tscharli um und widmete sich mit solcher Energie der Frage, wen der Hotelmanager noch anrufen könne, um uns zu Motorrollern zu verhelfen, daß ich wieder an allem zweifelte, was ich von ihm wußte. Konnte einer, der so voller Tatendrang und Lebenslust und geradezu gierig darauf war, auf einem Bock die Insel 'nauf und 'nunter zu heizen, konnte so einer wirklich sterbenskrank sein? Oder war das nur eine Masche, um Mitleid und Aufmerksamkeit zu bekommen, nicht zuletzt auch eine Art Generalabsolution für alles, was er sagte und tat? Andrerseits hatte ich das Blut in der Kloschüssel gesehen, hatte gehört, mit welcher Sorge King Charles auf ihn eingeredet hatte, hatte ihn gestern nacht in meinen Armen gehalten und das Zittern gespürt. Nein, das hätte man nicht spielen können. Was er *wirklich* spielte, auf nervtötend penetrante Weise spielte, war der *fröhliche* Tscharli – Mister Bombastic, Big Simba, der King of Fulalu.

Seine aufgesetzte Fröhlichkeit half ihm heute früh nicht weiter, seine Abschiedsrunde war ins Stocken geraten und kurz vorm Scheitern. Er kam zurück an unseren Tisch, ließ sich auf seinen Sitz fallen und die Luft herauszischen. Als er sah, daß ich mir zum Avocadotoast mittlerweile auch noch einen Avocadosaft bestellt hatte, machte er seiner Enttäuschung Luft: »Jetz läßt' as aber krachen.«

»Wie wär's, wenn wir mal den Driver Number One anrufen?« schlug ich vor. Der habe sich doch als Mann für alle Fälle vorgestellt.

Eine halbe Stunde später war er da, Ame Issa Juma, begleitet vom Freund eines Freundes, der gleich einen silbernen *Honda 125 Roller* mitgebracht hatte, einen weiteren, der über und über mit bunten Aufklebern besprenkelt war, und eine *Suzuki 400*, für alle Fälle. Auch mit den beiden Hondas würden wir ordentlich auf Touren kommen, versprach er, die habe er höchstselbst ein bißchen bearbeitet.

Nachdem wir eine kurze Testfahrt gemacht hatten, acht Uhr »gradaus«, ging es ans Feilschen. Driver Number One wußte, daß wir keine Alternative hatten und also keine Chance, gegen ihn anzukommen. Er sagte uns ins Gesicht, nicht auf seine Provision verzichten zu wollen, er habe eine Frau, zwei Töchter und eine kranke Mutter zu versorgen. Der Tscharli konnte die Miete für drei Tage gerade mal von 150 auf 130 Dollar runterhandeln. Und dann hatte er keinen Führerschein. Der sei ihm vor Jahr und Tag gestohlen worden – mitsamt dem Portemonnaie, in dem er gesteckt. Ohne die Vorlage eines Führerscheins würden die Behörden freilich keine Fahrgenehmigung für Sansibar ausstellen und der Tscharli gar nicht erst losheizen können.

»No Problem!« Der Hotelmanager wußte von einem Gast, der heute abreisen würde; er sei mit einem Mietwagen an die Nordspitze der Insel gefahren, jetzt brauche er seinen Sansibar-Führerschein ja nicht mehr. Der Manager versprach, sich zu kümmern. Wir nutzten die Zeit, um uns umzuziehen; der Tscharli lieh mir seine rote Trekkingjacke, er selbst trat in Cowboystiefeln und Lederjacke an, nicht jedoch in der Jeans, sondern in seiner Trekkinghose. Schon tauchte der Hotelmanager wieder auf, »Problem finished«, überreichte ihm einen Sansibar-Führerschein und ermahnte ihn, sich den Namen gut zu merken, es gebe zahlreiche Polizeikontrollen. Sobald er den Anlasser betätigt habe, heiße er Jörg Wolter.

»Paßt scho.«

Es dauerte bis zwanzig vor elf, dann hatte der Freund des Freundes auch für mich eine Fahrerlaubnis bei den Behörden eingeholt, sie galt für einen Monat. Wir bestiegen unsre Roller, der Tscharli nannte den seinen zärtlich »Silberferkel«, und setzten die Helme auf – ziemlich enge Hauben ohne Kinn- und Windschutz.

»Paßt scho.«

Der Tscharli ließ sein Silberferkel aufjaulen und rief so laut »Wakala«, daß einige der Händler in der Straße den Blick vom Handydisplay nahmen, einer winkte ihm sogar zu. Ich fuhr hinter ihm die Straße runter zum *Livingstone Beach Restaurant*, von dort durch die arabische Festung und ostwärts raus aus der Stadt, und wieder blickte ich auf den rot eingesäumten Schlitz seiner Gesäßtasche. Wie schon beim Abstieg vom Kibo fragte ich mich, was man sich dort hätte hineinstecken sollen. Oh, erklärte der Tscharli, während wir unsre Roller betanken

ließen, er habe darin immer einen Reservefurz dabei, man wisse
ja nie. An der Stadtgrenze wurde es fast schlagartig leer auf
der Straße, der Tscharli stieß einen Schrei aus und zog ab. Bis
Bungi hielt er nicht mehr an, dort stand er dann mitten in einer
Mangobaumallee und wartete auf mich. Wir bogen ab auf einen
Feldweg, der Tscharli wollte mir was zeigen.

Wenn ich heute die Augen schließe und an Sansibar denke,
sehe ich vor allem Feldwege. Wir fuhren immer so schnell es
irgend ging, der Tscharli vorneweg, ich hinterher. Er brauchte
keine Landkarte und hatte es eilig. Jetzt war er der Easy Rider,
den er bereits im Krater hatte darstellen wollen, *born to be wild*,
zumindest auf einem hochgemotzten Roller. Dem läuft die Zeit
davon, dachte ich und sah zu, daß ich dranblieb. Das Ende
meines Kopftuchs, das ich heute als Halstuch trug, hatte sich
gelöst und knatterte im Fahrtwind. Bald waren wir von oben
bis unten mit rotem Staub überkrustet, die Gläser meiner Sonnenbrille verschmiert und selbst die meiner Brille, die ich darunter trug – bei jeder Rast putzte ich vier Gläser, und es nützte
trotzdem nichts. Vom Tscharli sah ich nur immer den Auspuff
und, wenn's hoch kam, die Gesäßtasche.

*

Der Feldweg, der uns von Bungi zur Küste führte, endete nach
einer wilden Fahrt durch Wald und Wiese im hohen Gras.
Ich dachte, der Tscharli habe sich verfahren, aber da tauchte
einer auf, der sich als Parkwächter deklarierte, bald auch als
Hüter der Ruine. Er sprach so gut wie kein Englisch, hatte allerdings gedruckte Eintrittskarten, die ihn legitimierten und
die er uns auf umständlichste Weise verkaufte. Oja, zwei oder
drei Mal pro Monat schaue hier jemand vorbei, versicherte

er mit Händen und Füßen, er höre ihn immer schon von weitem.

Wo immer der Tscharli mit seiner Silbermähne und der orange verspiegelten Sonnenbrille auftauchte, zog er auch auf Sansibar Bewunderer und Neider an, da machte der Ruinenhüter keine Ausnahme. Er wollte die Brille kurz aufsetzen, und bevor er sie zurückgab, »Very nice«, streichelte er kurz darüber. Wir folgten ihm durchs hohe Gras, nach wenigen Schritten sah man die Ruine, Überbleibsel des Bi-Khole-Palasts. Er war aus Korallenstein erbaut und die Decke längst eingestürzt. In den ehemaligen Räumen wuchsen Sträucher und sogar Bäume. Dazwischen war die Fallgrube einer Toilette zu besichtigen. »Waka shabuna«, sagte der Tscharli und machte Anstalten, die Toilette zu benützen, »kaskade wa-pfong.«

Natürlich verstand der Ruinenhüter das als bloßen Scherz und scheuchte den Tscharli nach draußen. Er führte uns über einen kleinen Trampelpfad zur Bucht; bereits die Prinzessin, die den Palast erbaut habe, hätte ihn benutzt, wenn sie zum Baden hatte gehen wollen. Es war Ebbe, das Meer hatte sich weit aus der Bucht zurückgezogen, überall sah man Felsen aus dem Wasser ragen. Am Ufer lag, mit dem Kiel ein Stück im Kies eingegraben, ein Einbaum mit Auslegern linksrechts, den der Ruinenhüter fast fertiggezimmert hatte. Die Befestigungsstangen der Ausleger waren aus mehreren Teilen gestückelt und mit blauem Band zusammengebunden. Rundum lagen frisch abgehobelte Späne, das Holz des Einbaums war noch ganz hell und duftete. Als wir näher kamen, drehte sich eine Frau erschrocken weg und zog sich schnell ihren schwarzen Schleier bis auf Augenschlitzhöhe hoch, ein kleines Mädchen sprang herbei und wollte in ihrem bunt betüpfelten Kleid bewundert werden.

Die Prinzessin von Bi Khole, aha! Der Tscharli parlierte auf seine übliche Art. Die Frau des Ruinenhüters oder eigentlich Bootsbauers war ständig damit beschäftigt, sich abzuwenden, wenn wir ihr Kind, ihren Mann oder das fast fertige Boot fotografieren wollten.

»Außer dir und mir«, zwinkerte mir der Tscharli zu, »is hier noch nie a Fremder g'wesn.« Dann schlug er sich ins Gebüsch.

*

Überall auf Sansibar gab es Plantagen, die Touristen ließen sich in Kleinbussen hinfahren, um dort auf geführten Rundgängen Ingwer, Pfeffer, Chili, Nelke, Muskat, Kardamom und Zimt gezeigt zu bekommen. Aber auch Gewürze interessierten den Tscharli nicht.

Was ihn interessierte, war der »ungeführte Rundgang«, wie er es nannte. Wir fuhren an eine jener Plantagen über Feldwege heran, um sie »hint'rum« zu betreten. Ein bißchen Spaß müsse sein, versicherte der Tscharli, und weil hier kein Zaun war, ging es auch ganz einfach. Nachdem wir uns durchs Dickicht gekämpft hatten, fanden wir einen Trampelpfad, und der Tscharli begann mit seinem ungeführten Rundgang. Was er mir zeigen wollte, blieb unklar. Die Sache an sich, sollte er später erklären, den Plantagendschungel und die stehend heiße Luft, die es darin – und nur darin – gebe. Hoch über uns die Wipfel der Palmen, darunter Bananenstauden und parterre verschieden grün leuchtende Sträucher. Selbst im Schatten war es feucht und schwül, mein Hemd war nach wenigen Schritten durchgeschwitzt, da und dort flirrten Sonnenflecken.

Womit der Tscharli bestimmt nicht gerechnet hatte, war der halbnackte Kerl, der uns mit einem Mal den Pfad vertrat, eine

Machete in der Hand, offensichtlich wenig erfreut, uns hier zu ertappen. Der Tscharli erklärte ihm, wir hätten uns verlaufen und seien froh, ihn gefunden zu haben. Der Kerl glaubte ihm kein Wort, wollte gleichwohl seinen eigenen Vorteil aus der Sache schlagen und erbot sich, Kaffee für uns zuzubereiten. Er führte uns in seine Hütte, wo er uns erst mal tüchtig abkassierte, dann begann die Show: Er stellte sich als Uncle John vor, begrüßte uns wie ein Hausherr seine Gäste, bot uns zwei plump behauene Holzblöcke als Hocker an, setzte sich vor uns auf den gestampften Boden und schälte Kaffeebohnen, eine nach der anderen, dann röstete er sie in einer großen Pfanne. Während er sie anschließend mit einem Mörser zerstampfte, sang er. Kurzentschlossen sang der Tscharli mit.

Das alles hatte schon ziemlich lang gedauert, und der Kaffee war noch längst nicht gebrüht. Kurzentschlossen kauften wir Uncle John zwei kleine Flaschen Cola ab. Der Tscharli öffnete die erste auf die bekannte Weise; Uncle John guckte kurz hin, griff sich die zweite Flasche und öffnete sie mit den Zähnen. Damit war das Kaffeekochen auf unbestimmte Zeit verschoben, denn nun wollte er das Feuerzeug des Tscharli in die Hand nehmen, darüberstreicheln, »Very nice«, und kaufen. Er bot erst ein, dann zwei Beutel Kaffeebohnen, mit denen er sich für besondere Fälle wie dem heutigen in seiner Hütte bevorratet hatte, doch der Tscharli ließ nicht mit sich verhandeln. Uncle John blieb nichts anderes übrig, als uns zu unseren Rollern zurückzubegleiten und ziehen zu lassen.

*

Danach fuhren wir kreuz und quer auf einer Landzunge, die als Sperrgebiet für jeglichen Verkehr verboten war, genau deshalb wollte sie mir der Tscharli zeigen. Auch hier gebe es Ruinen, versprach er, allerdings fanden wir keine. Was wir fanden, war eine Kuh, die auf einer winzigen Wiese hoch überm Meer angeleint war. Das Sonnenlicht fiel in schrägen Balken durch die Baumkronen, und es roch nach Wald. Der Weg führte über Sand und Wurzeln; am Ende – da war es längst ein Trampelpfad, den man eigentlich nur zu Fuß benutzen konnte – über natürliche Stufen, die sich zwischen den Wurzeln gebildet hatten, herunter in eine Bucht, in der ein Dutzend trockengefallener Fischerboote lagen. Es war unglaublich still und verlassen, ein verwunschener Ort. Plötzlich tauchte doch jemand hinter einem der Boote auf und schlug auch gleich den Weg quer durch die Bucht in unsre Richtung ein. Wir sahen zu, daß wir wegkamen.

Mittagspause machten wir in einem Dorf knapp neben dem Sperrgebiet, ganz in der Nähe der Menai Bay Beach Bungalows, offensichtlich verbrachten die Hauptstädter hier gern das Wochenende. An einem Mittwoch wie heute war alles wie ausgestorben. Ein Gemischtwarenhändler, der seine Schilfhütte rund um einen mächtigen Baumstamm errichtet hatte – die Baumkrone stellte seinen Laden rundum in den Schatten –, verkaufte uns sechs verschiedene Arten Plätzchen, jedes aus einem anderen Bonbonglas, dazu kalte Samosas und zwei weitere Colas. Der Tscharli erzählte mir vom Busfahrertrick, er bestehe darin, die Flasche mit dem Ehering aufzumachen; freilich funktioniere es nur mit einem solch dicken Ehering, wie ihn Busfahrer trügen.

Und dann schob er mir eine der beiden Colaflaschen zu, 12:30 Uhr, und sagte: »Jetz du.«

Wenn ich an meine Reise mit dem Tscharli denke, so war dies vielleicht der Wendepunkt. Von da an war ich ein anderer. Als ob das schiere Öffnen einer Flasche mit dem Feuerzeug für einen 63jährigen, der weißgott auch schon was erlebt hatte, mehr als eine Kuriosität war. Der Tscharli zeigte mir genau, wie ich die Flasche zu halten und in welchem Winkel das Feuerzeug anzusetzen hatte, am Ende ergriff er meine beiden Handgelenke, um den Bewegungsablauf zu kontrollieren. Nach vielen ergebnislosen Versuchen bekam ich den Kronkorken ab. Er fiel einfach zu Boden, statt emporzuspringen, und es knallte auch nicht.

»Werd scho, Hansi«, sagte der Tscharli und klopfte mir anerkennend auf den Rücken, »werd scho«.

*

Fortan war ich vom Ehrgeiz beseelt, mein Können an jeder Flasche zu erproben. Und, als hätte es Auswirkungen weit über den kleinen Kniff hinaus, mein Können *überhaupt* zu erproben. Ich fuhr »wiera gsengte Sau«, so der Tscharli, und haute auf den Putz, als wäre ich noch einmal in meinen Flegeljahren. Mit dem Unterschied, daß ich in meiner Jugend nie auf den Putz gehauen hatte, ich war eher still gewesen und vielleicht auch zu schüchtern. Irgendwann im Verlauf des Tages, nachdem ich die x-te Flasche geöffnet und auf ex geleert hatte, rülpste ich. Der Tscharli blickte mich nur kurz an, »Damit hätt i jetz ned g'rechnet, Reschpekt«, und rülpste ebenfalls. »Aus'm Stand«, weil er das schon als Kind gelernt hatte.

Was war nur in mich gefahren? Ich wußte es nicht. Wollte es auch gar nicht wissen. Es fühlte sich gut an, das war Begründung genug. Vor allem wollte ich jetzt wieder: mit Vollgas weiter.

Nach dem Mittagessen löste sich bei meinem Roller das Tachokabel vom Vorderrad, als ich gerade losfahren wollte, und geriet in die Speichen. Nunja, es war nicht das Bremskabel und auch nicht bei voller Fahrt passiert, egal. Nachdem wir wieder die Hauptstraße zur Südspitze der Insel erreicht hatten, machten wir ein Wettrennen. Kilometerweit fuhren wir nebeneinander, hupten, grölten, lachten, riefen immer wieder »Wakala«, der warme Fahrtwind schlug uns ins Gesicht.

»Polepole, Hansi«, rief mir der Tscharli zu, als ich mal um eine Handbreit vorne lag, »sonst kriagst no an Herzkaschpa.«

Wir besichtigten, was es zu besichtigen gab. Es waren allerdings nie mehr als Zwischenziele, die uns nur kurz aufhalten konnten. Wir fuhren so, wie der Tscharli mit King Charles durch die Serengeti gefahren war, um des Fahrens willen. Nie zuvor hatte ich den Tscharli so fröhlich und übermütig erlebt wie in diesen Tagen auf dem Silberferkel. Und auch ich war ausgelassen wie schon Jahre nicht mehr. Als ob sich beim Öffnen meiner ersten Flasche mit dem Feuerzeug auch irgendwo tief in mir etwas gelöst hatte.

Das konnte doch eigentlich gar nicht sein?

Aber es war so. Ich hätte lachen können vor lauter Lust am Leben und johlen und jubeln.

Dabei waren wir mit Ernst bei der Sache. Sobald der Tscharli sein Silberferkel bestieg, war er wie verwandelt – kein einziger Scherz, keine einzige Zote, keine einzige despektierliche Bemerkung. Er hatte nichts Wackliges mehr an sich, nichts Fahriges, Stolperiges, Hinfälliges. Als hätte er erst auf dem Sitzpolster dieses Rollers zu seiner Bestimmung gefunden. Manchmal schrie er wild drauflos, manchmal fuhr er Schlangenlinien und sang. Mitunter stand er auf, fuhr eine ganze Weile im Stehen. Einmal hob er das rechte Bein nach hinten, dann den linken

Arm nach vorne – hielt diese Stellung für ein, zwei Sekunden, dann setzte er sich wieder hin und machte mit Vollgas weiter. Ohnehin gab es für ihn nur volle Kraft voraus oder Vollbremsung, sobald eine der Rüttelschwellen kam, mit der man die Raser wenigstens vorübergehend zur Raison bringen wollte. Moderate Vorwärtsbewegung war seine Sache nicht.

Und die meine auch nicht.

*

Selbst sein Sturz konnte uns nur kurz aufhalten. Wir hatten die Moschee in Kizimkazi besichtigt, angeblich die älteste in Ostafrika, fast ganz unten in der Südspitze der Insel. Der Tscharli wollte rein, ohne sich die Schuhe auszuziehen, wurde allerdings vor dem Eingangsportal von ein paar Jungs abgehalten.

Why? fragte der Tscharli. Er sei ja noch gar nicht richtig drin?

Because, antworteten die Jungs.

Das verstand der Tscharli. Er zog sich die Cowboystiefel aus, warf sie demonstrativ auf die Straße in Richtung seines Silberferkels und hatte damit lauter neue Freunde gewonnen. Nachdem sie reihum seine Sonnenbrille aufgesetzt hatten, führten sie uns in die Moschee und zeigten, was es zu zeigen gab. Viel war es nicht, und wir wollten ohnehin so schnell wie möglich weiter. Verabschiedeten uns von jedem per Handschlag, der Tscharli zog sich wieder die Cowboystiefel an und den Helm über, hupte und brauste davon. Ich hatte noch mit einem der Jungs zu tun, der mit einem Mal auch *meine* Sonnenbrille aufsetzen und dann lange nicht mehr hergeben wollte, fuhr erst ein, zwei Minuten später los. Die Straße war schnurgerade,

137

wir kannten sie bereits bis zur Abzweigung, die wir jetzt nach Osten nehmen wollten, zum entgegengesetzten Ufer.

Kurz vor dem Kreisverkehr, an dem wir Richtung Jambiani abbiegen wollten, sah ich den Tscharli am Straßenrand sitzen. Nachdem ich etwas näher herangekommen war, auch sein Silberferkel, es lag einige Meter entfernt mitten auf der Straße. Abgesehen davon, daß er sich ein Loch im Hosenbein und gewiß ein paar blaue Flecken eingehandelt hatte, war ihm nichts weiter passiert. Er schien mir leicht benommen, es dauerte eine Weile, bis er Antworten auf meine Fragen fand: Damit ich ihn hätte einholen können, sei er Schlangenlinien gefahren. Weil so lange keiner entgegengekommen sei, habe er vergessen, daß in Tansania Linksverkehr herrsche; wie er dann einem Lieferwagen ausweichen wollte, der mit hohem Tempo aus dem Kreisverkehr herausschoß, sei er um Haaresbreite mit ihm zusammengekracht. Nur durch ein Herumreißen des Lenkers habe er sich vor ihm, der stur geradeaus hielt, retten können.

War mir ein Lieferwagen entgegengekommen? Ich konnte mich nicht daran erinnern. Entweder war ich so in Gedanken versunken gefahren, daß ich ihn nicht wahrgenommen hatte, oder der Tscharli hatte sich eine Ausrede ausgedacht. Vielleicht war er in Wirklichkeit einfach zu schnell über die letzte Rüttelschwelle gefahren und vom Sitz katapultiert worden?

Er blieb überraschend zurückhaltend, es sei eben »unrund« gelaufen, *wakala!* In Jambiani liefen Touristinnen mit ihren einheimischen Liebhabern herum, einige davon hatten sich Rasta-Zöpfe flechten lassen, aber der Tscharli ließ sich nicht zu Kommentaren hinreißen. Als wir in einer Schilfhütte unter ein paar zerrupften Palmen ein allerletztes Cola für heute mit Blick auf den Indischen Ozean tranken – weil Ebbe war, nicht mehr als ein türkiser Streif am Horizont –, rief King Charles an und wollte vom Tscharli wissen, ob er wieder … Ob alles nach Plan … Oder ob er Hilfe …

Ois easy. Dito. Woher denn. Geh weida.

*

Von dort fuhren wir zurück Richtung Zanzibar Town, wir wollten vor Sonnenuntergang »zu Hause« sein. In den Außenbezirken der Hauptstadt standen reihenweise Plattenbauten, der Tscharli wußte, daß sie zu DDR-Zeiten als deutschdemokratische Entwicklungshilfe errichtet worden waren. An einer Ampel ging es nur zäh voran, irgendwann saßen wir mit unseren Rollern zwischen den Autoschlangen fest. Während der Tscharli nach vorne in Richtung Ampel sah, deren Vorgaben parallel dazu ein Polizist per Trillerpfeife und Schlagstock verdeutlichte, rollte ihm ein Auto ganz langsam mit dem Vorderrad über den seitlich abgestellten Fuß. Der Fahrer bemerkte es nicht mal, er telefonierte. Und der Tscharli machte keine Anstalten zu protestieren. Ich rief ihm zu, ob etwas passiert sei; er schlenkerte nur müde mit dem Handgelenk, schon gut.

Nicht gut! Ich stellte meinen Roller ab, ging die paar Meter zwischen den Autos nach vorne und klopfte an die Scheibe des Fahrers, der noch immer telefonierte. Er war sichtlich erschrocken, als er erfuhr, was passiert war, entschuldigte sich auch gleich bei mir, »Sorry, sir, sorry«, hielt dabei weiterhin das Handy ans andere Ohr. Das machte mich so richtig wütend. Ich schrie ihn an, was ihm denn einfalle, meinem Freund übern Fuß zu fahren und einfach weiterzutelefonieren! Obwohl es jetzt grün wurde und die Autos um mich herum langsam anfuhren, wollte ich nicht ablassen, mit der flachen Hand schlug ich aufs Dach der Karosserie, immer wieder. »Relax, brother!«

beschwichtigte der Fahrer noch, ehe er davonfuhr: »We are cappuccino!«

»An Scheißdreck samma!« Ja, das war ich, der ihm das gerade nachgebrüllt hatte. Genau so.

*

Um Viertel vor sieben waren wir im Hotel, um sieben wurde es schnell dunkel, um Viertel nach sieben saßen wir, frisch geduscht und umgezogen, im *Livingstone Beach Restaurant.*

»Vergelt's Gott, Hansi«, sagte der Tscharli, nachdem ich unsere ersten beiden Flaschen Bier mit knapper Not geöffnet hatte. Heute trug er zur Jeans ein rosa Rüschenhemd, darüber die roten Hosenträger mit den blauen Herzen, Princess Pat machte reichlich Komplimente und lächelte ihm mit all ihren Zähnen zärtlich zu. Aber er blieb auch ihr gegenüber zurückhaltend. Als ich ihn fragte, ob es ihm gutgehe, winkte er unwirsch ab:

Seit seinem Sturz sei er ein bißchen benommen gewesen, vielleicht sogar schon davor – das sei alles. Den ganzen Tag in dieser Hitze den Helm zu tragen und obendrein einen, der ihm zu klein sei, habe ihm nicht getaugt, selbst wenn er's kaum mitbekommen hätte vor lauter Spaß an der Freud. Und an der Ampel, vorhin, da sei's dann halt wieder mal passiert.

Es?

Ja, es.

»War's wieder Blut?«

»Hansi, du fragst oiwei so Sachen«, brummte er. Er habe ja nur noch zwei Tage auf der Insel, die kriege er auch noch rum.

Er hatte nur noch einen. Doch das wußte er natürlich nicht.

*

Über *es* wollte er nicht weiter reden. Er wollte mir sein Leben erzählen, die Kiki inklusive. Wir bestellten »das Übliche« (Kingfish, kältestmögliches Bier), bald schwirrte mir vor lauter *Sammas, Scho wuggi ned, Woaßt' scho* der Schädel.

Begonnen hatte alles mit der ersten Maß, die ihm der Onkel Rups bei der Kommunionsfeier mit den Worten »Auf daß d' a gscheider Kerl wirst!« in die Hände drückte. Der Tscharli konnte gerade mal das große Einmaleins, leerte das Glas brav auf ex, war zum Amüsement der Festgemeinde sogleich blau und wurde ein gscheider Kerl. Weil er der einzige Sohn war, durfte er aufs Gymnasium; weil man ihn jedoch wegen wiederholter Rauferei in der 7. Klasse von der Schule verwies, wurde er zum Onkel Rups nach Ramersdorf gegeben, um seinen Schulbesuch auf einem Münchner Gymnasium fortzusetzen.

Ausgerechnet zum Onkel Rups. Von seinem Zimmer hatte der Tscharli Blick auf die Autobahn Salzburg; abends vor dem Einschlafen hörte er gern zu, wenn da einer mit seinem Bock vorbeidröhnte und mit sattem Summen gen Süden verschwand. Abgesehen davon mußte man sich was einfallen lassen, damit es in der Siedlung ab und an ein bißchen amüsanter wurde.

Bereits in der 10. Klasse vermahnte man den Tscharli mehrfach wegen Bierkonsums und Anstiftung zur Unbotmäßigkeit. Da konnte er schon im Verlauf eines Tages einen ganzen Kasten austrinken und blieb doch immer lustig und gesellig. Die Mitschüler, die den nüchternen oder verkaterten Tscharli wegen seiner Tätlichkeiten fürchteten und mieden, liebten den betrunkenen Tscharli seiner Witze und Streiche wegen umso mehr. Jedenfalls empfand er's so; und geliebt werden wollte er! Nach den ersten Partys galt er bei den Mädchen ebenfalls als große Nummer. Und bekam von ihnen die Anerkennung, die ihm in der Schule versagt war. In der 11. Klasse wurde er auch vom Münchner Gymnasium verwiesen; ohnehin war er zweimal sitzengeblieben.

»I war da Frauenflüsterer von Ramersdorf bis Giesing«, war der Tscharli heute noch sichtlich stolz. Schon damals habe er als trinkfest gegolten und als einer, der nicht aufs Maul gefallen sei, was wolle man mehr. Übrigens sei er bei jeder Gelegenheit in die Berge gegangen – sonst wäre er in seinem jetzigen Zustand ja nie und nimmer auf den Kibo raufgekommen. Wenigstens das Fachabitur machte er dann doch, und nach dem Grundwehrdienst bei den Gebirgsjägern in Mittenwald studierte er »auf Bauingenieur« an der Münchner Fachhochschule.

Um ein Haar hätte ich gefragt, wie mir »so einer wie er« ernsthaft erzählen wolle, er habe studiert. Fragte dann aber – gar nichts.

»Des hättst' jetz ned denkt, ha?« weidete sich der Tscharli an meiner Verdutztheit. Wenn er mir von seiner Zeit als Bauleiter erzählt hatte, war er mir als eine Art Polier vor Augen gestanden; angesichts der Bushaltestellen in Daressalam hatte ich sogar geglaubt, er hätte bei ihrer Errichtung selber mit angepackt. Aber nein! Er sei ein »Gstudierter«, bekräftigte der Tscharli ein weiteres Mal, sogar einer mit Abschluß. Schließlich habe er nicht *jedes* Tragl Bier ausgetrunken, das im Weg stand, immer wieder sei er über lange Strecken trocken gewesen. Und so habe er es sein ganzes weiteres Leben gehalten: Ein Säufer sei er nie gewesen, auch nie in einer Entziehungskur oder sonstwie auf Entzug. Er sei *Quartals*säufer, freilich einer, der damals kaum zu bremsen war. Wenn er einmal losgelegt habe, dann nicht selten, bis der Arzt kam, im wahrsten Sinn des Wortes.

Dann trat die Kiki in sein Leben, da war er gerade dreißig geworden, und es war Schluß mit Rambazamba. Jedenfalls erst mal. 1994 fing sie im *Johannis-Café* zu kellnern an, ob ich das nicht zufällig kennen würde?

Das kenne doch jeder, versetzte ich, der in München aufgewachsen und nach der Sperrstunde noch durstig gewesen sei.

Das sei er damals oft gewesen, und seitdem die Kiki dort servierte, eigentlich jede Nacht. Sie hätten eine Mordsgaudi mit ihr gehabt, mit den Stammgästen wäre sie immer gern auf eine Lage *B52* zusammengesessen. Irgendwann nahm er sich ein Herz und lud sie ins Kino ein. Ganz klassisch. Er holte sie mit seinem *Chopper* ab und brachte sie auch wieder heim. Ganz brav. Die Kiki war da gerade 23, eine frisch ausgelernte Kindergärtnerin aus dem Osten, die im Westen kaum jemand brauchen konnte. Da war einer wie der Tscharli, der immerhin als Bauingenieur in einer kleinen Tiefbau GmbH & Co. KG am Münchner Stadtrand angestellt war, keine ganz schlechte Partie. Schon im März 1995 feierten sie ihre Verlobung, draußen in Miesbach, der Onkel Rups brachte sich gleich als zukünftiger Trauzeuge ins Gespräch, für den Fall des Falles. Ein Jahr später wurde geheiratet, die Hochzeitsreise ging nach Bayrischzell und von dort weiter nach Tirol.

»Immer noch aufm *Chopper*?«

»Des glaubst', Hansi! Pfeigrad.«

Dann kam die beste Zeit im Leben des Tscharli, und wann genau sie zu Ende ging, wußte er nicht. Er sei halt immer noch ein rechter Hallodri gewesen, was den Alkohol und die Weiber betreffe, und auch das Raufen habe er wieder angefangen, wenn ihm einer dumm kam.

»Hinterhof hilft immer, Hansi.« Dort löse sich jedes Problem in Nullkommanix. Jedes.

Einmal sei er sogar im *Leierkasten* ausgerastet, als ihm einer die Annabel vor der Nase wegschnappen wollte. Oder war's die Mitzi? Ja, mei. Zum Ausnüchtern wurde er von der Polizei übernacht eingesperrt, am andern Morgen mußte ihn die Kiki abholen. Bis sie ihn verlassen sollte, war's noch hin. Er versprach ihr, mit dem Saufen aufzuhören, und nachdem er Anfang 1998 von seiner Firma nach Mombasa und kurz drauf nach Daressalam geschickt worden, um den Bau von zwei kleinen Brücken zu überwachen, hatte er die Idee, die fetten Auslandsprämien gemeinsam mit ihr zu verfeiern: auf Sansibar. Bereits der bloße Name habe für die Kiki unglaublich exotisch geklungen.

Wie überrascht war er freilich, als sie am Tag des Abflugs zwar zur vereinbarten Stunde auf dem Münchner Flughafen auftauchte – sie habe regelmäßig ihre Eltern in Pönitz besucht, irgendwo in der DDR, Hansi, um ihnen ein bißchen … ja was denn? Zur Hand zu gehen? Der Tscharli wußte es nicht, hatte sie selten dorthin begleitet. Nun kam sie zurück aus Pönitz und eröffnete ihm, mitten im Terminal, daß sie nicht mitfahre. Warum? Darum. Er fand es nie heraus, vielleicht hatte sie wieder den Tobias getroffen, ihren Jugendfreund, wer weiß. Der Tscharli fuhr ohne sie, es war ja alles gebucht und bezahlt, und hockte dann zwei Wochen lang in einer Hotelanlage am Strand, *all inclusive*, und allein unter Pauschalurlaubern. Ich könne mir ja denken, was er da gemacht habe.

Wieder angefangen zu saufen, sagte ich.

Aber nicht einfach so und zur Gaudi, wie früher! Er habe tapfer gegen den Kummer angesoffen, und als er zurückkam nach München, war die Kiki ausgezogen. Daß er kurz darauf einen Großauftrag seines Büros vergeigte, weil er einfach nicht mehr stillsitzen und sich auf Zahlen konzentrieren konnte, würde ich ja wohl verstehen; nach der Kündigung lebte er vom Ersparten und vom Arbeitslosengeld. 1999 kam die Scheidung, der Tscharli hatte sich die ganze Nacht vorher Mut angetrunken und bekam kaum etwas mit. Wie der Scheidungsrichter allerdings von »einvernehmlicher Trennung« sprach, ging er ihm an die Gurgel.

Was danach kam, daran erinnerte er sich kaum, er hatte einen Filmriß. Alles war leer und am nächsten Tag wieder nur leer. Am allermeisten in ihm selber, eine völlige Leere. Kein Kummer war mehr da, auch nichts anderes, er hatte Gummiknochen, und manchmal glaubte er, nicht mal den Weg zum *Edeka* zu schaffen, um Nachschub zu holen. Keine Kraft, kein Gefühl, kein Gedanke, als ob er betäubt war und ruhiggestellt. Eigentlich wollte er nicht mal mehr saufen. Er wollte nur im Bett liegenbleiben und schlafen, nichts mitbekommen von der Welt; wäre er gestorben, er hätte es wahrscheinlich nicht mal gemerkt. Und wenn er dann doch mal raustrat vor seine Höhle und in die Sonne blinzelte, war da kein Vogel im Firmament, da war einfach nur nichts.

»Die Weiber san was Wunderbares, Hansi. Es sei denn, sie san grad ganz schrecklich.«

*

Der Tscharli hielt inne, ich wartete auf sein bitterkurzes Lachen, aber es kam nicht. Denn das war sie noch längst nicht, seine Kiki-Geschichte, das war gerade mal der Anfang. Doch jetzt wollte Princess Pat, die immer wieder einen vorsichtigen Bogen um unseren Tisch geschlagen und nicht gewagt hatte, den Tscharli zu unterbrechen, wissen, ob wir eine neue Lage *Kilimanjaro* bräuchten.

»Big Yes, darling«, sagte der Tscharli und sah einen Augenblick durch sie hindurch und über die Tische hinweg und die

Boote dahinter auf dem Wasser und das verrostete Frachtschiff am Horizont. All das war von der Nacht längst verschluckt oder in schiere Schattenrisse verwandelt worden, insofern hatte Princess Pat den Blick lächelnd auf ihr Konto gebucht und bis zum Ende ausgekostet. Kaum nahm sie der Tscharli dann wieder wahr, fauchte er sie an, hob seine beiden Hände wie Tatzen, grollte, lupfte sich dabei sogar ganz leicht vom Stuhl in die Höhe, wollte zuspringen. Begeistert erschrocken sprang Princess Pat zurück und gleich ins Restaurant hinein, um die Biere beizubringen. Nun war der Tscharli wieder so, wie sie ihn kannte und liebte, Big Simba, *big thirsty*. Als sie sich dann näherte, das Tablett mit den beiden Bierflaschen auf dem elegant in der Hüfte abgestützten Unterarm, verharrte sie ein paar Meter von unserem Tisch entfernt, witterte erst einmal mit erhobener Nase und geweiteten Nüstern, ganz Antilope, ob die Luft wieder rein sei. Der Tscharli erzeugte ein wohliges Grollen, als ob er sich gerade zur Ruhe ablegte. Princess Pat kam auf Zehenspitzen herbei, stellte die Bierflaschen vor ihm ab, sprang sofort einen Schritt zurück. Erst jetzt lachten sie einander herzlich an, Princess Pat trat herbei, um sich von Kopf bis Knöchel umarmen zu lassen, sie schienen es alle beide zu genießen.

»Jetz du«, wandte sich der Tscharli an mich und schob mir sein Feuerzeug zu.

*

Dann erzählte er den Rest der Geschichte. Es sollte nicht einmal ein halbes Jahr dauern, das er von der Kiki geschieden war, bis sie eines Abends vor seiner Wohnungstür stand. Ihm auch sofort um den Hals fiel und sich ausheulte; der Tscharli behauptete, er habe auf diese Weise die Hälfte des Abends draussen im Hausflur verbracht. Sie hatte »den Befund« bekommen, wie sie es nannte, der Tscharli nannte es »ihr Todesurteil«. Und da war ihr niemand Besserer eingefallen als ausgerechnet er, bei dem sie sich vor dem Verrinnen der Zeit und der Gewißheit des nahenden Endes hätte verstecken können. Im Grunde habe er sie schon an diesem Abend die ganze Zeit im Arm halten müssen, nicht mal alleine trinken habe sie können, er habe ihre Hand mit dem Glas zum Mund geführt und wieder zurück zum Tisch. Letztlich sei das eine ganz gute Einstimmung auf das gewesen, was in den nächsten Jahren auf ihn zukam.

Die Kiki. Jetzt war sie 29 und hatte noch drei oder vier, wenn's hoch kam, fünf Jahre zu leben. Weil sie immer mehr abgenommen und sich schwach gefühlt hatte, war sie zum Arzt gegangen, der sie erst mal beruhigte. Weil irgendwann Wadenkrämpfe dazukamen, ohne daß es dafür einen Grund gab, ging sie ins Rechts der Isar; dort wurde sie gleich von einer Abteilung zur nächsten geschickt, am Ende stand es fest: Sie hatte ALS.

»Des heißt Amyotrophe Lateralsklerose, Hansi.« Er habe das Wort so oft gedacht und geträumt, daß er's sogar von hinten hersagen könnte. Die Krankheit bestehe einfach darin, daß immer mehr Nerven absterben würden, die für die Muskelbewegung zuständig seien. Warum? Darum. Wahrscheinlich genetisch bedingt. Beide Eltern von der Kiki seien freilich »pumperlgsund« gewesen, die würden heut noch leben, »da haut's dir den Vogel naus«.

Ob das nicht auch dieser Maler gehabt habe, der Dings, der mit jeder Menge Koks im Hotel erwischt wurde?

»Und jeder Menge Nutten, Hansi, genau. Der Dings. Der hat des auch g'habt.«

Wenige Wochen später zog die Kiki wieder beim Tscharli

ein, und vielleicht war das ja, trotz allem, ihre glücklichste Zeit miteinander. Der Tscharli rührte keinen Alkohol mehr an, fand eine neue Arbeit, zwar nicht mehr als Bauingenieur, aber als Bauleiter, mal bei der *Strabag*, mal bei *Bilfinger* oder *Hochtief*, zunächst an verschiedenen Großbaustellen in München, dann im Landkreis, irgendwann in ganz Oberbayern. In seiner freien Zeit kümmerte er sich um die Kiki, die immer weniger aus eigner Kraft konnte: Anfangs hoffte er noch, sie wäre nur vorübergehend gelähmt, doch dann fiel ihr fast alles zu Boden, was sie in die Hand nahm. Sie ging nurmehr stockend und irgendwann an Krücken. Häufig versprach sie sich, manchmal bekam sie den Mund nicht mal mehr auf. Dann artikulierte sie jedes Wort sehr langsam – und ein paar Wochen später *noch* langsamer. Alles strengte sie viel mehr an als früher. Und dazwischen konnte sie nicht mehr aufhören zu lachen oder zu weinen, ganz ohne jeden Anlaß. Da wußte der Tscharli überhaupt nicht mehr, wie er ihr helfen konnte.

Höchste Zeit, noch einmal das zu machen, was die Kiki und er bald nicht mehr würden machen können. Ja, der Tscharli liebte sie noch immer, auch wenn er sich nicht sicher war, ob *sie ihn* liebte, je geliebt hatte. Der Kummer saß einfach zu tief in ihm drin, ein verstockter Kerl, der nicht herauswollte. Am sechsten Jahrestag ihrer Verlobung beschlossen sie, die Reise nach Sansibar nachzuholen, die sie vor drei Jahren »verpaßt« hatten, wie sie's jetzt ausdrückten. Die Kiki konnte zu diesem Zeitpunkt kaum mehr gehen, also kaufte der Tscharli ein Tragegestell und trug sie auf dem Rücken erst durch Sansibar, dann durch Tansania. Am liebsten hätte er sie durch ganz Afrika getragen, wenn er sie auf diese Weise am Leben erhalten hätte.

Auch nach Moshi kamen sie. King Charles fuhr mit ihnen in den Ngorongoro-Krater und anschließend durch die Serengeti, damals noch ganz jung und schlank, er hatte *Safari Porini* gerade als Einmannunternehmen gegründet. Oja, so lange kannte ihn der Tscharli schon, »a alter Spezi«, damals ging der King sogar noch selber den Kibo hoch. Tatsächlich probierten sie es mit der Kiki auf dem Rücken. Abwechselnd trugen sie der Tscharli oder der King, sie war ja nurmehr Haut und Knochen, und trotzdem wurde sie ihnen zu schwer. Nach der ersten Etappe kehrten sie um. Die Kiki habe ihn noch in Moshi gebeten, irgendwann nach ihrem Tod ganz hochzusteigen, »für sie mit«. Das habe er jetzt getan, gerade noch rechtzeitig, so daß er ihr davon erzählen könne.

»Du meinst, drüben, im Jenseits?«

»Hansi, du fragst oiwai so Sachen«, brummte er. Gab sich dann jedoch, nachdem er beim Erzählen die ganze Zeit vor sich hin gestarrt hatte, einen Ruck und blickte mich mit seinen wässrigblauen Augen an: »Sag amoi, Hansi, warst' vielleicht auch irgendwann amoi mit jemand hier?«

»Nein, war ich nicht.«

»Wirkli ned? Auch ned mit da Mara?«

»Ich wär's verdammt gern gewesen, Tscharli, glaub mir. War's aber nicht.«

*

Dann war's dahingegangen. Mit der Kiki. Der Speichel lief ihr aus dem Mund, weil sie nicht mehr schlucken konnte. Da bekam sie's mit der Angst zu tun und eine Depression, gegen die selbst die Psychotherapeutin nur mit schweren Medikamenten ankam. Bald konnte die Kiki nur noch im Rollstuhl sitzen, freilich einem, den sie mit einem einzigen Finger steuern konnte, ein Ferrari unter den Rollstühlen. Solang es noch ging, schrieb sie E-Mails und klickte sich durchs Internet, immer wieder übrigens nach Tansania, wie der Tscharli am Browserverlauf sehen konnte. Nachdem die Finger taub geworden, betätigte sie den Joystick mit der Nase. Oft hatte sie Kopfweh, war den ganzen Tag müde und konnte nachts trotzdem nicht schlafen. Längst hatte der Tscharli zusätzliche Helfer engagiert, auch wenn er kaum mehr arbeitete, um ihr soviel wie möglich beistehen zu können. Der Logopäde, der Orthopäde, die Hausärztin, der Krankengymnast, stets war irgendwer mit ihr zugange. Nur abends fanden sie Zeit füreinander, und weil die Kiki fast nicht mehr sprechen konnte, saßen sie einfach nur da und schauten sich an.

Einmal erzählte ihm die Kiki, was sie sich vom Jenseits wünsche: nämlich einfach so mit dem Tscharli im selben Zimmer – oder eben auf derselben Wolke – zu sein, gar nichts weiter zu tun, als nur so zu sein und dabei zu spüren, daß der andre da war. Seitdem nannten sie dies abendliche Beisammensitzen So-Sein. Er, der Tscharli, sei zwar schon lange kein gläubiger Katholik mehr, aber wenn er trotzdem einen Wunsch ans Jenseits frei hätte, bitte er darum: mit der Kiki dann wieder nur so sein zu können, ohne daß etwas groß geschehe. Einfach so-sein. Quasi auf ewig.

Ein Jahr vor ihrem Tod kam die Kiki ins Heim, zu Hause ging es einfach nicht mehr. Klar, sie bekam Medikamente, doch gegen ALS gebe es kein Mittel, man habe den Verlauf ihrer Krankheit nur verzögern, nicht aufhalten können. Dabei sei sie geistig voll fit gewesen, habe genau mitbekommen, wie sie am lebendigen Leibe abstarb Stück für Stück. Der Tscharli empfand das als eine einzige Folter; wenn er sie besuchte, riß er einen Witz nach dem andern. Hätte er nur kurz innegehalten, er wäre in Tränen ausgebrochen. Sie saß im Bett und lächelte. Reden konnte sie nicht mehr, nur ihre Zunge zuckte ab und zu im Mund und aus dem Mund heraus; wenn er sich daran erinnere, tue es ihm richtig weh. An ihrem Blick sah er und an der Art ihres Schnaufens hörte er, was sie dachte und ihm mitzuteilen wünschte. Er fütterte sie mit Brei und saß so lang wie möglich in ihrem Zimmer, war da. So-Sein bis zum letzten Atemzug. Nicht lustig, Hansi! Die große Liebe seines Lebens, und er habe zugesehen, wie sie ihm unter den Händen davonstarb. Sechs Jahre habe er sie gepflegt, wenn er das letzte Jahr im Heim mitrechnen dürfe, sechs Jahre, die er nicht missen wolle, die schönsten seines Lebens und die schrecklichsten. Immer öfter geriet die Kiki in Atemnot, am Schluß starb sie in ihrem Bett, als er gerade heimgegangen war, einfach deshalb, weil ihr Herz aufgehört hatte zu schlagen.

»Und danach war dann alles still, Hansi, so still, daß d' –« Aus die Maus. Dem Tscharli versagte die Stimme, er zitterte. Ich nahm ihn in die Arme, und er weinte wie ein kleines Kind, still und heftig und minutenlang. Princess Pat stand in einigem Abstand, ein Tablett voller Bierflaschen mit einer Hand balancierend, und guckte zu. Als sie bemerkte, daß ich sie entdeckt hatte, lächelte sie mich an und trug die Flaschen zum Tisch, an dem sie bestellt worden waren.

*

Immerhin habe sie noch sechs Jahre nach der Diagnose gehabt, wand sich der Tscharli aus meinen Armen. In seiner anhaltenden Ergriffenheit mühte er sich, möglichst hochdeutsch zu reden: »Eins mehr als statistisch möglich, verstehst', Hansi?«

»Weltrekord«, sagte ich. »Das hast du gut gemacht.«

Ich öffnete die Bierflaschen, die Princess Pat unaufgefordert gebracht und leise vor uns abgestellt hatte. Bei der einen ploppte es sogar, als der Kronkorken absprang, und wir stießen auf die Kiki an.

Aber eigentlich war die Geschichte noch immer nicht zu Ende. Denn dann ging's auch mit dem Tscharli dahin. Klar, daß er nach der Bestattung erst mal wieder mit dem Saufen anfing. Doch nicht so sehr, als daß er nicht hätte weiterarbeiten können. Vielleicht hielt manch einer sogar seine Hand schützend über ihn, weil er wußte, was er die letzten Jahre durchgemacht hatte. Bei der ersten Gelegenheit ließ er sich wieder nach Tansania schicken. Nicht zuletzt, damit er dort auf andere Gedanken komme. Das kam er in der Tat. Bald wurde er überallhin geschickt, wo die *Strabag* Straßen und Brücken und Unterführungen baute. Oder *Hochtief*. Oder *Bilfinger*. Er galt als Haudegen, der mit den Verhältnissen in Afrika und am Golf bestens klarkam, insbesondere mit der Mentalität seiner Arbeiter, selbst wenn seine Methoden, aus der Führungsetage eines deutschen Unternehmens betrachtet, etwas … *seltsam* anmuteten. Seine Leute liebten ihn; seine Auftraggeber wußten, daß sie sich auf ihn verlassen konnten; die Konkurrenz versuchte, ihn abzuwerben. Im Grunde war er genau der richtige Mann am richtigen Ort und hätte nur so weitermachen müssen.

»Hätte, hätte, Fahrradkette.«

Noch immer klang der Tscharli einigermaßen aggressiv, wenn er seine Sprüche zum Besten gab, ich hatte mich daran gewöhnt und nahm es nicht mehr persönlich. Vielleicht war es ja sein Miesbacher Naturell? Vielleicht versuchte er immer noch, witzig zu sein, um nicht loszuheulen?

Jedenfalls war er schnell wieder auf den Geschmack gekommen – den Geschmack des afrikanischen Bieres und der afrika-

nischen Frauen. Swaumu, Rosi, Manka, Sara und wie sie alle
hießen. Ja, er habe nichts anbrennen lassen. Was ich denn an
seiner Stelle getan hätte?

Das wußte ich nicht.

Was ich denn nach Maras Tod getan hätte?

Die sei ja nicht gestorben! Ob er die Kiki denn auf diese
Weise habe vergessen können?

»Was hoaßt 'n scho vergessen, Hansi.« Nein, natürlich nicht.
Aber ohne die anderen hätte er sie noch viel weniger vergessen.
So habe er wenigstens auch was gehabt vom Leben. »Woaßt',
wennst' länger als ein, zwei Jahre in Afrika bist, dann verbuschst
du.« Man verlottere und gehe vor die Hunde. Oder man verlottere und werde ein Schwein, auf daß die anderen vor die Hunde
gingen. Er selbst sei eine doppelte Portion von beidem geworden. »Ja meinst', i bin bloß zum Vergnügen da gwesen?« Nein,
»a Spaß« habe auch sein müssen. Er habe nichts ausgelassen,
gar nichts! Übrigens habe er nebenbei immer so viel Geld verdient, daß er's in Afrika trotz seines Lebensstils gar nicht alles
hätte hinauswerfen können. Bis 2010 habe er davon auch noch
ganz gut in München gelebt, wenn er mal für ein paar Wochen
oder Monate zu Hause war. Wobei … »zu Hause« habe er sich
da immer weniger gefühlt, irgendwie habe es ihm in München
»nimmer taugt«. Oder eigentlich in Deutschland.

Warum er denn überhaupt zurückgekehrt sei?

Weil … weil … Der Tscharli suchte nach dem passenden Wort,
genau genommen, nach einer Ausrede. So »gradaus« er ansonsten war, mitunter geradezu beleidigend direkt, hier wurde er
fahrig und ungenau, vielleicht schämte er sich. Irgendwann sei
er ausnahmsweise doch mal zu einem Arzt gegangen, in Daressalam, und der habe ihm eröffnet, daß er sich »was eingefangen« hatte. Vielleicht schon 2006, nach dem Tod der Kiki, als er

wieder nach Afrika gegangen war, um dort zu arbeiten. Unter diesen Umständen habe er dann doch lieber nach Deutschland gewollt. 2010 kehrte er für immer, wie er meinte, nach München zurück, lebte dort zwei Jahre von der Substanz und vom Alkohol, lehnte weitere Aufträge so lange ab, bis keine Angebote mehr kamen. Und wartete, ob das, was er sich eingefangen hatte, ausbrechen wollte. Aber passiert sei nichts.

Nein, zum Arzt sei er in Deutschland nicht mehr gegangen, warum auch? Was hätte das geändert, er wußte ja Bescheid. Bald war klar gewesen, daß er sich das Leben in seiner Münchner Wohnung auf diese Weise nicht länger würde leisten können; 2012 zog er zurück nach Miesbach. Nicht so ganz freiwillig. Aus ihm unerfindlichen Gründen war ihm eine Kleinigkeit aus dem Sortiment seines *Edeka* in die Sakkotasche gerutscht, tatsächlich aus Versehen *gerutscht*, derlei zu stehlen hätte sich gar nicht gelohnt! Er wurde erwischt, bekam Hausverbot und war gekränkt. Bis zum nächsten Supermarkt war's arg weit, allein das Herbeischaffen von Nachschub sei ihm überlästig geworden und habe einen Umzug nahegelegt. Weil auch in Miesbach partout keine Symptome auftreten wollten und das Geld weiterhin fehlte, fand er sich Anfang 2013 im Wertstoffhof ein, dort werde ja immer wer gebraucht. Selbst ein Quartalssäufer, der drauf und dran war, zum Säufer zu werden. Es wäre eh nur für ein paar Wochen oder Monate gewesen, bis zum Ausbruch der Krankheit. Dachte er.

Aber noch immer wollte nichts ausbrechen. So blieb er am Ende zwei Jahre dort; erst 2015, nach dem Eklat in der *Lederhosenbar*, entschloß er sich, wieder nach Afrika zu gehen. Ein Frührentnerdasein in Deutschland? »Mir gangst. Dann lieber Halligalli und nichts funktioniert.« In Afrika sei jeder Tag so bunt wie in Deutschland eine ganze Woche, und am Ende gehe man mit Karacho vor die Hunde. Zuvor habe er freilich noch mal was Richtiges machen wollen.

»Den Kilimandscharo besteigen. Du wolltest es dir noch mal beweisen.«

»Bist' narrisch, Hansi?« Was würde denn das beweisen, wenn man einen Berg besteige? Daß man ein ganzer Kerl sei? Nein, er habe noch mal was Richtiges machen wollen, nämlich als Bauleiter. Das habe er im Lauf der Jahre gelernt, das könne er; und wenn's um Jobs gehe, die mit Geldern der Entwicklungshilfe finanziert werden, frage man sogar in Deutschland nicht lange nach, warum die letzten Jahre im Lebenslauf eine Lücke aufweisen. Noch dazu bei ihm, der in der Branche nach wie vor eine gewisse Berühmtheit war. Seine letzte Chance, und die habe er ergriffen! Wenn er mir in Daressalam gesagt habe, diese Bushaltestelle und jene Bushaltestelle würden mal von ihm bleiben, so sei es total ernst gemeint gewesen, *das* sei sein Vermächtnis.

Was ihn allerdings noch immer umtrieb: Am Tag vor seiner Abreise aus Deutschland wollte er der Kiki noch einen Besuch auf dem Münchner Waldfriedhof abstatten. Sie hatte sich eine Baumbestattung gewünscht; jetzt mußte er feststellen, daß auf einem Waldfriedhof entschieden zu viele Bäume standen, er fand den Platz nicht mehr und konnte sich nicht von ihr verabschieden.

Dafür habe die Kiki Verständnis, versuchte ich zu trösten: Die Begrüßung werde umso herzlicher ausfallen.

»Da drübm?« Der Tscharli blickte wieder über die Tischplatte hinaus bis hintern Horizont. Ich kannte diesen Blick seit unsrer ersten Begegnung im Krater. Im nächsten Moment konnte er laut loslachen oder -heulen, das wußte man bei ihm nie. So wie er bei anderer Gelegenheit lospoltern konnte oder zärtlich wurde. Vielleicht war er ein großes Kind, das mit seinen Emotionen, seinen Sprüchen und Taten ständig die Grenzen der Erwachsenenwelt austestete – und von den einen dafür geliebt wurde, von den anderen gehaßt. In einem Moment wie diesem war er mir ganz nah und fern zugleich, vollkommen fremd und zutiefst vertraut.

»Was gibt's 'n da scho wieder zum Seufzen?«

Jetzt erst bemerkte ich, daß alle anderen Gäste gegangen waren, spürte den Alkohol, wie er mir ein leichtes Pochen im Kopf bescherte. Und beeilte mich, den Faden unsrer Konversation wieder aufzugreifen: Ab 2015 habe er also sein altes afrikanisches Leben wieder aufgenommen, Affären und Bier?

Ach, winkte der Tscharli ab, kein Vergleich zu früher! »Sachen, die immer nur Spaß machen, machen nicht glücklich.« Er habe selbst immer am lautesten gelacht, danach sei's nur leiser und noch leiser um ihn gewesen. Wenn er sich nicht gerade ein besonderes Schmankerl gegönnt habe, habe er auch in Afrika vor allem gewartet. Bis vor wenigen Wochen, und dann sei's überraschend schnell gegangen. Ja, jetzt gehe's dahin, da gebe's nichts mehr zu behandeln, das habe er im Orinoco. Sterben gehe in Afrika schnell, da werde keiner künstlich aufgehalten, »sterbn is no sterbn«.

»Ruckzuck.« Ja, das war ich gewesen, der das gerade gesagt hatte. Wie sehr der Tscharli recht hatte! Ich *wußte*, wie schnell es ging, und brachte kein Wort mehr heraus, so sehr wußte ich es. Das verjährt nie, dachte ich, das kriegst du nie mehr los. Sicherheitshalber griff ich zur Flasche und trank so lang, bis ich nach Luft schnappen mußte.

»Ruckizucki, Hansi. Aber a bißl Zeit hamma scho no.«

*

Mein rechtes Auge war trüb, ich schob mir die Brille in die Stirn und massierte beide Augenhöhlen. Als ich die Brille wieder aufgesetzt hatte, stand Princess Pat vor uns, und bevor sie fragte, sagte der Tscharli »Big Yes«. Es ging in die letzte Runde. Ein Wind war vom Meer aufgekommen und raschelte mit den Palmwedeln. Die Nacht war lau und schien unendlich lang. Wenn man übers schwarze Wasser hinausblickte, sah man jetzt hinterm Lichterfunkeln am Horizont bis ans Ende der Welt.

»Na, Hansi, was schaugst 'n mit die Augn?« Der Tscharli legte mir ganz vorsichtig seine Hand auf den Unterarm: »Denkst' drüber nach, wia ma des als Roman verbratn könnt?«

An nichts weniger hatte ich gerade gedacht. Seit Jahren hatte ich nichts geschrieben, jedenfalls nichts *fertig* geschrieben, auch kein schlechtes Gewissen mehr deswegen gehabt. Ein Bedürfnis zu schreiben sowieso nicht. Ich gestand dem Tscharli, daß ich in Moshi nur ein bißchen angegeben hatte. Daß ich mitnichten am Samstag heimfliegen würde, um ab Montag mit einem neuen Buch auf Lesereise zu gehen. Sondern um meinen Verleger zu treffen, in seinem Büro zu treffen und …

Au weh! unterbrach der Tscharli, Büro heiße nie was Gutes, das kenne er. *Warum* ich denn nichts mehr geschrieben hätte?

Ach, seit ein paar Jahren sei's schwierig geworden mit dem Schreiben. Ich hatte keine Lust, darüber zu reden, knurrte nur obenhin: So viele Wörter, die man nicht mehr verwenden dürfe, so viele Themen, die einen verrückt machen würden beim Schreiben oder verbiestert … »Die sind bei uns nicht so locker drauf wie du!«

Das wisse er mindestens so gut wie ich! Aber ich selber sei doch *auch* so drauf! »Du bist doch kein' Millimeter besser als die.«

Da hatte er auch wieder recht. Weil ich mich in eine Art Schweigen hineingeknurrt hatte und gerade einer der *Bongo Flava*-Hits lief, die wir kannten, tanzte er eine Runde mit Princess Pat zwischen den Tischen, barfuß im Sand. Ich sah, wie er ihr den USB-Stick überreichte, den ihm Mudi geschenkt hatte. Dann kam er noch mal kurz zu mir, um mich wissen zu lassen, Princess Pat sei »a gmahte Wiesn«, er müsse bei ihr dranbleiben. Nun war er wieder der King of Fulalu und die Sehnsucht eine Hure. Wenn er mit Princess Pat an meinem Tisch vorbeitanzte, raunzte ich ihm »Avanti, Simba!« zu und »Wakala!«, doch der Tscharli hatte keine Kraft mehr, um richtig aufzudrehen. Er sah dürr und ausgezehrt aus, ein Knochenmann, sein Kopf der schiere Schädel, freilich mit Pferdeschwanz. Es hätte mir schon an diesem Abend auffallen müssen, der Tscharli lief jetzt auf Reserve. Bis zu seinem nächsten Zusammenbruch waren es nicht mal mehr 24 Stunden hin.

*

Sachen, die immer nur Spaß machen, machen nicht glücklich.
Wer bremst, hat bereits verloren.
Alles im Leben eines Mannes hat mit einer Frau zu tun. Auch wenn sie schon lang tot ist.
Wo's viel Sonne gibt, gibt's etwas später große Untergänge.
Es sollte uns ein beständiger Schmerz sein, daß die Sonnenuntergänge, wie wir sie als einzigartig erleben, auf den Fotos alle gleich aussehen.
Ohne Gott ist sogar die Orgie sinnlos.
Wer kuschelt, lebt länger.
Auch der dicke Löwe springt dich an.
Beim Abschiednehmen winken ist das Wichtigste.

***

Mit Taubengurren und ein paar verwehten Melodienfetzen
brach der 8. März an, ein Donnerstag. Erst heute, im Rückblick, fällt mir auf, daß sich der Tscharli vor über zwanzig Jahren an diesem Tag verlobt hatte. Mir gegenüber erwähnte er
den Sachverhalt mit keinem Wort, obwohl es durchaus Anlaß
dazu gegeben hätte.

Um halb sieben ging die Sonne auf, die Fensterläden warfen schöne Schattenmuster auf den Fußboden. Um sieben
saß ich vor dem *Stone Town Café B&B* und bestellte Kaffee,
noch einen Kaffee, noch einen. Um acht erschien der Tscharli,
wie immer verknittert und verkatert, nichtsdestoweniger be-
schwingt – ob er sich nun über das freute, was er vergangene
Nacht erlebt hatte, oder darüber, was er sich für den heutigen
Tag vorgenommen hatte.

Nachdem er mir gestern den Süden der Insel gezeigt hatte,
sollte es heute in den Norden gehen. Um Viertel nach neun
fuhren wir los, zunächst zum Livingstone House – der Tscharli
wieder in seiner Trekkinghose, weil er die Jeans nur zum Feiern
anzog, er besaß nur noch diese eine. Das Livingstone House
lag am Stadtrand, wir mußten eine ganze Weile danach suchen –
seit des Tscharlis letztem Besuch war es durch ein neues Büro-
gebäude verdeckt worden, und keiner, den wir fragten, kannte
es. Livingstone hatte darin gewohnt, bevor er zu seiner letzten
Expedition aufbrach, der Tscharli nannte es »seine Reise in den
Tod«. Mittlerweile war das Gebäude ziemlich heruntergekommen. Im Erdgeschoß hatte man einen winzigen Museumsraum
eingerichtet, in den beiden Stockwerken darüber gab es große
leere Hallen, von denen man einen weiten Blick über Mangroven und Meer hatte. Der Tscharli kniff die Augen zusam-

men, legte den Kopf kurz schief und lachte sein bitterkurzes Lachen:

Viel sei's ja nicht, was selbst von einem solchen Leben übrigbleibe. Dann fuhren wir die Küstenstraße hoch, Richtung Bububu. Ja, das gebe's wirklich, bekräftigte der Tscharli, und nach Bambi kämen wir am Nachmittag. Zuvor müßten wir noch den Horizont putzen.

Er heizte entsprechend los. Einen Kilometer später bremste er schon wieder scharf ab, 10:20 Uhr, und wir fuhren in ein kleines Waldstück am Meer. Dahinter lagen die Ruinen des Maruhubi-Palasts, den der Sultan für seine 99 Haremsdamen habe erbauen lassen – warum mir der Tscharli *diesen* Ort zeigen wollte, war klar. Doch auch hier gab es erst mal wieder jemanden, der gedruckte Eintrittskarten verkaufte, dazu bunte Tücher und kleine Souvenirs: Hussein, ein feiner älterer Herr mit zarten Händen, der vom Tscharli gleich zum Professor ernannt wurde und sich entsprechend geschmeichelt fühlte.

Vom Palast waren nach einem Großbrand nur die Badehäuser übriggeblieben, der Tscharli wußte dazu ein paar pikante Details. Von dort schlenderten wir in ein Fischerdorf, es lag direkt am Ufer, zum Teil in einem Mangrovenwäldchen, und sah aus der Entfernung mindestens malerisch aus. Die Hütten, aus Bambus, Lehm und Wellblech zusammengestückelt, waren dann freilich erbärmlich, in der Bucht davor lagen trockengefallene Boote, ebenfalls in erbärmlichem Zustand. Am Strand saßen die Fischer im Schatten weitausladender Baumkronen und warteten ab. Zwischen den Hütten verstreut lagen Einbäume, sie sahen so aus, als wären sie seit Jahrzehnten nicht benutzt worden. Unter einem flachen Schilfdach lagerten Jugendliche, die uns mißtrauisch musterten; die Eckbalken bestanden aus solch dünnen Ästen, daß das Dach eigentlich längst hätte zusammengebrochen sein müssen. Überall stand stapelweise Feuerholz herum, für das sich keiner interessierte, und es war erstaunlich still. Das Dorf hatte etwas Beklemmendes und Feindseliges an sich, das sogar den Tscharli zum Schweigen brachte. Nur einmal trat eine Frau entschlossen aus ihrem Wellblechverhau heraus und forderte uns über eine Distanz von fünfzehn, zwanzig Metern auf, Geld zu spenden. Nein, nicht für sie! Fürs Dorf! Tatsächlich gab es inmitten der Hütten einen Pflock, an den ein selbstgebastelter Briefkasten genagelt war und dazu eine Notiz, das Betreten des Dorfes sei für Touristen nur nach Entrichten einer Geldspende erlaubt.

Wir warfen zweitausend Tansania-Schillinge hinein, sofort setzte sich die Frau in Bewegung. Als wir uns noch mal umsahen, konnten wir sie beobachten, wie sie sich am Geldkasten zu schaffen machte.

»Großartige Nebenerwerbsquelle!« schnaufte der Tscharli: »Und ansonsten abwarten und Bier trinken.«

Das ist Afrika, sagte er zwar nicht, ich dachte es trotzdem. Aber keinesfalls kopfschüttelnd oder naserümpfend oder sonstwie von oben herab. Sosehr ich den Kontinent gehaßt oder eigentlich gefürchtet hatte, langsam fing er an, mir zu gefallen.

*

Zurück bei Professor Hussein, begann der Tscharli, um ein scheußlich bunt bedrucktes Tuch zu feilschen. Ja, beschied er mich kurz, er sei durch meine Windel auf den Geschmack gekommen. Vom Handy des Professors tönte leis Musik, die Melodie kam mir gleich bekannt vor, dazu flirrten auf dem Waldboden überall Sonnenflecken. Der Tscharli hielt sich die Hand

hinters Ohr und forderte den Professor auf, lauter zu drehen.
Nun war's ganz deutlich zu hören – eines der Lieder, das unsre
Träger oft gesungen hatten. Der Professor summte leise mit, der
Tscharli fiel mit voller Stimme ein, wenige Takte später sangen
sie im Duett.

Was immer der Tscharli tat, er sah dabei wie ein Sieger aus.
Wohingegen ich, was immer ich tat oder viel häufiger *nicht* tat,
nicht *mit*tat, wie ein Verlierer aussah – jedenfalls danach zu
urteilen, wie mich die Einheimischen wahrnahmen: gar nicht.
Auch jetzt stand ich daneben und schaute zu. Der Tscharli traf
keinen Ton, grölte umso lauter und deutete Zwingtanzzuckun-
gen an. Als ich ihn einmal darauf angesprochen hatte, warum er
sich immer so haarsträubend daneben- und dadurch offenbar
genau richtig verhalte, war er schlagartig ernst geworden:

Wir Touristen seien ein erbärmlich verkniffnes Völkchen,
wir könnten mit der Lebensfreude der Einheimischen nur
dann mithalten, wenn wir die Lebensfreude zumindest spielen
würden. »Du mußt über deine Grenzen gehn, Hansi, sonst
kommst' hier ned weiter.« Ich solle an seinen Skilehrer denken – erst wenn ich auch mal fallen würde, hätte ich alles richtig gemacht. Zumindest stolpern müsse ich wieder lernen, dann
komme das Fallen ganz von selbst.

Der Tscharli. Wenn er tiefsinnig wurde, gefiel er mir am besten. Während ich mich verstohlen umguckte, ob ihm und dem
Professor jemand zuhörte, vernahm ich eine dritte Stimme, die
in den Gesang einfiel. Oja, das war kein anderer als ich selber.
Ganz zaghaft und verschämt ging ich über meine Grenzen und
summte mit. Wiegte mich sogar in den Hüften, lachte erst den
Tscharli, dann den Professor an. Der Tscharli hob beide Daumen nach oben, der Professor lächelte auf unglaublich feine
Weise zurück.

Als das Lied zu Ende war, klatschten wir uns gegenseitig ab; Professor Hussein hatte sehr schmale lange Hände, die man kaum traf. Der Preis für das Tuch sank drastisch, im Grunde hatte der Tscharli bereits durch Singen bezahlt. Er mußte dem Professor versprechen, bald wiederzukommen, nicht um etwas zu kaufen, sondern um mit ihm zu singen. Der Tscharli versprach's. Bevor er sein Silberferkel bestieg, schlang er sich das Tuch locker um den Hals, beugte sich vertraulich zu mir herüber und zwinkerte mir zu:

Heut abend wolle er sich das Tuch um den Kopf wickeln, ich müsse ihm zeigen, wie ich es immer mache. Damit kämen wir wie die zwei Halunken daher, Princess Pat wäre entzückt, »und i bin dann der Windeltscharli«.

Er hielt mir die Faust hin, auf daß ich die Sache mit ihm besiegele.

»Hocherfreut«, schlug ich ihn mit meiner Faust ab und deutete eine knappe Verbeugung an, »Windelhansi.«

Wir lachten einander an, vielleicht waren wir jetzt Freunde.

*

In Bububu hielten wir nicht mal an. Und auch sonst nicht, obwohl es unterwegs reichlich Palastruinen zu besichtigen gegeben hätte. Wir hatten keine Zeit und umso mehr Freude. Erst in einem Dorf namens Birikani bog der Tscharli wieder auf einen Feldweg ein, und es begann die übliche Tour über Stock und Stein, so schnell wie möglich. Kurz bevor es steil zu einem menschenleeren Strand hinabging, stellten wir unsre Roller ab, und als wir unten waren, sah man, nunja, doch wieder eine Palastruine. Auf einem Korallenfelsen hockte sie hoch überm Meer, mindestens malerisch.

War es das, was mir der Tscharli zeigen wollte – wie sich das
Malerische bei näherer Betrachtung in etwas Schäbiges auflö-
sen konnte? Wie das prächtig in die Welt Geprotzte zum Me-
mento mori changierte? Nein, er liebte Rückseiten, wie er's
ausdrückte, die Wahrheit hinter den Kulissen, und auch jetzt
stand eine weitere Besichtigung »hint'rum« an. Genau genommen, hatte die Tour längst begonnen, wir waren schon mitten
in einem weitläufig abgesperrten Luxusresort samt eigenem
Strand und mit Ruine, zu dem man offiziell nur über eine
private Stichstraße gelangte. Irgendetwas schien den Tscharli
besonders zu reizen, in verbotnes Terrain einzudringen. Wir
schlenderten, so gemütlich es nur irgend ging, am Strand entlang, als wären wir zwei Gäste des Resorts, und kletterten den
Korallenfelsen hoch. Oben war die Ruine rundum mit hohen
Metallgittern gesichert; natürlich wußte der Tscharli, wo eine
Lücke zu finden war. Bald standen wir im Geviert des einsti-
gen Palastes und genossen die Aussicht. Hoch über uns, wo die
Mauerreste in den Himmel ragten, wuchs Gras und auch der
eine oder andre Busch. Luftwurzeln hingen herab, und durch
eine Fensteröffnung sah man auf eine einzeln stehende Säule,
die sich wunderbar vor den blauen und türkisen Streifen des
Meeres ausmachte.

»Einmal Sultan, immer Sultan«, sagte der Tscharli und machte
beiläufig einen herrscherlichen Schlenker aus dem Handgelenk,
als scheuche er einen Sklaven davon.

Nachdem wir uns auf dem Rückweg wieder durch die Lücke
im Zaun gezwängt hatten, wurden wir von zwei Jugendlichen
erwartet. Der Weg, den wir gekommen waren, sei mittlerweile
durch eine Sicherheitspatrouille blockiert; sie wüßten einen anderen Weg am Hochufer entlang, der freilich voller Schlangen
sei. Unumwunden deklarierten sie sich zu unseren »Führern«

und forderten Geld, ansonsten würden sie uns beim Hotelpersonal verpfeifen.

»Rambazamba wazambo!« Das war tatsächlich kein andrer als ich gewesen, der das gerade inbrünstig schlechtgelaunt gefaucht hatte. »Auf Deutsch: Verpißt euch.« Der Tscharli hob das Kinn leicht an und musterte mich. Ich trat einen Schritt nach vorne, auf einen der beiden zu, und sie wichen zur Seite. Schon gingen wir los. Die zwei Kerle begleiteten uns, versuchten, wenigstens durch Schnorrerei an Geld zu kommen. Am Schluß hielten sie uns, so sie gerade vorangingen, herabhängende Äste aus dem Weg und verabschiedeten sich artig.

Daß wir danach feiern wollten und ein Wettrennen machten, versteht sich. Die ganze lange Strecke hoch nach Mangapwani fuhren wir auf Tempo oder in Schlangenlinien, wir krakeelten oder sangen oder lachten.

❊

Der Tscharli brannte auf das, was er als das absolute Highlight unsrer Reise angekündigt hatte. Doch zunächst ging es noch zur unterirdischen Sklavenkammer von Mangapwani. Als wir ankamen, 13:00 Uhr, war der Wärter gerade zum Beten gegangen und das Areal geschlossen. Die Wartezeit verbrachten wir in einem Restaurant, das aus einer Bretterplattform bestand, auf Stelzen hoch über dem Ufergebüsch errichtet und mit Schilf gedeckt. Im Grunde war es eine Baustelle, wenngleich eine komfortable. Man saß im Schatten und sah auf Agaven und Mangroven; weil Ebbe herrschte, auch auf die Korallenfelsen der Küste und wie weit sich das Meer bereits in sie hineingefressen hatte. Derjenige, der uns über einen Waldweg hierher

geleitet hatte und offensichtlich der zukünftige Betreiber des
Lokals war, brachte uns zwei warme Colaflaschen. Vielleicht
waren wir nicht die ersten, die er an der Sklavenkammer abfing,
wenn der Wärter beim Beten war, vielleicht hielt er zwischen
den Baumaterialien stets ein kleines Sortiment an Erfrischun-
gen bereit.

»Großartige Nebenerwerbsquelle!« schnaufte ich:»Abwarten und Cola einlagern.«

Tatsächlich sprang einer der Kronkorken in hohem Bogen
von uns fort ins Gebüsch unter uns. Der Tscharli hob das Kinn
leicht an und musterte mich, dann klopfte er mir auf die Schulter:

»Werd scho, Hansi. Sag i doch die ganze Zeit.«

Auf dem Rückweg schauten wir noch mal bei der Sklavenkammer vorbei. Mittlerweile war sie wieder geöffnet, wir stiegen mit dem Wächter hinab, und weil die Kammer so schön
hallte, machten wir zu dritt ein bißchen Lärm und schienen es
alle drei zu genießen.

Zwei Uhr nachmittags, Zeit für den Höhepunkt unsrer Reise.

*

Inzwischen war ich einiges an Feld- und Waldwegen gewohnt,
selbst wenn es über Wurzelwerk bergauf oder bergab ging,
hängte mich der Tscharli nicht mehr so schnell ab. Jetzt allerdings stand ein Weg auf dem Programm, den ich – wenn ich die
Augen schließe – noch heute in allen Einzelheiten vor mir sehe.

Nachdem wir zurück an der Hauptstraße waren, fuhr der
Tscharli erst mal eine ganze Weile auf und ab, um die richtige
Abzweigung zu finden. Zwischen Haufen alter Reifen stan-
den Bauern mit reichlich Taschen, Beuteln und Rucksäcken,

wahrscheinlich warteten sie aufs nächste *Daladala*. Mehrfach passierten wir sie, bis der Tscharli schließlich entdeckte, daß just hinter ihnen, zwischen den Bäumen, sein Weg abzweigte. Mitten durch die Wartenden hindurch hielt er darauf zu; einige wollten ihn abhalten, das sei eine Sackgasse, da ginge es nicht weiter. Wohin er denn wolle? Der Tscharli wollte nach Mahonda. Sobald er das kundgetan hatte, redeten alle auf ihn ein, da müsse er erst mal ein ganzes Stück auf der Hauptstraße Richtung Bububu zurückfahren und dann ... Da fuhr der Tscharli los.

Der Weg wurde schnell schmaler, ein leuchtend karmesinrotes Band zwischen Kokospalmen, Bananenstauden, Buschwerk, Telegrafenmasten. Bald verschwanden die Telegrafenmasten, wenig später war es nicht mehr als ein roter Trampelpfad, der sich durch dichtes Grün schlängelte, man sah den Himmel über uns nur immer kurz aufleuchten. Die Strecke bestand ausschließlich aus verschieden engen Kurven und erforderte volle Konzentration, dennoch rutschte dem einen oder anderen von uns immer mal wieder das Hinterrad weg. Keiner kam uns entgegen, keiner mußte überholt werden. Einmal hielt der Tscharli an einer Ameisenstraße, die quer übern Pfad lief, ein andermal, weil er kurz verschwinden mußte. Ich blickte hoch in die Palmwipfel und dachte, daß es so verlassen nur im Paradies sein konnte oder in der Hölle.

Dann kam der Höhepunkt: ein Dorf mitten im Dschungel. Die üblichen Hütten aus Lehm und Schilf, manche mit Wellblech gedeckt, alles ganz ordentlich und sauber, geradezu akkurat. Und still. Wir hielten vor dem einzigen Laden, den es gab, machten eine dumme Bemerkung, auf die der Händler nicht reagierte, und griffen uns aus den großen Bonbongläsern, die auf der Theke standen, Erdnüsse und kleine Klumpen Sesamsamen, die man mit Honig zusammengebacken hatte. Jeden Klumpen, den wir gerade in die Hand bekommen hatten, zeigten wir dem Händler, bevor wir ihn aßen; erst im nachhinein wurde mir klar, daß er unseren Auftritt weder witzig noch angemessen fand. Vor uns standen drei hübsche Mädchen, die nicht auf uns reagierten, sondern ihren Einkauf ungerührt zu Ende brachten. Schweigend gingen sie davon, ohne sich ein einziges Mal nach uns umzusehen. Dann erst waren wir dran, obwohl wir die Hälfte unsres Einkaufs bereits verzehrt hatten. Wir kauften noch vier kleine Cola und setzten uns auf einen Baumstamm neben dem Laden. Der zweite Kronkorken knallte richtig und flog ins Gebüsch. Einige Häuser weiter kam ein Mann aus der Tür und fotografierte uns mit seinem Handy.

»Da schaugst mit die Augn!« sagte der Tscharli halblaut in seine Richtung.

Sobald der Mann bemerkte, daß wir ihn entdeckt hatten, verschwand er wieder.

Dann wurde der Tscharli leis und ernst: Genau das hier habe er mir zeigen wollen – seinen Lieblingsplatz auf der Insel. »Außer dir und mir is hier noch nie a Fremder g'wesen.« Wir schwiegen gemeinsam vor uns hin. Der Tscharli hatte den glasigen Blick, vorsichtshalber legte ich ihm meinen Arm um die Schulter. Schlagartig wollte er nicht länger so im Schatten sitzen und drängte zum Aufbruch.

»Woaßt', wennst' stirbst, dann berührst du den Schatten.«

Wie immer, wenn es ihm um Leben und Tod ging, versuchte er, möglichst hochdeutsch zu reden.

»Schmarrn«, winkte ich ab. »Und außerdem stirbst du nicht!«

»Aber i riach'n scho, den Schatten.«

*

Es ging immer ganz schnell beim Tscharli – im Handumdrehen von himmelhoch jauchzend bis zu Tode betrübt; in meinem ganzen Leben habe ich niemanden getroffen, der sich seinen Stimmungsschwankungen so ungebremst hingab wie er. Er lebte so, wie er sein Silberferkel fuhr, Vollgas, Vollbremsung, Vollgas. So ging es zunächst weiter durch den Dschungel, irgendwann kam uns so unverhofft ein Radfahrer entgegen, daß der Tscharli gerade noch ins Dickicht ausweichen konnte. Kurz drauf führte der Weg aus dem Wald heraus und durch weitgestreckte Zuckerrohrfelder. Die Erde schimmerte hier in dunklerem Rot, fast ochsenblutfarben, und es lag ein süßlich vergorener Geruch in der Luft. Der Pfad verzweigte sich und verlor sich ganz zwischen den Feldern. Wir fuhren einfach der Himmelsrichtung nach auf schmalen Dämmen zwischen den Feldern, mitunter durch überraschend tiefe Pfützen. Manche der Felder waren abgeerntet, in der dunkelroten Erde führten tiefe Furchen bis zum Horizont, der von einzelnen Büschen und Bäumen markiert war. Dann tauchte wieder ein Pfad auf, der sich zu einem Weg weitete. Dort, wo er sich mit einem anderen Weg kreuzte, waren Reifenspuren zu sehen und große schwarze Flecken auf der Erde, als hätte man das frisch geschnittene Zuckerrohr gleich hier geschleudert und die dunkle Melasse wäre ausgelaufen. Wenig später erreichten wir eine Straße, am südlichen Ende von Mahonda.

Genau so. Großartiger Weg! Der Tscharli raste durch den Ort und hielt immer ostwärts, als nächstes wollte er mir ein Strandhotel zeigen. Es hieß *Sultan Sands Island Resort*, vier Sterne, war an drei Seiten mit einer Mauer umgeben, und »hint’rum« lag es am Meer. Ein kurzer Weg führte von der Straße bergab zu einem etwa drei Meter hohen Tor, dessen massive Eisenflügel verschlossen waren. Als wir darauf zurollten, kam der Hüter des Tores in bunter Phantasieuniform aus seinem kleinen Häuschen und stellte sich in der Mitte des Tores breitbeinig vor uns auf.

»What's your name?«

Zu meiner eigenen Überraschung hörte ich mich laut und deutlich sagen: »Me Simba One, he Simba Two.«

»Auf Deutsch: Mir san mir«, brummte der Tscharli.

Der Hüter des Tores sah zu ihm und wieder zurück zu mir, er wußte nicht, was er von uns halten und ob er uns hereinlassen sollte. Wir waren von oben bis unten mit rotem Staub verkrustet, mit Schlamm bespritzt und offensichtlich nicht ganz bei Verstand, andererseits Weiße. Welchen Beruf wir denn hätten?

»Me president«, antwortete ich, »this vice president.«

»Me King of Fulalu«, ergänzte der Tscharli, »and this King of Hakuna matata.«

Der Hüter des Tores fand das nicht komisch und wandte sich erneut an mich: Was wir denn wollten?

»Du deppata Depp!« fuhr der Tscharli dazwischen: »Natürlich dein gschißnes Hotel ansehen!« Weil wir möglicherweise mit unserem Harem wiederkommen wollten.

Wir müßten ja erst mal sehen, erklärte ich, ob es eine Präsidentensuite gebe.

Und eine Vizepräsidentensuite, ergänzte der Tscharli.

Der Hüter des Tores zeigte mit keiner Miene, was er von uns hielt. Er ging in sein Häuschen, um zu telefonieren. Wahrscheinlich beriet er sich mit dem Hotelmanager, das Gespräch zog sich hin. Der Tscharli nützte die Gelegenheit, um mir durch leichtes Anlupfen des Kinns zuzunicken, »Hundling«, und mich dann auch noch abzuklatschen.

»Und jetz schau ma moi.«

Schließlich kam der Hüter des Tores wieder auf uns zu, bedeutete uns mit einem Schlenkern des Handgelenks, das anscheinend jeder auf Sansibar meisterhaft beherrschte, abzusteigen und ihm in sein Wärterhäuschen zu folgen. Dort mußten wir uns ins Gästebuch eintragen. Der Tscharli tat es als Simba Two, ich als Simba One. Der Hüter des Tores wies uns an, die Roller gleich hinterm Eingang auf dem Parkplatz ordentlich abzustellen. Dann öffnete er einen der riesigen Eisentorflügel, stemmte ihn mit seinem Körpergewicht auf und winkte uns durch.

Wir knatterten mit Vollgas zum Parkplatz, am Parkplatz vorbei und durch die gesamte Hotelanlage. Überall saßen blasse Gestalten in bunter Badewäsche herum und warteten darauf, daß es Zeit fürs Abendessen war. Fast alle hatten sie Schlappen an den Füßen, einige dazu einen Cocktail in der Hand. An einem leeren Pool gab es eine leere Bar, auf einer großen Wiese Tischtennisplatten, an denen keiner spielte, und einen leeren Kinderspielplatz. Hinterm leeren Restaurant folgte ein leerer Businessbereich mit Computern, dahinter ein kleiner Taucherladen. Im Vorbeifahren sah ich auch Angelruten im Schaufenster. Wir waren so laut, daß jeder den Kopf hob und uns entsetzt entgegensah; aber wir waren auch so schnell, daß wir immer schon weiter waren, wenn sich die Empörung Luft verschaffte. Nach dem, was man uns hinterherschrie, waren es hauptsächlich Pauschalurlaubsdeutsche, die sich hier etwas gönnten. Wir fuhren bis zum Ende des Resorts und von dort in einer Schleife auf den Strandweg und zurück. Der Indische Ozean hatte sich fast bis zum Horizont zurückgezogen und sah unbeschreiblich trostlos aus. Mit Vollgas hielten wir mitten durch die kleinen Häuschen, in denen der eigentliche Hotelbetrieb stattfand, und Richtung Eingangstor. Gerade wurden einige Kleinbusse mit Touristen hereingelassen, der Hüter des Tores stand stramm, und so fuhren wir unbehelligt hinaus.

*

Genau so. Großartiges Hotel! Wir freuten uns und hupten eine ganze Weile, um andere an unsrer Freude teilhaben zu lassen. Erst ging es an der Küste nach Süden, dann quer durchs Landesinnere zurück Richtung Stone Town. Natürlich auf einem Feldweg, diesmal kilometerweit durch wildes Buschwerk, alles andere als malerisch. Der Tscharli fuhr wie ein Verrückter. Wo das Gesträuch plötzlich aufhörte und wieder weite Felder vor uns ausgebreitet lagen, von einzeln stehenden Palmen durchsetzt, stand er neben seinem Silberferkel und wollte mich umarmen. Er hatte Tränen in den Augen.

Ich hatte es geahnt, nun bestätigte es sich: Im *Sultan Sands* hatte er vor zwanzig Jahren Urlaub gemacht – ohne die Kiki. Damals war das Tor viel kleiner gewesen, und dort, wo jetzt die Häuschen standen, hatte man in schilfgedeckten Hütten gewohnt. Es gab Themenabende und Livemusik; wenn ein Gast Geburtstag hatte, trugen die Kellner eine Torte an seinen Tisch und sangen ihm ein Lied, unheimlich deprimierend. Die ersten Tage war er so herumgesessen wie die traurigen Gestalten heute. Dann hatte er sich einen Bock gemietet und war die Insel 'naufund 'nuntergefahren. So hatte er sie ein erstes Mal erkundet. Und genau so hatte er sie schließlich, im Lauf vieler weiterer Besuche von Daressalam aus, bis auf den letzten Trampelpfad kennengelernt, so war es *seine* Insel geworden.

Jetzt heulte er sich in meinen Armen aus, lautlos und lang, wie ein kleines Kind, er zitterte vor Kummer. Dann ermannte er sich: Wir hätten ja noch morgen und den Rest von heute.

Da täuschte er sich zwar. Aber es verlieh ihm die Laune, um seinen Bock zu besteigen und davonzubrettern. Hinter Bambi nahmen wir jeder einen Kerl bis zur nächsten Ortschaft mit. Sie hatten uns zu zweit ganz nonchalant den Weg versperrt; normalerweise hätte sie der Tscharli mit bajuwarischem Total-charme und Spaß-Suaheli verscheucht. Allerdings war er heute wesentlich zurückhaltender als sonst. Schon am Tor vom *Sultan Sands* war mir das aufgefallen, vielleicht hatte ich nur deshalb so aufgedreht. Es ging zur Neige mit seiner Kraft.

Und dann gerieten wir in den Außenbezirken von Zanzibar Town, 18:15 Uhr, auch noch in eine Polizeikontrolle.

*

Gezielt wurden wir aus dem Verkehr herausgewunken und zu zwei Beamten in khakifarbener Uniform dirigiert, die ohne Umschweife ziemlich barsch zur Sache kamen: und wissen wollten, in welchem Hotel wir wohnten und wie wir hießen.

»Relax, brother!« hörte ich, wie der Tscharli auf seine übliche Weise gleich die Luft aus dem Ganzen herauslassen wollte: »We are cappuccino!«

Das verfing bei seinem Polizisten freilich gar nicht, schließlich war er zwar recht dunkel, jedoch Inder, und fühlte sich entsprechend hellhäutiger als selbst der hellste Schwarze. So erklärte's mir der Tscharli später, Rassismus in Afrika sei viel schlimmer als in Europa oder den USA.

Er habe nach seinem Namen gefragt, insistierte der Polizist. Nicht nur war er Inder, sondern auch am prächtigsten dekoriert und mit den aufwendigsten Schulterklappen versorgt, er war der Chef. Vor allem war er überzeugt, daß wir keine Fahrerlaubnis für Sansibar würden vorweisen können. Indem er die

Staatsgewalt so streng wie möglich verkörperte, machte er uns für den Moment gefügig, in dem er anbieten würde, gegen einen gewissen Betrag darauf zu verzichten, uns einzusperren.

»Jetz beißt's aus«, nuschelte der Tscharli. Aus den Augenwinkeln sah ich, wie er mit dem kleinen Finger im Ohr bohrte und gleich dran riechen würde. Er hatte vergessen, welcher Name auf seiner Fahrerlaubnis stand und wie er also hieß.

»Mensch, Jörg«, rief ich ihm betont heiter zu, »wasn los?«

Ich drückte dem Polizisten, der mich befragte, einem jungen Araber, meinen Sansibar-Führerschein in die Hand und ließ ihn stehen. Ging die paar Schritte zum Tscharli, rief dem Chef schon währenddem zu, daß mein Freund kaum Englisch spreche und ihn bestimmt nicht verstanden habe. Wenn er seinen Namen wissen wolle, er heiße Jörg Wolter, und selbstverständlich habe er eine Fahrerlaubnis für Sansibar.

Der Offizier war sichtlich enttäuscht, daß ihm der Mund nicht mit Geld verschlossen werden mußte – wie's die tansanische Redewendung gut auf den Punkt bringt –, riß dem Tscharli die Fahrerlaubnis aus der Hand, um sie ihm gleich wieder zurückzugeben, er verschwendete kaum einen Blick darauf. Und winkte uns mit einem Schlenkern aus dem Handgelenk weiter.

Danach brauchten wir erst mal ein Glas frisch aus der Zukkerrohrpresse. Und einen Barbier.

*

Der Tscharli wollte für heute abend noch ein bißchen »an unserm Partnerlook basteln«. Er hatte beschlossen, sich den Kopf auf dieselbe Weise wie ich scheren zu lassen, Bart ab, Silbermähne ab, er brauche für seine Windel jetzt auch einen Glatzkopf.

Ums Eck vom Sklavenmarkt war der Stammbarbier des Hotelmanagers, der *Together Hair. Cutting Saloon.* Auf zwei winzigen Hockern warteten wir draußen und sahen zu, wie ein Mann umherging und aus einer Kanne Kaffee anbot, den er in winzigen Tassen ausschenkte. Für die Ladenbesitzerin nebenan hatte er sogar Süßstoff dabei.

Je länger man in Afrika sei, meinte der Tscharli und war ganz blaß, desto anstrengender werde alles. Schon beim bloßen Dasitzen komme man ins Schwitzen.

Tatsächlich klebte ihm sein T-Shirt klatschnaß am Körper, sogar auf der Hose hatte er Schweißflecken. So langsam begann ich, mir Sorgen um ihn zu machen. Dann war die Kanne leer, und der Mann sammelte die Kaffeetassen reihum wieder ein; mit welchem Betrag er dafür bezahlt wurde, war nicht zu erkennen. Als wir in den *Saloon* hereingebeten wurden, war er doppelt so groß wie der Speisesaal des *Zakinn Zanzibar Hotel*, die Spiegel waren bündig nebeneinandermontiert, so daß sie als durchgehendes Spiegelband über drei Wände liefen. An der Decke schrappten mehrere Ventilatoren mit weit ausladenden Rotationsblättern, dazu kamen Standventilatoren an jedem Frisierstuhl und auf der Ablage Tischventilatoren. Ausnahmslos alle liefen sie und erzeugten einen angenehmen Luftzug, ein angenehmes Summen. Der Barbier, der mich rasieren und scheren würde, schlug den Schaum in einem Schraubdosendeckel, bis er dick und cremig war. Dann trug er ihn mit einem Spülschwamm auf. Kaum hatte er mit der Rasierklinge die ersten Streifen im Schaum gezogen, fiel der Strom aus.

Es dauerte, bis jeder, der hier arbeitete, der Reihe nach im Sicherungskasten zugange gewesen war. Sie, die eben noch eine fröhliche Unterhaltung quer durch den ganzen Raum betrieben hatten, redeten jetzt mit gedämpfter Stimme. Eine zauberhafte Stimmung hatte den gesamten riesigen *Saloon* erfaßt, die Kunden saßen im Dunkeln und warteten still ab. Lediglich am Sicherungskasten wurde im Lichtkegel eines Handys nach der Lösung gesucht, ganz unaufgeregt und dezent. Nach zwei, drei Minuten flammte das Licht wieder auf, die Ventilatoren liefen surrend an, die Radiomusik setzte leise ein … und ich döste einfach weiter. Wahrscheinlich hatte ich zuviel Sonne heute abbekommen, zuviel Staub und Schlamm und Spaß, ich spürte einen feinen Schmerz im Kopf, direkt an der Schädeldecke.

Am Schluß verteilte der Barbier auf meinem gesamten Kopf Aftershave, rieb es mit beiden Händen wie eine Lotion in die Haut ein, beugte sich herab und flüsterte mir »Finished« ins Ohr. Mit Schwung zog er den Frisierumhang von meinem Sitz, verbeugte sich, »My name is Frank«. Er forderte das Doppelte dessen, was er mir als Preis genannt hatte. Ich lachte ihn milde aus, gab ihm nur etwas mehr als vereinbart; er bedankte sich und lachte ebenfalls.

Der Tscharli war noch längst nicht fertig. Als sein Handy klingelte, zuckte er zusammen und wurde geschnitten.

»Ois easy. Dito …«

Und zum Barbier, der die blutende Wunde mit einem Alaunstift stillte: »Babu wazombi, no problem.«

Wie er endlich vor mir stand, ein Tscharli ganz ohne Bart, ganz ohne Silbermähne, erschrak ich. Er war ein anderer geworden. Zwar sah er deutlich jünger aus, vielleicht wie ein Endfünfziger. Aber *noch* hagerer, ausgemergelter als zuvor, wie einer, der seinen Weg mit letzter Kraft bis hierher gefunden hatte, ein Gezeichneter. Ganz leer und erloschen sah er aus. Als ob ihm auch sein Humor abrasiert worden und ein tiefer Ernst darunter zum Vorschein gekommen wäre. Insbesondere wenn er grinste, zeigte sich sein Kopf in seiner Nacktheit als schauriger Totenschädel, mit einer grotesk großen Hakennase versehen, dünnen abstehenden Ohren und eingefallenen Wangen, von Falten furchentief durchzogen. Am liebsten hätte ich ihn getröstet. Aber natürlich wollte er, im Gegenteil, bewundert werden, und also bewunderte ich ihn.

Ob ich mal drüberstreicheln wolle?

Ich tat es, an den Spitzen der Millimeterstoppeln vorsichtig entlang wie an den Borsten einer Bürste, der Tscharli drehte die Augen nach innen, verharrte danach noch kurz und ließ Luft zwischen den Zähnen herauszischen. Es fühle sich kribbelig an, entschied er, nicht schlecht.

Erst das Tuch, dann der Barbier. Was mochte nur in ihn gefahren sein? Nahm er bereits Abschied? Von seiner Insel, jetzt auch von sich selber? Lang standen wir vor dem Spiegelband im *Together Hair. Cutting Saloon* und blickten unser beider Spiegelbild an.

Wir seien im Grunde viel gleicher als gleich, resümierte der Tscharli, jetzt könne man's sehen.

Als ich die Idee hatte, im Hotel die Finisher-Medaillen des *Kilimanjaro Marathon* umzulegen, fuhr die alte Begeisterung in ihn zurück, er hieb mir mit seiner Pranke auf den Rücken:

Sakra! Jetzt sei ich *wirklich* hier angekommen, ein Grund mehr zu feiern. Ob ich dazu nicht ein Hemd von ihm anziehen wolle? Das würde Princess Pat bestimmt beeindrucken. Welches ich denn am schönsten fände?

Vor dem Hotel blieb er kurz stehen, ich mußte ihm versprechen, heute abend endlich meine Geschichte zu erzählen. Die Mara-Geschichte. Dann brachen die letzten Stunden seiner Abschiedsrunde an.

*

Wir wollten nicht schon wieder Kingfish essen, deshalb gingen wir in die Forodhani Gardens. Sie lagen direkt vor dem arabischen Fort am Meer und waren beliebt wegen der Grillbuden, die man dort abends aufbaute. Gleich stürzten sich die Koberer auf uns und führten uns zu den teuersten Spießen mit Hummer und irgendwelchen exotischen Fischen, die wahrscheinlich alle nach altem trocknem traurigem Thunfisch schmeckten.

»Polepole«, sagte der Tscharli, fast flüsterte er es.

»Piano«, übersetzte ich, etwas lauter.

Wir kauften Samosas, Pizza, Süßkartoffeln und Zitronensaft, Bier gab es nicht, setzten uns damit auf eine Steinbank im Park, wie die Einheimischen, und sahen den vielen Katzen zu, die sogleich um uns herumschlichen, maunzten und vom Tscharli ab und zu einen Brocken zugeworfen bekamen. Dann kamen auch die Mücken, und wir beeilten uns, ins *Livingstone Beach Restaurant* zu wechseln. Dort standen auf den Tischen alte Konservendosen mit Räucherspiralen, die verblüffend Wirkung hatten.

*

Der Tscharli stellte mich Princess Pat als Simba One und sich selbst als Simba Two vor. Princess Pat tat so, als ob sie vor mir erschrak, dabei erschrak sie vor dem Tscharli.

Why? sagte sie nur immer wieder, why? Und fuhr ihm mit der Zeigefingerspitze über seine Schnittwunde am Kinn, schüttelte den Kopf.

Because, sagte der Tscharli. Und weil sie sich damit nicht begnügen wollte: Because, baby. Relax. Smile. Please.

Da erst strahlte sie ihn mit ihren vielen Zähnen an. Ich war ein bißchen eifersüchtig auf ihn, ihr Lächeln würde für ihn immer so groß und breit und echt ausfallen.

Dabei sah der Tscharli heute abend wirklich ein bißchen zum Fürchten aus: Die Windel so um den Kopf geschlungen, daß nur die frisch geschorene Schädelkuppe zu sehen war, dazu das weiße Nietenhemd und um den Hals die Finisher-Medaille. Die schlotternde Jeans von den breiten Herzchenhosenträgern gehalten, die Cowboystiefel so spitz, daß er sogar *darüber* stolperte. Ein Gerippe, das sich als Vogelscheuche verkleidet hatte. Daneben ich in einem ähnlich dubiosen Habit, nur daß ich des Tscharlis verschwitztes rosa Rüschenhemd trug. Jetzt roch ich auch wie er, zumindest an diesem Abend.

Die Weiber seien verrückt danach, verriet er mir, als ich mich über den Geruch beschwerte: Die würden sich daran in Ekstase schnüffeln.

Obwohl sein Nietenhemd mittlerweile in der Reinigung gewesen war, roch er selber wie immer, der uralt vertraute Männerschweißgeruch unter einer dünnen Obernote frischer Seife. Die Show am Strand war längst gelaufen und auch der letzte Beachboy verschwunden. Die Gäste waren mit Essen und Trinken und sich selbst beschäftigt, nur ein kleiner Junge deutete mit dem Finger auf uns und verschluckte sich vor Aufregung. Er lief uns bis zu unserem Tisch nach, ohne daß er von den Eltern zurückgerufen wurde, blieb dort eine Weile stehen und starrte uns an, schweigend.

Der Ventilator sei der beste Freund des weißen Mannes, ließ der Tscharli wissen, vielleicht hatte er gerade an unseren Besuch beim Barbier gedacht. Dann ergänzte er: Die interessantesten Städte seien die, in denen es nichts zu besichtigen gebe. Im Lauf des ersten Bieres sonderte er weitere Merkwürdigkeiten ab, wie sie ihm gerade beizukommen schienen. Ich frage mich, was in dieser knappen halben Stunde in ihm vorging. So nach innen gekehrt hatte ich ihn noch nie erlebt. Als säße er ganz allein am Tisch und spräche mit sich selber. Ob er noch mal mit letzter Kraft sein gesammeltes Wissen einschließlich aller Kalauer und schlechten Scherze abspulte, eine Art Resümee? Ob er bereits ein bißchen weggetreten war? Oder ob er, wie ich, einfach nur zuviel Sonne abbekommen hatte? Und der Helm wieder tüchtig gedrückt hatte?

*

Auch in einem dunklen Baum sitzt ab und zu ein bunter Vogel.
Der Wirt ist dein Hirt.
Alkohol hilft gegen nichts, Schlaf gegen alles.
Ostzoten und Westzoten.
Nichts langweiliger als die Wahrheit.
Herzlichkeit ist nur eine andere Form des Feilschens.
Zuviel gute Laune macht schlechte Laune.
Auch in einem bunten Baum sitzt ab und zu ein dunkler Vogel.

*

Als wäre er mit dieser letzten Bemerkung wieder bei sich selber angekommen, wandte er sich abrupt an mich: »Bitte, Hansi. Laß mi do ned so lang warten.«

Ah, er hatte sich nur die Zeit vertrieben. Während er auf die Mara-Geschichte wartete.

Die sei nicht so schnell erzählt, warnte ich. Der Tscharli war schon ganz Orinoco, ich mußte nur noch die beiden frischen Bierflaschen öffnen. Das gelang so gut, daß der kleine Junge wieder kam.

Also die Mara-Geschichte. Der Tscharli scheuchte den Jungen mit einem Schlenkern aus dem Handgelenk davon wie ein Einheimischer. Der Junge gehorchte sofort und ohne zu maulen. Dafür müsse ich einen großen Bogen machen, warnte ich, und wirklich ganz von vorn anfangen.

Nichts anderes habe er erwartet, sagte der Tscharli. Bitte, Hansi.

*

Ich nahm einen Schluck und sagte in etwa: Mit fünfzehn, sechzehn hatte ich schon mal begriffen, daß ich sterben würde. Es war ein Schock und nur dadurch zu kurieren, daß ich mich unglücklich verliebte. Mit 61 begriff ich es erneut. Meine Mutter war gestorben und auch der eine oder andre Freund, Bekannte, Kollege, andere hatten Krebsdiagnosen bekommen. Diesmal war die Erkenntnis weniger romantisch, sie war grau und nackt und kurz. Es wurde Zeit, daß ich die Dinge tat, die ich immer hatte tun wollen. Daß ich die Dinge tat, vor denen ich mich immer gedrückt hatte, obwohl ich wußte, daß ich nicht um sie herumkommen würde. Deshalb bin ich hier. Ich mußte noch mal nach Afrika, bevor ich sterbe. Ich wollte unsre Reise wenigstens ans richtige Ende bringen …

*

Die ganze Zeit hatte ich gemerkt, daß mir der Tscharli nur mit halbem Ohr zuhörte. Als nun ein Lied anhob, das es lediglich auf dem USB-Stick von Mudi gab, wußte er, daß Princess Pat Musik für ihn spielte, und war nicht mehr zu halten. Er sprang vom Sitz, als ob die Kraft, die ihm heute zunehmend gefehlt hatte, mit den ersten Takten in ihn zurückgeflossen wäre, lief Princess Pat entgegen, die gerade wieder mit einem frisch beladenen Tablett aus dem Restaurant kam, und als sie fertig serviert hatte, packte er sie und tanzte mit ihr. Barfuß im Sand, unter Palmen.

Nachdem er, heftig atmend, zu unserem Tisch zurückgestolpert war, machte ich einen Fehler. Statt einfach den Faden meiner Mara-Geschichte wieder aufzugreifen und dort weiterzuerzählen, wo mich der Tscharli sitzengelassen hatte, stand ich auf und fragte Princess Pat, ob sie das nächste Stück mit mir tanzen wolle. Genau genommen, fragte ich sie nicht, sondern ergriff ihre Hüfte nach Tscharli-Art und schob sie einfach im Takt vor mir her, sie hatte gerade noch Zeit, mich anzulächeln.

Genau so.

Wenn ich an diesen Abend zurückdenke, ist es dieser eine Tanz, den ich zutiefst bereue. Im Grunde weiß ich bis heute nicht, warum ich dem Tscharli in die Quere kam; Absichten gegenüber Princess Pat hatte ich bestimmt keine. Oder doch? So wie sie ging, tanzte sie auch, sie hatte den Rhythmus nicht nur im Blut, sondern in jedem einzelnen Körperteil, selbst noch in den Spitzen der Haare und der Fingernägel. Sie *war* der Rhythmus. Ohne jemals auch nur eine Bewegung zuviel zu machen, sie zu stark zu akzentuieren oder gar zu übertreiben. Sie tanzte genau auf der Grenze – bis hierhin war es Perfektion und Erotik, darüberhinaus wäre es plumpe Anmache gewesen. Ich hätte ihr den ganzen restlichen Abend einfach nur zuschauen wollen – und nichts vermißt. Der Tscharli, auf eine ganz andre Weise zum Zuschauen verdammt, war hochgradig alarmiert und zu laufender Kommentierung provoziert. Seine Zurufe klangen eher nach jaulendem statt nach brüllendem Getier. Sowie ich mit Princess Pat zurück an unseren Tisch kam, grollte er immerhin wie ein alter, müder Löwe. Princess Pat sprang davon wie eine verschreckte Antilope, und der Abend war gelaufen.

Irgendetwas war innerhalb dieser wenigen Minuten in den Tscharli und vielleicht auch zwischen uns gefahren und hatte seine allerletzten Energiereserven mobilisiert. Ich kannte derlei Stimmungsschwankungen inzwischen zur Genüge, aber das half mir jetzt nicht, ihn wieder zurück in die Spur zu bringen. Sofern ich den Versuch unternahm, meinen Tanz mit Princess Pat als bloße Laune zu rechtfertigen, ja mich dafür zu entschuldigen, blockte er mich durch »Schee war's, zäfix« ab oder mit »Oa junger Hupfer kommt selten alloa, paßt scho«. Beim Trinken ermahnte er mich laufend zur Langsamkeit, »Polepole«, und bekam selber den Hals nicht voll. »So, Freunde der Nacht, jetzt wird g'feiert«, rief er den anderen Gästen zu, »jetzt laß ma d' Sau raus«, als wolle er das Schicksal noch beschleunigen. Er gab die Flasche nur aus der Hand, wenn sie leer war oder wenn er mit Princess Pat tanzen wollte, und das wollte er so oft, daß sie kaum noch zum Bedienen kam und die Gäste, die anfangs noch geklatscht oder angefeuert hatten, sich beschwerten.

Ich hütete mich, ein Wort mit Princess Pat zu wechseln. Immer wieder erklärte ihr der Tscharli, er sei eigentlich »ein ganz ein Braver«, »me no Simba, me little cat«, dann wiederum mir, der eigentlich bloß noch Nebenfigur oder schon Staffage seines Auftritts war, »Unter den Kastraten ist der Eineiige König«. Indem er darüber eine forcierte Lache anschlug, hatte er etwas Gräßliches, Erbarmungsloses, wie es nur völlig Verzweifelte haben. Hätte ich ihn nicht auch von einer ganz anderen Seite gekannt, ich wäre längst aufgestanden und gegangen.

So wartete ich ab, bis er dermaßen betrunken war, daß man ihn nach Hause führen konnte. Nein eigentlich: bis er zusammengebrochen war. Im nachhinein muß ich mir eingestehen, daß ich instinktiv wußte, was passieren würde. Und dennoch kein Mittel in Erwägung zog, es zu verhindern. Ich war wie gelähmt. Je betrunkener der Tscharli wurde, umso aufgeregter hüpfte er umher, längst ohne Princess Pat, die mittlerweile *wirklich* Angst vor ihm zu haben schien und sich die meiste Zeit im Restaurant verborgen hielt – ein wildes Gezappel und Gehopse und Geflatter, das lustig sein sollte und tatsächlich schrecklich war. Es hätte nicht viel gefehlt, und er hätte sich wie ein Beachboy mit Kopfsprung ins Meer gestürzt, nur um Princess Pat zu imponieren oder ihr Herz endgültig zu gewinnen oder nicht ganz und gar zu verlieren, was wußte denn ich. Immerhin tat er so, als schlüge er Rad oder mache Handstand für sie, »Wer ko, der ko«, dazu posierte er wie ein Faun, der nach Blicken gierte, »Hund samma«, *forever young*. Auf einmal löste sich seine Windel, und er bekam das Ende des Tuchs, das ihm seitlich vorm Kopf herabhing, nicht zu fassen. Er sah das Ende des Tuches an, griff immer wieder daneben, vielleicht bekam er's auch mit Blicken nicht zu fassen. Schließlich stakste er zurück an unsern Tisch, ließ sich neben mir auf einen Stuhl fallen, schnappte nach Luft, schnaufte schwer aus, blickte zwei, drei, vier Sekunden ins Leere und sackte ganz langsam auf die Tischplatte.

Aus die Maus.

*

»Haxn abkrazn«, hauchte er kaum hörbar, als er wieder zu sich kam, »Obacht!« Als erstes war der kleine Junge bei ihm. Bald war er umringt von Leuten, die alle helfen wollten, allerdings nicht wußten, wie es ging.

»Er muß ins Krankenhaus«, sagte einer.

»Doch nicht hier«, widersprach ein anderer.

»Der muß ganz einfach ins Bett«, meinte der dritte.

»Erst mal sollte man lieber einen Arzt rufen«, der vierte. Der sei schon öfters kurz vorm Ende gewesen, sagte ich, und habe sich immer wieder erstaunlich gut gefangen. Ich wußte es besser, wollte es freilich nicht wahrhaben: Das war's. Ohne Wenn und Aber. Der Tscharli kam nicht mal mehr alleine auf die Füße, immer wieder versuchte er, sich von der Tischplatte hochzustemmen, »'S geht ums Verreckn ned«, immer wieder sank er kraftlos zurück. Ungewöhnlich blaß war er immer gewesen, nun war er bleich, kreidebleich. Er hatte sich vollkommen verausgabt, konnte seine üblichen Flüche nicht mal mehr flüstern. Sein Blick war leer und ging an allem vorbei. Irgendwann gab er auf, »Jetz samma endgültig verratzt«, und blieb mit dem Oberkörper auf der Tischplatte liegen. Sein Wille war gebrochen.

Bis zu diesem Moment war ich unter Schock gestanden, nun löste ich mich aus der Erstarrung und, ohne weiter nachzudenken, übernahm des Tscharlis Rolle. Ich wunderte mich nicht, wie entschieden ich Befehle erteilte und zur Eile trieb. Wunderte mich nicht, daß man mir gehorchte – in diesen Momenten und auch in den Tagen danach tat ich alles ganz selbstverständlich und ohne Scheu. Der Tscharli hatte das Ende seiner Abschiedstour erreicht, nun mußte ich übernehmen, mußte ihn zurück nach Moshi und ins Krankenhaus bringen. Ich zweifelte keine Sekunde daran, daß mir das gelingen würde. Im Gegenteil, in dem Augenblick, da ich alleine zu entscheiden und zu veranlassen hatte, fühlte ich, wie mir ungeahnte Kräfte zuwuchsen. Fortan hatte ich ein grimmiges Vergnügen daran, zu funktionieren und zu organisieren, selbst das Unmögliche.

Der Tscharli war nur noch ein Bündel Elend, das ich mit Hilfe einiger Gäste problemlos ins Hotel schaffen konnte, halb trugen wir ihn, halb lief er selber, die Arme links und rechts um den Nacken wechselnder Begleiter gelegt. Der Junge lief noch eine Weile hinterher, bis ich ihn verscheuchte. Der Tscharli ließ sich ganz brav auf sein Zimmer und ins Bett bringen. Dann gleich ins Bad, wo er kotzte, Blut schiß, nicht mehr von der Klobrille hochkam. Sein Standardprogramm, wollte ich mir einreden, morgen früh würde er mit der üblichen Verspätung und einem flotten Spruch ... Ich wußte es besser und hatte kurz einen Kloß im Hals. Später, sagte ich mir, dafür ist später noch Zeit.

Auch in Moshi hatte ich einen Zusammenbruch des Tscharli erlebt und mich geekelt und geschämt, hätte ihn am liebsten so in seinem Hotelzimmer liegen und, wäre ich nicht von King Charles in die Pflicht genommen worden, seinem Schicksal überlassen. Und wenn er schon nächtlings im Krater verreckt wäre, es wäre mir, aber ja, wäre mir recht gewesen. Heute war ich von einer fieberhaften Besessenheit befallen, ihn am Leben zu erhalten, koste, was wolle. »Werd scho«, sagte ich immer wieder, ob zu ihm, ob zu mir, »werd scho«. Er hörte es wahrscheinlich nicht, seine Augen waren weit aufgerissen, als ob er bereits ein Stück weit ins Jenseits hineinsah. Ein Arzt, den der Nachtportier noch hatte herbeirufen können, attestierte kaum mehr als große Erschöpfung, Auszehrung, flachen Puls, »don't worry«. Eine Beruhigungsspritze könne er leider nicht geben, seine letzte saubere Nadel habe er gestern verbraucht. Der Tscharli schwitzte nicht mehr, seine Stirn war kalt. Princess Pat hielt ihm die ganze Zeit die Hand. Ab und zu strich sie ihm über die Schnittwunde am Kinn oder über die Millimeterstoppeln, die von seiner Silbermähne übriggeblieben, und schüttelte den Kopf. Als sie sich von ihm verabschiedete, lächelte sie nicht mehr.

»Paßt scho, baby«, sagte der Tscharli: Bis morgen abend dann, wie immer.

Wie ich als letzter gehen wollte, zog er mich zu sich herab und flüsterte mir ins Ohr: »Des hätt ma.« Er meinte: die Abschiedstour, die Reise, das Leben. Widerspruch zwecklos, Beschönigen lächerlich. »Jetzt geht's dahin, Hansi.«

Jetzt gehe's erst mal ins Krankenhaus, korrigierte ich, nach Moshi.

»Bringst' mi no hin?« bettelte er.

*

Als erstes rief ich King Charles an und teilte ihm mit, es sei Schluß mit Ois easy und Geh weida. Ich wolle versuchen, morgen mit dem Tscharli nach Moshi zu fahren, er solle bitte zwei Hotelzimmer für uns reservieren. Wenn möglich eine Präsidentensuite. King Charles verstand sofort und bedauerte, daß er um diese Uhrzeit nicht mehr losfahren könne, um uns abzuholen, die Straßen seien nachts einfach zu gefährlich.

Dann versuchte ich, Driver Number One anzurufen, er hatte sich ja als »Specialist Driver« empfohlen und zugesagt, Tag und Nacht für uns bereit zu sein. Aber er ging nicht ans Telefon, oder sein Akku war leer, vielleicht schlief er schon.

Mir war klar, daß der Tscharli nicht etwa zusammengebrochen war, weil nun die Krankheit ausgebrochen wäre, von der er seit Jahren wußte und über die er nicht reden wollte. Sondern schlicht, weil er sich übernommen hatte. Ohne daß ich eine Begründung dafür hätte anführen können, war ich überzeugt, daß er sich davon nicht mehr erholen würde und unsre

Reise an ihr Ende gekommen war. Im Grunde wollte ich das, was eigentlich für übermorgen geplant war, für morgen in die Wege leiten: Überfahrt mit der ersten Fähre nach Daressalam um sieben Uhr, anschließend Fahrt nach Moshi, so daß wir den Tscharli am andern Morgen ins Krankenhaus schaffen konnten. Ohne die Hilfe von Einheimischen war es freilich nicht ins Werk zu setzen; wer morgen mit der Frühfähre fahren wollte, hatte längst sein Ticket. Weil der Nachtportier nicht mehr zu finden und also nicht um Hilfe zu bitten war – wahrscheinlich schlief er in einem der Zimmer –, blockierte ich die Eingangstür mit meiner Windel und ging noch mal zurück ins *Livingstone Beach Restaurant*. Princess Pat räumte gerade auf, alle anderen waren gegangen. Wie man an Tickets kam, wußte sie nicht.

In Gedanken versunken, schlenderte ich zurück zum Hotel. Da drückte sich jählings ein Kerl aus einem Hauseingang und, wer weiß, wollte mich überfallen. Er verstellte mir den Weg, doch noch ehe er etwas sagen konnte, erkannte ich ihn:

»Captain Shabby!« rief ich möglichst begeistert. Welch ein Glück, daß ich ihn träfe. Ich bräuchte seine Hilfe, dringend.

Captain Shabby erkannte mich nicht und war ziemlich verdutzt. Ich erinnerte ihn daran, wie er uns auf dem Strand angesprochen und zu einer Fahrt mit der Dhau nach Prison Island eingeladen hatte. Das hatte er jeden anderen Touristen allerdings auch, damit verdiente er sein Geld, zumindest tagsüber. Schließlich schilderte ich ihm den Tscharli, und an *den* erinnerte er sich – der Mann mit der Silbermähne und dem lauten Lachen, Mister Bombastic, alles klar. Wohin wir denn gesegelt werden wollten? Wenig später hatte er begriffen, auf diese Weise würde er viel mehr Geld verdienen als bei einem Überfall, und versprach Hilfe. Er habe nicht nur eine Dhau an

der Hand, sondern auch das eine oder andere Wassertaxi, ich
solle ihn übernacht machen lassen.

Ein starker Seewind kam auf, die Palmen bogen sich und ra-
schelten, die Straßen waren leer. Ich war froh, als ich zurück am
Hotel war und die Eingangstür für mich noch offenstand.

***

Mit Taubengurren und klappernden Fensterläden brach der
9. März an, ein Freitag. Als ich, zum zweiten Mal, des Tscharlis Koffer gepackt hatte und die Treppe zur Rezeption herun-
terkam, wurde ich bereits von Captain Shabby erwartet. Ein
Wassertaxi hatte er keines organisiert, dafür kurzerhand zwei
VIP-Tickets für die Fähre. *Organisiert*, sagte er mit Nachdruck.
Also nicht etwa gekauft, das wäre ja gar nicht gegangen. Er
wollte 160 Dollar, sprich, 80 Dollar Provision. Sechs Uhr, ich
hatte noch eine Stunde Zeit und keine Wahl.

Wie ich es noch einmal beim Driver Number One probierte,
nahm der das Gespräch erstaunlicherweise an. Aber ja, er sei
wach und sogar schon unterwegs, in zehn Minuten sei er da.

Afrikanische oder europäische zehn Minuten? fragte ich mit
derselben Selbstverständlichkeit, wie sie der Tscharli in solchen
Situationen an den Tag gelegt hatte.

Fünf Minuten später war er im Hotel, Ame Issa Juma,
der Mann für alle Fälle. Für die Fahrt nach Moshi wollte er
300 Dollar, »petrol, sunshine, nice talking, all inclusive«. Dann
telefonierte er so lange herum, bis er laut und fröhlich klang.
Der Freund eines anderen Freundes würde ihm sein Auto lei-
hen, *problem finished*. Allerdings hatte auch der Driver Number One kein Ticket für die Fähre. Er beriet sich kurz mit Captain Shabby, der sich gleich auf den Weg machte.

Als ich unser Gepäck und den Tscharli endlich im Wagen des Drivers verstaut hatte, fuhr der Hotelmanager vor, entschuldigte sich auch gleich, er habe gerade eben erst von dem Vorfall erfahren. »Pack ma's«, rief er dem Tscharli zu, es sollte fröhlich klingen und klang herzlos, »dalli, dalli!« Der Tscharli winkte müde vom Rücksitz aus, wie ein ins Exil abreisender König, der seinen früheren Untertanen huldvoll einen letzten Gruß entbietet, kraftlos, resigniert, schon halb vergessen und verschwunden. Der Manager erschrak sichtlich, als er seiner ansichtig wurde. Er winkte umso heftiger zurück und wollte gar nichts weiter von mir wissen, wahrscheinlich wußte er sowieso längst alles. Seiner Meinung nach werde man dem Tscharli im *KCMC* nicht helfen können, sagte er tonlos eher vor sich hin als zu mir gerichtet: Hier helfe nur noch ein *witch doctor*.

Wie wir anfuhren, sprang er schnell noch an mein Fenster und beugte sich vertraulich zu mir herab: »My name is Michael.«

Kurz vor sieben tauchte Captain Shabby am Fährterminal auf, um neun Uhr erwartete uns der Freund eines Freundes am Fährterminal in Daressalam, um kurz nach neun saß Driver Number One am Steuer. Sofern alles nach Plan verlief, würden wir neun oder zehn Stunden später in Moshi ankommen, kurz nach Sonnenuntergang.

*

Und es lief nach Plan. Wenn ich aber geglaubt haben sollte, meine Reise mit dem Tscharli wäre mit dem heutigen Tag an ihr Ende gekommen, so täuschte ich mich. Genau besehen, fing sie jetzt noch einmal neu an.

Driver Number One fuhr wie King Charles und redete wie

Solomon. Vor allem war er stolz auf Tansania und den kleinen Beitrag, den er für sein Land leiste. Er habe studiert, damit ernähre er nicht nur seine Familie, sondern auch diverse Verwandtschaft. Die Heimat zu verlassen, um andernorts womöglich von staatlicher Unterstützung zu leben, würde ihm nie, nie, nie in den Sinn kommen. Die entsprechenden Beträge, die man in Deutschland und anderen europäischen Staaten erhielt, kannte er genauer als ich. Zugegeben, auf diese Weise verdiene man in einem Monat mehr als hier in einem halben oder ganzen Jahr, noch dazu ohne zu arbeiten. Auch *so* lasse sich eine Familie und diverse Verwandtschaft ernähren. Gleichwohl verachtete er alle, die das taten und sogar nach Tansania kämen, um ihm höchstpersönlich Unbill zu bereiten und auf der Tasche zu liegen; daß es vielleicht Not oder Verzweiflung war, das sie trieb, kam ihm nicht in den Sinn.

»Verdammte Scheiße!« wollte ich mit der Faust auf den Teppich schlagen, mit dem das Armaturenbrett abgedeckt war. Aber ich tat es nicht. Auf der Hinfahrt hatte ich genug gestritten, ich wollte es nicht auch noch auf der Rückfahrt tun. Und machte es dann wie der Tscharli, nämlich ab und zu eine dumme Bemerkung, das genügte völlig, um den Driver bei Laune zu halten. Er erklärte mir oder eigentlich sich selbst so anhaltend die Welt, daß ich öfters einnickte. Wenn ich die Augen wieder aufriß, sah ich all das, was ich vor wenigen Tagen bereits so oder ähnlich gesehen hatte, nur in umgekehrter Reihenfolge: eine kleine Kneipe unter ausladender Baumkrone; einen Sattelschlepper, der mit nach vorn gekipptem Führerhaus auf der Fahrbahn stand, davor drei Männer, mitten auf dem Teer der Straße liegend, schlafend; eine Straßenböschung, deren Gras von einem Mann mit der Sichel abgeschnitten wurde; die tief hängenden Wolken vor den Usambarabergen; die Massaisteppe;

die Hirten da und dort und den unbarmherzigen Himmel darüber.

Was auf der Hinfahrt großartig und verlockend war, erschien mir jetzt ganz normal und manchmal sogar vertraut. Als ob ich bei allem, was sich auf den ersten Blick als malerisch am Wegesrand aufbauen wollte, immer gleich die Rückseite dazudachte und, jedenfalls bildete ich mir das ein, nicht selten sogar zu erkennen vermeinte. Merkwürdigerweise wurde das Malerische dadurch nicht unattraktiver, im Gegenteil, es wurde eine Art höchst ambivalente Normalität, in der man sich – ich wagte kaum, es zu denken – fast ein bißchen zu Hause fühlen konnte.

Auch das ist Afrika, nickte ich mir selber zu, sehr fremd und zugleich sehr nah. Ob man's als fremd oder als nah empfand, schien davon abzuhängen, wie man gerade selber drauf war.

Nun hast du den afrikanischen Vogel, sagte ich mir ein paar Kurven später, paß lieber auf, daß du nicht übermütig wirst. Hier kann alles in Sekundenschnelle schon wieder ganz anders sein.

Und der Tscharli? Sobald er seinen Rausch auf der Rückbank ausgeschlafen und ein wenig Energie getankt hatte, brabbelte er leise vor sich hin: »Wakala weia ... weiala wokinimbu watussi! Wakala wallala ... rama dama, wei's wuascht is! Wal-le-lu-ja, hal-le-lu-ja ...«

Undsoweiterundsofort, sein bajuwarisches Spaß-Suaheli, zum Gemurmel verkümmert. Ich dachte zunächst, er sei drauf und dran, auf eine sanfte Weise verrückt zu werden. Aber vielleicht, im Gegenteil, hörte er eher *auf*, verrückt zu sein. Und das war seine Beschwörungsformel, die ihm offensichtlich Trost spendete. Er war und blieb ein Beißer. Jedem anderen wäre nach dem gestrigen Finale endgültig die Luft ausgegangen; er hingegen bereitete vielleicht schon seinen nächsten Auftritt vor.

Und nach einer Kurve stand er dann in all seiner Wucht vor uns am Horizont: der Kilimandscharo, wolkenumkränzt, die Gipfelhaube vor knallblauem Himmel.

»So schnell foin ma auf den nimmer rein«, meldete sich der Tscharli nun mit deutlichen Worten zurück, allerdings mit matter Stimme, man mußte sich zu ihm umdrehen, um ihn zu verstehen: »Ned wahr, Hansi?« Wir wüßten ja, wie's bei dem hinter der Kulisse ausschaue.

»Wir schaffen das!« krähte er, ehe ich hätte antworten können. Das sollte ein Zitat und also witzig sein, war aber nicht mehr als ein tonlos leises Krächzen.

*

Vor dem *Kilimanjaro Wonder Hotel* erwartete uns King Charles. Bereits am Nachmittag hatte er mich wissen lassen, daß er ein Hotel gefunden habe, bei dem man eine Präsidentensuite buchen konnte. Der Tscharli war zwar wacklig auf den Beinen und mußte von mir gestützt werden, ließ es sich allerdings nicht nehmen, auf den King zuzustolpern und ihn mit »Alter Saubazi, alter«, »Alter Saukerl, alter« und »Alter Sackbeißer, alter« überschwenglich zu begrüßen, fast brach er dabei in Tränen aus. King Charles hielt ihn die ganze Zeit fest im Arm und klopfte ihm sanft auf den Rücken. Kleine Schweißperlen standen ihm auf der Stirn, seine Nüstern schienen mir noch weiter aufgespannt als sonst. Später, im Restaurant, nahm er mich kurz beiseite, um sich die Details des gestrigen Abends erzählen zu lassen. Die ganze Woche lang habe er sich Sorgen um den Tscharli gemacht; nun werde alles gut.

Daß Solomon auch diesmal seinen Bruder begleitet hatte, überraschte mich kaum; umso mehr jedoch, daß er mich zur Begrüßung nach allen Regeln der Kunst abschlagen wollte, ich kam kaum hinterher. Danach umarmte er mich.

»Das hast du gut gemacht, Hans, weißt du?«

Er hatte haargenau dasselbe an wie vor einer Woche, auch die prall befüllte Strickwollmütze mit Bommel, nur anstelle des leopardengemusterten Hemdes trug er heute eines mit Tigerstreifen. Und war ebenfalls erleichtert, daß ich den Tscharli lebend zurückgebracht hatte.

*

Es ging schon auf sieben Uhr zu, daher verschoben wir das Einchecken und fuhren im Konvoi erst mal zum *El Rancho*, einem Luxus-Inder im Stadtteil Shanty Town. Der Tscharli wußte ebensogut wie wir, daß es um diese Uhrzeit keinen Sinn mehr hatte, ins Krankenhaus zu fahren. Also wollte er noch ein allerletztes Mal feiern – er benützte weiterhin das Wort –, wußte freilich auch, daß er dazu nicht mehr in der Lage und keiner von uns in der Stimmung war. Mit seiner matten Stimme lud er Driver Number One zum Essen ein, alle anderen sowieso, der Abend gehe selbstredend noch mal »auf sein Bierfilzl«.

Diesmal war's der Driver, immerhin ein »Gstudierter«, der zur Konsultation eines *witch doctor* riet. Die könnten *jeden* krank machen, und das über weite Entfernungen. Oder eben gesund. Als er erfuhr, daß wir den Tscharli morgen ins Krankenhaus bringen würden, wußte er natürlich Bescheid: Ins *KCMC*? Davon werde sogar auf Sansibar geschwärmt, es habe die modernste Technik und die meisten ausländischen Ärzte. Aber was sei das alles gegen den richtigen Zauber zum richtigen Zeitpunkt?

Niemand hatte Lust, darauf einzugehen. Es wurde ein sehr stiller Abend. Der Tscharli aß nichts, King Charles und Solomon umso mehr und der Driver auch noch die komplette Portion vom Tscharli. Der zahlte am Ende 55 Dollar, und das, obwohl er den ganzen Abend an einer einzigen Bierflasche genuckelt und sich auch jeder andere zurückgehalten hatte. Der Tscharli bedankte sich per Handschlag bei King Charles und Solomon, umarmte erst den einen, dann den anderen. Sie beide ab jetzt in seiner Nähe zu wissen, werde ihm sehr helfen. Anschließend wandte er sich an Driver Number One, um sich bei ihm zu bedanken. Wieder erst der Handschlag, dann die Umarmung. Zur Erinnerung schenkte er ihm seine Marathon-Medaille, die wir ihm gestern abend vergessen hatten abzunehmen: »You are artist, not driver«, lobte er den Driver, der mit tiefem Bückling die Medaille wie einen Orden entgegennahm, »Thank you, Mister Tscharli«.

Als letzter war ich an der Reihe. Das sei saugut gewesen, streckte er mir die Hand hin, »oda etwa ned?«.

Er war sehr krank und sehr bleich, der einstige King of Fulalu, man verstand ihn kaum, so leise redete er. Seine Augäpfel schimmerten, eigentlich standen ihm permanent Tränen in den Augen. Sekundenbruchteilhaft dachte ich daran, daß ich das verfrühte Ende dieser sauguten Tour zu verantworten hatte, weil ich zum falschen Zeitpunkt mit der falschen Frau übern Sand geschwebt war, und fühlte mich sehr schäbig und sogar ein bißchen schuldig.

Wir hätten ja noch morgen und den Rest von heute, umarmte ich ihn.

Morgen auch noch? Der Tscharli war sichtlich überrascht.

Mit King Charles hatte ich ausgemacht, daß er mich morgen abend zum Flughafen fahren würde. Bis dahin würde ich den Tscharli im Krankenhaus begleiten und auf ihn aufpassen, das war das Mindeste, was ich noch für ihn tun mußte. Auf dem Friedhof in Daressalam hatte er mir das Versprechen abgenommen, meinen Heimflug in jedem Fall anzutreten, wie auch immer es um ihn stehe. Er wolle, daß ich ihn so in Erinnerung behalte, wie ich ihn erlebt hatte, nicht als einen Haufen Knochen im Krankenhaus, der langsam verrotte. Wäre alles nach Plan verlaufen, wären wir morgen erst von Sansibar aufgebrochen und ich direkt zum Flughafen weitergefahren – ein idealer Abgang für ihn, der tags drauf »klammheimlich ins Hospital neig'lurt« hätte. Nun widersetzte er sich keinesfalls, im Gegenteil, fragte immer wieder:

»Du bringst mi hin? Ohne Schmarrn?«

*

King Charles und Solomon begleiteten uns noch in die Präsidentensuite und lümmelten mit uns auf den Ledersofas, an der Bar oder den verschieden klobigen Schreibtischen, spielten Präsident, Vizepräsident und Entourage in wechselnder Besetzung. Die Suite bestand vor allem aus einem riesigen Wohnbereich, der den gesamten Seitentrakt des obersten Stockwerks einnahm, an die 150 oder 200 Quadratmeter groß. Es dauerte, bis wir alles inspiziert und ausprobiert hatten. Insbesondere King Charles war mit seinen zwei Handys, in die er staatsmännisch Anweisungen blaffte, sobald ihn jemand von uns anrief, eine große Nummer – der Vizepräsident. Denn Präsident war sehr bald nurmehr der Tscharli. Er sah von einem Ohrensessel aus zu, wie sein Vertreter die Arbeit machte, erteilte allenfalls geflüsterte Kurzbefehle wie »Geht ned«, »Hamma ned«, »Machma ned«. Solomon glänzte in der Rolle des Zuträgers wichtiger

Dokumente und Gerüchte, King Charles bellte herum und stauchte ihn jedesmal zusammen, bis ihn der Tscharli auf beiden Handys anrief und Weisung erteilte. Ich selbst gab Befehle und Statements des Vizepräsidenten quer durch den riesigen Wohnsaal an imaginäre Lakaien oder Pressevertreter weiter. Ohne daß wir uns abgesprochen hatten, imitierten wir dabei alle des Tscharlis bayuwarisches Spaß-Suaheli. Am Ende kramte ich die Kilimandscharo-Urkunden aus unserem Gepäck hervor, Solomon überbrachte sie an den Vizepräsidentenschreibtisch, »Weißt du?«, wo sie von King Charles, der nun doch mal die Beine von der Tischplatte nehmen mußte, mit einer vizepräsidialen Zusatzunterschrift gezeichnet wurden.

Kaum hatte er sich mit seinem Bruder suspendiert, erschien uns der Wohnsaal der Suite viel zu groß für uns zwei, und wir suchten nach unseren Schlafzimmern.

Daß es jetzt so schnell gehe, hätte er nicht gedacht, sagte der Tscharli, nachdem wir die richtigen Türen gefunden und das Gepäck verteilt hatten. Ob er mir noch was verraten dürfe, im Hinblick auf morgen? Er sei immer ein großer Hosenscheißer gewesen – ausnahmsweise meine er es im übertragenen Sinne. Schon zum Arzt zu gehen, habe er vermieden, wenn irgend möglich, danach sei man immer kränker als zuvor, mit einem Bein bereits in der Grube. Ja, vorm Abkratzen habe er am allermeisten Schiß. »Du, mir tät's no ned pressiern.«

Dalai Salami.

*

Mein Schlafzimmer roch frisch gestrichen und sah aus, als wäre es noch nie benutzt worden. Es gab keinen Fernseher, keinen Schrank, keine Ablagen oder Haken an der Wand. Hingegen ein riesiges Bett, geradezu absurd groß und mit unzähligen Kissen. Auf den beiden Nachtkästchen stand zwar je eine Nachttischlampe, es gab jedoch gar keine Steckdosen in der Nähe, an die man sie hätte anschließen können. Andernorts dafür reichlich, in eineinhalb Meter Höhe mitten in der Wand. Aus schierer Neugier versuchte ich, eine der Lampen dort anzuschließen, doch die meisten Steckdosen waren tot. In der Dusche hing eine Anleitung, wie man durch Drücken verschiedener Schalter warmes Wasser bekommen sollte, es kam freilich nur kaltes. Am Wasserkocher leuchtete ein Lämpchen auf, wenn man ihn an der richtigen Steckdose anschloß, Wasser kochte er nicht.

Aber ansonsten hatte heute alles geklappt. Wenn Not am Mann war, waren sie alle da – Captain Shabby, Driver Number One, der Freund eines Freundes, King Charles, Solomon. Ich hätte sie alle umarmen können. Das ist Afrika, dachte ich, auch das ist Afrika.

Meine Rechnung mit diesem Kontinent war beglichen. Ich war nicht eingeknickt, im Gegenteil, hatte sogar ziemlich aufgedreht die letzten Tage. Hatte es mir bewiesen, daß ich heil durchkommen konnte, unversehrt und ungeschröpft, am Berg wie in der Ebene, hatte es mir und allen anderen gezeigt, daß ich hier nicht zwangsläufig an meine Grenzen geriet und erst langsam, dann *ruckzuck* zugrunde ging – dem Tscharli sei Dank. Wäre die Sorge um ihn nicht gewesen, ich hätte mich so leicht gefühlt wie in der Zeit, da ich Mara noch nicht kannte, den Tod nicht kannte und das Leben nach dem Tod auch noch nicht.

Aber ich täuschte mich gewaltig. Erst morgen sollte ich meine Rechnung endgültig begleichen. Ich lag in meinem gewaltigen Bett, lauschte aufs Regenprasseln oder aufs Jaulen der

Hunde, das auch in dieser Nacht immer einsetzte, wenn der Regen eine Pause machte. Von den Sprüchen, die der Tscharli heute abgelassen hatte, fiel mir nur noch ein einziger ein:

*

Es gibt immer einen Grund, traurig zu sein. Damit gibt es immer einen Grund, lustig zu sein.

***

Samstag, 10. März, der letzte Tag meiner Reise mit dem Tscharli. Er begann ungewöhnlich früh, die Sorge trieb mich aus dem Bett. Wenig später hatte sie sich bestätigt: Der Tscharli hatte es nachts alleine nicht zur Toilette geschafft und ins Bett geschissen. Blut vor allem, Wasser. Wieder einmal packte ich seinen Koffer und bezahlte an der Rezeption für die Sauerei, diesmal mit meinem eigenen Geld.

Bevor wir zum Krankenhaus fuhren, machte ich Kassensturz und zählte dem Tscharli Frischhaltebeutel für Frischhaltebeutel vor, worauf er in der kommenden Zeit würde zurückgreifen können. Es war mehr als reichlich. Er guckte ohne großes Interesse zu – im Gegenteil, zog zwischendurch selber Geld aus verschiedenen Hemd- und Hosentaschen, um es zu zählen oder sich jedenfalls einen groben Überblick zu verschaffen. Frischhaltebeutel für Frischhaltebeutel übergab ich an King Charles, der jedesmal nachzählte und aufs neue versprach, damit alles zu kaufen, was der Tscharli brauchen würde, Medikamente, Essen, Trinken, wasauchimmer! Der Tscharli gehöre zur Familie, er werde für ihn sorgen wie für einen Bruder. Ab heute koche seine Frau eine Portion für ihn mit; seine Lieblingstante betreibe eine Apotheke im Stadtzentrum, von ihr bekomme der Tscharli alles, was er wolle, auch ohne Rezept. Dann zogen wir ihm die Jeans und ein frisches T-Shirt an (»Let's go buffalo!«); den Rest seiner Kleidung brachten wir zu einer Wäscherei.

Nach dem nächtlichen Regen standen die Straßen von Moshi unter Wasser, King Charles fuhr mit grantigem Vergnügen durch Schlammlöcher und Pfützen, »Hehe, Africa«. Dafür sah man den Kilimandscharo ganz klar und ohne Wolkenkranz. Er war zur Hälfte verschneit und wirkte mindestens majestätisch. Der Tscharli und ich blickten uns kurz an und nickten. Wir wußten, wie die Nacht dort oben verlaufen sein mußte.

*

Das Mädchen, das den Sack mit der schmutzigen Wäsche entgegennahm, war richtig hübsch, und der Tscharli, der ihr gewiß gleich ein Kompliment gemacht hätte, saß draußen im Auto und wartete auf uns. Also tat ich es. Genau besehen, rutschte es mir über die Lippen, ohne daß ich es gewollt hätte. Das Mädchen lächelte schüchtern und zog sich schnell in den Rückraum der Wäscherei zurück; nachdem ihr King Charles auf Suaheli etwas nachgerufen hatte, kam sie wieder nach vorne. Wir hatten uns schon von ihr verabschiedet, 10:15 Uhr, da wollte sie sogar noch schnell ein Selfie mit mir machen, erst mit ihrem Handy, dann mit meinen Fotoapparat, schließlich mit dem ersten Handy von King Charles, dann mit dem zweiten. Solomon und der Tscharli sahen vom Auto aus zu, soweit es das Schaufenster der Wäscherei gestattete, und reckten begeistert sämtliche Daumen empor.

Vor Jahren hatte ich das letzte Mal versucht, einer Frau ein Kompliment zu machen, und war von ihr mit der Frage abgefertigt worden, »ob ich gleich mal die klassischen Geschlechterrollen markieren wolle«. Seitdem hütete ich mich, einer Frau in den Mantel zu helfen, ihr die Tür aufzuhalten oder etwas zu tragen; Artigkeiten verkniff ich mir ohne große Mühe, hatte ich doch bald bemerkt, daß die meisten Frauen von sich aus alles taten, um die Idee dazu gar nicht erst aufkommen zu lassen. Daß ich nun einem Mädchen, das gewiß hübsch, aber längst nicht schön war, auf haarsträubend übertriebene Weise ein Kompliment gemacht hatte, hatte weniger mit dem Mädchen als mit dem Tscharli zu tun. Ich wollte es gut machen, ich wollte es wie er machen, und vor allem wollte ich, daß die Show auch nach seinem Zusammenbruch für ihn weiterging, nun eben in veränderter Besetzung. Ich *spielte* den Tscharli, gerade weil es mir ernst war. Das fiel mir überraschend einfach; im Verlauf der Reise hatte ich einiges von ihm abgeguckt und begriffen – was ich dann, zurück in Deutschland, schleunigst wieder ablegen und vergessen würde.

Allerdings nur, wenn ich in Gesellschaft bin. Bin ich allein, ertappe ich mich manchmal, wie ich in meiner Wohnung, auf der Straße oder beim Warten auf einem leeren Bahnsteig anhebe, wie der Tscharli zu sprechen, und Plattitüden zum besten gebe, einfach weil mich der Klang an ihn erinnert. Oder weil ich dabei heimlich durchatme, ich wage kaum, es mir einzugestehen: weil ich in Afrika, jedenfalls in seiner Gesellschaft, ein freierer Mensch war als zu Hause.

✳

Über die Ausfallstraße, die zum Mweka Gate führte und die wir heute vor einer Woche schon mal – in entgegengesetzter Richtung – gefahren waren, ging es zum *KCMC*, dem *Kilimanjaro Christian Medical Centre*. Kurz dahinter begann die *Tchibo-*

Plantage. King Charles erklärte, daß die Straße zur Strecke des *Kilimanjaro Marathon* gehöre. Wir hatten gerade erst die Abzweigung zum *Keys Hotel* passiert, kurzentschlossen bog er auf den Campus der Moshi University ab, um uns noch schnell das Stadion zu zeigen, in dem gestartet und ein paar Stunden später der Zieleinlauf gefeiert wurde. Das Tor zum Stadion stand offen, wir fuhren eine Runde auf der Aschenbahn. Vor der Haupttribüne hielt King Charles an und wies uns darauf hin, daß alle Mauern frisch gestrichen und mit dem Logo des Sponsors verziert waren.

Um zehn wurde der Tscharli als »Notfall« im *KCMC* aufgenommen.

*

Es sollte ihn 185 Dollar kosten, davon 115 Dollar als Expreßgebühr, ob für Notfälle oder »Notfälle«, der Rest für Behandlung und Medikamente. Nur auf diese Weise würde er heute überhaupt noch einen Arzt zu Gesicht bekommen, erklärte Solomon, während wir auf die Schranke zufuhren, die den Eingang zum *KCMC* blockierte. Unlängst habe er mit seiner Mutter von acht Uhr morgens bis vier Uhr nachmittags gewartet; wer erst jetzt komme und sich in die *normale* Schlange einreihe, müsse bis morgen früh warten.

Welche Krankenversicherung er denn habe? wandte sich King Charles an den Tscharli. Nebenbei öffnete er sein Fenster und ließ den Arm heraushängen, vielleicht hielt er in der Hand einen zusammengerollten Schein. Der Herr der Schranke schüttelte ihm herzlich die Hand, ohne daß ihn King Charles dabei ansah, und zog die Schranke auf.

Er habe gar keine und zahle bar, ließ der Tscharli wissen.

Das Gelände des *KCMC* war recht weitläufig, selbst hier kannte King Charles immer die richtigen Leute, er bekam einen Parkplatz direkt vor dem Haupteingang zugewiesen. Noch bevor wir den Tscharli beim Empfang angemeldet hatten, kam ein Pfleger in hellblauem Kittel und brachte uns einen Rollstuhl. Der Tscharli wollte protestieren, bekam aber vor Aufregung keinen geraden Satz mehr heraus. Wir hoben ihn aus dem Auto und setzten ihn in den Rollstuhl, er winkte resigniert ab. Was früher ein bitterkurzes Lachen gewesen, war jetzt ein empörtes Aufhusten. Was früher ein drahtiger Zausel gewesen, der sich immerhin noch wacklig auf den Beinen hielt, war jetzt ein klappriger Kahlkopf, der trotz seines frischen T-Shirts ziemlich streng roch. Nun hatte man ihm tatsächlich den Stecker gezogen, er pfiff nicht mal mehr die Luft zwischen den Zähnen hervor. Einige, die am Empfang ihre Formalitäten erledigten, drehten sich nach ihm um und sagten nichts.

Immerhin trug er auch heute seine weiße Arschlochbrille mit den orangerot verspiegelten Gläsern; sie verlieh seinem Auftritt einen Hauch von Verwegenheit. Wie wir uns alle am Empfang anstellten, hätte er die Brille gern hoch in die Stirn geschoben, dort war indes schon seine Windel, auf der er auch heute bestanden hatte. Noch ein allerletztes Mal wollte er mit mir gemeinsam als die zwei Halunken auftreten; die Brille mußte er somit weiterhin tragen. Ein kleines Mädchen deutete mit dem Finger auf ihn und verschluckte sich vor Aufregung.

Kaum daß ich das Krankenhaus betreten hatte, wurde ich von einer nervösen Betriebsamkeit befallen, wie ich sie sonst nicht an mir kannte. Ich wußte, jetzt kam es darauf an, ich wollte es gut machen und womöglich auch ein bißchen witzig, nach Tscharli-Art, und registrierte jedes Detail mit einer Akribie, als entscheide es über Leben und Tod. Das war das

Mindeste, was ich für ihn noch tun konnte, redete ich mir ein und merkte ein paar Minuten gar nicht, daß mir in Wirklichkeit etwas in die Glieder gefahren war, das ich nur allzugut kannte und das mich lähmen wollte. Und daß ich dagegen anging, indem ich hyperaktiv wurde und nachgerade zudringlich in meiner Aufmerksamkeit.

Jeder Patient bekam nach der Registrierung einen kleinen packpapierbraunen Pappkarton ausgehändigt, etwa DIN-A6, auf dem seine Personalien festgehalten waren, dazu eine Nummer, im Fall des Tscharli eine Expreßnummer. Obendrüber prangte das Logo des *KCMC* – der Äskulapstab samt Kilimandscharo-Massiv; die Schlange entwickelte sich aus dem letzten »C« und überragte den Mawenzi deutlich, den Kibo leicht. Ich nahm dem Tscharli den Paß aus der Hand – er wollte ihn nicht hergeben, hielt ihn fest wie ein bockiges Kind – und legte ihn auf den Tresen, damit man seine Daten abschreiben konnte. Als mir die kleine Pappe ausgehändigt wurde, las ich im Paß nach, ob Name und Geburtsdatum richtig abgeschrieben waren: Karl Anton Maria Gegenfurtner, geboren 2. 3. 1964 in Karl-Marx-Stadt … wie bitte?

Ich hielt ihm den Paß vor die Nase: »Könntest du das bitte erklären, Tscharli? Du bist doch nicht etwa ein –?«

Er schnappte sich den Paß und ließ mich wissen, das erzähle er mir beim nächsten Mal.

Beim nächsten Mal? Hatte er mir nicht x-mal eingeschärft, er wolle hier in Ruhe gelassen werden, auch beim Abkratzen?

»Aber *danach* doch nimmer!« Der Tscharli hob den Arm und streckte ihn ganz durch, als ob er durch die Decke stoßen und mit der Zeigefingerspitze schon mal den Himmel berühren wollte: Er werde's mir erzählen, »wenn ma uns da obn wiedersehn«.

Er war neun Jahre jünger als ich, gerade mal 54, kaum zu glauben. Und alles andere als ein waschechter Bayer, ganz und gar nicht zu glauben, so überzeugend, wie er ihn bis zu dieser Minute verkörpert hatte, ein Urviech aus dem Oberland. Was war dann überhaupt von seiner Geschichte zu glauben? Oder war es vielmehr der Paß, dem nicht zu glauben war? Ich nahm ihn erneut zur Hand, blätterte ihn von der ersten bis zur letzten Seite durch, schaute mir die Visa-Vermerke, -Stempel und -Marken an, mit denen des Tscharlis Reisen nach Afrika und in die Golfregion dokumentiert waren, immerhin. Ausgestellt worden war der Paß von der Stadt Miesbach, auch das registrierte ich mit einer gewissen Befriedigung. Stellte freilich fest, daß der Paß längst abgelaufen war. Der Tscharli winkte mit einem Schlenkern aus dem Handgelenk ab: Er wolle ja nicht mehr zurück, brauche keinen gültigen Paß mehr.

*

Wie oft habe ich seither über des Tscharlis Paß nachgedacht! Wie oft habe ich die verwegensten Thesen aufgestellt – etwa daß er als kleines Kind mit seinen Eltern aus der DDR floh und dann tatsächlich in Miesbach aufwuchs. Oder daß *er* es war, der nach der Wende ins Oberland kam, nicht die Kiki, und die Geschichte der beiden zumindest in dieser Hinsicht genau andersherum erzählt werden müßte. Daß der Paß nur einer von vielen war, mit denen er reiste, weil er in Wirklichkeit gar kein Bauleiter war sondern … ja was denn? Daß er bei seinen afrikanischen Geschäften *mehrere* Pässe gebraucht haben könnte. Daß er vielleicht sogar *krumme* Geschäfte machte – nein, das schloß ich kategorisch aus, dazu war er viel zu sehr »gradaus«. Aber wie konnte er als geborener Sachse überhaupt solch perfekt gereihte bayerische Vornamen haben? Und woher so perfekt Bairisch sprechen? Genau das Bairisch, das ständig zwischen dem Oberbairischen und dem Münchnerischen changierte – diesen Ton mußte er von klein auf mitbekommen haben, er ließ sich kaum erlernen. Oder doch? Und er hatte sich so vollständig in einen Bayern verwandelt, weil er partout kein Ossi mehr sein wollte? Nein, nein und abermals nein. Es paßte einfach nicht zu dem, was ich mit ihm und wie ich ihn erlebt hatte. Der Tscharli war keiner, der den Bayern nur für mich gespielt hätte; seine derben Sprüche, sein volkstümlicher Humor, sein bisweilen plattfüßiges Auftreten, *alles* erschien mir im Rückblick absolut authentisch. War es der falsche Paß zum richtigen Mann? Oder der falsche Mann zum richtigen Paß?

Wann immer ich an diesem Tag noch auf das Thema zurückkam, der Tscharli wollte die Frage nach seiner Geburtsstadt genausowenig beantworten wie die nach seiner Krankheit. Er beschied mich mit einem Krächzen und scheuchte mich mit einem Schlenkern aus dem Handgelenk weiter. Wo er die Leute früher mit seinem barsch herausgebellten Spaß-Suaheli antrieb, tat er es jetzt mit der minimalistischen Gestik, die er von Sansibar mitgebracht hatte.

*

Bevor der Tscharli einen Arzt zu sehen bekam, mußte er erst mal bezahlen. Der Weg zur Kasse führte durch lange Gänge, von denen lange Gänge abgingen, die auf andere lange Gänge führten – ohne Rollstuhl wäre es mit ihm gar nicht zu machen gewesen. Vorneweg King Charles, dahinter Solomon, der den Rollstuhl schob, zuletzt ich, der den Tscharli als Dolmetscher in die Sprechstunde begleiten sollte. Denn mehr als ein baju-

warisiertes Pidgin beherrschte der Tscharli nicht, für die Fein-
heiten einer ärztlichen Konsultation reichte es nicht aus. Überdies war er, das stellte sich jetzt heraus, »viel zu gschamig«, um
einem Arzt die Wahrheit zu sagen.

»I bin fei froh, daß d' dabei bist, Hansi«, flüsterte er mir ins
Ohr. Der King of Fulalu hatte abgedankt – und Angst.

Ständig kamen uns Menschen im Rollstuhl oder auf Holz-
krücken entgegen. In den Nischen der Gänge standen Betten,
durch Paravents oder Vorhänge abgegrenzt, die oft beiseitegeschoben waren, nicht selten lagen Kinder darin. Über eines der
Betten beugten sich fünf weißbekittelte Ärzte, als wir passierten. Der Tscharli schaute stur geradeaus, er ließ alles nur noch
geschehen und wollte möglichst wenig mitbekommen.

In dem Moment, da wir an der Wartehalle vorbeikamen, begann mir das Herz so laut zu schlagen, daß ich stehenblieb. Es
gibt an die 130 Völker in Tansania, hier schienen sie sämtlich
vertreten zu sein – ein buntes Gemisch und doch unendlich
trostlos. Hunderte an Menschen, stehend, sitzend, liegend. Das
große Warten, apathisch ertragen. Und in diesem einen Augenblick war alles wieder da – die Bilder, die ich 25 Jahre bekämpft
hatte, die Schmerzen, die Ausweglosigkeit, das Grauen. Erst
jetzt wurde mir schlagartig klar, daß meine alte Angst bereits
mit Betreten des Krankenhauses eingesetzt hatte. Die Angst
vor Afrika, die Angst vor dem hilflosen Ausgeliefertsein an etwas, das ich nie hatte benennen können.

Ich wischte mir den Schweiß von Oberlippe und Stirn und
wußte nicht weiter.

Wenn ich gestern nacht gedacht hatte, mein afrikanisches
Trauma sei überwunden, ich hätte allen und vornehmlich mir
selbst bewiesen, daß ich hier locker überleben und dabei auch
noch entspannt genießen konnte, so hatte ich mich getäuscht.

Sobald ich das Krankenhaus betreten hatte, war die neue Leichtigkeit wie weggewischt gewesen, hatte eine Art innerer Schwindel in mir eingesetzt, den ich selbst durch Geschäftigkeit nicht hatte bannen können. Jetzt, da sich der Schwindel zur klaren Erinnerung auskristallisiert hatte, die mit ihren flimmernd flackernden Bildern die Gegenwart um mich herum verzehrte, stand ich wieder am Abgrund. Vor mir der Wartesaal, ein *andrer* Wartesaal und so überdeutlich scharf memoriert bis ins Detail, gleichzeitig jedoch so unruhig zitternd aus- und ineinanderfließend, sobald ich mit dem Auge Einzelheiten erfassen wollte, daß mir der Schweiß unterm Hemd herablief und ein feiner Schmerz im Kopf zusetzte, ein leichtes Klopfen direkt an der Schädeldecke. Von fern hörte ich Solomon, wie er mir etwas zurief, verstand nur »Weißt du?«, von fern sah ich King Charles, wie er mir winkte. Aber ja, wir waren in Moshi, nicht in Kigali oder Bujumbura, und es ging um den Tscharli, schon klar! Mühsam setzte ich mich in Bewegung, ich mußte die Augen zusammenkneifen, um wieder das zu erkennen, was in meiner nächsten Nähe war – und dann war es natürlich jedesmal ein *fremder* Mann, der in Anorak und mit Wollmütze am Rand des Ganges saß, war es eine *fremde* Krankenschwester, die mit blond gefärbten Haaren und knallrot geschminkten Lippen an mir vorbeihuschte, war es eine *fremde* Frau, die würdevoll wiegend vor mir ging, verschieden bunt bedruckte Tücher um Leib und Kopf geschlungen. Auf ihren Stoffslippern stand *Route 66*.

Als wir an der Kasse ankamen, war mein rechtes Auge müde von der Anstrengung, ich schob mir die Brille in die Stirn und massierte die Augenhöhlen. King Charles stürmte auf mich ein, ich verstand ihn nicht, und antworten konnte ich erst recht nicht. Zum zweiten Mal auf dieser Reise hatte es mir die Sprache verschlagen.

*

So schicksalsergeben hoffnungslos die Stimmung im Wartesaal war, so aufgebracht lebendig war sie vor dem Kassenschalter. Es herrschte ein unglaubliches Gedrängel, ich wurde so oft gestoßen und geschubst, daß ich schnell wieder im Hier und Jetzt ankam. Bald stieß und schubste auch ich mich hinter King Charles voran, während Solomon mit des Tscharlis Rollstuhl die Seite sicherte.

Insbesondere ein Mann in einem Anzug, der aus Jacke, Weste, Hose in leicht unterschiedlichen Grautönen zusammengesetzt war, machte mir zu schaffen. Er trug einen schwarzrot karierten Massai-Schal, dazu eine blaue Norwegerstrickmütze mit weißen Schneeflocken und *Adidas*-Schuhe – vielleicht ein reicher Händler aus der Provinz. Immer wieder schob er sich mit der Masse seines Körpers vor mich, bis ich ihm die Hand so schwer wie möglich auf die Schulter packte und »Excuse me, sir« sagte. Er blickte sich um und gab den Weg sofort frei. Der Tscharli sollte mir später mehrfach versichern, jetzt, spätestens jetzt sei ich wirklich kein Hornbrillenwürschtl mehr, er sei stolz auf mich.

Der Mann an der Kasse erklärte uns erst mal ausführlich, das Kartenlesegerät sei kaputt, deshalb könnten wir nur bar bezahlen. Das wollten wir ohnehin, und King Charles hielt ihm die Scheine sogar fast unter die Nase; aber er ließ sich bei seinen Ausführungen partout nicht unterbrechen. Dann lehnte er einen Hundertdollarschein ab, er war 1996 gedruckt – zu alt! Als King Charles die 185 Dollar in kleinerer Stückelung auf den Tresen gezählt hatte, lehnte er erneut ab – *ein* Hunderter sollte schon darunter sein! Es dauerte alles doppelt so lang, als es in Afrika in solchen Fällen ohnehin dauert. Irgendwann war gezahlt, die

Zahlung vermerkt, mit einer Quittung bestätigt, die Quittung abgestempelt, der Durchschlag an der richtigen Stelle abgelegt. Ich bemühte mich die ganze Zeit, so sachlich und so unhöflich wie möglich zu sein, weil ich mit den Tränen kämpfte. Nie zuvor war ich an der Kasse eines afrikanischen Krankenhauses gestanden, die Szene lieferte mir die Bilder nach, die ich damals nicht gesehen hatte. Ich stellte mir vor, wie sich Mara an einer ganz ähnlich umlagerten Kasse nach vorne gekämpft und sich ein ums andre Mal irgendein Mann im grauen Anzug vor sie gedrängelt hatte. Und wie sie es trotzdem geschafft hatte. Alles, was ich hier erlebte, ich konnte mich nicht dagegen wehren, hatte unmittelbar mit mir zu tun – obwohl es ja eigentlich um den Tscharli ging und, zumindest vordergründig, zunächst mal nur um Dünnschiß und Erschöpfung. Ich legte den Kopf in den Nacken, blickte zur Decke hoch und starrte so lange auf eine Lampe, bis sie sich zu drehen begann. Just in jenem Moment hörte ich King Charles, wie er dem Tscharli eröffnete, jetzt ginge's in die Sprechstunde; als der Tscharli trotzig erwiderte – seine Stimme erschien mir in diesem Moment klar und schneidend –, er wolle niemanden sprechen, stand ich wieder fest mit beiden Beinen im Kassenraum des *KCMC*.

*

An der Sicherheitsschleuse der Station, wo selbst die Angehörigen der Patienten zurückgewiesen wurden, deklarierte ich mich als Freund des Tscharli, der für ihn dolmetschen müsse, schon war ich durch. King Charles deklarierte sich als Freund des Freundes, der uns zum richtigen Sprechzimmer führen solle. Und auch Solomon tauchte kurze Zeit später auf, wer weiß, mit welchem Argument er überzeugt hatte.

Erst als wir vor dem Sprechzimmer saßen, das man uns genannt hatte, wurde uns klar, daß wir mitten in der Intensivstation waren. Richtig, der Tscharli war ja ein »Notfall«! Wenige Meter von uns entfernt standen die ersten Betten, ständig eilten junge Ärzte mit Hipsterbärten und Samurai-Dutts, offensichtlich aus Europa, an uns vorbei. Und jetzt erst – erst jetzt – wurde mir klar: Es war bestimmt kein Zufall, daß ich hier saß. Weil ich nämlich jetzt erst – erst jetzt, auf der Intensivstation – im Zentrum meines eigenen Grauens angekommen war. Und meine Rechnung mit Afrika jetzt erst – erst jetzt, anhand einer anderen Reise, eines anderen Notfalls – begleichen würde. Klar, die Kulissen waren bei näherem Hinsehen sehr verschieden, das *KCMC* war ja, für sich betrachtet, eine moderne Klinik. Aber ich selbst war derselbe geblieben und konnte das, was ich hier sah, nicht für sich betrachtet wahrnehmen.

Ein paar Minuten warteten wir schweigend, der Tscharli brabbelte vor sich hin, er hatte wieder ein bißchen mehr Stimme bekommen: »Wakala weia … weiala wokinimbu watussi! Wakala wallala … Jetzt geht's dahi, i spürs. Wal-le-lu-ja, hal-le-lu-ja … Is nimmer lang hi, dann mach ma die große Flatter … Maisha marefu, babu, maisha marefu …«

Wieder sang er sich sein Lied. Solomon summte leise mit. King Charles nahm mich dezent beiseite:

Der Tscharli täusche sich, wenn er glaube, daß er hier liegen könne, bis er sterbe. Er werde nicht länger als ein paar Tage im Krankenhaus bleiben, dann müsse er raus, gestorben werde in Afrika immer noch zu Hause. Aber keine Sorge! Er werde den Tscharli zu sich nehmen, der gehöre zur Familie. Im übrigen werde er ja bestimmt nicht im Bett bleiben! Sondern erst noch mal feiern wollen, sobald er sich erholt habe.

Mißtrauisch äugte der Tscharli in unsre Richtung, er vermutete zu Recht, daß wir uns über ihn berieten. Weil er keine Witze mehr reißen konnte, verlegte er sich aufs Grimassieren und Faxenmachen. Gerade wurde ein Bett an uns vorbeigeschoben, auf dem reglos ein kleiner Junge lag, mit weit aufgerissenen Augen und weit aufgerissenem Mund.

»Schee war's, zäfix!« rief ihm der Tscharli halblaut hinterher. Ich setzte mich neben ihn und hielt ihm die Hand.

Was er habe, das habe er schon lang und der Berg nichts damit zu tun, versicherte er mir, wir sollten gefälligst den Berg in Ruhe lassen, das seien zwei völlig verschiedene Paar Schuhe.

»Weiß ich doch, Tscharli, weiß ich.«

Als er die Diagnose bekommen habe, habe man ihm maximal noch zehn Jahre bis zum Ausbruch der Krankheit gegeben. Jetzt sei er bereits tüchtig über seiner Zeit, mindestens ein oder zwei Jahre.

»Weltrekord«, sagte ich, »das hast du gut gemacht.«

Der Tscharli hatte seine Diagnose in Afrika bekommen, natürlich hätte er spätestens in Deutschland erneut zum Arzt gehen müssen. Der hätte ihm Möglichkeiten der Behandlung aufzeigen können, da war ich mir sicher. Aber das war ganz offensichtlich nicht der Weg, für den sich der Tscharli entschieden hatte, und es war müßig, ihm deshalb jetzt noch Vorhaltungen zu machen. So wie er *heute* Angst hatte, hatte auch ich sie gehabt, damals. Da hatten wir wirklich was gemeinsam, das uns »quasi auf ewig« zusammenschweißte. Ob er vielleicht zusätzlich zum *witch doctor* wolle?

Bei dem sei er doch längst gewesen, winkte der Tscharli ab, zu dem ginge man in Afrika immer zuerst. Der mache dann ein bißchen Hokuspokus, davon falle nicht mal ein Sack Reis in China um.

Da ging die Tür auf, und wir wurden hereingebeten. Der
Tscharli zuckte zusammen: »Hansi, ge', du verzählst dene jetz
koan Schmarrn!«

*

Hinter einem schlichten Schreibtisch erwartete uns Sophia, eine
kleine, zierliche Frau mit beigem Kopftuch, schwarz im Leo-
Print getüpfelt. Eine Chagga war sie gewiß nicht; mit ihrem
schmalen Gesicht und dem hellbraunen Teint sah sie eher so
aus, als käme sie aus Daressalam. So leger, wie sie sich lediglich
mit ihrem Vornamen vorgestellt hatte, kam sie auch gleich, ein
Lächeln auf den Lippen, um den Schreibtisch herum, um uns
mit Handschlag zu begrüßen. Der Tscharli hielt sie zunächst
für eine Krankenschwester, war dann ganz begeistert, daß er
eine solch schöne Ärztin bekommen hatte, jetzt werde alles
gut. Sogleich nahm er seine Sonnenbrille ab und wurde auf eine
fiebrige Weise lebendig; versuchte, Sophia ein paar Freundlich-
keiten zu sagen, die sie geflissentlich überhörte; versuchte sogar,
sich aus dem Rollstuhl emporzustemmen, vergeblich. Immerhin dämmerte er nicht mehr vor sich hin, war wieder hellwach.
  »Mister Karl?« fragte Sophia, nachdem sie einen Blick auf
seine kleine Patientenpappe geworfen hatte.
  »Big Simba«, antwortete der Tscharli.
  »Mister Tscharli«, übersetzte ich.
  Kaum saß Sophia wieder hinter ihrem Computerbildschirm
und hatte die Daten von der Pappe eingetippt, wollte sie wissen,
ob wir Brüder seien.
  Das nicht, sagte ich, wir seien Freunde. Wie sie denn darauf
käme?
  Deshalb! Sophia deutete mit dem Zeigefinger erst auf das

Tuch, das ich dem Tscharli heute morgen um den Kopf gewindelt hatte, dann auf das meine: Sehr komisch. Ihr Englisch war perfekt. Wenn sie mit spitzem Mund gesprochen und die Vokale etwas arroganter und kürzer gehalten hätte, wäre es Oxford-Englisch gewesen. Was denn da auf des Tscharlis T-Shirt stehe?

»Let's go buffalo!« strahlte der Tscharli und versuchte, sich so zu drehen, daß Sophia auch den Spruch auf seinem Rücken lesen konnte. Sophia kicherte, stand auf und kam zu ihm an den Rollstuhl, der Tscharli beugte sich so weit nach vorn, daß er mit seinem Brustkorb fast auf den Oberschenkeln lag.

»Jimmy's Old Town Tavern Virginia«, las Sophia halblaut vor, dann prustete sie los: »Where momma hides the cookies!«

Sie beglückwünschte den Tscharli zu seinem T-Shirt, baute sich direkt vor seinem Rollstuhl auf und lehnte sich leicht gegen die Kante ihres Schreibtischs. Sah ihm eine ganze Weile in die Augen, suchte vielleicht nach Anzeichen einer Krankheit. Daß er streng roch, schien ihr nichts auszumachen. Was es denn mit der Schnittwunde am Kinn auf sich habe?

Die Wunde war schon so weit verheilt, daß ich sie gar nicht mehr wahrgenommen hatte. Sophia indes fuhr jetzt auch noch mit der Zeigefingerspitze darüber, sehr sachlich, aber immerhin. Der Tscharli sollte mir, kaum daß wir wieder draußen und unter uns waren, lang davon berichten. Wenn er gewußt hätte, daß Arztbesuche *so* sein könnten, hätte er sich nicht ein Leben lang davor gedrückt. Kaum saß Sophia wieder hinterm Schreibtisch, wurde sie ernst: »Okay, Mister Tscharli …«

Voll Eifer unterbrach sie der Tscharli und versicherte, ihm fehle nichts, er sei total gesund.

»Okay«, wandte sich Sophia an mich, »what happened to your friend?«

Da erzählte ich's ihr. Der Tscharli nickte bei der einen oder anderen Bemerkung, ohne daß er tatsächlich zugehört hätte, schnitt Grimassen, deutete mit den Armen Tanzbewegungen an und rutschte dazu im Rollstuhl hin und her, ohne daß er dabei Sophia aus den Augen gelassen hätte. Wieder dachte ich, er sei drauf und dran, verrückt zu werden. Aber vielleicht war das auch sein Beschwörungsritual, das ihn davor *bewahrte*, verrückt zu werden.

Nachdem ich meinen Bericht beendet hatte, mußte Sophia nicht erst lange nachdenken: Der Tscharli sei tüchtig dehydriert, das sehe sie mit bloßem Auge. Er komme jetzt an den Tropf, danach werde es ihm bereits besser gehen. Was die eigentliche Ursache seiner Erkrankung betreffe, habe sie zwar eine Vermutung. Doch die werde sie erst mal anhand von Blut-, Harn- und Stuhlproben im Labor abklären lassen.

Sie zog eine Spritze aus dem Schubfach ihres Schreibtischs, die Blutprobe werde sie gleich selber nehmen. Schon als sie die Worte »blood sample« ausgesprochen hatte, war mir leicht schwummerig geworden; als sie nun die Spritze in der Hand hielt, konnte ich kaum hinsehen. Ich flehte sie an, um Himmels willen nur eine *saubere* Spritze zu verwenden und die Haut rund um die Einstichstelle gut zu desinfizieren, weil … Die Stimme drohte mir zu versagen. Weil … ich daran in Ruanda … nein, in Burundi … Weil ich sowas schon mal erlebt hätte, damals, im Bürgerkrieg, und weil … Sophia sah mich an, ich stockte endgültig, es schnürte mir den Hals. »Weil man daran in Afrika ganz schnell sterben kann.«

Sophia bedankte sich für meine Offenheit, sie fände es gut, daß ich das erwähnt hätte; Mister Tscharli könne froh sein, einen Freund zu haben, der so gut auf ihn aufpasse. Dann zeigte sie mir die Spritze: Das sei eine Einwegspritze, und verpackt sei sie auch noch, nicht wahr? Hundertprozentig steril.

Der Tscharli nickte und summte. Trotzdem dauerte es eine Weile, bis wir ihn überredet hatten, mitzuspielen und den Ärmel seines T-Shirts noch ein Stück hochzukrempeln. Nein, es kam keine Tätowierung in Frakturschrift zum Vorschein. Nur ein weiteres Stück eines erschreckend dürren Armes, die Adern schienen direkt auf den Knochen zu verlaufen. Sophia maß den Blutdruck, dann desinfizierte sie die Einstichstelle gründlich und blickte mich dabei immer wieder fragend an, ob ich zufrieden sei. Ich trat schnell einen Schritt näher, auf daß ich *noch* genauer zusehen mußte, und hielt mich an jedem Detail fest, das ich wahrnahm: wie sie den spindeldürren Oberarm des Tscharli mit einem Plastikhandschuh abband, wie sie sich freute, daß er so gute Venen hatte, wie sie ganz vorsichtig die Spitze der Nadel einführte, wie sie mich kurz anlachte, wie sie den Kolben der Spritze hochzog, bis der Zylinder ganz mit Blut gefüllt war. Sie schraubte den Kolben ab und ersetzte ihn durch einen zweiten, nebenher schlug sie dem Tscharli vor: Da wir schon mal dabei seien, solle er sich doch auch gleich entwurmen lassen – die Einnahme einer einzigen Pille genüge. Schließlich sei er in Afrika, es koste nur einen Dollar mehr.

Der Tscharli nickte und summte. Er war kreidebleich und hielt sich ganz ruhig, nur seine wässrigblauen Augen flatterten von Sophia zu mir und zurück zu ihr, ohne Halt zu finden. Irgendwann merkte ich, daß ich tonlos flüsterte, ich übersetzte mir das Geschehen in Worte, um die Bilder zu ertragen. Die Spritze, der Einstich, das Blut, das war meine eigene Geschichte. Als solle ich sie noch einmal als Beobachter durchleben.

»Was ist los mit dir?« fragte mich Sophia, »kannst du kein Blut sehen?«

»Ich kann keine Spritzen sehen«, brachte ich kaum die Worte hervor.

»Verstehe. Und die Entwurmung?«

Der Tscharli nickte nicht mehr und summte nicht mehr.

»Auf jeden Fall«, versicherte ich, »bitte.«

»Gut«, beschloß Sophia und setzte einen weiteren Kolben auf.

Sobald sie die Werte aus dem Labor habe, werde sie den Tscharli besuchen, verabschiedete sie uns. Trat kurz mit uns vor die Tür, winkte einen koreanischen Krankenpfleger herbei und wies ihn an, uns Plastikbehälter für die ausstehenden Proben zu bringen. Dann wandte sie sich noch mal an mich: Ich bräuchte keine Angst zu haben, sie werde persönlich auf meinen Freund aufpassen.

*

King Charles und Solomon zeigten uns den Weg zur Toilette, dann verabschiedeten sie sich. Bis in einem afrikanischen Krankenhaus Laborproben ausgewertet seien, vergehe eine gewisse Zeit, die könne man besser draußen verbringen, am Auto.

Der Tscharli bestand darauf, die Sache alleine durchzuziehen. Er schloß die Toilettentür von innen mit einem Haken ab, dann passierte eine ganze Weile nichts. Die Tür endete zehn Zentimeter über dem Boden, ich konnte die Spitzen seiner Cowboystiefel sehen. Der Toilettenraum war leer, die Nachbarkabine unbesetzt, ich ging hin und her und hörte dem Tscharli beim Fluchen zu. Die Urinprobe war nicht das Problem. Die Stuhlprobe umso mehr. Man hatte ihm zwei Gummihandschuhe mitgegeben, aber er bekam seine eigene verdammte Scheiße, wie er sich ausdrückte, nicht zu fassen und schon gar nicht ins Röhrchen. Ich wußte um die Konsistenz seines Stuhlgangs; um seine Aufgabe war er nicht zu beneiden.

»Did you catch a monkey?« rief ich ihm zur Aufmunterung zu.

Nach einer Weile, in der man ihn vor Anstrengung schnaufen hörte, meldete er sich wieder zu Wort: »Jetzt steh ma da wiera Depp.«

Es gab kein Klopapier auf der Toilette. Ich hatte immer einen kleinen Vorrat dabei und reichte ihn unter der Tür hindurch. Ob er auch meinen Reservefurz brauche?

»Asante sana!« kam es vergleichsweise vergnügt aus der Kabine: Er habe selber noch einen in der Tasche.

Dann gab es im ganzen Toilettenraum keinen Mülleimer. Und im Gang, der uns zur Intensivstation zurückführte, erst recht nicht. Der Tscharli drückte die verschmierten Gummihandschuhe – immerhin hatte er die Innenseite nach außen gewandt – dem ersten Pfleger in die Hände, der uns entgegenkam. Der wollte sie zwar zunächst nicht annehmen und schreckte zurück, doch der Tscharli blieb dran, »Problem finished«.

*

Auf der Intensivstation begrüßte er Ärzte und Schwestern mit »Jambo beinand« – seine Laune hatte sich merklich gehoben, und es wuchsen ihm neue Kräfte zu –, aber man nahm keine Notiz von ihm. Zuständig für ihn war ebenjener koreanische Krankenpfleger, der ihm die beiden Behälter jetzt wieder abnahm, sehr sachlich, wortlos, konzentriert. Kaum lag der Tscharli auf seinem Bett, scheuchte ihn der Pfleger wieder auf, um ihn bis auf die Unterhose auszuziehen. Auch ihm schien der strenge Geruch nicht zuzusetzen. Sobald der Tscharli wieder lag, ein sehniges Skelett, verteilte der Pfleger Elektroden auf Beinen, Armen und dem rippigen Brustkorb, verband die Kabel mit dem EKG-Gerät. Schon sah man die Kurve des Herzschlags auf dem Bildschirm, bei jeder Amplitude gab das Gerät einen kleinen Quittungston von sich, bing ... bing ... bing ... Während ich lauschte, hatte der Pfleger den Tropf herangeschoben und einen Infusionsbeutel aufgehängt. Nun wollte er den Venenkatheder setzen, erneut brach mir der Schweiß aus. Just in jenem Moment kam Sophia und übernahm die Sache. Der Tscharli stehe unter ihrem persönlichen Schutz, ließ sie den Pfleger und vor allem mich wissen, so sei es ausgemacht.

Sie verfuhr genauso sorgfältig wie zuvor, wartete auch wieder auf mein Einverständnis, bevor sie die Nadel in eine Ader einführte. Und ich verfuhr ebenfalls wie zuvor, sah sehr genau hin und flüsterte dazu. Es fiel mir etwas leichter als vorhin – solange sich Sophia kümmerte, *konnte* man nicht sterben. Wie liebevoll sie den Kathederzugang mit Pflaster absicherte! Abschließend strich sie mit der Zeigefingerspitze darüber, sehr sachlich, aber immerhin. Der Pfleger schloß den Schlauch zum Infusionsbeutel am Venenkatheder an, drei weitere Beutel sollten folgen. Das dauere etwa zwei Stunden, bis dahin lägen die Ergebnisse aus dem Labor vor.

In der Intensivstation standen an die zwanzig Betten, etwa zwei Drittel davon waren belegt. Man konnte sie mit Vorhängen voneinander abtrennen, aber auch hier waren die meisten davon beiseitegeschoben. Krankenschwestern mit schwarzen oder weißen Kopfbedeckungen gingen gelassen hin und her und ihren Beschäftigungen nach. Es herrschte eine große Ruhe, übern Fußboden trieben die Wollmäuse. Der Tscharli lag in der rechten Hälfte des Raumes, nur der Vorhang zum Bett rechts neben ihm war zugezogen. Dort lag jemand, der schwer nach Luft rang, man hörte rasselnde Atemzüge mit langen Pausen dazwischen.

»So hat si des bei dir damals ang'hört«, flüsterte der Tscharli, »im Krater.«

»Aber das klingt ja so, als ob gerade jemand … stirbt?«

Ich schob den Vorhang ein Stück zur Seite, auf dem Nachbarbett lag eine alte Frau. Sie hing ebenfalls am Tropf, und auch ihre Herzschläge waren auf einem Bildschirm zu sehen, die Kurve war deutlich flacher als beim Tscharli. Niemand stand an ihrem Bett. Jeder ihrer Atemzüge klang unendlich mühsam, die Pausen dazwischen zogen sich so lange hin, daß man selber unwillkürlich den Atem anhielt. Hätte man sie nicht künstlich beatmen müssen? Die Ärzte hatten sie anscheinend abgeschrieben.

Das ist Afrika, dachte ich. *Auch* das ist Afrika. Laß dir das andre Afrika bloß nicht wieder davon wegnehmen.

Links von des Tscharlis Bett waren der Gang, den man fürs Hinein- und Hinaustransportieren der Patienten frei gelassen hatte, auf der anderen Seite des Ganges weitere Betten. In einem glaubte ich den Jungen wiederzuerkennen, den man vorhin an uns vorbeigeschoben hatte, Mund und Augen waren noch immer weit aufgerissen. Konnte man offenen Auges sterben? Am Kopfende des Bettes saß ein Mann, er hatte ein grünes Tuch um die Schultern geworfen, vielleicht ein Bauer. Die Art, wie er seinem Jungen die Hand hielt, wollte mir Tränen in die Augen treiben. Ich schob meine Brille in die Stirn und massierte meine Augenhöhlen so lange, bis sie schmerzten.

Da schob man ein weiteres Bett herein und den Gang entlang und … plazierte es genau dort, wo des Tscharlis Parzelle am Fußende aufhörte und bislang eine Lücke gewesen war. Es lag ein Massai darauf, ähnlich kraftlos und dem Tode nah wie der kleine Bauernjunge, vielleicht zwanzig Jahre alt. Er hatte sehr weiße Augäpfel, sehr weiße Zähne und große Löcher in den

Ohrläppchen. Jeder wurde hier in Straßenkleidung aufs Bett gelegt, auch ihn hatten sie gar nicht erst ausgezogen, ich sah die Sandalen mit der Sohle aus altem Autoreifen, sah das Hiebschwert an seiner Hüfte, es steckte in einer Scheide aus Holz. Er war also ein Krieger. Niemand kümmerte sich weiter um ihn; man hatte ihn offensichtlich nur hereingeschoben, damit er hier ... direkt vor unseren Augen? Ich wußte gar nicht mehr, wohin ich blicken sollte.

Nicht alles, was wie ein Massai aussehe, sei auch ein Massai, brach der Tscharli das Schweigen. Hatte ich diesen Satz nicht schon mal gehört? Oder hatte ich ihn gerade gar nicht gehört, sondern nur gedacht? War das vielleicht *meine* Art, verrückt zu werden?

Als ich wieder hinsah, stand neben dem Bett ein weiterer Massai, den langen Hirtenstab neben sich auf den Fußboden gestemmt, sehr dünn und stolz und aufrecht. Hatte ich das nicht schon mal gesehen, schon oft gesehen? Träumte ich es? Der Schweiß lief mir den Rücken hinab, das feine Klopfen an der Schädeldecke schwoll zu einem harten Pochen, das ich bis in meine Halsschlagader spürte. Ich sah den Stab, ich sah das blaurot karierte Tuch, das der Wächter als Umhang trug, sah die gleichen Sandalen mit Autoreifensohle und ein Hiebschwert an der Hüfte, der Griff war mit rotem Leder überzogen. Ein Krieger auch er. Er stand hier und bewachte seinen sterbenden Freund – ich war mir sicher, daß es sein Freund war –, als stände er in der Savanne. Hielt den Blick reglos geradeaus und in die Ferne gerichtet, als wären da allenfalls ein paar Akazien und ansonsten nur dieser riesige afrikanische Himmel – seine tatsächliche Umgebung schien er nicht wahrzunehmen. Auch die Menschen um ihn herum nahmen keinerlei Notiz von ihm, als wäre er gar nicht da. War er vielleicht nur eine Einbildung?

Irgendwo klirrte es, ich zuckte zusammen. Fieberhaft ließ ich meinen Blick durch den Raum schweifen, konnte jedoch keine Ursache des Klirrens ausmachen. Ich versuchte, einzelne Betten zu fixieren, doch die Konturen verschwammen mir zusehends, flimmerten, waberten, lösten sich auf. Plötzlich hatte ich das Gefühl, mich festhalten zu müssen, und griff nach ... des Tscharlis Hand. Der drückte sehr fest zu, so viel Kraft hätte ich ihm gar nicht mehr zugetraut, ließ nicht locker, im Gegenteil, erhöhte den Druck und rückte etwas näher:

»Sag, Hansi, was druckt 'n di so?«

Ich hielt die Augen geschlossen. Sah die Savanne, wie sie vor 25 Jahren vor mir gelegen war, auch damals hatten wir Massai getroffen, zuvor bereits Samburu, die wir für Massai gehalten hatten, wohl weil sie ähnlich gekleidet waren, ähnlichen Schmuck trugen, auf dieselbe Weise tanzten. Wobei der Tanz eigentlich ein bloßes Hochhopsen war, je höher, desto begehrenswerter für die Frauen, die sich in einigem Abstand hielten und warteten, bis sie wieder an der Reihe waren. Bereits dies Kräftemessen und -demonstrieren hatte etwas Bedrohliches gehabt, etwas Einschüchterndes, obwohl es ja nichts als ein Tanz war, eigentlich sogar nur eine Tanzvorführung für Touristen. Ich spürte, wie ich zitterte, dabei war es so lange her. Und noch immer nicht verjährt, dachte ich, noch immer nicht! Von ferne vernahm ich des Tscharlis Herzschlag, Bing ... Bing ... Bing ... Da öffnete ich die Augen wieder.

»Jetzt packst' endlich moi aus, Hansi.«

»Was d' auf'm Herzen hast.«

»I hab's doch g'spürt, vorhin bei der Soffi.«

»Und jetzt wieder.«

»Und eigntlich scho vo Anfang an.«

Er rutschte ein wenig zur Seite, so daß ich neben ihm auf

dem Bett sitzen und meine Geschichte erzählen konnte. Höchste Zeit sei's. Die Mara-Geschichte.

Ich war noch ein bißchen benommen. In erster Linie jedoch erleichtert, hier und jetzt und in seiner Gegenwart zu sein – und nicht mehr in meiner Geschichte von damals. Die sei nicht so schnell erzählt, warnte ich.

»Woaß i doch, Hansi. War s' blond?«

»Ach, Tscharli. Wenn's nach dir ginge, wären alle Frauen blond. Auch wenn sie schwarze Haare haben wie Mara.«

»Des san verzauberte Blondinen«, korrigierte der Tscharli, »die woilln alle erlöst wer'n«.

»Im Gegenteil, das sind Blondinen für Fortgeschrittene.« Ob er die Geschichte trotzdem hören wolle? Ich war so froh, neben ihm zu sitzen! Und ihm erzählen zu können! Er hatte recht, es war höchste Zeit. Dafür müsse ich freilich einen großen Bogen machen, warnte ich ihn, und wirklich ganz von vorn anfangen.

Nichts anderes habe er erwartet, sagte der Tscharli. Neben ihm rang jemand nach Luft, vor ihm wurde Wache gehalten, hinter ihm stiegen Luftblasen im Schlauch zum Infusionsbeutel auf.

Bitte, Hansi.

*

Als erstes verliebte ich mich in ihre Stimme auf dem Anrufbeantworter. Vom Sehen oder eigentlich: vom Aneinandervorbeisehen kannten wir uns schon ein paar Jahre, die Literaturszene ist nicht so groß, als daß mir eine solche Frau auf Dauer entgangen wäre. Sie anzusprechen, hätte ich nie gewagt, dazu war sie zu schön, zu selbstbewußt, zu begehrt. Wenn wir bei einer

Veranstaltung zufällig aufeinandertrafen, wandte ich mich in die entgegengesetzte Richtung. Wenn ich in ihrer Nähe stand, vermied ich, sie auch nur mit einem Blick zu streifen. Wenn ich sie aus den Augen verlor, suchte ich alle Räumlichkeiten ab, bis ich mich ihrer wieder versichert hatte. Unnahbar war sie, auf beiläufige Art abweisend. Wer sich trotzdem anheischig machte, vorstellig zu werden, wurde mit einem kühlen Spruch abserviert. Auch dafür war sie berühmt. Sie arbeitete als Pressefrau in einem kleinen Hamburger Verlag, einmal war sie auf dem Cover einer Branchenzeitschrift abgebildet. Es war noch nicht mal ein besonders gutes Foto von ihr, doch jeder, der mich damals in meiner Münchner Wohnung besuchte und das Heft sah, sprach mich darauf an. Und gratulierte mir, dass auch *mein* Verlag zufällig in Hamburg war, das böte gewiß Anlässe genug, sie kennenzulernen.

Eines Tages wurde mir zugetragen, daß sie irgendwem bei irgendeiner Gelegenheit gesagt habe, ich sei »auch nur einer von diesen Machos«.

»*Du*, Hansi?« unterbrach der Tscharli. »A Macho? A so a Schmarrn.«

Wir lernten uns auf der Buchmesse kennen, Oktober 1992, da war sie gerade 31 geworden. Der Stand ihres Verlages war zufällig direkt neben dem meines Verlages, wir *konnten* uns gar nicht aus dem Weg gehen. Ich hätte gehört, sie halte mich für einen Macho, begrüßte ich sie. Ob sie das ernst gemeint habe?

Sehr ernst, versetzte sie mit einem professionellen Lächeln, ich wollte möglichst cool abdrehen, und dann … blieb die Zeit stehen, und meine Erinnerung setzt aus. Ich weiß nur noch, daß wir zwei Tage lang, bis zu meiner Abreise, ununterbrochen am Stand ihres Verlages saßen und uns unterhielten. Was wir besprachen, hätte ich bereits auf der Heimfahrt im Zug nicht mehr zu sagen gewußt; was ich hingegen bis zur Halluzination erinnern sollte, war ihre grandiose Gegenwart. Warum hatte sie mich nicht nach ein paar Minuten davonkomplimentiert und sich dem nächsten zugewandt? Sie versäumte ihre Verabredungen mit Journalisten und Autoren; ich versäumte meine Interviewtermine. Einer der Kritiker, der eine halbe Stunde am Stand meines Verlages auf mich gewartet hatte, getrennt von mir nur durch die Regalwand zwischen den beiden Ständen, entdeckte mich, während er schon zum nächsten Termin an uns vorbeieilte.

»Sie sitzen am falschen Stand!« trat er mit vorwurfsvoller Miene auf mich zu.

»Ich sitze genau am richtigen«, erwiderte ich.

*

Als ich wenige Wochen später einen Termin mit meinem Verleger vereinbart hatte, rief ich Mara an – wir hatten ausgemacht, unser Gespräch bei nächster Gelegenheit fortzusetzen, die mich nach Hamburg führen würde. Sie hob jedoch nie ab, ich hörte nur immer wieder das, was sie mir auf dem Anrufbeanworter sagte. In ihrem Verlag anzurufen, wagte ich nicht, ich befürchtete, dort erst mal an jemand anderen zu geraten und sofort als neuer Verehrer aufgezogen zu werden. Abend für Abend wählte ich ihre Privatnummer; bald rief ich allein deshalb an, um ihre Stimme vom Band zu hören. Dann hob sie doch einmal ab, und ich war so verwirrt, daß ich mich sofort verhaspelte.

Mein Termin in Hamburg war am 4. Dezember 1992, ein Freitag. Bis heute ist es ein besonderer Tag für mich geblieben, jedes Jahr bin ich froh, wenn er vorüber ist. Nach dem Treffen im Verlag brachte mich mein Lektor mit dem Wagen zum

Marinehof, in dem ich mich mit Mara verabredet hatte. Als er erfuhr, mit wem ich dort gleich ein erstes Glas nehmen und dann ein paar Meter weitergehen und im *Rialto* zu Abend essen würde, riß er wortlos den Kopf zu mir herum und staunte mich so sehr an, daß ich einen Moment fürchtete, er könne das Steuer loslassen. Gratuliere, sagte er schließlich, gratuliere.

Sie nahm immer zwei Zigaretten in den Mund, wenn wir eine Runde rauchen wollten, ich gab ihr Feuer, sie zog an und reichte mir meine Zigarette. Der Barkeeper der kleinen Spelunke auf St. Pauli, in der wir endeten, war so froh, eine Frau wie sie an seinem Tresen zu haben, daß er uns einen *B52* nach dem anderen ausgab. Wieder war so unendlich viel zu bereden. Aber nicht nur. Bereits beim nächsten Treffen beschlossen wir zu heiraten, mitten im Gespräch und eher nebenbei, »na gut, dann heiraten wir eben«. Beim übernächsten kauften wir Ringe. Bis wir sie anstecken würden, wollten wir sie erst mal ein Jahr in der Hosentasche tragen – Mara den meinen, ich den ihren. Mehrmals täglich holte ich ihren Ring hervor und ließ ihn auf der Tischplatte kreiseln. Wenn er gekippt war und vor mir lag, wunderte ich mich immer, wie klein er war.

*

Das Jahr mit Mara bestand aus nächtelangen Telefonaten, Zugfahrten und jeder Menge Drinks und Zigaretten. Was wir taten oder besprachen, hätte ich schon im Jahr darauf nicht mehr zu sagen gewußt; was ich hingegen bis zum heutigen Tag erinnere, war ihre unglaubliche Präsenz. Warum hatte sie mich nicht nach ein paar Wochen davonkomplimentiert und sich dem nächsten zugewandt? Im Gegenteil, wir planten bereits meinen Umzug nach Hamburg und sahen uns verschiedene Stadtteile daraufhin an, ob wir dort in Zukunft wohnen wollten. Gemeinsam. Und wir planten unseren ersten Urlaub. Natürlich sollte es etwas Besonderes sein. Dabei hätte uns ein kleines Hotel auf einer griechischen Insel sicher bessergetan, ach, eine winzige Pension, in der wir uns hätten einschließen können, oder sonst irgendetwas Langweiliges mit Strand. Aber nein, wir wollten etwas Neues entdecken, gemeinsam entdecken, wir wollten dorthin, wo keiner von uns bislang gewesen war: nach Afrika. Und dort auch gleich auf einem umgerüsteten Lkw den Viktoriasee umrunden – eine Art Expedition, bei der man, abgesehen vom Fahren, alles selber machen mußte. Ziemlich größenwahnsinnig für zwei Menschen, die zuvor nur im behüteten Teil der Welt gereist waren.

Am 27. November 1993 trafen wir uns auf dem Flughafen in Zürich, um gemeinsam nach Nairobi weiterzufliegen. Es war das erste Mal, daß ich Mara nicht in lässig eleganter Garderobe sah. Sie trug Trekkinghose, -hemd und -stiefel, dazu einen Rucksack, der ihr viel zu groß und prallvollgestopft war. Es wirkte ein bißchen ambitioniert; heute weiß ich, daß sie ihre Ängste durch Kauf von Ausrüstung zu bändigen versucht hatte. Ängste vor den Strapazen der Reise, Ängste vor den Mitreisenden, Ängste vor einem Kontinent, den sie sich in jeder Hinsicht schrecklich vorstellte. Zur Begrüßung schenkte ich ihr eine rote Baseballkappe mit extralangem Sonnenschild. Mara fand, eine solche Kappe passe nicht zu ihr, und packte sie weg, um sie nie wieder auszupacken. Es war der mißglückte Anfang einer sehr mißglückten Reise.

Denn tatsächlich paßte auch die ganze Reise nicht zu ihr, nicht der rustikal umgebaute Lkw, nicht die redseligen Mitreisenden, insbesondere ich selbst paßte nicht. Ihre Ängste waren berechtigt, selbst wenn ich mich anfangs darüber lustig zu machen suchte, um sie aufzuheitern. Schon Nairobi schüchterte sie ein, wo sich die Reichen hinter hohen Mauern und Stacheldraht verschanzt hatten und alle anderen in den Straßen hinter uns her waren, jedenfalls in ihrer Wahrnehmung. Nachts schnalzten die Geckos in unserem Zimmer wie erregte Amseln; aus dem Hotelgarten rasselte, quiekte und schrie es, als wären wir bereits im Dschungel. Anderntags ging die Fahrt los, auf den beiden Sitzbänken der Ladefläche war's verdammt eng und hart, auf dem Oberdeck überm Fahrerhaus verdammt windig und kalt.

Schon an diesem ersten Fahrtag kamen wir viel zu spät an unserem Etappenziel an, einem Camp am Mount Kenia, bauten die Zelte im Dunkeln auf, machten Feuer, holten Wasser, kochten Spaghetti, spülten Teller. Mit der derben Lagerfeuerromantik, die sich anschloß, konnte Mara nichts anfangen, sie trank kein Bier und mochte auch keine verbrannten *Marshmallows*. Nachts wurde in den Zelten rundum geschnarcht, gegen Morgen wurde's naß und kalt. Als wir uns im ersten Zwielicht mithilfe unsrer Taschenlampen aufmachen wollten, um Feuerholz zu sammeln, hatte eine Horde Paviane die Kontrolle über unser Lager übernommen. Es dauerte, bis wir sie verjagt hatten.

Und so blieb es. Wir kamen *jeden* Tag zu spät an, unser Lkw hatte einfach zuwenig PS, um die Tagesetappen in der vorgesehenen Zeit zu bewältigen. Erst gegen Mitternacht krochen wir in die Schlafsäcke und um fünf, spätestens halb sechs wieder heraus, um möglichst früh weiterfahren zu können. Vormittags froren wir, nachmittags schwitzen wir, nachts froren wir. Wo immer wir anhielten, waren wir im Nu umringt von Einheimischen, die uns etwas verkaufen wollten. Am Äquator erwartete uns ein Mann mit Eimer, um uns zu zeigen, wie sich die Metallspäne im Wasser in entgegengesetztem Wirbel anordneten, wenn man den Eimer auf der anderen Welthalbkugel abstellte. Er hatte eine dick wattierte Regenjacke an, wir zitterten vor Kälte, während wir an die hundert Meter hinter ihm her- und über den Äquator gingen. Nebenbei tauschte ich bei einem der kleinen Jungen, die uns auch hier erwartet hatten und überallhin folgten, einen meiner Kugelschreiber gegen ein geschnitztes Nashorn. Erst im Rift Valley wurde es wärmer.

In der folgenden Nacht – wir hatten unsre Zelte im Samburu-Nationalpark aufgeschlagen – diskutierten wir, Mara und ich, über all die Mißverständnisse, die wir einander während der vergangnen beiden Tage bereitet hatten. Sie hatte die stundenlangen Fahrten mit den meisten anderen auf den Sitzpritschen der Ladefläche verbracht; wohingegen ich meinen Stammplatz auf dem Oberdeck überm Fahrerhaus gefunden hatte, zusammen mit zwei weiteren, denen Wind, Hitze und Kälte nichts auszumachen schienen: Rod, einem Filipino aus Boston, der nachmittags immer die Whiskeyflasche rauskramte und uns aus seinen Gedichten vorlas, und Brett, einem Medizinstudenten aus Adelaide, der bei jeder Gelegenheit aus vollem Halse lachte. Hatte ich Mara wirklich allein gelassen »mit lauter schrecklichen Engländerinnen und viel zu dicken Amerikanerinnen«? Platz genug wäre auf dem Oberdeck gewesen, sie hätte ja nur hochklettern müssen. Wenn es zu stark geregnet hatte, waren wir ohnehin von unserem Ausguck heruntergekommen, dann saß ich mit Mara gemeinsam bei der Gruppe. Warum redete sie denn mit niemandem? Und drehte sich weg, sobald ich mich an sie wandte?

Was die Pirschfahrten im Samburu-Nationalpark betrifft, erinnere ich mich lediglich an eine dreibeinige Meerkatze und winzige Giraffengazellen, eine Art Bambi, die vielleicht nur deshalb überlebten, weil sie sich als Beute nicht lohnten. Ohnehin verschwimmen mir unsre Fotosafaris durch die verschiedenen Nationalparks in der Erinnerung zu einer unendlichen Serie verpaßter Chancen. Unser Lkw war viel zu schwerfällig, um schnell genug an die wirklich spannenden Szenen heranzukommen, die uns per Funk gemeldet wurden. Auch unserem Reiseleiter, einem 27jährigen Neuseeländer, fehlte es an Energie. Er trat zwar autoritär auf, war aber völlig unorganisiert und entsprechend überfordert. Die Reise, die wir angetreten hatten, war bislang nur per Jeep erkundet und frisch ins Programm genommen worden; mit einem Lkw hatte sie noch keiner unternommen, alles war für ihn Neuland. Viel zu spät erkannte er, daß die geplante Umrundung des Viktoriasees mit diesem Lkw kaum zu schaffen war. Das sollte sich rächen.

*

Auch am Lake Baringo bauten wir unsre Zelte im Dunkeln auf, und weil es trotzdem schnell gehen mußte, um den Küchendienst rechtzeitig anzutreten, zickten wir uns ziemlich an, Mara und ich. Daß wir uns in dieser Nacht nicht, wie sonst, stritten, lag nur an den Nilpferden, die zum Grasen ausgerechnet dort ans Ufer kamen, wo wir unser Lager aufgeschlagen hatten, wir steckten in den Schlafsäcken und hielten den Atem an. Anfangs trappelten sie draußen aufgeregt hin und her und brüllten mitunter bös auf – wir rechneten jeden Moment damit, daß eines der Nilpferde unser Zelt umreißen würde. Endlich fingen sie zu fressen an, es schlabberte und grunzte die ganze Nacht.

So ging es weiter durch Kenia – was immer wir erlebten, es kam zu Spannungen zwischen Mara und mir, die sich erst nachts im Zelt, dann umso heftiger, entluden. Unsere Erwartungen aneinander waren so groß gewesen, nun wurden sie so klein eingelöst. Stets waren es nur Bagatellen, die uns am anderen enttäuschten; doch auch Bagatellen summieren sich im Lauf einer Reise und verwandeln sich dann in etwas, das viel mehr ist als die Summe dieser Bagatellen. War das noch dieselbe Frau, nach der man sich auf Hamburgs und Münchens Straßen umdrehte? Teilnahmslos ließ sie die Reise über sich ergehen, stumm, unsicher, mitunter hilflos, um sich schließlich bei jeder Gelegenheit so schnell wie möglich zu verdrücken. Ging sie mir aus dem Weg? Ihre Gesten, ihre Blicke, ihre ironisch kühlen Kommentare, all das war verschwunden und durch eine glanzlose Notwendigkeit von Abläufen ersetzt. Selbst ihre Schönheit war nicht mehr dieselbe, sie verbarg sich unter einem Sonnenhut mit breit ausladender Krempe, der an der Strandpromenade von Nizza perfekt gewesen wäre, hier jedoch in unglücklichem Kontrast zu ihrem Khakihemd stand und lächerlich wirkte.

Aber wir liebten uns doch? Wahrscheinlich lebten wir noch immer in unseren Illusionen und wagten nicht, gemeinsam auf dem Boden der Tatsachen anzukommen. Wahrscheinlich waren wir zu stolz, um den ersten Schritt auf den anderen zu zu machen – wie in den Jahren zuvor, da wir uns möglichst arrogant geschnitten hatten.

Mit Motorbooten fuhren wir über den Baringosee, mitten durch eine Herde Nilpferde, kauften von einem kreuzenden Kahn Fische, um damit die Seeadler zu füttern – und natürlich bekam Mara Angst, als einer der Adler knapp neben ihr anflog. Angeblich hatte er sie mit einer seiner Schwingen geschlagen; sie schrie auf, und ich schämte mich, statt einfach ihre Hand zu nehmen.

Dann gerieten am Ufer zwei Nilpferde in Streit und verbissen sich ineinander, brüllten. Eines sprang ins Wasser und hielt knapp unter der Oberfläche auf unser Schiff zu, das andere hinterher. Erneut stieß Mara einen kleinen Schrei aus und klammerte sich an Patrick, einen Iren, der zufällig neben ihr saß und sofort den Arm um sie legte. Er hielt sie noch fest, nachdem beide Nilpferde längst unter unserem Boot hindurch- und, prustend, weit entfernt wieder aufgetaucht waren.

Abends in der Lodge trank ich Bier mit Rod und Brett, der auch dort bei jeder Gelegenheit lachte. Statt mich zu Mara zu setzen, die allein vor einem Fruchtcocktail verharrte, weil sie von den schrecklichen Engländerinnen und viel zu dicken Amerikanerinnen gemieden wurde, von deren Männern erst recht, und weil sowieso jeder wußte, daß sie mit mir zusammen war. Wobei sie, streng genommen, schon in diesen Wochen nicht mehr mit mir zusammen war. Als ich endlich ins Zelt kam, warf sie mir der Reihe nach vor, was sie seit unsrer Abfahrt gequält hatte. Sobald sie sich Luft verschafft hatte, drehte sie sich um und wollte schlafen.

*

Jeden Tag blieb unser Lkw irgendwo stecken, ob im Sumpf eines Nationalparks, ob auf dem vom Regen aufgeweichten Weg durch die Berge, und wir mußten ihn freischaufeln und anschieben. Jede Mahlzeit war mühselig, jeden Nachmittag kam der Regen, und manchmal griff nun in der gesamten Gruppe eine kleinmütige Gereiztheit um sich – alles hatte unter Zeitdruck zu geschehen und geschah trotzdem immer zu spät. Nur die Stunden auf dem Oberdeck waren von großen Gefühlen begleitet – wir saßen wortlos vermummt, ob gegen Sonne oder Wind, und schauten auf die archaische Landschaft, die wie im Film an uns dahinzog und in der wir, auf uns allein gestellt, rasch zugrunde gegangen wären. In die Bewunderung der Szenerie mischte sich ganz leise immer auch Angst, die wir uns selbstredend nicht eingestanden, ein stummes Erschrecken vor so viel Landschaft, vor so viel herber harter herzloser Landschaft, eine allererste Ahnung von Todesangst. Diese beständig anschwellende Angst wurde, weil wir ja doch, wenngleich viel zu langsam, weiter und immer weiter vorankamen, durch eine trotzigwilde Freude gekontert und übertrumpft, die Freude, tagtäglich in dieser Landschaft überlebt, ja über sie triumphiert zu haben. Welch eine Hybris, welch ein Größenwahn! Die Landschaft war ja weit größer, als wir sie schauen konnten, unermeßlich weit und wild und groß, sie wartete in Ruhe ab, bis sie uns erst auf ihre höchsten Gipfel hinauflocken und dann – zumindest mich – ganz beiläufig in den Abgrund führen würde.

Mara vermißte ich in den Stunden auf dem Oberdeck nicht – Wortlosigkeit und Wildnis, gegen Abend Whiskey und Gedichte, das war Männersache. Viel später sagte sie mir, daß sie sich noch nie so einsam gefühlt hätte wie auf dieser Reise. Ich empfand sie als allzu empfindlich und störrisch, spürte die Ablehnung, die von ihr ausging und mich nur umso schneller zurück zu meinen neuen Freunden aufs Oberdeck oder ans Lagerfeuer trieb. Sie fragte sich derweil, warum ich ihren Kummer nicht endlich bemerkte. Was ich als Ablehnung empfand, war nichts anderes als stumme Verzweiflung. Je länger die Reise währte, desto öfter dachte sie, daß wir vielleicht doch nicht zusammenpaßten.

*

Dann kam der 4. Dezember, unser Jahrestag, und als ob es jeder von uns noch einmal hatte wissen wollen, wurde alles ganz zauberhaft. Schon allein die Fahrt durchs Rift Valley – Herden und Hirten und Hitze. Hitze und Hirten und Herden. Und am Westrand des Rift Valley steil hinauf zu einem Aussichtspunkt. Dort ließen sich gerade drei Brautpaare vor dem Panorama fotografieren, ständig hüpften Krähen ins Bild. Nachmittags, in Eldoret, machten wir zum ersten Mal einen Spaziergang zu zweit – ja, Mara und ich, und ohne es erst lang beschliessen zu müssen, es ergab sich, als wäre es das Natürlichste der Welt. Wir gingen zum Markt, anschließend durch ein kleines Handwerkerviertel, unterhielten uns mit einer Friseuse, die vor ihrem Geschäft Pause machte, sahen in diverse Kneipen, die bereits gut gefüllt waren.

Und dann erwartete uns abends, im Saiwa-Swamp-Nationalpark, ein Lkw, der uns ab morgen und hoffentlich schneller fahren würde. Nun wurde alles doch noch gut! Nachts im Zelt tranken wir einen Pikkolosekt, den wir aus Deutschland mitgebracht hatten, und steckten uns wechselweise unsre Ringe an, wir nannten es »Verlobung«. Und versicherten einander, daß wir nur noch bis Tansania durchhalten mußten, genau genommen bis zum Kilimandscharo. Der sollte nach Serengeti und Ngorongoro-Krater der letzte Höhepunkt unsrer Reise sein, selbst wenn wir nur daran vorbeifahren würden – am Kilimandscharo hätten wir es fast geschafft und die Heimreise verdient.

Am nächsten Morgen zogen wir die Ringe wieder ab, wir hatten Angst, sie zu zerkratzen. Das war gewiß ein Fehler. Mittags erreichten wir die Grenze zu Uganda, und alles, was bislang nur mißliche Vorgeschichte und ziemlich anstrengend gewesen war, führte fortan, sachte, sachte und ohne dabei übertrieben Tempo zu machen, ins Verderben.

*

Kaum hatten wir die Grenze nach Uganda passiert, waren die Straßen voller Flüchtlinge. In Ruanda und Burundi herrschte Bürgerkrieg zwischen Tutsi und Hutu; wo immer wir rasteten, waren wir im Nu von Menschen umringt, die uns still beim Essen zusahen. Obwohl wir unseren Lkw zu jeder Tages- und Nachtzeit bewachten, verschwanden Lebensmittel, Ausrüstungsgegenstände, Bordwerkzeuge, sogar der Tankdeckel.

Es stellte sich schnell heraus, daß der neue Lkw keinen Deut besser war als der alte, wir bauten weiterhin unsre Zelte im Dunkeln auf und im Dunkeln wieder ab. Unser erstes Nachtlager bezogen wir auf dem Gelände einer Schule bei Nakalama, viele der Häuser, die sich darum herumgruppierten, waren Ruinen. Sie zu besichtigen war unmöglich, wir waren von einer Kinderhorde reglos stumm umlagert. Die Erwachsenen bildeten einen zweiten Ring um unseren Lkw, schweigend sahen auch sie zu, wie wir unsere Abendmahlzeit bereiteten. Mara hatte Angst vor ihnen, rutschte mit ihrem Klappstuhl fast in die Mitte unserer Runde. Alle anderen hatten ebenfalls Angst und suchten, sie mit starken Sprüchen zu übertönen.

Wir waren eingekesselt und zahlenmäßig weit unterlegen – wäre es der Aufmarsch zweier feindlicher Parteien gewesen, wir hätten die Schlacht bereits verloren gehabt. Zwar war es kein Aufmarsch, sondern Urlaub, aber wußten das die anderen? Und würden sich entsprechend zurückhalten? Wir wiederum wußten, daß vor uns noch keine Reisegruppe hier haltgemacht hatte. Ob wir überhaupt willkommen waren? Was bis gestern ein lustiges Lagerfeuer gewesen, jetzt war es das weithin sichtbare Signal, einmal nachzusehen, ob sich ein Überfall lohnte. Obendrein warf es gespenstisch flackernde Schatten, die unsrer Stimmung nicht zuträglich waren; vor allem warf es sein Licht lediglich auf uns, die wir darum herumhockten, und nicht auf

235

die, die vielleicht hinter unserem Rücken schon ein Stück näher gerückt waren. Wir saßen in der Falle.

Das dunkle Herz Afrikas, in dieser Nacht hörten wir es schlagen – oder vielmehr unsre eignen Herzen, die bis in den Hals hinauf hämmerten. Stundenlang wollte schier überhaupt nichts passieren, und unsre Anspannung konnte sich nicht mal beim kleinsten Anlaß entladen. Ganz offensichtlich wurde abgewartet, bis wir uns zum Schlafen in die Zelte begeben hatten. Konnte man das unter diesen Umständen überhaupt, war es nicht angeraten, die ganze Nacht am Feuer sitzen und wach zu bleiben? Oder, im Gegenteil, war es besser, das Feld zu räumen und sich in Ruhe ausplündern zu lassen, um das eigne Leben zu retten?

Immer, wenn es in Afrika still wird, liegt etwas in der Luft, kündigt sich etwas an, das dann urplötzlich losbrechen kann und alles verschlingt, was sich nicht rechtzeitig in Sicherheit gebracht hat. Meine Angst vor Afrika, die sich in Kenia erst ganz leise bemerkbar gemacht hatte, in Uganda wurde sie mir schlagartig bewußt – und von dieser ersten Nacht an geradezu obsessiv bewußt, je tiefer wir nach Zentralafrika vordrangen. Was von unserem Abendessen übrigblieb, schenkten wir den Einheimischen, als ob sie darauf – und nur darauf – gewartet hätten. Sie nahmen es ohne ein Wort des Dankes entgegen. Obwohl wir den Lkw die ganze Nacht bewachten, fehlten am nächsten Morgen einige Ersatzteile und jede Menge Nahrungsmittel, sogar ein Rücklicht hatten sie herausgeschraubt.

Wir waren froh, als wir weiterfahren konnten, nein eigentlich: daß sie uns weiterfahren ließen, die schweigenden Kinder, die schweigenden Männer und Frauen. Doch das Lager der kommenden Nacht war nicht viel besser – auf freier Strecke bogen wir ab auf einen Feldweg; er führte zu einem leicht verwilderten Fußballplatz, auf dem Rinder grasten. Ebendort schlugen wir unsre Zelte auf, mitten in der Herde. Oja, wir hatten den Viktoriasee gesehen, wir hatten den Weißen Nil überquert – auf einem Staudamm –, wir hatten dichten dunkelgrünen Dschungel passiert, in dem Spinnennetze sonnenschirmgroß zwischen den Bäumen aufgespannt waren, wir hatten die rollenden Hügel gesehen, für die Uganda berühmt ist, waren selber mitten darin unterwegs gewesen. Andrerseits waren wir in Kampala von zwei Drogendealern verfolgt, laut beschimpft und um ein Haar geschlagen worden, weil wir nichts kaufen wollten – Mara und ich, erneut hatten wir uns für einen Spaziergang von der Gruppe absentiert, die derweil in einem Fastfood-Restaurant Samosas aß, und dann hatten wir plötzlich rennen müssen. Es war eine Schmach, die sich später auch mit Whiskey nicht hinabspülen ließ. Das Grauen, das Mara schon vor Antritt der Reise gepackt hatte, es hatte jetzt auch mich und vielleicht auch jeden anderen erfaßt. Selbst die paradiesische Naturkulisse war nichts anderes als die schöne Kehrseite des Grauens. Bloß weiter!

Am nächsten Tag erreichten wir das Ruwenzori-Gebirge, in dem meine ganz eigene Geschichte ihren Anfang nehmen sollte. Zweimal hatte sich unser Lkw auf verschlammten Wegen festgefahren; ihn wieder freizuschaufeln und, nachdem Metallgitter vor die Räder gelegt waren, mit vereinter Kraft aus dem Dreck herauszuschieben, hatte jedesmal eine Stunde und viel Kraft gekostet. In einer düsteren Kneipe kauften wir einen Kasten Bier, draußen spielte einer auf der Gitarre und sang dazu. In den Ausläufern der Ruwenzori-Kette schlugen wir unser Lager auf, bei Ibanda, mitten im Regenwald. Das Bier war warm, wir wuschen uns im Fluß, dann setzte der Regen wieder ein.

*

Für den 8. Dezember war eine Wanderung auf einen der Gipfel des Ruwenzori-Gebirges geplant. Freilich kamen unsre Bergführer und Träger nicht rechtzeitig, wir konnten erst um elf Uhr aufbrechen, viel zu spät, die Sonne stach bereits. Immer wieder glitten wir im Schlamm aus, und wenn wir den Sturz abzufangen suchten, versanken wir fast bis zum Ellbogen darin. Nachdem wir etwas an Höhe gewonnen hatten, wurde's feucht und heiß und dunstig. Unsre einheimischen Begleiter waren uns in ihren Gummistiefeln längst enteilt – und mit ihnen der Vorrat an *Micropur*-Tabletten, den ihnen unser Reiseleiter mitgegeben hatte. Er selbst blieb mit den Fahrern beim Lkw und den Zelten. Ein Aufstieg auf einen afrikanischen Berg fast ohne Wasser! Dabei hätte es genug davon gegeben, um unsre Flaschen nachzufüllen – dreimal mußten wir einen Fluß queren. Ohne das Wasser mit *Micropur* entkeimt zu haben, wagten wir nicht, es zu trinken.

Fünf Stunden quälten wir uns durch nebelverhangnen Dschungel bergauf. Fürs Bergsteigen waren wir kaum ausgerüstet, akklimatisiert waren wir gar nicht. Die Gipfel des Ruwenzori-Gebirges reichen bis über 5000 m, der unsre war vielleicht 3500 oder 4000 m hoch. Bald war die Gruppe weit auseinandergezogen über den Berg verteilt. Erstaunlicherweise zog auch Mara auf eine Weise an, bei der ich nicht mithalten konnte. Sie empfand es als Befreiung, erzählte sie mir später, daß sie nicht mehr auf dem Lkw hocken mußte, daß sie nicht auf die Gruppe Rücksicht nehmen mußte und für sich sein konnte. Nun war sie es, die mich alleine zurückließ.

Ausgerechnet Patrick war der einzige, der mein Tempo ging, vor oder hinter ihm quälte ich mich bergan, Mara war längst außer Sichtweite. Von der Schönheit des Regenwaldgebirges, wie sie immer wieder aufleuchtete, wenn der Dschungel den

Blick freigab, bekamen wir wenig mit. Die Blätter schnitten uns mit ihren scharfen Kanten ins Fleisch, immer wieder ließen wir uns einfach gegen den Hang fallen und ruhten eine Weile aus, so erschöpft waren wir. Ich wollte aufgeben, Patrick mußte mich an der Hand packen und hochziehen. Das letzte Stück schaffte ich nur, weil er sich meinen Arm um den Nacken zog, um mich zu stützen. Im Grunde schleppte er mich, der wie ein nasser Sack an ihm hing, schleppte mich hoch. Kaum hatten wir die Schutzhütte erreicht, in der die Träger unsre Schlafsäcke auf meterhohen Pritschen verteilt hatten, mußte sich Patrick übergeben. Er war nicht der erste. Ich war so erschöpft, daß ich mich sofort in meinen Schlafsack legte.

Nachts wurde es bitterkalt, auch im Schlafsack, und immer noch kälter, an Schlaf war nicht zu denken. Mit einem Mal wurde mir übel, ich schlich mich nach draußen, um mich mehrmals zu erbrechen. Noch am nächsten Morgen war mir schlecht, ich fühlte mich schwach wie lange nicht mehr. Den anderen ging es nicht besser – Rod hatte sich übergeben müssen, während er mit Durchfall überm Toilettenloch hockte. Bevor wir mit dem Abstieg begannen, erzählte uns einer der Träger, die Bewohner der Ebene seien früher diesen Berg hochgestiegen, um auf dem Gipfel ihr Unglück mit den Göttern zu besprechen.

*

Waren wir vor dieser Wanderung schon ausgemergelt und übermüdet gewesen, so wurden wir jetzt der Reihe nach krank. Einer von uns hatte auf der Weiterfahrt einen epileptischen Anfall, nach kurzem Zucken sackte er ganz langsam auf die Ladefläche hinab und blieb den Rest des Tages liegen. Ein anderer bekam Geschwüre an den Händen. Ein dritter lag der Länge nach permanent auf der Sitzbank; die Bergtour hatte ihn so ausgelaugt, daß wir ihn vom Zelt in den Lkw hatten tragen müssen. Fast jeder litt unter Durchfall, auch Mara, die darüber allerdings nicht reden wollte. Bei unserer Wanderung im Ruwenzori-Gebirge hatte sie sich verausgabt, sie verkroch sich bei jeder Gelegenheit in den Schlafsack.

Über den Edwardsee ging es in den Queen-Elizabeth-Nationalpark und weiter Richtung tansanische Grenze. In einer Bank brauchten wir eine Stunde, um Geld zu wechseln; die Bank war völlig überfüllt, auf den Tischen lagen ganz offen Geldbündel gestapelt, Polizisten mit Gewehren hielten die Menge auf Distanz. Am Straßenrand stand ein Schild »Pepsi Cola welcomes the pope John Paul II, february 1993«, kurz darauf hatten wir eine Reifenpanne. Kaum war die Grenze bei Mutukala passiert – ich hatte einen weiteren meiner Kugelschreiber getauscht, diesmal gegen fünf Eßlöffel Erdnüsse –, fuhren wir in ein Tsetse-Gebiet. Wir mußten das Oberdeck räumen und dann alle Planen bis zur Ladefläche runterrollen und verzurren, so daß wir im Dämmerdunkeln saßen. Trotzdem wurden wir von einem Schwarm Tsetsefliegen überfallen. Wir schlugen mit Handtüchern nach ihnen, mit denen wir uns vorsorglich bewaffnet hatten; es dauerte zwei Stunden, bis wir sie vertrieben hatten.

War die Landschaft in Tansania hügelig und savannenkarg, so wurde sie in Ruanda noch hügeliger und üppig dschungelgrün. Monsunartige Regengüsse gingen über uns nieder, wenngleich immer nur kurz; danach kletterte ich ganz allein zurück ins Oberdeck, weil ich süchtig geworden war, weil ich nicht ablassen konnte, zu schauen und mich auch an dieser Landschaft zu berauschen. Die Straßen waren frisch geteert, sogar mit Seiten- und Mittelstreifen markiert, und verliefen meist auf der Gipfel-

240

linie der Hügelketten, so daß man weit ins Land hineinsehen konnte, auf kleine Dörfer am Hang, auf Felder, auf Regenwald. Waren die Straßen in Uganda schon voller Flüchtlinge gewesen, so bildeten sie hier eine ununterbrochene Menschenkette am Straßenrand. Einer ging hinter dem anderen, manche der Männer schleppten große Taschen, manche der Frauen trugen ihre Habe auf dem Kopf, die allermeisten gingen ganz ohne Gepäck. Die Lage in Ruanda war verworren, wahrscheinlich waren es Tutsi, die wir sahen, allein ihrer Größe wegen. Flohen sie oder kehrten sie zurück? Bald passierten wir die ersten UN-Friedenstruppen und eine Station des Roten Kreuzes, an der die Flüchtlinge versorgt wurden.

Auf der Straßenböschung lagen immer wieder Männer bäuchlings nebeneinander und tranken Bier. Wenn sie uns kommen sahen, hoben sie ihre Flaschen und riefen uns etwas Witziges zum Gruß zu. Die einen flohen, die anderen lagerten und tranken – waren das gleichfalls Flüchtlinge? Oder Soldaten und Milizionäre, also Hutu, die nach dem Friedensvertrag von Arusha die Uniformen ausgezogen hatten, bis auch dieser Vertrag gebrochen werden würde? Immerhin war die Armee der Tutsi-Rebellen ja weiterhin im Land, beherrschte gewisse Teile davon – es würde gewiß bald wieder zu Zwischenfällen kommen, bei denen die Biertrinker vom Straßenrand gebraucht wurden.

Unser Reiseleiter hatte von seiner Londoner Zentrale die Information bekommen, der Bürgerkrieg in Ruanda sei vorbei, wir sollten die Tour wie geplant fortsetzen. Ich saß auf dem Oberdeck und fragte mich, was genau ich da eigentlich zu sehen bekam. Sah so der Frieden aus? Nein, gewiß nicht. Der Krieg hatte nur eine Pause gemacht, das ganz große Morden und Schlachten stand dem Land erst noch bevor.

Am 13. Dezember fuhren wir in Kigali ein. Auch dort lunger-

ten überall junge Männer herum und taten so, als ob sie nichts
täten. Es lag etwas Lauerndes in den Straßen, obwohl die Geschäfte offen waren und eines der Cafés sogar Pizza servierte.
Mara war deprimiert und verängstigt, mittlerweile auch phy-
sisch angegriffen. Auf die Idee, ein bißchen in der Stadt herum-
zuspazieren, kam hier keiner mehr. Wir zelteten etwa einen Kilometer außerhalb des Stadtzentrums in einer Missionsstation.
Es gab darin Duschen mit Warmwasser, unter denen man die
meiste Zeit damit verbrachte, auf Wasser zu warten, das dann
kalt war. Ein Lagerfeuer gab es diesmal nicht, nach dem Essen
verdrückte sich jeder schnell in sein Zelt. Mara und ich tranken
fast wortlos eine kleine Flasche Schnaps, die wir aus Uganda
mitgebracht hatten. Er schmeckte grauenhaft und spendete keinen Trost.

Am nächsten Tag fuhren wir fast bis zum Vulkan-National-
park und schlugen unser Lager bei einer Schule in Ruhengeri
auf. Stand der Norden Ruandas nicht unter Kontrolle der Tutsi-
Rebellen? Unser Lager wurde von Soldaten der Armee bewacht,
also von Hutu. Für die nächsten beiden Tage stand einer der
Reisehöhepunkte auf dem Programm, ein Besuch bei den Berg-
gorillas. Die Besucherzahl pro Tag war streng limitiert; wir lo-
sten, wer wann welchen Familienverband im Lauf der nächsten
beiden Tage besuchen würde. Natürlich kamen Mara und ich in
getrennte Gruppen, immerhin beide für den morgigen Tag.

Er begann mit Getrommel und Gottesdienst in der Kirche
neben unserem Zeltlager. Der Chorgesang war so schön, daß
wir am liebsten geblieben wären. Es standen aber schon die beiden Taxis für uns bereit, die Fahrer ungeduldig daneben, und
meine vergleichsweise kurze Reise ins Jenseits begann.

*

Während die Hälfte unsrer Mitreisenden heute im Lager blieb, fuhren wir zwei Stunden lang auf immer wilderen Wegen tief ins Gebirge hinein. Der Fahrer meiner Gruppe spuckte ständig nach draußen und setzte seinen Wagen zweimal auf. Irgendwann bog das Taxi mit der anderen Gruppe ab, und wir waren alleine unterwegs. In Kinigi, einem kleinen Dorf, erwarteten uns vier Wildhüter, die Gewehre geschultert. Mittwoch, 15. Dezember, 10:00 Uhr, zum zweiten Mal bestiegen wir einen Berg.

Erst ging es durch Bambuswald, dann durch Dschungel. Die Wildhüter warnten uns vor der Berührung giftiger Pflanzen, schließlich mußte einer von ihnen den Weg mit der Machete freihacken. Und da waren sie auch schon, die Gorillas, ein erster Silberrücken stand so unvermittelt zwei Meter vor mir, daß ich erschrak. Erst nach Minuten erkannte ich, daß ihm eine Hand fehlte. Eine Stunde lang bestaunten wir sie, wie sie Blätter von den Büschen zupften und verzehrten, wie sie behutsam ihre Kinder überwachten, die neugierig immer wieder zu uns kamen – vier Silberrücken, ein Schwarzrücken, ein Weibchen und die drei Jungen. Wie still sie die ganze Zeit waren! Wir rührten uns nicht, machten vor Ehrfurcht keinen einzigen Mucks. Beim Abstieg erzählte uns einer der Wildhüter, daß die Gorillagruppe bis vor ein paar Monaten weit größer gewesen war – einige der Tiere waren gewildert worden. Hunger und Krieg hatten auch ihr beschauliches Leben erreicht.

Dann ging ein Regenguß auf uns nieder, der uns innerhalb von Sekunden bis auf die Haut durchnäßte. Ein zweiter Regenguß überraschte uns, als wir am Fuß des Berges zwischen Feldern unterwegs waren; wir suchten Unterschlupf bei einem Bauern, der uns gleich mit Bananenbier bewirtete. Bevor wir die Rückfahrt antreten konnten, mußten wir unseren Fahrer suchen. Wir fanden ihn in einer fensterlosen Kneipe, er hatte sich so tüchtig eingetrunken, daß er nicht mehr herauskommen wollte. Wir konnten ihn nur mit dem Versprechen locken, daß er in unserem Lager weitere Biere bekommen würde. Er lachte die ganze Fahrt über und mußte öfter anhalten, um direkt neben seinem Wagen zu pinkeln. Um fünf Uhr waren wir zurück im Camp. Der Fahrer beschimpfte uns, seiner Meinung nach hätten wir ihm *mehr* Bierflaschen aushändigen müssen; wieder wollte er nicht in sein Auto steigen und abfahren.

Um vier Uhr nachts wachte ich auf und hatte Knieschmerzen. Dabei war der Aufstieg zu den Gorillas doch moderat gewesen? Kein Vergleich zu dem im Ruwenzori-Gebirge, und der lag doch schon eine Woche zurück? Als ich wenig später aufstehen wollte, war mein Knie so geschwollen, daß ich lieber liegenblieb. Heute würde die andere Hälfte unsrer Reisegruppe die Gorillas besuchen, ich konnte die Zeit bis zu ihrer Rückkehr gut im Zelt verbringen.

Mara versorgte mich mit nassen Tüchern, um damit das Knie zu kühlen. Nichtsdestoweniger schwoll es weiter an. Wenn man rund um die Kniescheibe ins Fleisch drückte, schwabbelte es, als wäre eine beträchtliche Menge Flüssigkeit aus dem Gelenk ausgetreten. Mara sah mich hilflos an.

»Wir müssen's nur noch bis zum Kilimandscharo schaffen«, versicherte ich ihr, »und wir *werden* es schaffen.«

*

Eine dicke Frau ging knapp an des Tscharlis Bett vorbei und grüßte ihn freundlich, der Tscharli grüßte zurück. Dann fing er sogar zu winken an, ich drehte mich um und – sah King Charles direkt hinter mir stehen. Der Tscharli winkte freilich derselben Frau, die ihn gerade gegrüßt hatte, inzwischen war sie bei einer

Patientin angekommen, deren Bett neben dem des Massai stand.
Ich winkte der Frau gleichfalls zu, sie winkte zurück. Dann
erst wandte ich mich an King Charles. Er hatte wohl eine Weile
hinter mir gestanden und nicht gewagt, mich zu unterbrechen.
Nun fragte er mich, ob ich nicht Hunger hätte, er wolle kurz in
die Stadt fahren, zum Essen.

Ein Uhr, so spät schon? Beim Erzählen hatte ich die Zeit vergessen und anscheinend auch den Hunger.

Ich sei hier quasi unabkömmlich, entschied der Tscharli an
meiner Statt.

Komme, was wolle, verabschiedete sich der King: Um acht-
zehn Uhr werde er mich abholen und zum Flughafen fahren,
»one-eight, okay?«.

Bitte, Hansi.

*

Nachdem die andre Hälfte unsrer Reisegruppe von den Gorillas zurückgekehrt war, fuhren wir noch am selben Tag nach Kigali und errichteten dort wieder unser Lager zwischen den Ge-
bäuden der Missionsstation. Mittlerweile waren wir alle krank,
einige schwer; seit heute auch eine der »schrecklichen Engländerinnen«, sie hatte übernacht Fieber bekommen und fürchtete, es könne Malaria sein. Zu sechst fuhren wir, die schweren
Fälle, mit einem Taxi, das bei jedem Halt abwürgte und lange
brauchte, um wieder anzuspringen, zum Krankenhaus. Wir
hatten gehört, daß es dort einen belgischen Stationsarzt geben
sollte, und verbanden damit eine absurde Hoffnung, nur weil
es ein Weißer war.

Als wir ankamen, waren die Straßen menschenleer. Das
Krankenhaus stand, ein dunkler Schattenriß, vor einem fahlen

245

Nachthimmel, der Haupteingang war verbarrikadiert, nur da und dort ein Fenster spärlich beleuchtet. Wir suchten das Gebäude so lange ab, bis wir eine unverschlossene Tür fanden – sie öffnete sich zu einem Saal, dessen Fußboden dicht an dicht mit Verletzten und Sterbenden belegt war. Einige Schwestern gingen zwischen ihnen hin und her und beachteten uns nicht. Niemand stöhnte, niemand schrie, es war fast völlig still. Die Jungen und Männer, die da in Reih und Glied lagen, trugen Uniform oder wenigstens Teile davon. Es waren Kriegsverletzte, viele von ihnen vielleicht schon morgen früh Gefallene. Vorsichtig stiegen wir über sie hinweg.

In der Ambulanz stießen wir auf eine Ärztin, die aussah, als hätte sie sich für den Besuch in der Disco aufgeputzt – Minirock, Stöckelschuhe, reichlich Schmuck und Schminke. Sie lachte uns fröhlich an, wußte ansonsten nichts mit uns anzufangen. Der belgische Arzt habe Feierabend, wir sollten morgen wiederkommen. Wenige Minuten später tauchte er so selbstverständlich auf, als wäre er nur schnell mal nebenan gewesen, und winkte uns der Reihe nach in sein Sprechzimmer. Die Ärztin, die uns eben noch angelogen hatte, zog sich aufreizend umständlich die Lippen nach und flirtete dann gezielt mit Brett. Der hatte uns kurzentschlossen mit seinem kleinen Notfallkoffer begleitet, um uns im Fall des Falles mit sterilen Spritzen und Verbandsmaterial auszuhelfen; wahrscheinlich zeichnete ihn der Koffer in ihren Augen vor allen anderen aus. Bald lachte er so laut und so häufig wie auf dem Oberdeck.

Bevor mich der belgische Arzt hereinrief, drückte mir Brett eine seiner verpackten Spritzen in die Hand. Tatsächlich punktierte der Arzt damit mein Knie. Das heißt, erst einmal fragte er mich routiniert ab: kein Sturz? kein Insektenstich? keine chronische Krankheit? Derweil musterte mich eine Kranken-

246

schwester voller Verachtung. Ich hatte keine Schußwunde, in ihren Augen war ich ein Simulant oder ein Waschlappen – im Vergleich zu jenen, die, wer weiß, in wie vielen weiteren Räumen des Krankenhauses noch, auf dem Fußboden lagen und mit dem Tod rangen. Provozierend nachlässig desinfizierte sie einen Teil des roten Tennisballs, den ich mittlerweile anstelle einer Kniescheibe hatte. Der belgische Arzt stach mit Bretts Spritze hinein und zog eine klare Flüssigkeit samt einem Faden Blut heraus.

Kein Eiter! zeigte er mir zufrieden die gefüllte Spritze. Wahrscheinlich hätte ich mich überanstrengt und nun einen Reizerguß, mehr nicht. Während er mein Knie bandagierte – auch hierzu hatte er sich in Bretts Notfallkoffer bedienen müssen, im ganzen Krankenhaus gebe es kein frisches Verbandszeug mehr, man koche das bereits benutzte aus, um zumindest für Notfälle etwas zu haben –, während er mir entzündungshemmende Tabletten verschrieb, beruhigte er mich: Ich solle das Bein ein paar Tage hochlegen und still halten, nach spätestens einer Woche sei alles wieder gut, da sei er sich ziemlich sicher. Morgen nachmittag solle ich ihn anrufen, dann lägen die Ergebnisse aus dem Labor vor, und wir hätten absolute Gewißheit.

Ich war so erleichtert! Zwar würde ich nicht mehr hoch aufs Oberdeck klettern können, doch die Reise abbrechen mußte ich nicht. Zurück an unserem Lager, lagen alle schon in ihren Zelten, nur Mara erwartete mich. Sie hatte ein Zimmer in der Mission für uns genommen, weil sie unser Zelt nicht allein hatte aufbauen können. Vielleicht sagte sie das auch nur, und in Wirklichkeit hatte sie Angst und sehnte sich nach ein wenig Geborgenheit.

Die Nacht war verdammt still. Nur manchmal hörte man

Lkws vorbeifahren. Ich stellte mir vor, daß sie Frischverwundete zum Krankenhaus brachten, damit sie dort auf dem Fußboden sterben konnten.

*

Tags drauf passierten wir die Grenze nach Burundi. Auch dort war es seit Jahrzehnten zu Unruhen und Kämpfen zwischen Hutu und Tutsi mit Hunderttausenden an Toten gekommen. Aber auch dort schien die Lage im Moment ruhig. Die Zentrale in London gab unserem Reiseleiter erneut grünes Licht, das Programm wie vorgesehen zu absolvieren. Wir fuhren den ganzen Tag durch gewaltige Bergkulissen, bis wir wieder im Rift Valley und zum Sonnenuntergang in Bujumbura waren.

War in Kigale etwas Lauerndes in den Straßen gelegen, so spürte man hier eine unmittelbare Bedrohung – irgendetwas schien sich anzubahnen, dem wir uns, kaum daß wir die Stadtgrenzen passiert hatten, ausgeliefert fühlten. In den Straßen patrouillierten Lkws mit Soldaten, die meisten blutjung, mit aufgepflanztem Gewehr und leeren Augen. Die Gehwege waren voller Männer, sie lungerten in Hauseingängen, hockten auf Mauervorsprüngen, lehnten lässig gegen Hauswände, und alle sahen sie uns entgegen und schwiegen. Wenn sich überhaupt jemand in Bewegung setzte, so wirkte es merkwürdig verzögert, wie in Zeitlupe. Nicht wenige hatten sich geckenhaft herausgeputzt; die Frauen, die zu sehen waren, trugen Grace-Jones-Frisuren und viel nackte Haut. Der Sonnenuntergang warf ein schräges Licht darüber, in dem man den Staub flirren sah.

Erst vor zwei Monaten war der Staatspräsident, ein Hutu, von Tutsi entführt und ermordet worden, es hatte blutige Ausschreitungen gegeben, Hunderttausende an Hutu waren geflohen. Etwa nach Ruanda? Und wer waren all jene, die hier in den Straßen warteten? Ganz gewiß nicht auf uns; aber wenn das Zeichen käme, würde sich die angestaute Energie auch über unserem Lkw entladen. Man mußte gar nicht erst aufs Oberdeck klettern, um zu erkennen, daß die Lage hier keinen Deut friedlicher war als im Nachbarland. Gerade weil schier überhaupt nichts passierte, ahnte man, daß bald schrecklich viel passieren würde.

Am Ufer des Tanganjika-Sees schlugen wir unsre Zelte auf dem Areal eines Luxushotels auf, das streng bewacht wurde. Ich rief den belgischen Arzt an und erfuhr, daß die Laboruntersuchung meines Knieserums keinen bakteriellen Infekt ergeben hätte, wir könnten ruhig weiterfahren.

»Siehst du«, sagte ich zu Mara, als wir im Zelt lagen, »und bald sind wir am Kilimandscharo.«

Mara sagte gar nichts mehr. Dann brach meine erste Nacht in der Hölle an.

*

Von Stunde zu Stunde nahm der Schmerz im Knie zu, strahlte immer stärker auf den Oberschenkel aus. Ich schwitzte mehrere T-Shirts durch, am Morgen war ich über und über mit roten Pusteln bedeckt. Ein feiner Schmerz setzte mir im Kopf zu, direkt an der Schädeldecke, den ich so noch nicht kannte, an den ich mich jedoch schnell gewöhnte. Meine Lippen, meine Handflächen und Fußsohlen glühten, mein Mund war ausgetrocknet – ich wollte nichts mehr essen, umso mehr trinken. Das Fieber war angenehm warm und machte träge, es war ein guter Vorwand, um einfach liegenzubleiben. Wir sollten jetzt sowieso erst mal zwei Tage in Bujumbura pausieren, bis die meisten Teilnehmer der Tour ab- und neue angereist waren, das traf sich gut, oder nicht?

»Ach, laß mich einfach liegen«, ließ ich Mara in freundlicher Entrücktheit wissen, »es ist so schön hell und so schön warm hier.«

In diesen Momenten morgens im Zelt muß es gewesen sein, daß Mara merkte, wie ich langsam von ihr wegglitt und daß es jetzt auf sie ankam. Wenn sie vorher von einer lähmenden Verzagtheit ergriffen war, so wurde sie nun von einem Erschrekken gepackt, das sie aus ihrer über Wochen gewachsenen Teilnahmslosigkeit mit einem entscheidenden Ruck herausriß.

»Wir müssen's doch zum Kilimandscharo schaffen«, beschwor sie mich, »du *kannst* hier nicht liegenbleiben!«

Aber ich wollte liegenbleiben. Nichts anderes, nur liegenbleiben.

Während mir schon alles egal war, nahm sie sämtliche Energie zusammen, die ihr geblieben war, und mein Schicksal in ihre Hände. Blitzartig hatte sie erkannt, daß ich sterben würde, und was sich an Trennendem zwischen uns aufgetan hatte und unter normalen Umständen bereits ein unüberwindbarer Abgrund war, war wie weggewischt.

Mein Fieber stieg im Lauf des Tages weiter an. Keineswegs schlief ich die ganze Zeit, im Gegenteil: Wenn ich die Augen geschlossen hielt, sah ich ständig wechselnde Strukturen – bunte Muster, die schnell ineinander übergingen und mich schwindlig machten. Wenn ich die Augen öffnete, war wieder alles gut.

Schon am Vormittag schaffte mich Mara per Taxi ins Krankenhaus. Man hatte ihr einen französischen Arzt empfohlen, und wieder klammerte sich die irre Hoffnung an ihn, weil es ein Weißer war: Dr. Coste. Dabei war er der größte Scharlatan seiner Zunft und im ganzen Krankenhaus nicht aufzufinden.

Noch gab es genug Phasen, in denen ich hellwach war, geradezu überwach; im völlig überfüllten Wartesaal bahnte ich uns
einen Weg durch die lagernden Patienten; in den Gängen fragte
ich jeden, dem wir begegneten, nach dem verschwundenen
Dr. Coste. Dabei geriet ich an einen seiner Kollegen, der fuhr
uns mit seinem Geländewagen quer durch die ganze Stadt und
direkt vor seine Haustür: Dr. Coste baute sich in einem Luxus-
vorort gerade eine gigantische Luxusvilla. Obwohl offiziell im
Dienst, beaufsichtigte er die Bauarbeiter, damit alles so ins Werk
gesetzt wurde wie von ihm geplant und nicht allzuviel nebenbei verschwand. Er selbst machte einen überaus halbseidenen
Eindruck, er hätte auch Waffenhändler oder Betreiber eines il-
legalen Spielcasinos sein können. Nur unwillig kam er mit uns
ins Krankenhaus, es ging durch lange Gänge, von denen lange
Gänge abgingen, die auf andere lange Gänge führten, vorbei
an der Wartehalle, die ich als riesenhaft in Erinnerung habe
und dennoch völlig überfüllt. Jeder Behandlungsraum, den
Dr. Coste mit uns ansteuerte, war abgeschlossen. Endlich fand
er einen zugänglichen OP-Saal. Darin war fast nichts als ein
OP-Tisch aus Metall, bereits das bloße Liegen darauf tat weh.

Nun erfuhr ich eine neue Dimension an Schmerz. Dr. Coste
betastete mein geschwollenes Knie nicht etwa vorsichtig, wie
sein belgischer Kollege, sondern drückte tüchtig zu, und dann
immer wieder, bis ich fast geschrien hätte. Vielleicht ließ er's
mich büßen, daß wir ihm den Tag draußen im Rohbau seiner
Villa vermasselt hatten. Nebenbei zwinkerte er laufend Mara
zu und machte ihr Komplimente. Dann punktierte auch er das
Knie. Mehrmals.

Jetzt stöhnte ich vor Schmerz.

Daß er jedesmal eine trübe Flüssigkeit aus dem Knie her-
auszog, bekam ich nicht mit, auch das erzählte mir Mara erst

viel später. Sie sei sehr besorgt gewesen, daß alles steril verpackt war, was Dr. Coste in die Hände nahm; schließlich war Brett bereits abgereist und sie auf sich allein gestellt. Zuletzt gipste Dr. Coste mein Bein komplett ein, vom Knöchel bis weit übers Knie hinauf, scheuchte dabei mehrere Krankenschwestern, bellte nach dieser oder jener Gerätschaft. Zwischendurch zwinkerte er Mara zu.

Krücken gab es keine, ich humpelte, auf Mara gestützt, hinaus und zur Kasse, wo alles umständlich bezahlt und mit den entsprechenden Quittungen belegt werden mußte. Nach fünf Stunden kamen wir zurück in unser Lager.

Den Rest des Tages lag ich im Zelt und lauschte dem Regen. Ich fühlte mich geborgen, das Fieber heizte meinen Schlafsack so auf, daß ich aus dieser Wohligkeit nie mehr herauswollte. Mir fehle nichts, behauptete ich, es gehe mir gut.

*

Ab der folgenden Nacht verschwimmt mir die Erinnerung. Manches steht mir gestochen klar vor Augen, anderes habe ich vergessen oder, wahrscheinlich, gar nicht erst mitbekommen. Ich verlor die Kontrolle über mein Leben. Wann zum letzten Mal jemand den Kopf in unser Zelt hineinsteckte und den Kopf schüttelte; wann ich zu welcher Mahlzeit ausnahmsweise doch einmal, den Arm um Maras Schultern gelegt, ins Hotelrestaurant humpelte; wann der Lkw weiterfuhr und der Reiseleiter Mara und mich zurückließ, um das Programm weiterhin planmäßig abzureisen: wüßte ich nicht zu sagen. Mara hat mir einiges erzählt, doch längst nicht alles.

Irgendwann im Verlauf dieses Tages, 19. Dezember, nahm sie ein Hotelzimmer für uns, ich selbst habe kein Bild davon vor

Augen. Schon zuvor hatte sie oft im Hotel zu tun gehabt, dem einzigen Ort in Bujumbura, an dem Telefonate ins Ausland möglich waren. Während mir das, was ich zunächst als rote Pusteln am ganzen Körper wahrgenommen hatte, zu immer größeren Schwellungen anwuchs und fürchterlich juckte; während mir die Stirn abwechselnd kalt und heiß wurde; während mein Bein weiterhin aufquellen wollte, doch des Gipses wegen nicht konnte, und der Schmerz vorübergehend so groß wurde, daß ich ihn überhaupt nicht mehr spürte: telefonierte sie mit unsrer Auslandsversicherung, um meinen Rücktransport zu besprechen, fuhr zur deutschen Botschaft, um Hilfe zu erbitten, fuhr zum Büro von *Air France*, um Flugtickets zu kaufen.

Es herrschte Ausgangssperre in Bujumbura, bis abends um sechs mußte alles erledigt und Mara zurück im Hotel sein. Ich fühlte mich zunehmend von ihr allein gelassen und fast schon verlassen, in Wirklichkeit wußte sie vor lauter Sorgen nicht, was sie als nächstes für mich tun sollte: Der Leiter des *Air France*-Büros wollte die acht Sitzplätze, die für meinen Rücktransport nötig waren, nicht hergeben; die deutsche Botschaft fand keinen Arzt, der mich auf dem Flug begleiten wollte; ohne einen Arzt wollte uns die Auslandsversicherung nicht losfliegen lassen.

Und am 20. Dezember war ich wieder im Krankenhaus.

*

Wie man mich dorthin gebracht hatte, weiß ich nicht. War ich bei meinem ersten Besuch noch übereifrig bemüht gewesen, so war ich mittlerweile bis ins Innerste von einer grundsätzlichen Gleichgültigkeit durchdrungen. Ich dachte an gar nichts und fühlte nur das Allernotwendigste. An das Zweibettzimmer, in dem mich Mara untergebracht hatte, erinnere ich mich hingegen in sämtlichen Details. Das Bett war ein bloßes Metallgestell, Mara mußte Matratze, Kissen und Laken erst einem anderen Patienten abkaufen. Von der Decke brannte eine Neonröhre, hinterm vergitterten Fenster hing ein trüber Himmel, überall saßen Moskitos. Niemand machte sich die Mühe, sie totzuschlagen, die Geckos an den Wänden schnalzten wie erregte Amseln.

Mein Zimmernachbar war ein junger Mann, der rund um die Uhr von zahlreicher Verwandtschaft umlagert und mit Nahrung und Medizin versorgt wurde. Das Personal gab Mara barsch zu verstehen, daß sie es mit mir genauso zu halten habe; auch übernachten müsse sie bei mir, es gebe keine Nachtschwestern.

Dann kam Dr. Coste.

Gerade noch hatte ich vor mich hin gedämmert, nun war ich hellwach, überwach. Dr. Coste stand vor meinem Bett und sah mich voller Verachtung und Ekel an. Sodann versuchte er, zusammen mit zwei Assistenten, meinen Gips mit bloßen Händen aufzubrechen, schließlich mithilfe einer Rohrzange. Oder war es ein Schraubenzieher? Ich schrie auf und wurde ermahnt, mich nicht so anzustellen. Schnell war der Schmerz wieder so groß, daß ich ihn nicht mehr spürte. Oder war ich ohnmächtig geworden? Als der Gips endlich komplett abgenommen war, sah mein Bein ganz fremd aus – kräftig angeschwollen und dunkelrot. Dr. Coste ließ kurz wissen, daß sich meine Lage verschlechtert habe, ich müsse nach Hause.

Dann wurde ich an den Tropf gehängt. Doch bevor die Krankenschwester mit der Nadel in meinen Handrücken stach, mußte Mara bezahlen. Und so ging es weiter, für jede Spritze mußte man vorab einen Betrag in Dollar entrichten, den die Schwestern nach Gutdünken nannten; selbst dann wurde nur die Hälfte der Spritze injiziert, die andre Hälfte kam auf den Schwarzmarkt. Sogar Infusionsflaschen gab es bloß gegen Bargeld. Jedesmal nannten die Schwestern den Preis, mehr sprachen sie nicht mit uns. Auch sie trugen Grace-Jones-Frisuren und dazu rosa oder weiße Miniröcke, wippten ungeduldig mit den Beinen, wenn sie nicht schnell genug ihr Geld bekamen, hielten jeden Schein gegen das Licht der Neonröhre, um sich der Wasserzeichen zu versichern.

Und wieder mußte Mara weiter – zur Kasse; zur Apotheke am andern Ende des Krankenhauses, um Medikamente zu holen; in die Stadt, um Lebensmittel und Wasser für mich zu besorgen; ins Hotel, um Waschzeug und ein paar Kleinigkeiten herbeizuschaffen. Erneut mußte sie zum *Air France*-Büro, um den Leiter zu bestechen. Mußte zur Botschaft, um den Botschafter persönlich zu beschwören, einen Arzt für mich zu finden, der mich auf dem Flug begleiten würde. So kurz vor Weihnachten waren die Ärzte entweder schon in ihren Heimatländern, oder sie wollten in Burundi bleiben – daran drohte meine Rettung zu scheitern. Und weil natürlich weiterhin Ausgangssperre herrschte, mußte Mara all das bis 18 Uhr geschafft haben und rechtzeitig zurück im Krankenhaus sein.

Einmal erwachte ich, blickte direkt ins Gesicht eines schwarzen Mannes, der sich über mich beugte, und schrie auf – nun also war das Zeichen gegeben, nun kamen sie über uns, es ging um Leben und Tod! Es war ein Arzt, der sich mit eigenen Augen ein Bild von meinem Knie machen wollte. Doch ich wußte nicht mehr, wo ich war, und all das, was uns während der letzten Tage unsrer Reise in Angst und Schrecken versetzt hatte, brach als kleiner kläglicher Schrei aus mir heraus.

Er wolle mir doch nur helfen, beruhigte mich der Arzt.

Vor ihm lag einer, der wahrscheinlich fiebrig glitzerte, dem die Augen flackerten und die Haare am Kopf klebten – so stelle ich mir vor, daß er mich sah. Ganz vorsichtig betastete er mein

Knie. Er war weit angenehmer als Dr. Coste, ich hatte ihm so unrecht getan, daß ich mich bis heute gräme. Dann verschwand er, wortlos, grußlos, und ich sah ihn nie wieder.

Als der Mann vom Nachbarbett mit mir darüber reden wollte, merkte ich, daß ich nur noch ein Krächzen über die Lippen brachte.

*

Dann tauchte Mara wieder an meinem Bett auf, und ich sagte oder flüsterte oder krächzte: »Da bist du ja wieder. Ich hatte solche Schmerzen. Solche Angst.«

Mara dachte, hoffentlich stirbt er mir nicht in der Nacht. Genau so, in dieser Formulierung, hat sie es mir später erzählt, und ich habe den Satz seither oft wiederholt.

Sie stellte mir meinen Reisewecker aufs Nachttischchen, in dessen Deckel mein Lieblingsbild von ihr eingeklebt war, ich hatte sie darum gebeten. Sie legte frische T-Shirts daneben und verschiedene Tabletten, breitete eine Decke auf dem Fußboden direkt vor meinem Bett aus. Dort verbrachte sie die Nacht.

Am Bett nebenan wurde gegessen, Mara bekam noch etwas ab, ehe sie in ihren Schlafsack kroch. Rund um das Nachbarbett wurde permanent palavert, ich hörte es wie das Rauschen des Meeres, höre es noch heute. Wenn ein neuer Besucher eintraf, kam er auch immer kurz an mein Bett, um mich anzusehen. Die Neonröhre brannte die ganze Nacht, dazu schrie ein paar Stunden lang ein Baby. Irgendwann mußte ich aufs Klo, aber weil ich zu schwach war, um aufzustehen, pinkelte ich in eine leere Flasche, die mir Mara reichte, die Hälfte ging daneben. Das wenige, was noch in mir lebte, schämte sich und war dankbar, daß Mara bei mir war, unendlich dankbar. Ja, ich liebte sie.

In dieser Nacht wurde mein Wecker gestohlen. Und die Mücken hörten auf, mich zu stechen. Das war das Zeichen.

Ich nahm es gar nicht wahr. Mara schon. Es wurde nicht unbedingt dunkler um mich, doch die Zeiten, da es hell und klar war, wurden seltener.

*

»I bin ganz Orinoco«, sagte der Tscharli und ruckelte sich auf seinem Bett etwas aufrechter zurecht. Daß ich aufgehört hatte zu erzählen, war mir entgangen. Ich sah auf den Massai-Krieger, der seinen Freund bewachte, sah auf die Frau, die am Nachbarbett saß, sah kurz rüber über den Gang, wo der Vater noch immer die Hand seines kleinen Jungen hielt. Inzwischen hatte er den Kopf in der anderen Hand aufgestützt und blickte ins Leere.

»Jetz stöhnt a wieder wiera Weltmeister«, setzte der Tscharli nach, so bedeutungsvoll könne das keiner wie ich. Ob ich nicht weitererzählen wolle?

Ich konnte den Blick nicht von dem Vater lassen, der wie erstarrt dasaß. Zum Glück tauchte jetzt der koreanische Pfleger auf, um die nächste Infusion an den Tropf zu hängen, der Tscharli war ein paar Momente lang beschäftigt. Ich hörte, wie sein Herz schlug, bing … bing … bing … Jetzt kam ein Arzt zu dem Vater, legte ihm die Hand auf die Schulter. Der Vater saß nur da und starrte irgendwohin. Am liebsten wäre ich zu ihm gegangen und hätte ihm meine Hand auf die andere Schulter gelegt.

Bitte, Hansi.

*

Der nächste Tag begann für mich nachmittags um halb vier – bis dahin hatte ich vor mich hin gedämmert oder dem Singsang vom Nachbarbett gelauscht. Plötzlich wurde ich von zwölf Händen gepackt und emporgerissen.

Mara war um sechs Uhr aufgestanden, um erneut dafür zu kämpfen, daß ich auf den nächsten Flug nach Europa kam. Sie fuhr ins Hotel und packte schon mal unsre Rucksäcke, fuhr zurück und traf sich an meinem Krankenbett mit einer belgischen Ärztin, die sich bereit erklärt hatte, mich zu begleiten. Anschliessend gelang's ihr, acht Tickets bei *Air France* zu kaufen – mit Hilfe einer Botschaftsangehörigen, die eine persönliche Beziehung zum Büroleiter und sich entsprechend eingeschaltet hatte. Beinahe wäre alles noch daran gescheitert, daß es in der ganzen Stadt keinen Krankenwagen gab; kurzentschlossen forderte die Botschaft einen Militärtransporter an. Sechs Soldaten packten mich, trugen mich, wie ich war, in den Transporter, packten mich erneut und trugen mich ins Flugzeug.

Ganz hinten im Heck hatte man ein paar Sitzreihen mit einem Vorhang für uns abgetrennt: Sechs Plätze blockierte eine Pritsche, die der Länge nach über den Bullaugen montiert war, dazu zwei Sitze für Mara und die Ärztin. Ich lag knapp unter der Decke und sehr hart. Die Ärztin gab mir eine *Aspirin*-Spritze, selbst darauf reagierte ich allergisch, mein Immunsystem war zusammengebrochen. Bald darauf übergab ich mich. Mitten in der Nacht mußte ich auf Toilette, man schob mich auf einem Rollstuhl durchs Flugzeug, der Tropf, an dem ich weiterhin hing, hinterher. In hochnotpeinlicher Deutlichkeit erinnere ich mich daran, sehe die schlafenden Passagiere in den Sitzreihen zu beiden Seiten, sehe den kleinen Toilettenraum, vor allem die Tür, die ich offenlassen mußte, die Ärztin wollte mich nicht unbeaufsichtigt lassen. Ich bemühte mich, die Sache so schnell

258

wie möglich hinter mich zu bringen, aber ich hatte furchtbar Durchfall, und dann konnte ich mich nicht mal mehr mit eigner Kraft von der Klobrille hochstemmen. Noch heute spüre ich die Scham, die ich empfand, als man mich sehr dezent heraushob aus der Toilette und zurück zu meiner Pritsche rollerte.

Und ein zweites Mal wachte ich auf in dieser Nacht, plötzlich hatte ich … war's Todesangst? Ich fühlte mich unendlich allein gelassen, endgültig vergessen. Panisch rief ich nach Mara, die ganz in der Nähe saß und döste, rief immer wieder ihren Namen, meine Stimme kam jedoch gegen den Fluglärm nicht an. Da erhob sich die Ärztin, ich konnte ihr ins Ohr flüstern oder krächzen. Kurz darauf stand Mara neben mir und hielt meine Hand, bis ich wieder wegkippte und nichts mehr mitbekam.

Der Flug ging über Kigali und Nairobi nach Paris, dort wurde meine Pritsche von der Ladeluke auf ein Gefährt geschoben, das mich übers Rollfeld direkt zur nächsten Maschine fuhr, auch dafür mußte man vorab bezahlen. Am 22. Dezember landeten wir um zehn Uhr morgens in München. Zwei Sanitäter hoben mich vorsichtig von meiner Pritsche auf ihre Tragbahre, sie fragten mich: »Tun wir ihnen weh?« Da kamen mir die Tränen. Wenige Augenblicke später wurde es endgültig dunkel.

*

Nein, zum Kilimandscharo hatten wir's nicht geschafft. Aber immerhin heim. Ich wurde mit Blaulicht ins Harlachinger Krankenhaus gebracht, Mara fuhr im Taxi hinterher. Im Krankenhaus stand ein ganzes Ärzteteam bereit, von der Auslandsversicherung vorab instruiert, jede Minute zählte. Nachdem ich lang genug gebohrt hatte, verriet mir Mara später auch pein-

liche Details dieser Tage; so weiß ich, daß sich die Krankenschwestern vor meiner schmutzigen Kleidung ekelten, Mara
selbst mußte sie in einen Plastiksack packen. Ich wurde gewa-
schen, geröntgt und …

        … war doch längst auf einer ganz andern
Reise. Sie ging ins Helle, dorthin, wo in der Ferne ein Licht er-
strahlte – das Licht bildete eine Art Lichtstreifentunnel bis zu
mir, alles darum herum war wie abgedimmt und gehörte schon
nicht mehr dazu. Es war keineswegs aufregend, verlockend oder
ängstigend, ich nahm es in großer Selbstverständlichkeit hin.
Sogleich lagerten sich Farben rund um das Licht, zerflossen zu
immer neuen Anordnungen, sanfte ausgewaschene Farben, ich
schwebte beständig auf sie zu und durch sie hindurch. Und dann
hörte ich Musik. Nein, keine donnernd erklingenden Quadern
wie bei Bach oder Händel, keine silbern springenden Quellen
wie bei Vivaldi oder Mozart, keine auflodernde Wucht wie bei
Beethoven oder Wagner. Ich hörte einen Gesang, lang gehaltene
Töne, wie von einem Chor am Ende des Lichttunnels gesungen,
ohne eigentliche Melodie, ein tönendes Nichts. Es changierte so
langsam wie die Farben, und unaufhörlich glitt ich hinein und
hindurch und dem Licht am Ende des Tunnels entgegen.

Nein, das hatte nichts Mystisches an sich. Ich war Teil eines
Geschehens, das sich unaufhaltsam vollzog – was ich sah und
hörte, berührte mich nicht.

*

»Wie jetzt, du warst scho drübm?« unterbrach mich der Tscharli.
Er war so aufgeregt, daß er sich fast vom Tropf gerissen hätte,
ergriff mich am Arm und rüttelte ihn, auf daß ich schneller ant-
worte.

»Das war ich. Und du brauchst keine Angst haben. Schon die Anreise ist phantastisch.«

»Du hast die Engel singen hörn?« Jetzt klammerte er sich mit beiden Händen an mich, »sag?«.

»Ob's Engel waren, keine Ahnung.«

Monate später hatte ich verschiedene wissenschaftliche Erklärungen für das gelesen, was ich erlebt hatte. Und erfahren, daß körpereigene Stimmungsaufheller dafür verantwortlich seien, drogenähnliche Botenstoffe, vielleicht auch Sauerstoffmangel im Gehirn. Auf keinen Fall eine himmlische Heerschar, die der Seele auf dem Weg ins Jenseits ein Willkommenslied singt. Doch das konnte ich dem Tscharli natürlich nicht sagen.

»Du hast sie doch g'hört, Hansi!« Ob ich mich nicht wenigstens ein bißchen an das erinnern könne, was sie gesungen hätten?

Aber ja, ich erinnerte mich. Ich kannte nur keine Worte, um es angemessen zu beschreiben. Sie sangen … eine Art Choral in unendlich modulierter Melodie, die nur langsam, in Halboder gar Vierteltönen vorankam, eine kühl chromatische Liturgie. Es hätte gregorianischer Gesang sein können und klang auf fremde Weise vertraut.

»Was stöhnst 'n scho wieder! Bitte, Hansi.«

Schon einmal in meinem Leben war ich durch changierende Farben hindurchgeschwebt. Oder eher -gerast. Ein paar Jahre vor meiner Reise mit Mara hatte ich mir beim Squash die Achillessehne gerissen; die beiden Enden der Sehne, die sich über zwei Tage hinweg ziemlich zusammengezogen hatten, wurden mir im Krankenhaus wieder aneinandergenäht. Weil nun ein äußerst schmerzhafter Zug auf der Sehne war, spendierte mir der Stationsarzt einen »feinen Cocktail«, wie er's nannte, so daß ich schlafen konnte. Auch in dieser Nacht war ich die ganze Zeit unterwegs, freilich viel schneller, atemloser. Ich fuhr Achterbahn, und die Farben, auf die ich zuschoß, formten sich zu immer neuen düsteren Motiven wie auf Kirchenfenstern. Jedesmal hatte ich Angst vor dem Aufprall, eine ganze Nacht lang, brauste dann, ohne daß ich hätte abbremsen können, in voller Fahrt durch sie hindurch, ohne daß es je klirrte und etwas zu Bruch ging.

Dieselben Farben, Dunkelrot, Dunkelgelb, Dunkelblau, Dunkelviolett, durchfuhr ich nun ein zweites Mal, wiewohl ganz langsam, ich schob mich auf sie zu und durch sie hindurch. Nur selten sah ich nach unten auf die Erde, sie lag tief unter mir, es waren keine Einzelheiten mehr zu erkennen. Wir hatten schon tüchtig an Höhe gewonnen.

»Und du woitst ned zruck?« bettelte der Tscharli nach weiteren Details.

»Wollt' ich nicht, nein.« Es war kühl und still und unwiederbringlich, das spürte ich. Es gab nichts mehr zu wollen.

»Wirkli ned?«

»Naja, ich war auf Kurs. Und hatte nichts dagegen.«

✳

Nun war's Sophia, die uns unterbrach – sie wolle nur schnell nachschauen, ob alles gut laufe. Tatsächlich fand sie, daß es besser laufen könne, und drehte das Ventil am Infusionsbeutel eine Spur weiter auf. Der Tscharli bat mich, sie mit seinem Handy zu fotografieren, aber Sophia schüttelte den Kopf. Er erklärte ihr, er wolle ihr Bild ansehen, wenn es ans Sterben gehe; sie blieb hart, so schnell sterbe er nicht. Allerdings versprach sie, ihn weiterhin zu besuchen, *sehen* werde er sie noch oft.

Erst nachdem sie sich so rasch entzogen hatte, wie sie aufgetaucht war, registrierte ich die leere Stelle auf der anderen Seite des Ganges, dort, wo der kleine Junge gelegen hatte. Auch der Vater war verschwunden.

*

Meine Reise ins Jenseits wurde durch eine Notoperation abgebrochen. Als ich aufwachte, stand das Ärzteteam rund um mein Bett. Jemand begrüßte mich mit dem Satz:

»Eine Maschine später hätten Sie nicht kommen dürfen.«

Ich vernahm seine Worte, verstand sie aber nicht. Wenn ich in den Tagen zuvor gleichgültig gewesen war, so war ich jetzt völlig apathisch. Ich empfand keine Freude, ich empfand nichts.

Mara wartete den ganzen Tag in einem Warteraum, man hatte sie vergessen. Vorbeieilende Krankenschwestern hatten keine Zeit für sie oder wußten nichts; erst um neun Uhr abends kam zufällig ein Arzt vorbei, der sich wunderte, warum sie hier noch sitze. Sie könne heimgehen, versicherte er ihr, sie müsse sich keine Sorgen mehr machen: »Ihr Mann ist bei uns in guten Händen.«

»Wird er sterben?« fragte Mara.

»Nein«, sagte der Arzt, »sterben wird er nicht.«

Wie kritisch es weiterhin um mich stand, verschwieg er ihr.

Am nächsten Morgen empfand ich wenigstens wieder Schmerz. Mein rechtes Bein lag, dick verbunden, auf einem Podest, das man aufs Fußende des Bettes gestellt hatte. An mehreren Stellen meiner beiden Arme hatte man mir Nadeln gesetzt, die Schläuche liefen zu verschiedenen Infusionsbeuteln, die hoch über mir hingen.

Dann die erste Visite, so viele Ärzte wie an diesem Morgen hatte ich noch nie auf einmal gesehen. Mein Verband wurde abgewickelt, Mull wurde hervorgezupft, immer tiefer griff die Zange. Dann sah ich zum ersten Mal die beiden Schnitte links und rechts vom Knie, sah die Kanülen, die man gelegt hatte, damit Blut und Eiter abfließen konnten, sah die Sicherheitsnadeln, mit denen die Kanülen fixiert waren, sie führten hinein in mein Fleisch und hinaus. Die Hauptwunde war so lang wie eine Hand und reichte bis zum Knochen hinab, mit einem langen Löffel wurde Eiter aus ihr herausgelöffelt. Links und rechts hielten mich Krankenschwestern fest.

Zehn bis fünfzehn Minuten wühlte einer der Ärzte in den Taschen der Wunde, drückte zusätzlichen Eiter mit beiden Händen aus dem Fleisch heraus wie aus einer Tube. Während die Wunde anschließend mit neuer Gaze, neuem Mull, neuer Bandage versorgt wurde, erfuhr ich, daß ich eine Blutvergiftung hatte. Offensichtlich seien bei der Punktion meines Knies schon in Kigali Bakterien von der Haut ins Blut geraten und hätten sich dort rasend schnell vermehrt – wahrscheinlich sei die Stelle nicht richtig desinfiziert gewesen. Im Verlauf der gestrigen Operation habe man eine ganze Nierenschüssel randvoll mit Eiter aus dem Knie herausgeholt, dazu reichlich totes Gewebe. Wie durch ein Wunder sei der Infekt nicht in mein Gelenk eingedrungen. Allerdings sei er weiterhin im Bein und wandere aufwärts, man könne nicht ausschließen … Hier brachen die Ärzte in ihrer Schilderung ab. Ich hatte ohnehin kaum etwas verstanden und mußte bei weiteren Gelegenheiten immer wieder fragen, bis mir endlich klar war, welch Glück im Unglück ich gehabt hatte.

Am Nachmittag besuchte mich Mara. Sie hatte mir das Leben gerettet, freute sich aber kaum darüber. Wahrscheinlich war sie einfach zu erschöpft. Bald mußte sie zurück in meine Wohnung, in der sie auch die vorige Nacht verbracht hatte – heute abend sollten unsre Rucksäcke geliefert werden, die in Paris liegengeblieben waren.

An Heiligabend fuhr sie zu ihrer Mutter, um sich bei ihr drei Tage aufs Sofa zu legen und zu schlafen. Danach fuhr sie direkt ins Hamburger Tropeninstitut, man stellte fest, daß sie sich eine sehr schwere Form der Ruhr zugezogen hatte, eine Bakterienruhr, hochgradig ansteckend. Ich hatte gar nicht mitbekommen, daß sie krank geworden war; nun mußte sie in Quarantäne und wurde mit Antibiotika behandelt.

Derweil teilten mir meine Ärzte mit, daß der afrikanische Infekt, wie sie ihn nannten, weiterhin mein Bein emporwandere und sich anscheinend mit europäischen Mitteln nicht aufhalten lasse. Wenn er drohe, sich vom Bein auf den Unterleib auszubreiten, habe man keine Wahl, dann müsse man mein Bein abnehmen.

»Bitte nicht«, flehte ich sie an. Mehr als diese beiden Worte bekam ich nicht über die Lippen.

*

Ab dem 24. Dezember wurde mein Oberschenkel mit Vlies ummantelt, das die Schwestern rund um die Uhr mit Äthanol zu tränken hatten. So wurde das Bein gekühlt, ich lag permanent auf einem nassen Laken. Die Wunde wurde auf dieselbe Weise offengehalten – mit Drainagen, Sicherheitsnadeln, Tüll und Gaze – wie zuvor, damit man weiterhin regelmäßig Eiter auslöffeln konnte. Es graute mir jedesmal, wenn ich versuchte, zuzusehen oder sogar bis auf den schwarzschillernden Grund der Wunde hinabzuschauen. Sie war so schamlos nackt inmitten flammend roten Fleisches, das wie abgestorben darum herumlag; wenn ich dort berührt wurde, fühlte ich nichts. Manchmal vermeinte ich, den Knochen zu sehen, dann schloß ich schnell die Augen. Meine verflucht rotschwarze Wunde.

So lag ich bis zum 29. Dezember einfach nur da. Jedesmal, wenn ich aufwachte, sah ich als erstes nach, ob ich noch ein rechtes Bein hatte. Am schlimmsten war die Morgenvisite. Man schob mir ein Stück Holz zwischen die Zähne, auf das ich tüchtig beißen konnte, eine Krankenschwester fixierte mich von rechts, eine zweite von links, dann wurde die Wunde so lange ausgelöffelt, bis man sich ein aktuelles Bild davon machen konnte. In den Taschen rund um die OP-Schnitte sammelte sich immer neuer Eiter, der diensthabende Arzt schabte sie mit dem Löffel so tief wie möglich aus – was mich immer wieder an den Rand der Ohnmacht brachte. Schmerzmittel bekam ich keine, angeblich würden sie das, was ich zu ertragen hatte, nicht betäuben können.

Den Rest des Tages verdämmerte ich in der stillen Abgeschiedenheit eines Einzelzimmers. Ab und zu wurde mir eine der Nadeln, an denen ich hing, andernorts neu gesetzt, weil sich die Stelle entzündet hatte. Ab und zu wurde mein Verband neu mit Äthanol begossen. Trotzdem ging das Fieber nachts immer wieder hoch, und ich mußte weiter um mein Bein bangen. An den Weihnachtstagen war ich der einzige Patient auf der Station. Nachdem meine Energie kurz nach der Operation aufgeflackert war, sackte sie jetzt wieder vollends ab. Ich lag nur da und sah an die Decke, fühlte mich elend, ein Stück wertloses Fleisch, von allen verlassen. Erst langsam begriff ich, was passiert war, langsam.

An ganze Tage habe ich überhaupt keine Erinnerung.

Und mit jedem Tag, den Mara nicht anrief, schien es mir offensichtlicher, daß auch sie mich verlassen hatte. Ich hätte heulen können. Aber ich konnte es nicht.

Am 28. Dezember brach ich in meinem Badezimmer zusammen.

*

Schon öfter hatte ich mich bei den Schwestern über die Bettpfanne beklagt, die ich zu benützen gezwungen war, und vor Scham versucht, den Stuhlgang zu unterbinden. Eine der Schwestern, die ich besonders mochte, stellte mir einen fahrbaren Toilettenstuhl nebens Bett und schlug mir vor, das nächste Mal damit zum Badezimmer zu fahren. Sicher hatte sie gemeint: in ihrer Begleitung. Doch was ich fälschlicherweise als Aufforderung verstand, setzte ich verwegenerweise gleich in die Tat um, den letzten Tropf, an dem ich hing, mit mir führend. Kaum hatte ich die Toilette im Bad erreicht, brach das Blut durch den Verband, binnen Sekunden standen meine Füße in einer Blutlache. Ich mußte nach der Schwester klingeln und wurde, eine Blutspur auf dem Boden hinterlassend, zurück ins Bett gebracht. Wie zur Strafe wurde meine aufgebrochene Wunde erneut gereinigt, vom selben Arzt, der sie morgens mit grosser Gründlichkeit traktiert hatte, jetzt noch gründlicher und länger.

So würde es nicht mehr lange weitergehen. Und so ging es auch nicht weiter.

*

Am 29. Dezember kam der Oberarzt aus dem Weihnachtsurlaub zurück und übernahm die Station. Nachdem er meine

Wunde inspiziert hatte, ordnete er sofort eine zweite Operation an. Es sollte Abend werden, bis er dafür Zeit hatte.

Und an diesem Nachmittag rief Mara an! Ich war so froh, ihre Stimme zu hören. Aber nur kurz. Sie erzählte von ihrem eigenen Leidensweg und daß sie noch die nächsten Tage in Quarantäne verbleiben müsse. Dann von der Erschütterung, die ihr unsre Reise versetzt habe. Sie vermied es, mich an gewisse Szenen zwischen uns beiden zu erinnern, doch ich wußte genau, wovon sie sprach. Ich nahm all meine Kraft zusammen und bat sie, auch an das Schöne zu denken, das wir erlebt hatten. Mara widersprach nicht. Stimmte aber auch nicht zu. Inzwischen glaube ich, sie war entschlossen, mich zu schonen – und dennoch langsam, ganz langsam, mit ihren neuen Wahrheiten zu konfrontieren.

Um sieben Uhr abends wurde ein dritter Schnitt an meinem Knie gesetzt und eine weitere Kanüle gelegt. So konnte der Eiter auch an dieser Stelle abfließen. Die Schmerzen danach waren gewaltig, in der Nacht fand ich keine Ruhe.

Am nächsten Morgen war ich verdächtig schmerzfrei, und ich lag im Trockenen, auf weitere Kühlung mit Äthanol hatte man verzichtet. Mittags wurde ich zum ersten Mal gebadet. Ich saß eine ganze Weile in der Wanne und blickte auf die Wundverbände, die langsam aufweichten. Anschließend wurde die Wunde gereinigt und neu verbunden, immer noch hatte ich Angst davor – und zu Recht.

Am Silvestermorgen bekam ich einen weiteren Anruf von Mara. Sie hege tiefe Zweifel an unsrer Beziehung, ein Jahr lang hätte sie nur Kraft gekostet. Anscheinend sei sie nicht die Frau, die ich in ihr sähe; wir würden einfach nicht zueinander passen – auf der Reise sei's ihr klargeworden. Ein Leben lang um jede Kleinigkeit kämpfen mit mir wolle sie nicht, werde also den Ring nicht tragen und nicht mit mir zusammenziehen. Ich fand kein einziges Wort, um dagegenzuhalten, obwohl ich inzwischen wieder ganz normal reden konnte.

»Auf diese Weise entziehst du dich«, brachte ich gerade noch hervor, »und ich liege ans Bett gefesselt und kann nichts dagegen tun.« Ob wir nicht wenigstens in Ruhe darüber sprechen könnten? Mara wollte stets stark sein, das wußte ich, und sie hatte große Schwierigkeiten, Schwäche zuzulassen, auch bei sich selbst. Und nun hatte sie mich so schwach gesehen, war ich noch immer so schwach! Ihre Antwort überraschte mich nicht:

Sie bleibe lieber allein und stark, als daß sie dauernd so schwach gemacht werde durch die Gefühle zu mir. Die ganze Reise lang wäre es ihr schlecht gegangen, sie hätte sich immer nur verstecken wollen, und ich hätte es nicht mal gemerkt.

Da sagte ich nur noch: »Aber ich liebe dich doch.«

Mittags rief sie erneut an. Sie wolle sich nicht entziehen. Am 3. Januar werde sie mich besuchen.

Ich holte meinen Ring aus der Tüte, in die man meine Wertsachen getan hatte, schloß die Augen und drückte einen Kuß darauf. Dann hielt ich ihn eine Weile in der Hand, bevor ich ihn ins Schubfach meines Nachttisches legte. Nicht mal weinen konnte ich, alles war wie verschnürt in mir, und mein Innerstes war leer, als hätte ich mich selber verlassen und würde nur als Hülle weiterleben. Wenigstens konnte ich den Ring wieder und wieder aus dem Schubfach holen und in der Hand halten. Schließlich legte ich ihn auf die Platte des Nachttischs, so konnte ich ihn jederzeit ansehen.

Gegen Mitternacht knallte es draußen im Gang, als würde ein Korken aus einer Flasche gezogen. Von meinem Bett aus konnte ich sehen, wie Raketen in den Himmel geschossen wurden. Ein neues Jahr brach an, und ich hatte noch beide Beine.

*

Anderntags wurden die Wunden erneut gebadet, danach die Infusionen abgesetzt. Ab jetzt sollte ich nur noch Tabletten bekommen. Oja, Tag für Tag wurde ich ein wenig gesünder, jedenfalls dachte ich das. Und doch war alles trüb und schwer. War ich zuvor weitgehend teilnahmslos gewesen, so war ich nun abwechselnd niedergeschlagen, deprimiert oder traurig. Dazwischen war ich bedrückt oder bekümmert, in der Badewanne war ich mutlos, und als am 2. Januar die Drainagen gezogen wurden, war ich den Tränen nah. Ich hatte keine Hoffnung mehr. Dabei durfte ich zum ersten Mal ein paar Minuten ohne Krücken in meinem Zimmer gehen, und nachts wurde das Bein auch nicht mehr hochgelegt. Ich hätte jubeln müssen vor Freude. Und konnte nicht mal weinen.

Dann brach der 3. Januar an, der Oberarzt reinigte die Wunde persönlich, setzte die Antibiotika und das tägliche Baden der Wunde ab, verordnete eine Art Normalzustand, den er jetzt ein paar Tage beobachten wolle. Ich solle viel laufen, und Krankengymnastik verschrieb er mir auch. Ich wog nur noch 65 Kilo, neun Kilo weniger als vor der Reise. Wenn ich in den Spiegel blickte, konnte ich verstehen, daß man mich verlassen wollte, mein Gesicht war grau, meine Augen erloschen. Überall standen mir die Knochen aus dem Fleisch, mein linkes Bein war ganz dünn geworden und mein rechtes noch dick angeschwollen. Niemals zuvor und niemals danach mochte ich mich so wenig leiden wie an diesem Tag. Ich wünschte mir, daß ich gestorben wäre; weiterzuleben als der, der ich jetzt war, schien mir ein erbärmliches Los.

Mara hatte den 6:51-Uhr-Zug in Hamburg genommen, und ich hatte noch immer solche Schmerzen im Bein, seit drei Wochen mittlerweile. Um Viertel vor drei trat sie durch die Tür, und kaum war sie bei mir, spürte ich nichts anderes als ihre großartige Gegenwart. Ich spürte sie so sehr, daß ich gar nicht sah, wie gezeichnet sie war, wie schwach. All der Zauber, der sie ausmachte, war wieder da, wenngleich erst zart, zögernd, geradezu züchtig – ich war so glücklich, daß sie gekommen war, und im Handumdrehen voll neuer Hoffnung.

Jetzt, da ich wieder ansprechbar und bei Verstand war, erzählte mir Mara von den letzten Tagen unsrer Reise. Ich bestürmte sie mit Fragen – diese mit Antworten aus der Welt zu schaffen, war für mich der Auftakt einer neuen Beziehung – und versäumte dadurch, ihr weit wichtigere Fragen zu stellen. Mara gab bereitwillig Auskunft, strahlte gleichwohl etwas aus, das mich vor einer Berührung mit ihr zurückschrecken ließ. Immerhin erfuhr ich nun en detail, was sie und ich in den letzten Tagen unsrer Reise durchgemacht hatten und wie knapp die Sache ausgegangen war. Wir tranken Kaffee und aßen Mohnkuchen, als ob ich nicht bis vor kurzem noch künstlich ernährt worden wäre. Im Nu war's sechs Uhr; wenn sie den Nachtzug zurück nach Hamburg noch erwischen wollte, mußte sie jetzt gehen.

Aber wieso denn überhaupt? Was mußte sie so schnell zurück nach Hamburg?

Anstelle einer Antwort gab sie mir einen Reisewecker, ebenjenes Modell, das mir gestohlen wurde. Nur ohne ihr Bild im Deckel. Ich hielt es für ein nachträgliches Weihnachtsgeschenk, tatsächlich war es ein Abschiedsgeschenk. Ob sie nicht wenigstens am Wochenende wiederkommen könne? Wenn sie sich am Freitag nachmittag in den Zug setzen würde, den sie so oft im letzten Jahr genommen, in *unseren* Zug, wäre sie abends um acht in München. Anstelle einer Antwort krabbelte sie zu mir ins Bett, ganz vorsichtig und von der gesunden Seite her, anstelle einer Antwort legte sie sich halb auf mich und das Laken, mit dem ich zugedeckt war, anstelle einer Antwort küßte sie mich. Voll Zärtlichkeit, voll Liebe, voll Verzweiflung. Es war der schönste, der unvergeßlichste Kuß meines Lebens. Ich dachte, es wäre der Beginn eines neuen Lebens mit ihr. Tatsächlich war es ein Abschiedskuß.

*

Nachts lag ich da und blickte zur Decke, ich dachte nur immer wieder: Sie liebt mich also doch. Erst am nächsten Morgen fand ich den Ring auf meinem Nachttisch – *ihren* Ring. Sie hatte ihn heimlich in den meinen gelegt, bevor sie gegangen war. Vielleicht auch, bevor sie zu mir ins Bett gekrabbelt war. Nun lagen die beiden Ringe so da, daß sie einander rundum berührten. Kurz nach dem Kauf hatten wir entdeckt, daß sie genau ineinanderpaßten, und sie immer mal wieder ein Wochenende lang zusammengelegt. Da brach es endlich aus mir heraus, und ich weinte wie ein kleines Kind, still und heftig und minutenlang. Von da an kamen mir die Tränen beim geringsten Anlaß.

Und trotzdem wollte ich es nicht wahrhaben. Noch hatte ich den Freitag, auf den ich alle Hoffnung setzen konnte. Die beiden Ringe lagen die ganze Zeit in- und miteinander auf dem Nachttisch, vielleicht konnte ich Mara damit noch herbeizaubern. Sie paßten doch so perfekt zusammen, das war doch kein Zufall, das bedeutete doch etwas! Ich war entschlossen, alles wiedergutzumachen, und wollte es Mara gleich von der ersten Sekunde an deutlich machen. Dazu mußte ich den Oberarzt in meine Pläne einweihen. Gottseidank hatten wir uns mittlerweile ein bißchen kennengelernt, ich glaube, wir mochten uns. Er schärfte mir ein, daß er das, was er gleich sagen werde, niemals gesagt habe; dann versprach er mir, sollte ich weiterhin Fortschritte bei der Krankengymnastik machen und es keine Komplikationen geben, mich am Freitag abend für maximal zwei Stunden aus dem Krankenhaus entwischen zu lassen.

Bei der Visite am Mittwoch stellte sich jedoch heraus, daß ich erneut operiert werden mußte, man hatte einen neuen Eiterherd weiter oben im Oberschenkel entdeckt – Komplikationen. Tatsächlich verschob sich der OP-Termin auf Freitag morgen; und nach einer Vollnarkose, da ließ der Oberarzt nicht mit sich handeln, würde er mich abends nicht ins Taxi steigen lassen. Also ließ ich mich ohne Narkose operieren. Ich bekam das Beißholz zwischen die Zähne, zwei Krankenschwestern fixierten mich links und rechts an der Schulter, der Oberarzt setzte einen einzigen langen, tiefen Schnitt.

Um halb acht stand ich am Münchner Hauptbahnhof. Als der Zug aus Hamburg einlief, stemmte ich mich auf meinen Krücken noch ein paar Millimeter höher, um Mara so früh wie möglich zu entdecken. Ich wollte sie wenigstens zu meiner Wohnung begleiten, ehe sie mich morgen im Krankenhaus besuchen käme. Es war freilich sie, die mich überraschte. Und ich glaubte es erst, nachdem ich auch den nächsten Zug aus Hamburg eine Stunde später abgewartet hatte.

*

Drei Tage vor meiner Entlassung aus dem Krankenhaus wurden meine Wunden vernäht, nur schwer erwachte ich aus der Narkose. Nach dieser vierten Operation war das Bein erneut bandagiert worden und ich erst mal wieder ans Bett gefesselt, eine Kanüle sorgte für Ableitung des Blutes aus der Wunde.

Das hatte ich so schon mal gesehen, es schien Jahre zurückzuliegen.

Man entließ mich auf Krücken. Noch nicht richtig zu Hause
angekommen, fand ich den Wohnungsschlüssel in meinem
Briefkasten. Offensichtlich hatte ihn Mara bereits am 3. Januar
eingeworfen. Während ich noch geglaubt hatte, sie würde am
Wochenende wiederkommen, hatte sie längst alle Konsequenzen gezogen. Natürlich ging sie nicht ans Telefon, ich hörte ihren Anrufbeantworter so oft, daß ich mich erneut in sie hätte
verlieben können. Wenn ich sie nicht schon so bitterlich geliebt hätte. Je weiter weg sie von mir rückte Tag für Tag, desto
inniger zauberte ich sie mir des Nachts vor Augen – schlafen
konnte ich aufgrund der Schmerzen sowieso nicht.

Noch bis Monatsende mußte ich zum Verbandswechsel täglich im Krankenhaus erscheinen. Mal war eine Naht aufgeplatzt,
mal wurden Fäden gezogen, mal wurde eine der verheilenden
Wunden wieder aufgerissen, erneut mit Gaze ausgestopft. Mal
wurde auch ein Abszeß erkannt und sofort aufgeschnitten –
noch immer waren Bakterien im Bein und sorgten für Entzün-
dungen. Immer wenn ein neuer Eiterherd entdeckt wurde, rang
ich mit den Tränen, ich glaubte, nie mehr gesund zu werden.

Noch drei Mal wurde ich operiert, wurden neue Drainagen gelegt, die nicht weniger juckten und zwickten wie die
alten, wurde ich nach ein paar Stunden auf Krücken heimge-
schickt – zum siebten und letzten Mal am 28. Januar. Ich hatte
inzwischen eine gewisse Routine, der Oberarzt plauderte mit
mir, bis die Betäubungsmittel wirkten. So erfuhr ich, daß man
noch lange nach meiner ersten Operation im Kreis der Ärzte
erwogen hatte, mein Bein zu amputieren. Und daß ich die
ganze Zeit wie weggetreten war, merkwürdige Sachen gesagt
und getan hatte. Erst am 8. Februar erklärte er mich für geheilt.

Ich kaufte eine Flasche Champagner und fuhr ein letztes Mal ins Krankenhaus, um mich bei ihm zu bedanken. Dann betrank ich mich bis halb fünf Uhr morgens. Ich war dem Tod entronnen und auch einem Leben als Krüppel. Bis ich wieder in meinen Alltag zurückgefunden hatte, sollte es noch ein ganzes Jahr dauern.

＊

Nun war ich vor allem wieder allein, allein mit meiner verflucht rotschwarzen Wunde, die ich unter der Narbe wußte, und den fünf anderen, die sich übern Oberschenkel verteilten. Drückte ich mit den Fingerspitzen rund um mein Knie, spürte ich nichts, man hatte mir ja nicht nur das Fleisch links und rechts aufgeschnitten, sondern dabei auch die Nerven durchtrennt. Die Narben saßen rot und breit auf dem Bein; wenn ich sie betrachtete, schauderte mir. Schier unvorstellbar, daß ein solches Bein je wieder normal aussehen und funktionieren könnte. Ich wußte ja, wie es unter jeder dieser Narben aussah, in Gedanken sah ich noch immer in den Abgrund, der sich dort tagtäglich bei der Morgenvisite für mich aufgetan hatte. Und noch immer hatte ich Angst. Angst, daß der Infekt erneut ausbrechen konnte. Daß das Bein wieder aufgeschnitten werden mußte, an ebenjener Stelle womöglich, wo jetzt die breiteste, längste, dickste Narbe verlief. Der Gedanke versetzte mich in sanfte Panik. Ich ertrug ihn nur, indem ich ihn so oft aufnotiert hatte, bis er sich ganz von alleine zum Gedicht geformt – zum ersten Mal seit Monaten hatte ich wieder etwas geschrieben.

＊

275

Der Blick in meine Wunde

Lang wie eine Hand und in Rot und in Schwarz,
so zeigt sie sich täglich aufs neue, sobald die
Bandagen, der Mull und der Tüll und die Gaze
entfernt sind, in all ihrer schorflosen Nacktheit –
ein schillernder Schlund, während sie ungerührt
und kühl ihren blassen Betrachter taxiert
: wie lang er sich hier wohl noch ziert

Breit wie eine Hand und rundum glattrasiert,
so stülpt sie ihr Feuchtestes schamlos nach außen
und zeigt die Drainage, wie sie ungeniert
ins flammende Fleisch ihr dringt und, weit entfernt,
durch einen scheinheiligen Schlitz in der Haut,
als wär' nichts geschehen, ins Offene führt
: doch das ist ein andrer als ich, der das spürt

Schon widmet man sich voller Eifer dem Eiter,
schon wühlt man, schon schiebt man die
                                    Schmerzgrenze weiter,
schon schabt man mich aus, bis zum Knochen hinab,
dann salbt man mich, stopft mich mit Sorgfalt zugrunde,
umwickelt mich wortlos, behängt mich mit Schläuchen,
verschiebt mich bis morgen, vergißt die Befunde
: im Weiß des Verbandes scheint schon das Gesunde

Darunter jedoch wächst mit jeder Sekunde,
gedeiht ohne Hast, ist sich meiner ganz sicher,
denn längst weiß sie ja schon den Tag und die Stunde
: meine verfluchte rotschwarze Wunde

*

Irgendwann meldete sich kein Anrufbeantworter mehr, und irgendwann eine fremde Stimme. Mara hatte sich eine neue Telefonnummer besorgt oder sogar eine neue Wohnung, nun war wirklich alles vorbei. Trotzdem zog ich, wie geplant, nach Hamburg. Meine Münchner Wohnung hatte ich vor unsrer Reise gekündigt, warum sollte ich nicht wenigstens in Maras Nähe leben? Tatsächlich hoffte ich, ihr bei Gelegenheit zu begegnen, die Literaturszene in Hamburg ist nicht so groß, als daß mir Mara auf Dauer hätte entgehen können.

Doch der kleine Verlag, bei dem sie arbeitete, wurde verkauft, kaum daß ich recht in Hamburg angekommen war. Bei einem Lokaltermin im Schutz der Nacht sah ich, daß ihr Klingelschild mit einem Streifen Leukoplast überklebt war, jemand hatte mit Kugelschreiber »J. Platiel« daraufgeschrieben. Womöglich hatte sie eine Stelle in einer anderen Stadt angenommen. Oder den Beruf gewechselt, im Ausland neu angefangen, was weiß ich – damals gab's noch so gut wie kein Internet, wer verschwinden wollte, der verschwand.

Ich war so dankbar, daß sie mich gerettet hatte, wenigstens das hätte ich ihr gern gesagt. Aber sie wollte keinen Kontakt mehr, meine Art des Dankes hatte darin zu bestehen, daß ich schwieg. Daß ich sie nicht irgendwo aufspürte und sie mit meiner Liebe belästigte. Ihre Entscheidungen waren stets radikal und endgültig gewesen. Sie hatte sich mit allen Konsequenzen für mich entschieden und sämtliche Verehrer abgeschafft; nun hatte sie sich mit allen Konsequenzen gegen mich entschieden – und dafür gesorgt, daß wir uns nie wieder übern Weg laufen konnten.

Und daran habe ich mich bis heute gehalten. Wenn ich wenigstens mal im Internet nach ihr suchte, kam ich nie besonders weit. Bei keinem der sozialen Netzwerke war sie angemeldet, Google lieferte lediglich Treffer, bei denen ihr Name nicht enthalten war. Wahrscheinlich hatte sie längst geheiratet und einen anderen Namen. Ganz sicher sogar. Aber ja.

Noch Monate später erschraken die Leute, weil ich so bleich war und mein Blick so leer. Es gibt ein einziges Foto von mir aus dieser Zeit, wenn ich es betrachte, erschrecke ich selber vor mir. Mein Blick ist der eines Davongekommenen. Obwohl ich den Fotografen ganz schüchtern mit glasigen Augen anlächle, schaue ich durch ihn durch, als sähe ich noch immer ein Stück weit nach drüben, in die andre Welt. Die Rückkehr ins Hier und Jetzt fiel mir nicht mit jedem Tag leichter, sondern schwerer. Je mehr ich begriff, was passiert war, desto größer wurden Reue und Zerknirschung: Die Reise, mein Verhalten am Berg, mein Verhalten Mara gegenüber – ich hatte viel zuviel gewollt und viel zuwenig selber geliefert. Ich hatte es nicht gut gemacht.

Wie gerne hätte ich es mit Mara bis zum Kilimandscharo geschafft! Wieder und wieder ging ich die Etappen unserer Reise durch und bereute. Nie wieder wollte ich so größenwahnsinnig mit einer Liebe abheben und dann eine solche Bruchlandung hinlegen. Obwohl sie mich am liebsten sicher schon in Afrika verlassen hätte, hatte mich Mara erst noch gerettet und nach Hause gebracht. Ich stand tief in ihrer Schuld und durfte ihr keinen Vorwurf machen, daß sie mich dann mit einem letzten Kuß über ihre wahren Absichten getäuscht hatte. Und mit was für einem Kuß! Danach konnte nichts mehr kommen, ich sollte mit kleinem Glück zufrieden sein.

*

»No woman«, murmelte der Tscharli, und weil ich nicht reagierte, murmelte er nach einer Weile »No cry«. Dann hörte man eine ganze Zeitlang nur seinen Herzschlag und die rasselnden Atemzüge vom Nachbarbett. »Die Mara«, hob er nach einer Weile wieder mit gedämpfter Stimme an, »vielleicht is sie ja längst g'storbn.« – »Und erzählt der Kiki grad, daß sie in den Falschen verliebt war.«

Ich hörte die Sätze wie aus weiter Ferne. Die dicke Frau, die am Bett schräg gegenüber ausgeharrt hatte, nun erhob sie sich und ging, als hätte sie nur das Ende der Geschichte abwarten wollen. Wieder winkte sie uns zu, der Tscharli erwiderte ihren Gruß und rief ihr sogar etwas auf Spaß-Suaheli zu, es klang wie *Mambudididallidalli*. Das harte Pochen an meiner Schädeldecke war abgeklungen, nicht einmal mehr ein feines Klopfen war zu spüren. Mein rechtes Auge war verschliert, ich schob die Brille hoch in die Stirn und rieb mir die Augenhöhlen so lang, bis es wehtat.

Schließlich rappelte ich mich von des Tscharlis Bett hoch und blickte mich um wie einer, der eben erst hier angekommen war. Fast unmittelbar vor mir stand ein zweiter Massai, wesentlich älter als der erste, in ähnlich blaurot kariertem Tuch und genauso bewaffnet. Sein Ohr war mehrfach gepierct, ums Handgelenk trug er ein breites Band aus kleinen bunten Plastikperlen. Er mußte gekommen sein, während ich von Mara erzählt hatte. Auf seinen Hirtenstab gestützt, stand er so vollkommen erstarrt da wie der andere, stolz und abweisend und sehr gerade. Mit dem einzigen Unterschied, daß er ein Bein leicht angewinkelt über das Standbein gelegt hatte, nur die Spitze der Sandale berührte den Boden.

»Derf i s' amoi anschaun?« Der Tscharli hatte seinen Oberkörper so weit wie möglich emporgestemmt. »Zeigstas mir mal?«

Er gierte danach, die Narben zu sehen. Ich zog das rechte Bein meiner Trekkinghose hoch, es ließ sich nur bis knapp übers Knie krempeln. Immerhin, die Narbe der ersten Operation war zu sehen, der Schnitt an der Innenseite des Knies. Schon lange war sie nicht mehr rot, sondern weiß, und deutlich kleiner war sie auch. Doch immer noch so groß, daß der Tscharli einen tüchtigen Schrecken bekam. »Lecko mio«, sagte er halblaut, »Lecko mio«. Nachdem er die Luft durch die Zähne hatte entweichen lassen, ließ er sich auf die Rückenlehne zurücksinken: Anfangs habe er ja gemeint, ich sei ein Hornbrillenwürschtl. »Aber des nehm i jetz ausdrücklich zruck.«

Beim Herunterkrempeln des Hosenbeins bemerkte ich, daß mir der junge Massai verstohlen zusah. Als er seinerseits bemerkte, daß ich auf ihn aufmerksam geworden war, sah er sofort wieder geradeaus, über das Bett seines Freundes hinweg, dorthin, wo er die Savanne wußte und den Himmel darüber.

»Und deshalb bist' z'ruckkomma?« Der Tscharli deutete auf mein Knie. »Hast' no amoi überlebn woin?«

Nein, widersprach ich. Ich hätte den Kilimandscharo sehen wollen und die angefangene Reise beenden.

»Verstehe, Hansi. Du woitst dir beweisen, daß d' locker auf jedn Berg 'naufkommst, wennst' nur gnua Wasser dabeihast und wenn man di ned hetzt.«

Nein, widersprach ich. Ich hätte meine Geschichte dem Krater erzählen wollen und darin begraben. So hätte ich es jedenfalls geplant gehabt. Dann sei allerdings der Tscharli aufgetaucht und habe meine Pläne durchkreuzt.

Doch das stimmte nicht ganz.

Die Geschichte mit Mara konnte ich nicht wiedergutmachen. Die mit Afrika schon. Ich wollte nicht immer nur an die Strassen in Bujumbura denken und wie alles geflirrt hatte vor Erregung, vibriert hatte vor Erwartung, das Zeichen möge gegeben werden und das große Morden und Schlachten endlich weitergehen – diese Bilder würde ich nur losbekommen, wenn ich sie durch neue, andere ersetzte. Ich mußte einen zweiten Blick auf Afrika werfen, wenn ich meinen Frieden damit machen wollte, ich mußte noch mal hin.

25 Jahre sollte ich brauchen, bis ich es begriffen und dann auch den Mut gefunden hatte, die Sache konkret anzugehen. Ich hatte jede Menge Bedenken und Angst, eine kaum faßbare Angst, die tief saß. Als ob mich eine erneute Reise nach Afrika endgültig mein Leben kosten würde. Dann kam mein 61. Geburtstag – wollte ich die Angst endlich überwinden, durfte ich nicht länger zögern. Außerdem hatte ich ja auch eine persönliche Schlappe wettzumachen. Im Lauf der letzten Jahre war ich immer wieder im Himalaya gewandert, ich hatte mich nicht geschont. Und dabei mit Höhenlagen vertraut gemacht, die weit über das hinausgingen, woran ich damals gescheitert war – im Ruwenzori-Gebirge, dem Anfang vom Ende meiner Reise mit Mara. Wenn ich nun nach Afrika zurückkehrte, würde ich es besser machen.

Wäre nicht Sophia in diesem Moment um die Ecke und auf uns zugeschossen, wer weiß, was ich dem Tscharli noch erzählt hätte. Sie habe bereits ein paar vorläufige Testergebnisse, strahlte sie: Der Tscharli sei völlig ausgezehrt gewesen und ohne jede Energiereserven, kurz vorm Kollaps. Der anhaltende Durchfall sei wahrscheinlich nichts weiter, und jetzt lächelte sie besonders charmant, als *traveller's diarrhoea*. Er müsse nur ein paar Tage aufgepäppelt werden, dann sei alles wieder gut.

Das wisse er besser, knurrte der Tscharli, nachdem Sophia wieder davongeeilt war. Eine schlechte Nachricht fange im-

mer mit einer guten Nachricht an, das sei überall auf der Welt
das gleiche.

*

Eben noch hatte er mit großen Augen meine Narbe betrachtet
und, ich war mir sicher, aufmerksam zugehört und auf seine
Weise Anteil genommen. Schon schlug seine Stimmung wieder
um, wurde er weinerlich und ein bißchen kitschig:
     Falls ich ihn jetzt fragen sollte, warum *er* den Kibo bestie-
gen und was er im Krater gesucht habe: Es sei nicht mehr lang
hin, das habe er gespürt, dann werde er den Schatten berühren.
Also habe er sich die Sache schon mal ansehen wollen. Nunja,
was man davon in einem Krater eben habe ansehen können. Es
grause ihm noch heute davor. Und das von Ewigkeit zu Ewigkeit und nachts immer Schneesturm, »mir gangst«.
     Wer weiß, widersprach ich bereits aus Gewohnheit, ob er
nicht bald –
     – den Löffel abgebe? Aber hallo.
     Wer weiß, ob's da oben nicht wie im *Johannis-Café* sei und
ob er nicht wieder mit der Kiki so-sein könne.
     Wenn ich recht haben sollte, versicherte der Tscharli, dann
halte er mir den Platz neben sich frei.
     Auf jeden Fall müsse er den Himmel auch hint'rum an-
schauen, auf der Rückseite des Paradieses hätte Gott die
Cookies versteckt.
     Der Tscharli brauchte eine Weile, bis er sich an sein eignes
T-Shirt erinnerte, dann krächzte er das heisere Lachen, das sein
bitterkurzes ersetzt hatte. Und bedankte sich, daß ich mit ihm
nach Sansibar gefahren war, es sei ein zünftiger Abgang für ihn
gewesen und eine Mordsgaudi für uns beide, das könne uns

keiner mehr nehmen. Er war schon sichtlich dabei, sich zu verabschieden, wollte mich umarmen und meine Schultern klopfen. Ich mußte aufpassen, daß er sich dabei nicht die Kanüle herausriß.

Ob ich dafür sorgen solle, daß er nach Deutschland komme? Wehe! Dort habe er niemanden mehr, der ihn vermissen würde. Er könne guten Gewissens hier bleiben und den Sinkflug einleiten, darauf habe er sich eingerichtet. »Wei's wuascht is!«

Ob er sich vielleicht freuen würde, wenn ich bei ihm bliebe?

»Jetzt glangt's, Hansi!« Er brauche keine Voyeure, das sei ja wohl das Letzte.

Ich kannte ihn bereits ganz gut. Wenn er dermaßen garstig wurde, war er in Wirklichkeit gerührt, durch seine Grantelei hielt er sich den Kummer vom Leib. Dabei hatte ich in den letzten Tagen tatsächlich erwogen, einfach hierzubleiben, vielleicht für immer. Was mich in Deutschland erwarte, schob ich als Begründung noch nach, erfülle mich nicht gerade mit Vorfreude.

Schon klar, winkte der Tscharli ab, »Büro«.

Er betrachtete eine Sekunde lang die Kanüle, die ihm im Handrücken steckte. Und noch eine Sekunde. Noch eine. Dann setzte er sich ganz gerade hin, hob entschlossen den Kopf und sah mir in die Augen: Zurück in Deutschland, solle ich nicht lang »umananda doa«, sondern »des ois« aufschreiben.

»Pfeigrad.«

»Des sog da i.«

Ganz genau, die Mara-Geschichte. Das wäre vielleicht mal ein Roman, den er lesen würde.

*

Der Schmarrn sei mir zu groß, wehrte ich ab.

Und außerdem hätte ich sie ihm ja gerade eben erzählt, die Geschichte, da werde er sie wohl kaum noch mal lesen.

Und nun, da ich sie erzählt hätte, sei sie ja auch so gut wie …

Sei sie schon fast …

Sei sie zwar noch nicht vergessen, doch immerhin ein Stück weggerückt von mir.

Und sowieso zu kurz für einen Roman.

Vielleicht 50, maximal 55 Seiten.

Die würden mich ja bereits beim Schreiben depressiv machen.

Und erst beim Lesen.

*

Dann solle ich eben auch *unsre* Geschichte erzählen, insistierte der Tscharli, da werde's automatisch lustiger, seinen Segen hätte ich. »Des muaßt ma versprechn, Hansi!« Ich sei jetzt kein Windelhans mehr, sondern der King of Hakuna matata, das sei eine Verpflichtung, quasi. Und ein Roman am Ende nichts anderes als ein Krater, auch darin könne man ganz gut was vergraben.

Ich versprach ihm, darüber nachzudenken.

»Wennst' über uns beide schreibst, dann tät ich ja weiterlebn in deim Bücherl, oder ned?« Das würde ihn sakrisch freuen, dann hätte er nicht nur Bushaltestellen auf dieser Welt hinterlassen.

Ich versprach ihm, darüber nachzudenken.

Morgen würde ich also zu Hause ankommen, resümierte der Tscharli sehr ernst, und übermorgen meinem Verleger erzählen, daß ich einen Afrikaroman in der Tasche hätte.

Ich betonte, daß ich lediglich versprochen hatte, darüber nachzudenken.

»Denk net zu lang nach, Hansi«, ließ er sich wieder aufs Kissen zurückfallen: Da komme bei mir in der Regel wenig raus. Und jetzt habe er saumäßig Durst. Ob ich ihm nicht noch ein paar Flaschen Cola besorgen könne? Er werde in der Zwischenzeit den letzten Infusionsbeutel leersaugen.

15:45 Uhr, ich erhob mich. Indem ich mich ganz zwangsläufig vom Tscharli ab- und den beiden Massai zudrehte, die am Nachbarbett standen und ihren reglos sterbenden Freund – oder Bruder oder Sohn oder jedenfalls Gefährten – bewachten, trafen sich unsre Blicke: der meine und derjenige des jüngeren Massai. Einen Moment lang sahen wir uns an, dann lächelte er mir zu. Er hatte ein unglaublich weißes Gebiß, einer der Schneidezähne fehlte. Ich lächelte zurück, streckte ihm meine Faust mit erhobenem Daumen entgegen und deutete damit auf den, der vor ihm auf dem Bett lag – wird schon! Sogleich erwiderte der Massai die Geste und zeigte auf den Tscharli, nickte eifrig – wird auch! Bevor er sich wieder abdrehte und zur Reglosigkeit zurückfand, lächelte er noch mal.

An diesen Moment habe ich mich oft erinnert. Die unverhoffte Auflösung eines Kriegers in ein Lächeln. Mein letzter Tag in Afrika, jetzt war ich wirklich angekommen.

Ob's mir was ausmache, ihm meine Finisher-Medaille abzutreten? erwischte mich der Tscharli noch am Arm: Die würde er gern der Soffi schenken.

*

Vor dem Krankenhaus fand ich King Charles in seinem *Landcruiser*, er schlief. Seine beiden Handys schliefen auf dem Beifahrersitz. Auf dem Sitz dahinter schlief mein Gepäck; auf der hintersten Bank Solomon. Während wir in die Stadt fuhren, um für den Tscharli einzukaufen, kramte ich die Finisher-Medaille aus meinem Rucksack.

King Charles hatte mittlerweile mit John, Helicopter, Samson und Rieadi telefoniert. Manche waren gerade auf dem Berg unterwegs, andre bei ihrer Familie, aber alle hatten sie angekündigt, Big Simba bei nächster Gelegenheit im Krankenhaus zu besuchen, sogar Mudi und Dede. Hamza sowieso, der wolle ihn nämlich zu seiner Hochzeit einladen. Wie ich King Charles bat, mich auch in Zukunft auf dem Laufenden zu halten, versicherte er: »As for Tscharli, I always say big Yes.«

»Er gehört zur Familie«, übersetzte Solomon, »weißt du?«

Solomon wollte die Fahrt nützen und mir von den immensen Investitionen der Chinesen erzählen, insbesondere davon, daß sie von Kenia aus einen Fernsehsender betrieben, in dessen Programm nur lachende Arbeiter gezeigt würden. Lachende schwarze Arbeiter, versteht sich, in chinesischen Fabriken mit lachenden chinesischen Chefs. Ich war froh, als wir vor einem Supermarkt anhielten.

Aber so einfach war es gar nicht, Cola für den Tscharli einzukaufen, auch im nächsten Supermarkt gab es nur Plastikflaschen mit Schraubverschlüssen. Wir mußten bis ins Stadtzentrum fahren, um bei einem Gemischtwarenhändler die kleinen Glasflaschen zu bekommen, deren Kronkorken der Tscharli fast genausogern hochspringen ließ wie die von Bierflaschen.

Zurück auf der Straße, blickte ich mich um wie einer, der endgültig Abschied nimmt und noch mal ganz genau hinsieht:

Ein Schuhputzer, auf den Knien vor seinem Kunden. Der saß in breitbeiniger Selbstvergessenheit und las derweil die Zeitung.

Mehrere Näherinnen vor ihrer Werkstatt, jede an einem Tisch mit einer alten *Singer*-Maschine, emsig in ihr Tun vertieft.

Gleich daneben ein kleiner Straßenimbiß – ein Sonnenschirm, ein Mann und eine einzige Wurst auf dem Grill, die er hingebungsvoll mit einer Zange drehte.

Ein Stück weiter ein Schuhverkäufer, der seine Ware, ein Schuh der Länge nach hinterm anderen, über eine Strecke von fünf, sechs Metern in der Mitte des Gehwegs aufgebaut hatte.

Ein Laden, der Plastikeimer in sämtlichen Farben verkaufte, zu mannshohen Türmen beidseits der Eingangstür gestapelt, dazu Besen mit verschiedenfarbigen Plastikborsten.

Gegenüber ein Straßencafé, in dem eine Gruppe Expats saß – die Frauen alle mit den gleichen sackartigen Überwürfen in Grau oder Beige bekleidet, die nackten weißen Füße in Sandalen.

Die vorbeischlappenden Chagga-Frauen mit ihren bunt bedruckten XXL-Kleidern und Kopftüchern dagegen echte Hingucker.

Eine große, dünne Frau mit einem Dutt aus Dreadlocks, sie trug einen schwarzgelb karierten Rock und giftgrüne Socken.

Ein Bananenmädel mit einem runden Metalltablett auf dem Kopf, darauf getürmt die Stauden.

Die Männer in abenteuerlich zusammengewürfeltem Habit, jedes einzelne Kleidungsstück wie aus der Altkleidertonne, alles zusammen ziemlich cool; und dazu eine Aktentasche.

Ja, dachte ich, das ist Afrika. Die staubigen Straßen, die knallbunten Farben, die große Langsamkeit. Als mich Solomon ansah, merkte ich, daß ich geseufzt haben mußte. Ich wollte nicht mehr nach Hause.

*

Wenigstens in den *Nirvana Saloon* gingen wir noch schnell. Jetzt war ich selber Stammkunde und wurde gleich mit fröhlichem *Hallo-Jambo-Hello* begrüßt. Jackson erkundigte sich, wo mein Freund sei, Mister Tscharli; Joel begrüßte mich wie einen alten Kumpel. Da es auf meinem Kopf noch nicht allzuviel zu scheren gab, rasierte er mich umso hingebungsvoller. Nebenbei checkte ich online für meinen Rückflug ein und fragte mich, ob ich jemals so herzlich mit einer fremden Frau gelacht hatte, noch dazu einer Ärztin in einem Krankenhaus. Ob ich jemals zuvor fremden Patienten oder ihren Angehörigen zugewunken und gute Besserung gewünscht hatte, einfach weil es mir ein Bedürfnis war.

Als mich Joel ansah, merkte ich, daß ich geseufzt haben mußte.

Vor dem Eingang zum *Nirvana Saloon* saß eine alte Frau auf dem Bürgersteig und verkaufte Erdnüsse. Ich erfeilschte ein paar Tütchen, und sie freute sich so, daß mir ihre Nüsse schmeckten, daß sie mir noch ein Tütchen dazu schenkte.

*

Seit dem Frühstück hatte ich nichts mehr gegessen, sämtliche Tütchen waren bereits leer, bevor wir die Ausfallstraße zum *KCMC* erreicht hatten, die Marathonstrecke. Dann wieder die zahlreichen Rüttelschwellen, die Querstraße mit den Autowracks, die winzigen Kneipen mit den vergitterten Theken, dann die Sargmacher, die ihre schlichten Brettersärge direkt am Straßenrand aufgestellt hatten. Und darüber die ganze Zeit der Gipfel des Kibo, wolkenbekränzt, zum Greifen nah – selbst an einem solch klaren Spätnachmittag dunkler und eigenwilliger als alle anderen Berge, die ich kannte.

Diesmal fuhr King Charles gleich zu einem Seiteneingang des Krankenhauses, der direkt zur Intensivstation führte. Daneben stand eine Kirche, zur Gänze aus Wellblechplatten errichtet, selbst der spitz zulaufende Turm. Eine silbern schimmernde Wellblechkirche. Wunderschöner Gesang war zu hören, anscheinend wurde gerade ein Gottesdienst gefeiert.

Hier werde er mich abholen, schärfte mir King Charles ein. Nein, er gehe nicht mit, den Tscharli sehe er noch oft genug, ich solle in Ruhe Abschied nehmen. Spätestens um 18 Uhr komme er mit seiner Frau und dem Abendessen für den Tscharli wieder, dann müßten wir auch gleich losfahren, »one-eight«.

*

Mit der Finisher-Medaille in der einen Hand, mit dem Tischmarker aus dem *Mountain Inn* in der anderen, trat ich an des Tscharlis Bett. Man hatte ihn vom EKG und auch vom Tropf abgehängt, die Kanüle jedoch in seinem Handrücken belassen. Im ersten Moment dachte ich, er wäre tot. Wie endgültig ausgestreckt lag er auf dem Rücken, die Füße leicht auseinandergestellt und schräg nach außen gekippt, sein scharf geschnittenes Profil zeichnete sich vor den weißen Laken als schierer Schädel ab. Erst als ich mich zu ihm herabbeugte, hörte ich ihn atmen – er schlief.

Das Bett mit dem Massai war verschwunden, die beiden Krieger, die daran Wache gehalten, desgleichen. Immerhin hörte man noch das mühsam rasselnde Atmen hinterm Vorhang. Ich schob ihn kurz beiseite und sah die alte Frau, sie lag auf dieselbe Weise da wie zuvor.

»Was hast'n da in deine Lofoten, ha?« Der Tscharli hatte sich hinter meinem Rücken im Bett aufgerappelt und auch schon das Kopfende hochgestellt, er war bestens erholt und bester Laune. Wieder einmal dachte ich, daß er die ganze Geschichte mit seiner Krankheit vielleicht nur erfunden hatte, um – ja, was denn? Um sich wichtig zu machen? Um von etwas anderem abzulenken? Um mich dazu zu bringen, ihn nach Sansibar zu begleiten?

Ich steckte ihm die Finisher-Medaille zu und räumte die Colaflaschen in seinen Nachttisch. Abschließend stellte ich den Tischmarker obendrauf. Der Tscharli beugte sich etwas vor, damit er den Kibo und das Nashorn besser in den Blick bekam.

»Oha, mein Grabstein«, kommentierte er. »Quasi.«

Dann schob er sich den kleinen Finger ins Ohr und kratzte sich so intensiv, daß ihm der Mund offenstand. Nachdem er den Finger herausgezogen und daran gerochen hatte, entspannte er sich.

Im Kibo hätte unsre Tour begonnen, erklärte ich: ein Geschenk zum Abschied.

»I tät sagn, da trink ma glei oan drauf«, beschloß der Tscharli. Ich mußte zwei Colaflaschen beibringen, er nestelte sich sein schwarzes *Playboy*-Feuerzeug aus der Hosentasche und überreichte es. Ich setzte an und schoß die Kronkorken in hohem Bogen davon, erst den einen, dann den anderen.

»Wer ko, der ko«, pfiff der Tscharli ganz leise durch die Zähne, »Hansi, i bin stolz auf di.« Wir stießen an und tranken, der Tscharli schluckte dabei endlich seine Entwurmungspille. Ich wollte ihm das Feuerzeug zurückgeben, doch er wehrte ab: Ich sei ein würdiger Nachfolger. Im nächsten Leben zeige er mir auch den Busfahrertrick. Vorausgesetzt, er könne drüben solch dicke Ringe auftreiben, wie man sie dafür brauche.

Oja, das Feuerzeug sei jetzt meines. »Damit bist' in Afrika der King.« Er war überzeugt, daß ich zurückkehren würde.

Plötzlich war der Abschied da. Alles ging viel zu schnell, war nichtsdestoweniger für immer. Ich wußte, daß ich den Rest meines Lebens nach Flaschen Ausschau halten würde, die keinen Schraubverschluß hatten. Es schnürte mir den Hals zu, schnell steckte ich das Feuerzeug ein und sagte möglichst laut und fröhlich – nichts.

»Und was dein' nächsten Roman betrifft«, sagte stattdessen der Tscharli, »den werd i mir drübm besorgn.«

Er war und blieb ein Beißer. Wir wollten uns gerade ein letztes Mal umarmen, da rief es in meinem Rücken »Alles klar, Herr Kommissar«, und Samson platzte herein. Nun war er es an meiner Statt, der den Tscharli umarmte, er herzte ihn, als hätte er ihn jahrelang nicht gesehen. Schließlich wandte er sich erklärend an mich: »My brooo-ther from another mooo-ther.«

Samson standen die Tränen in den Augen. Er habe es ja immer gewußt, daß es nicht gut ausgehe. Den Göttern hätte es nicht gefallen, daß Big Simba im Krater übernachtet habe.

Daß ich es gleichfalls getan, spielte anscheinend keine Rolle.

Heute morgen sei er von King Charles angerufen worden, da habe er gerade mit dem Abstieg vom Mweka Camp begonnen. Er sei direkt vom Berg hierhergefahren. Die anderen seien ebenfalls informiert, die würden alle kommen, sobald sie könnten, alle.

Auch das ist Afrika, dachte ich. Wenn's drauf ankommt, sind sie da.

Keine Sorge, *sir*, und jetzt meinte er zum ersten Mal mich, unsre Frauen werden sich kümmern, unsre Brüder und Schwestern und Onkel und Tanten und Kinder und Enkel, wir werden uns kümmern. Noch heute abend werde Rieadi kommen.

Und ich würde als einziger gehen. 18 Uhr, *one-eight*, es galt, endgültig Abschied zu nehmen. Da kam schon Solomon, von seinem Bruder geschickt, um mich abzuholen.

»Pack ma's«, sagte er, auf Deutsch.

»Polepole«, sagte Samson.

»Schee war's, zäfix«, sagte ich.

»Wakala«, sagte der Tscharli. Aber man hörte es kaum, so leise sagte er es.

Und dann kam doch erst noch mal Sophia.

*

Wie oft habe ich seither an diese Szene gedacht. Habe ich mich noch mal umgedreht und gewinkt? Das war dem Tscharli doch das Allerwichtigste beim Abschiednehmen. *Ihn* sehe ich jedenfalls winkend in seinem Bett: die Hand starr erhoben und die Finger langsam krümmend und wieder öffnend, wie ein kleines Kind, das zum ersten Mal den Kummer spürt, der jedem Abschied innewohnt. Dazu der wässrigblaue Blick. Oder stelle ich mir das nur so plastisch vor, weil es gar nicht passiert ist, obwohl es unbedingt so oder ähnlich hätte passieren müssen? Und wenn ich mir diese Szene nur dazuimaginiert habe, um meine Reise mit dem Tscharli durch einen perfekten Abschied zu vollenden – was sonst habe ich in meiner Erinnerung erfunden?

Hatte ich es diesmal besser gemacht als damals? Zwar war ich besser bergauf gekommen als bei meiner ersten Afrikareise – und ohne geschwollenes Knie wieder bergab. Aber *vor*angekommen wäre ich danach ohne den Tscharli kaum halb so locker; ihn an meiner Seite zu wissen, hatte mir sehr geholfen. Nicht einmal bedankt hatte ich mich bei ihm – der selber so großen Wert darauf legte, sich bei jeder Gelegenheit zu bedanken. Wie anders waren meine beiden Reisen in Afrika verlaufen! Kein Wunder, daß die Urteile über diesen Kontinent so weit auseinandergingen. Es kam darauf an, ob man Glück dort hatte oder nicht – und diesmal hatte ich Glück gehabt. Unglaublich viel Glück.

Die Etiketten der Bierflaschen, die wir auf Sansibar gemeinsam leerten, liegen auf meinem Schreibtisch. Manchmal ertappe ich mich, wie ich sie anstarre und mir dabei mit dem kleinen Finger im Ohr bohre. Manchmal ertappe ich mich, wie ich trocken auflache und »Werd scho, Hansi« sage, ohne jeden Anlaß, »werd scho«. Wenn ich dann aus dem Fenster gucke, ist da kein Vogel im Firmament. Es ist einfach nur leer.

Denke ich an den Tscharli, sehe ich als erstes den Krater. Dann jede Menge Feldwege. Und schließlich, wie er aufrecht in seinem Krankenbett sitzt, mit den Ellbogen nach links und rechts wippend, und Sophia anstrahlt. Nein, ich will ihn nicht verklären, er bleibt ein problematischer Mensch. Sobald ich versuchte, von ihm zu erzählen, erntete ich nur Kopfschütteln – wenn ich Glück hatte. Nicht selten wurde ich belehrt. Der sei doch nichts als ein alter weißer Mann, ein Machoschwein, ein Proll, ein Abgehängter, ein Rechter, winkte man ab, »geht gar nicht«. Einer von diesen ewig Gestrigen, ein Sexist, ein Rassist, ein Fascho, ein Arschloch. Sieh an, mit so einem würde ich neuerdings Urlaub machen? Da sei ich ja schon selber fast ein Rechter. Wobei man das »fast« nur aus alter Verbundenheit dazufügte. Ja, es waren meine engsten Freunde, die so reagierten, die erbittertsten Feinde stehen einem am nächsten. Im Namen der Toleranz sind sie so intolerant wie möglich.

Es war so leicht, einen Tscharli abzulehnen, ich wußte es selbst am allerbesten. Auch ich war mir bei der ersten Begegnung mit ihm sofort sicher gewesen, mit wem ich's zu tun hatte.

Selten hatte ich einem Menschen so unrecht getan wie ihm. Daß er ein »Gstudierter« war und obendrein ein Linker, hatte man ihm wirklich nicht angemerkt. Vielleicht war ich zu hochmütig gewesen, um überhaupt richtig hinzusehen. Heute schäme ich mich ein bißchen dafür, wie sehr ich mich für ihn schämte. Je mehr ich dann über ihn erfuhr, desto rätselhafter wurde er mir. Kein einziges meiner Fotos zeigt ihn so fröhlich und übermütig, wie ich ihn erlebt habe. Auch keines die Verzweiflung und Angst, die immer wieder hinter seiner Fassade aufblitzte.

Rückblickend schüttle ich den Kopf über manches, was ich mit ihm getan, was ich dabei gesagt und *wie* ich's gesagt habe. Nein, das war ganz sicher nicht die Sprache, in der ich mich normalerweise verständigte. War's überhaupt noch ich, wie man mich kannte – oder ein anderes Ich, das da ein paar Tage lang zum Vorschein kam? Am Ende unsrer Reise redete ich fast so »gradaus« wie der Tscharli. Je einfacher und drastischer ich auf den Punkt kam, desto einfacher wurde ich mir selber wieder. Gerade in dieser unverblümten Direktheit lag ein erheblicher Teil des Vergnügens, das wir miteinander hatten – *nachdem* ich meine Vorbehalte über Bord geworfen und, so der Tscharli, die Handbremse gelockert hatte.

Und dann haute der Tscharli ja auch immer mal wieder Sprüche raus, die ganz und gar nicht zu seinem breitbeinigen Humor paßten. Noch Wochen nach meiner Rückkehr fiel mir einer ein:

*

Selbst Demut ist letzten Endes Hochmut.
Wer Widersprüche lediglich aushalten will, hat aufgegeben.
Manche haben gar keine Tassen mehr im Schrank, sie bauen schon den Schrank ab.

Die Menschen machen sich's am bequemsten durch Zustimmung.

Um den Tod auf Distanz zu halten, hilft nichts als Neugier.

Immer nur Pech gehabt zu haben, hat nichts mit dem Fehlen von Glück zu tun.

Nur zum Stolpern sind wir da.

*

Auch das *Playboy*-Feuerzeug hat seinen Platz in meinem Leben gefunden. Manchmal knallen die Kronkorken so steil in die Höhe, daß der Tscharli durch die Zähne gepfiffen hätte. Ein solcher Meister, wie er es war, werde ich in diesem Leben trotzdem nicht mehr. Aber im nächsten! hätte der Tscharli gesagt, und dann hätte er seine Flasche leicht angelupft, um mit mir anzustoßen.

Natürlich besuchte ich die Schauplätze, die er mir genannt. Die *Lederhosenbar* war längst geschlossen. Ans *Schlucki* erinnerte sich in Miesbach zumindest noch der eine oder andre, insbesondere an den gleichnamigen Wirt, er habe seinem Spitznamen alle Ehre gemacht. Auch der Onkel Rups war noch nicht ganz vergessen, wenngleich er sich seit Jahrzehnten nicht mehr habe blicken lassen. Wohingegen 's Woifal keinen bleibenden Eindruck gemacht hatte; *welches* Woifal ich denn meine, fragte man mich. Die Männer, die auf dem Wertstoffhof arbeiteten, beäugten mich mit Mißtrauen – ich hatte nichts zu entsorgen, sie kannten keinen Tscharli. Und einen Ritschi, Rosenberger Manni oder Mächtlinger genausowenig. Moment, wiegte einer den Kopf, der Mächtlinger sei mit seinem Bastelbedarf irgendwohin im Münchner Landkreis gezogen, es sei jetzt ein Heimwerkershop.

295

Auf dem Münchner Waldfriedhof suchte ich nach dem Grab der Kiki. Doch es war ja ein Baumgrab und also geradezu darauf angelegt, nicht gefunden zu werden. Es gab 120 Bäume, die als Grabstätten mit einer Ordnungsnummer versehen waren, jedenfalls war das die höchste Nummer, die ich auf den diversen Parzellen entdeckte, und an manchen der Baumstämme hingen bis zu einem Dutzend Namensschildchen. Natürlich verbrachte ich auch einen Abend im *Johannis-Café*. Noch immer war die Fototapete vom Matterhorn an der Wand, war die Bierkarte genausolang wie die Speisekarte, und sogar Toast Hawaii gab es noch. Mittlerweile hing über der Jukebox aber nicht mehr Papst Johannes Paul II., sondern Papst Franziskus; statt *B52* gab's *Liquid Cocaine*, eine neue Pächterin, ein neues Stammpublikum – und keinerlei Erinnerung an frühere Kellnerinnen.

Schließlich war ich in Ramersdorf, die Hochhaussiedlung direkt neben der Auffahrt zur Autobahn Salzburg steht nach wie vor. Man kann sich gut vorstellen, daß man dort häufiger zum Bier greifen mußte als in einer Schwabinger Altbauwohnung. Ein Onkel Rups und gar der kleine Tscharli waren niemandem bekannt, den ich auf der Straße ansprach. Vielleicht war das auch gut so. Wäre bei meinen Nachforschungen anderes herausgekommen als das, was der Tscharli erzählt hatte, hätte ich es denn geglaubt?

Ihn bald in Moshi zu besuchen, beschloß ich bereits auf dem Rückflug. Doch der Tscharli hatte sich Voyeure ausdrücklich verboten – acht Monate nach meiner Heimkehr erhielt ich eine SMS von King Charles:

»Big Simba now King of Fulalu forever.«

Mir verschlug es jedes Wort.

So schnell schon? Waren wir nicht gerade noch gemeinsam unterwegs gewesen? Jetzt, da ich den Satz niederschreibe, ist sogar fast schon ein weiteres Jahr vergangen. So schnell schon. Diese eine Woche im März 2018, die ich mit dem Tscharli verbrachte, mittlerweile scheint sie mir unendlich weit zurückzuliegen.

Der Tscharli. Ich frage mich, wie er den Schatten berührt hat. Die Schönheit liege auf der Grenze, hatte er in einem seiner hellsichtigen Momente gesagt: Auch auf der Grenze von Leben und Tod liege eine Schönheit, erst im Moment des Sterbens werde man die Schönheit des Lebens voll erkennen.

Hätte er die Jahre zuvor genützt, um sich ärztlich behandeln zu lassen, er wäre gewiß noch am Leben. Aber den Mut, den Tatsachen ins Auge zu sehen, hatte er nicht. Wenn ich an einer Kirche vorbeikomme, gehe ich manchmal hinein und spende eine Kerze. Vielleicht beleuchtet sie den Weg eine Zeitlang.

Der Tscharli behauptete immer, er sei zufrieden mit seinem Leben und bereit, dafür zu zahlen – auf allem im Leben stehe ein Preis. Bin ich zufrieden mit dem Leben? Ich weiß es nicht. Vieles, das ich vor meiner Reise fraglos begrüßt hatte, betrachte ich nun mit Ratlosigkeit. Zufriedener wird man dadurch nicht. Vielleicht ist des Tscharlis Entscheidung, den Rest seines Lebens in Afrika zu verbringen, gar nicht so verkehrt gewesen. Lieber stolpern und stürzen, als gar nicht erst aufbrechen. Alles richtig gemacht. Ich vermisse ihn.

*

Und dann kam doch erst noch mal Sophia. Sie wartete ab, bis wir uns zum Abschied abgeklatscht hatten, der Tscharli, Samson, Solomon und ich. Samson, den sie noch nicht kannte, stellte sich auch ihr mit den Worten »My brooo-ther from another mooo-ther« vor.

»You are cappuccino«, schob sie ihn ziemlich gelangweilt beiseite.

»Oh, du siehst so anders aus«, sagte sie dann zu mir.

»Naja, ich war beim Barbier.«

»Das solltest du öfter tun.«

Sie hielt ein Notizbrett in der Hand, auf dem einige Seiten festgeklammert waren. Die Testergebnisse.

Tatsächlich sei's dabei geblieben, verkündete sie uns und zauberte ein kleines Lächeln in ihr Gesicht. Jetzt wandte sie sich an mich: Mein Freund habe keinen bakteriellen Infekt, sondern tatsächlich nur eine heftige Form von *traveller's diarrhoea*.

Wir hielten den Atem an. Das war alles?

Der Tscharli holte die Medaille hervor, um sie Sophia, die sich freilich zierte, um den Hals zu hängen: Das müsse gefeiert werden! Am liebsten würde er eine Runde mit ihr tanzen, das ginge ja leider nicht. *Bongo flava.* Er summte dieselbe Melodie, die beim Windelverkäufer auf Sansibar erklungen war und die selbst ich mittlerweile beherrschte. Samson fiel sogleich mit kräftiger Stimme ein, sogar Solomon brummte mit.

Oh, unterbrach Sophia, das Lied sei ihr bekannt, sie habe es auf ihrem Handy, einen Moment.

Dann spielte sie das Lied. Jeder sang oder summte mit, auch ich, und wiegte sich dabei in den Hüften, wenngleich nur leicht angedeutet, gewissermaßen als Zitat eines ganz großen Vergnügens, an das man sich gemeinsam erinnerte. Der Tscharli saß aufrecht im Bett, mit den Ellbogen im Rhythmus der Musik nach links und nach rechts wippend, er strahlte die ganze Zeit Sophia an.

Das ist Afrika, dachte ich und wurde schon wieder wehmütig. Der Tod steht im Raum, und es wird noch mal getanzt.

Da tauchte King Charles auf, blieb in einiger Entfernung ste-

hen, sah streng zu mir herüber und schlug mit dem Zeigefinger
der Rechten demonstrativ auf seine Armbanduhr.

Wenige Takte später war das Lied zu Ende. Sophia steckte
das Handy in die Tasche. Es wurde sehr still, und sie wurde
sehr ernst. Man hörte das Rasseln der Alten hinterm Vorhang,
übern Boden trieb ein Staubflusen, ganz von fern vernahm man
den Gesang aus der Kirche, so überirdisch schön und entrückt,
als sängen die Engel. Es schien, Sophia würde einen Moment
zögern, dann wandte sie sich entschlossen an mich:

»Aber weil wir schon mal dabei waren, haben wir auch gleich
einen Aidstest gemacht.«

Und erst jetzt wandte sie sich an den Tscharli: Schließlich sei
er in Afrika, es koste nur fünf Dollar mehr.

***

Mein Dank

an Charles Njau und seinen Bruder Solomon Njau, die 2014 und 2018 meine Reisen in Tansania organisierten. Und mir während der Niederschrift bei manchem Detail weiterhalfen;

an meine Reisegefährten Jörg Platiel und Jörg Wolter;

und an alle, mit denen wir drei den Kibo bestiegen haben: John Moses Ayubu und Hamza als unsre Bergführer; Frank, Ezekiel Kadada, Jackson, Joel, Joshua »Helicopter«, Juma »Dede«, Michael, Mudi, Omary Ramadhani, Paolo Edwin, Rieadi, Samson, Uncle John und Willson als Träger, Sänger, Tänzer und Gefährten. Ihre Namen tauchen in diesem Roman auf, die dazugehörigen Figuren sind frei erfunden.

Auch Ame Isse Juma muß gedankt werden; desgleichen Sophia für zauberhafte Szenen als Ärztin im *KCMC* Moshi.

Und natürlich, wie immer, meinem Lektor Jürgen Abel. Tina Uebel für Demonstrationen in Sachen Flaschenöffnung. Johannes Nawrath fürs Malen der Karten. Richard Westermaier für Münchnerisches mit gelegentlichem Miesbacher Einschlag. Und Wolfgang Ferchl für Wegweisendes.

Last not least geht mein Dank an Dr. Lange, 1993/94 Oberarzt im Krankenhaus Harlaching (heute München Klinik Harlaching), und an meine Freundin, mit der ich 1993 meine erste Afrikareise unternahm. Der eine hat mir damals das Bein, die andere das Leben gerettet. Trotzdem ist die Reise, die der Ich-Erzähler in diesem Roman schildert, nicht die meine gewesen, und vor allem ist meine damalige Freundin, die längst meine Frau ist, nicht mit dessen Freundin identisch: Ich danke ihr auch dafür, daß sie nicht Mara heißt.

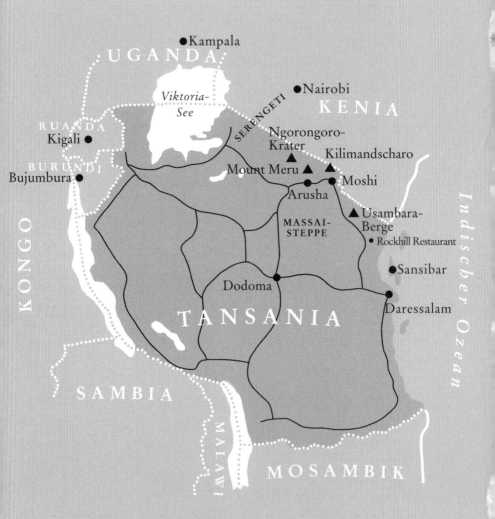